KB093574

김춘수 시 연구

Contemplating the Verses of Kim Chun-soo

현대문학
연구총서

31

김춘수 시 연구

최라영

푸른사상
PRUNSASANG

이 책은 김춘수에 관한 다양한 관점에서 쓴 저자의 논문들과 이것들을 쓰는 데에 바탕이 된 이론적 논의를 모은 것이다. 김춘수의 호 대여(大餘)의 의미처럼 그의 시는 어떠한 관점에서 보아도 채워지는 듯하면서도 그렇지 못하고 또 많은 여지들을 남겨두고 있다. 그의 시는 '현대적', '미래적' 특성을 나타내면서도 그 자신이 살아온 역사적 격동기의 삶을 '진실하게' 드러내고 있으며, 이런 점에서 그의 시는 순수와 참여 그 어느 경계에 걸쳐 있으면서도 동시에 그 너머에 자리 잡고 있다.

이 책의 첫 번째 글인 「'처용연작' 연구―"세다가와서" 체험과 무의미시의 관련성을 중심으로」는, 김춘수의 '처용연작'이 일제치하 평범한 한 지식인의 '자전적 체험'과 식민지하 '인간으로서의 삶'과 '정체성' 침해에 관한 정직한 '내면의 기록'으로서 살펴본 것이다. 이 글의 연장선상에서의 접근인 세 번째 글, 「김춘수 무의미시 연구―"서술할 수 없는 것(the unnarratable)"을 중심으로」는 우리의 역사적 격동기에서 '서술할 수 없는 것'의 문제에 관하여 그것의 개념과 유형을 이론적으로 정리하고, 이를 토대로 하여 김춘수 시에서의 '서술할 수 없는 것'의 몇 가지 장면들과 그것의 '심층적 의미'를 고찰한 것이다.

「'도스토예프스키 연작' 연구—김춘수의 '암시된 저자(the implied author)'를 중심으로」는 김춘수의 「도스토예프스키 연작」에 관하여 그의 '암시된 저자' 즉 '서술의 의향(intention)'이 투영된 작중인물들을 초점화하여 '시인의 상상력'과 '그의 세계관'을 고찰한 것이다. 이 글의 방법론 격인, 이 책의 다섯 번째 논문, 「'암시된 저자(The implied author)' 연구」는 최근의 서술문예이론에서 쟁점이 되고 있는 '암시된 저자'를 둘러싼 이론적인 논쟁들을 정리하면서, 오늘날의 현대문학작품에서 이것의 유효성을 살펴본 것이다. 이 책의 여섯 번째 글인 「문학적 무의미의 개념 및 유형」은 김춘수의 무의미시를 중심대상으로 하여, '문학적(시적) 무의미'의 개념을 고찰하고서, 그것을, '상황의 무의미', '언어의 무의미', '범주적 이탈', '수수께끼'로서 범주화한 것으로서 그의 무의미시를 '체계적으로 시론화'한 것이다. 이 글에 이어지는 「들뢰즈의 의미이론과 무의미시」는, '들뢰즈'의 '의미/무의미'와 '계열체' 논의의 관점에서 김춘수 시에서 '시적 무의미'가 '의미를 생산하는 지점들'을 통하여 시인의 '트라우마' 및 '의식적(무의식적) 지향'을 고찰한 것이다.

마지막 글인 「서술커뮤니케이션 다이어그램 연구」는 우리의 문학이론에서 익숙한, '채트먼'의 '서술다이어그램'을 그가 변화시켜온 지점, 그리고 이것을 바라보는 상반되고도 다양한 최근의 논쟁들을 정리하면서, 오늘날 현대문학작품에 유효성을 지니는 이것의 독해방식을 모색해본 것이다. 이 책의 두 번째 글인 「김춘수 후기시에 나타난 '아내'의 의미—『의자와 계단』, 『거울 속의 천사』, 『쉰 한편의 비가』를 중심으로」는, 원래 '서술다이어그램'의 구성주체(agency)인 '서술자적 청중(Narratee)'을 중심으로 김춘수의 후기시를 고찰한 것이었다. 그러나 김춘수가 타계할 때까지의 그의 말기시에서는, 이러한 이론적 접근보다는, 시인에게서 '우리'라는 호명을 유일하게 얻는 '그의 아내의 죽음'이 그의 시세계에서의 중요한 변화계기가 되므로, 애초의 논의로부터 상당부분 수정하였다. 김춘수는 그의 말기시에서, '아내의 죽음'을 계기로 하여, '그의 평생의 화두'였던 '역사적, 개인적 고통의 문제'로부터 그만의 독특하고도 진정성 있는 '초월의 방식'을 보여주고 있다.

이 책을 출간해주신 푸른사상사의 한봉숙 사장님과 편집부 직원들에게 감사의 인사를 드린다.

2014년 4월
저자 최라영

차례

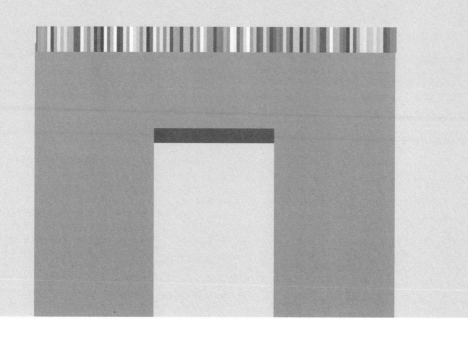

제1장

'처용연작' 연구

― "세다가와서" 체험과 무의미시의 관련성을 중심으로

1. '문학적 자전기록'으로서의 '처용연작'

김춘수가 무의미시 창작을 표방하면서 낸 첫 번째 시집이 『처용』이다. 그는 이 시집을 내기 전에 같은 표제의 자서전 단편소설을 썼으며 「처용 三章」과 「잠자는 처용」을 발표하였다. '처용연작'은 장편연작시로서 모두 87편으로 된 상당한 분량의 시편들이며 이것들은 시인이 「처용단장」의 제1부를 쓰는 데에만 한 달에 한 편 정도로 1년여의 기간이 걸렸을 정도로 오랜 기간에 걸친 시인의 사유가 담긴 것들이다.

그의 소설과 시와 산문을 포함하여 '처용'이라는 표제를 쓴 그의 글들의 공통적인 특징이라면 김춘수의 유아 때부터 초등학교 시절까지 인상 깊었던 사건을 다룬 유년시절의 기록이다. 그리고 「처용 三章」과 「잠자는 처용」은 의미를 배제하고자 한 그의 지향처럼 단지 추상화된 내면 풍경이 형상화된 시작품이다. 그리고 '처용연작' 연작 시편들은 그의 청년기의 체험을 중심으로 허무감을 형상화하고 있다.

'처용' 표제 작품들의 또 하나의 공통적인 특징이라면 시인이 체험한 '폭력성'과 그로 인한 '고통'을 들 수 있다. 즉 소설 『처용』은 김춘수의 유년시절 폭력성의 체험에 관한 비교적 사실적 기록이며 시편인 「처용 三章」과 「잠자는 처용」은 김춘수가 체험한 고통의 문제에 관한 내면적 기록에 상응한다. 그리고 '처용연작' 연작 시편들은 시인이 일제치하에 겪었던 수난 체험과 허무감을 주요하게 형상화하고 있다.

이후에, 김춘수는 '처용연작'의 시 경향을 거의 단일하게 지속적으로 보여주었다. 단적으로 김춘수가 자신의 무의미시를 해명한 글인 「장편 연작시 「처용단장」 시말서」의 부제가 "1960년대 후반에서 1991년까지의 나의 詩作 주변"[1)]인 것에서도 그의 무의미시에 대한 지향과 무의미시 창작의 지속성의 정도를 알 수 있다.

그는 이 글에서 "나는 역사를 악으로 보게 되고 그 악이 어디서 나오게 되었는가를 생각하게 되자 이데올로기를 연상하게 되고, 그 연상대는 마침내 폭력으로 이어져 갔다. 나는 폭력·이데올로기·역사의 삼각관계를 도식화하게 되고, 차츰 역사 허무주의로, 드디어 역사 그것을 부정하는 지경에 이르게 되었다"[2)]고 밝히고 있다.

이와 같은 김춘수의 논의에서 '폭력'과 '이데올로기'와 '역사'를 단일한 '연상대'로 사유히는 그믠의 '개별직' 계기에 관해서는 다음 단

---

1) 1991년은 '시말서'의 발표 시기에 해당된다.
2) 김춘수, 「장편 연작시 「처용단장」 시말서」, 『김춘수시전집』, 민음사, 1994, p.521.

락이 구체적으로 해명해준다.

> 지금 생각해 보니 나는 나도 모르게 열 일고여덟 살 때부터 어떤 피해 의식을 가지고 있었던 듯하다. 공연한 일로 담임과 알력이 생겨 중학을 5학년 2학기 말(졸업을 네댓 달 앞둔)에 자퇴하고, 일제 말 대학 3학년 때의 겨울(이 또한 졸업을 몇 달 앞두고)에는 어떤 사건에 연루되어 관헌에 붙들려가 헌병대와 경찰서에서 반년 동안의 영어 생활을 하게 되었다. 손목에 수갑이 채인 채 不逞鮮人의 딱지가 붙여져서 서울로 송환되었다. 그 때부터 8·15 해방까지 징용을 피해서 여러 곳을 옮겨가며 두더지 생활을 해야 했다. 그리고 또 하나 나에게는 잊을 수 없는 일이 있었다. 대학 중퇴라고 교수의 자격을 얻지 못해 10년을 시간 강사 노릇을 했다. 그러나 아무도 나를 위해 변호해 주지 않았다. 독립된 조국에서 일제 때의 내 수난을 본 체 만체했다. 이런 일련의 일들이 1960년대 후반으로 접어들자 점차 의식상에 떠오르게 되고 나대로의 어떤 윤곽을 만들어가게 되었다.[3]

어떤 계기로 인해 고등학교 졸업을 앞두고 졸업을 못하게 된 일, 대학 졸업을 앞두고 영어생활을 하게 된 일, 8·15 해방까지 징용을 피해 숨어 다닌 일, 그리고 일제하 영어생활로 인한 대학 중퇴로 인해 10년을 시간강사 노릇을 한 일 등이 나타나 있다. 김춘수는 이러한 고통스런 체험들의 근본적 원인에 관해서 현실과 역사, 이데올로기 때문이라고 결론지었다.

그는 이와 같은 그의 심리적 상태에 대해서, "갈등의 한쪽인 물리세계를 잃어버린 해체된 현실(심리의 미궁)만이 소용돌이 치고 있"다고 말한다. 그리고 현실에 대한 어떠한 것도 긍정할 수 없는 허무주

---

3) 위의 글, p.520.

의적 생각을 지니고도 "그래도 시를 쓸 수 있을까? 그래도 쓸 수 있다고 쓰게 된 것이 연작 장시「처용단장」제1부, 특히 제2부다"[4])고 말한다.

앞의 글에서 밝힌 시인의 체험 중에서 '처용' 표제의 시편과 글에서 주요하게 형상화된 것은 주로 육체적 폭력과 관련한 '유년기의 폭력 체험'과 '청년기의 폭력 체험'이다. 즉 소설「처용」은 김춘수의 유년시절에 당했던 폭력 체험에 관한 자전적 기록이다. 그리고 '처용 연작'에 앞서 발표한 두 편의 '처용' 시편은 김춘수가 체험한 고통의 문제에 관한 상징적 표현물이라면 '처용'에 관한 본격적 작품들에 해당되는 87편의 '처용연작'은 시인이 22살 때 일본 헌병대에 이끌려 감옥과 경찰서에서 수난받은 폭력의 체험이 주를 이룬다.

특히 김춘수가 일제 때 당했던 억울한 1년간의 감방 체험과 관련한, '세다가와서', '요코하마 헌병대', 그때 나이 '22살'과 감방 체험의 시기인 1942년과 43년은「처용단장」의 핵심부에서 무의미어구와 결부되어 반복적으로 출현한다. 구체적으로 'セタガヤ署'의 직접 언급은 '처용연작'에서 3부의 2, 3부의 8, 3부의 14, 3부의 29에서, 'ㅋㅋㅎㅁ 감방' 내지 'ㅋㅋㅅㅁ 헌병대'의 직접 언급은 '처용연작'에서 3부의 9, 3부의 10, 3부의 12, 3부의 23, 3부의 29, 3부의 33에 나타난다.[5])

---

4) 위의 글, p.521.
5)「처용단장」의 제1부는 주로 바다와 눈의 풍경을 중심으로 구성되어 있으나 제2부부터 제4부까지는 시인의 과거 경험과 관련한 구체적 내용항이 형상화된다. 이 내용항의 제재들을 통하여 특징적으로 부각되는 것은, 김춘수가 일제강점기 말인 22살 때 겪었던 고문과 감방 체험이다.「처용단장」제3부에서 세다가와서 체험의 표지들을 살펴보면 다음과 같다. 3-3 "나는 그때 セタガヤ署/감방에 있었다", 3-5 "ㅋㅋㅅㅁ헌병대헌병軍曹某에게나를넘겨주고", 3-6 "セタガヤ署 감방", 3-7 "나의 서기 1943년은/손

그리고 처용연작의 핵심부뿐만 아니라 김춘수의 시 전체에서 지속적이고 반복적으로 나타나는 〈 〉, 혹은 괄호 이미지가 그의 감방 안쪽창과 연관되어 형상화되는 측면도 볼 수 있다. 뿐만 아니라 처용연작의 3부와 4부의 중심내용이 부조리한 역사의 폭력성을 비판하고 그와 유사한 투옥 체험을 겪었던 역사상 인물들의 최후 풍경을 묘사한 것은 그의 감방 체험이 얼마나 지대한 영향을 미친 것이었는지를 증명해준다.6)

김춘수의 일제하 감방 체험은 단순히 일제로부터의 압박이라는 지점 이외에 또 다른 간단치 않은 지점이 있다. 그것은 '야스다'라는 일본 이름을 지닌 한국인 고학생 헌병대의 고발로 6개월간의 고문과 감옥 체험을 하게 된 것에서 원인을 찾을 수 있다. 즉 김춘수를 고문하고 감극한 것은 일제이지만 그를 고발한 것은 동료 고학생, 같은 민족이었다. '야스다'에 대한 증오는 띄어쓰기를 않는 자동기술과 증오감 표출이 흔치 않은 김춘수의 시편들에서 무의미어구와 함께 등장한다.

이러한 점에서 '처용연작'은 일제하에 민족의 독립을 위해 활동하였던 저항시인의 성격이나 그런 강인한 정신과 의지를 보여주는 부류의

목에 쇠고랑이 차인 채", "관부 연락선에 태워졌다", "부산 水上署", 3-11 "나이 겨우 스물 둘인데", 3-14 "나라가 없는 나는/꿈에 나온/조막만한 왜떡 한쪽에/밤마다/혼을 팔고 있었다", "セタガヤ署 감방", 3-17 "남의 집을/누가 울타리를 걷어차고 구둣발로/짓밟는다", 3-23 "21년 하고도 일곱 달", 3-19 ""セタガヤ署 감방", 3-30 "나이 스물 둘인데", 3-33 "서기 1943년 가을", 3-40 "새장의 문을 닫고 새의 날개짓을/생각했다".

6) 이들 시편에 나타나는 크로포트킨, 사바다, 혹은 베라피그넬, 단재, 박열, 이회영 선생 등은 모두 자기의 신념을 위해서 자신의 고통을 감내하고 자기를 희생한 인물들로서 이들은 김춘수가 당했던 고문과 감방 체험을 공유했다는 공통점을 지니고 있다.

것은 아니다. 그럼에도 시인이 일제하에 일본 유학생 신분으로서 겪었던 감방 체험 속에서 겪었던 고통에 대한 호소는 우리의 역사적 격동기에 우리 지식인들이 겪어야 했던 고통과 억울함을 공명시킨다.

즉 자아의 정체성을 침범받고 고통스러워하는 다양한 양상들을 표현함으로써 식민 치하를 살았던 일반 지식인들의 고통의 편린들을 '문학적인' 방식으로 구체화하는 생생한 증언이라는 점에서 「처용단장」은 우리 시문학사에서 드물고도 독특한 입지를 차지하고 있다. 일제 말에 지식인이 6개월이나 그 이상의 감방 체험을 한 일은 그 당시로서는 보편적인 것일 수 있겠지만 이것을 시집 한 권이 넘는 분량의 시편들을 창작하여 자전적인 고통의 내적 편린들을 본격적으로 형상화한 것은 우리 시문학사에서는 매우 드문 '자전적인 기록'이다.7)

김춘수가 자전적인 고통을 토로하는 어구들은 시인이 당시에 겪었던 심리적인 내적 공황이나 고통으로부터 나온 면모를 지닌다. 이 지점은 김춘수의 무의미시가 배태되는 근본적 지점과 깊은 관련이 있다.8) 이후에 시인은 무의미어구를 문학적인 의미생산의 지점으로

---

7) 김춘수의 '처용'에 관한 시편과 산문은 '자서전적인 것(the autobiographical)'의 범주에 든다. '자서전(the autobiography)'이 위인의 이야기를 사실적으로 그린 것이라면 '자서전적인 것'은 평범한 사람이 역사적 격동기에 겪었던 수난 체험의 기록이다. '처용연작'의 내용을 볼 때 후자의 성격을 지닌다. 전자가 비허구의 양식이라면 후자는 비허구와 허구의 양식을 넘나든다. '처용연작'에서 감옥 체험은 '비허구적'이지만 '허구적' 양식이 시 장르의 형식을 취한다는 점에서 '처용단장'은 복합적인 양식들을 취하고 있다. '자서전'과 '자서전적인 것'에 관해서는 Sidonie Smith, Julia Watson, "The trouble in the autobiography", *Narrative Theory*, edited by, James Phelan and Peter J. Rabinowitz, Blackwell, 2005 참고.
8) 이것에 관해서는 이 글 2장에서 작품분석을 통하여 다룰 것이다.

서 발견하고 이를 활용하고 있다. 그럼에도 그의 자전적 체험에서 나온 그만의 통찰, 어떤 현실이나 어떤 이데올로기에 대한 지향도 허무하다는 사유는 시편들에서 지속적으로 견지되고 있다.

이와 같은 김춘수의 무의미시로서의 '처용연작'에 관한 연구는 다양한 시각과 깊이를 지닌 연구들을 통하여 축적되어왔다.9) 이 글은

---

9) 무의미시에 관하여, 정효구는 무의미시가 세계에 대한 허무의식의 소산이며 세계를 즉물화하는 작업, 즉물화하는 대상의 부인, 무방비의 이미지 놀이로 나아갔음을 서술한다. 진수미는 「처용단장」을 대상으로 하여 '세잔느'의 기법 및 '잭슨폴록'의 '액션페인팅'을 중심으로 무의미시의 회화성에 주목하였다. 임수만은 기호학에 입각하여 '반복'을 중심으로 의미론적 '확장'과 '해체'의 측면에서 무의미시를 분석하였다. 노철은 「처용단장」을 중심으로 이미지의 오브제에서 소리의 오브제로의 변화를 지적하고 무의미시의 해체와 재구성의 측면에 주목하였다. 문혜원은 무의미시가 의미를 배제한 극단에서 탄생한 서술적 이미지이며 이미지를 포함한 형태론으로 규정하였다. 권혁웅은 무의미시가 외적 세계의 분열을 시적 언어로 수용한 이항대립의 세계라고 논하였다. 김성희는 무의미시가 전후의 멜랑콜리를 근간으로 파상력(破像力)과 음악성의 원리가 작동하는 '창조적 정신성'의 발현이라고 논하였다.
무의미시에 관한 주요한 연구들을 들어보면,
고정희, 「무의미시론고」, 『김춘수 연구』, 학문사, 1982.
권기호, 「절대적 이미지 – 김춘수의 무의미시를 중심으로」, 『김춘수 연구』, 학문사, 1982.
권혁웅, 「어둠 저 너머 세계의 분열과 화해, 무의미시와 그 이후 – 김춘수론」, 『문학사상』, 1997.2.
김용태, 「무의미의 시와 시간성 – 김춘수의 무의미시」, 『어문학교육』 9집, 1986. 12.
김성희, 「김춘수 시의 멜랑콜리와 탈역사성 연구」, 서울대 박사논문, 2011.2.
김용직, 「아네모네와 실험의식」, 『김춘수 연구』, 학문사, 1982.
김의수, 「김춘수 시에서의 상호텍스트성 연구」, 서울대 박사논문, 2003.
김준오, 「처용시학 – 김춘수의 무의미시론고」, 『부산대논문집』 29, 1980.6.
노 철, 「김춘수와 김수영의 창작방법 연구」, 고려대 박사논문, 1998.
류순태, 「1960년대 김춘수 시의 창작 방법 연구」, 『한국시학연구』 3호.
양왕용, 「예수를 소재로 한 시에서의 의미와 무의미」, 『김춘수 연구』, 학문사, 1982.

기존 연구들에서 무의미시의 기저로 논의되어온 '허무주의'를 인정하고 이것의 연장선상에서 논의를 출발한다. 이 글은 다음 장에서 '허무주의'의 주요한 한 가지 원천으로서 '세다가와서 체험'에 주목하여 시인이 당면한 시대적 '폭력'과 그로 인한 자전적인 '고통'이 '무의미'의 언어로서 배태되는 과정을 살펴볼 것이다. 그리고 '허무'의 심리적 기제에 의해 '무의미어구들'이 생산되는 과정을 살펴봄으로써 '허무주의'와 '무의미시'의 관계를 실증적인 방식으로 접근해보고자 한다.

2. '세다가와서' 체험과 '앗긴 의식

시적인 유의성을 지니는 무의미어구는 의미생산의 분기점이 된다. 이러한 무의미어구는 시인의 고도의 계획 즉 이성에 의한 산물이기

엄국현, 「무의미시의 방법적 이해」, 『김춘수 연구』, 학문사, 1982.
원형갑, 「김춘수와 무의미의 기본구조」, 『현대시론총』, 형설출판사, 1982.
이동순, 「시의 존재와 무의미의 의미」, 『김춘수 연구』, 학문사, 1982.
이숭원, 「인간존재의 보편적 욕망」, 『시와시학』, 1992. 봄.
이은정, 「처용과 역사, 그 불화의 시학 – 김춘수의 〈처용단장〉론」, 『구조와 분석』, 창, 1993.
임수만, 「김춘수 시의 기호학적 연구」, 서울대 석사학위논문, 1996.
문혜원, 「김춘수의 시와 시론에 나타나는 이미지연구」, 『한국문학과 모더니즘』, 한양출판사, 1994.
정효구, 「김춘수 시의 변모과정 연구」, 『개신어문연구』, 충북대, 1996.
진수미, 「김춘수 무의미시의 시작 방법 연구 – 회화적 방법론을 중심으로」, 서울시립대 박사논문, 2003.
최라영, 「김춘수 무의미시 연구」, 서울대 박사논문, 2004.
최원식, 「김춘수시의 의미와 무의미」, 『한국현대시사연구』, 김용직 공저, 일지사, 1983.

도 하지만 때로는 극도의 감정의 공황 속에서 자동기술적으로 발화되는 산물일 때도 있다. 김춘수의 무의미시들은 대체로 전자의 성향을 띄고 있지만 '처용연작'에서 '세다가와서 체험'과 관련한 부분에서는 후자의 언어 혹은 유아기적 퇴행언어로 구성된 듯한 무의미어구들이 특징적이다.

> 메콩 강은 흘러서 바다로 가나,
> 메콩 강은 흘러서 바다로 가나,
> 부산 제일부두에서
> 귀뚜라미 한 마리가 울고 있다.
> 가을이 오면 어디로 가나,
> 가을이 오면 어디로 가나,
> 여름을 먼저 울자, 여름을 먼저 울자.
>
> ― 「잠자는 처용」 전문

> 알은 언제 부화할까,
> 나의 서기 1943년은
> 손목에 쇠고랑이 차인 채
> 해가 지자
> 관부 연락선에 태워졌다.
> 나를 삼킨 현해탄,
> 부산 水上署에서는 나는
> 넋이나마 목을 놓아 울었건만
> 세상은
> 개도 나를 모른다고 했다.
>
> ― 「처용단장」 제3부 10 전문

첫 번째 시는 김춘수가 처용연작을 본격적으로 쓰기 전에 발표했던 처용 표제 시편 둘 중의 하나이다. 이 시는 의미의 맥락을 잡기 어려운 어구들로 구성되어 있다. 그리고 이 시 제목인 '잠자는 처용' 또한 특별한 의미가 없어 보인다. 상황과 의미가 추상화되어 심정적 상태를 중심으로 표현한 것이다.

그런데 김춘수가 이후에 쓴 '처용연작'인 두 번째 시편을 보자. 앞의 시에서 '바다', '부산 제일부두', '귀뚜라미', '여름을 먼저 울자' 등의 엉뚱하고도 비유적인 어구들이 이 시에서는 매우 구체적인 방식으로 표현되어 있다. 이 시에서는 "현해탄에 관부 연락선에 태워진 나"가 "부산 수상서"에 도착해 "목을 놓아 우"는 장면이 나타난다. 즉 첫 번째 시편이 심리적 공황상태의 자신을 유아기적 퇴행언어 혹은 무의미의 어구로 위로하는 것이라면 두 번째 시편은 이 체험을 충분히 이성화한 다음의 형식을 취하고 있다.

즉 앞 시의 '부산제일부두'는 '부산 수상서'로 구체화되었으며, '귀뚜라미'는 '나'로, 그리고 '여름을 먼저 울자'는 '나는 넋이나마 목을 놓아 울었'다고 표현된다. 그리고 후자의 시에서는 '세상은 개도 나를 모른다고 했다'는 비참하고도 고통스러웠던 상황을 요약적으로 제시하고 있다.

그러면 '부산제일부두'와 '부산 수상서' 그리고 '1943년에 손목에 쇠고랑이 차인' 것은 무엇을 말하는가. 그리고 왜 '여름을 먼저 울자'고 하였을까. 이것은 실제 김춘수가 22살 때 일본 유학시절에 6개월간의 헌병대 고문 체험과 세다가와서 감방 체험을 한 사실에서 유추해볼 수 있다.

앞 시에서 귀뚜라미가 울고 있고 "가을이 오면 어디로 가나"와 "여름을 먼저 울자"는 그가 감옥을 출감한 후 부산에 도착했던 '여름'을 앞둔 그 무렵의 풍경을 떠올리게 한다("1월 중순에 수감되어 여름을 바라보며 출감됐으니까 그동안 계절이 세 번이나 바뀐 셈이다. 지하 감방의 하나뿐인 사방 20센티미터 정도의 창문으로 내다뵈는 언덕배기에 어린 벚나무가 한 그루 서 있었다. 그것이 얼어 있다가 꽃을 피우고 꽃을 떨어뜨리고 녹음이 짙어 가는 것을 바라보게 될 때 풀려났다"[10]). 일본의 하숙집에서 겨울방학 귀성짐을 싸다가 갑작스레 헌병대로 끌려가서 고문을 받고 감옥에서 고생하다가 천신만고 끝에 부산 부두에 도착했을 때 그때 김춘수의 심경을 첫 번째 시편은 두서없는 무의미의 어구로써 드러내고 있다고 볼 수 있다.

이러한 맥락을 염두에 둔다면, 첫 번째 시의 제목인 '잠자는 처용'이란 명명에서 '처용'이 김춘수의 자아의 표상이라고 본다면 '잠자는'이라는 수식어가 붙은 것은 '무의식적인', 혹은 '의식적인 상태가 아닌'이라고 해석될 수도 있다. 유약한 22살의 청년이 타국에서 갑작스레 끌려가 고문을 받고 감방에서 긴 시간을 보낸 후 고향의 부두에 도착했을 때 그는 위 시편들에서 한결같이 나오는 '울자'와 '울었다'처럼 울고만 싶었을 것이다.

다음의 시편들은 일제시대를 살았던 우리 유학생들의 고통의 중심부로 좀 더 들어가는 장면을 보여준다.

> 한 발짝 저쪽으로 발을 떼면
> 거기가 곧 죽음이라지만
> 죽음한테서는
> 역한 냄새가 난다.

10) 「달아나는 눈(眼)」, 『김춘수전집－수필3』, p.173.

나이 겨우 스물둘, 너무 억울해서
나는 갓 태어난 별처럼
지상의 키 작은 아저씨
귀쌈을 치며 치며
울었다.
한밤에는 또 한 번 함박눈이 내리고
마을을 지나 나에게로 몰래
왔다 간 사람은 아무 데도
발자국을 남기지 않는다.

—「처용단장」 제3부 9 전문

천황 폐하와
나라를 위해서라고 했지만
천황 폐하와
나라가 없는 나는
꿈에 나온
조막만한 왜떡 한쪽에
밤마다
혼을 팔고 있었다.
누구도 용서해 주고 싶지 않았다.

들창 밖으로 날아간 새는
해가 지고 밤이 와도
돌아와 주지 않았고
가도 가도 내 발은
セタガヤ署 감방
천길 땅 밑에 있었다.

—「처용단장」 제3부 14 후반부

돌려다오.
불이 앗아 간 것, 하늘이 앗아 간 것, 개미와 말똥이 앗아 간 것,
여자가 앗아 가고 남자가 앗아 간 것,

앗아 간 것을 돌려다오.
불을 돌려다오. 하늘을 돌려다오. 개미와 말똥을 돌려다오.
여자를 돌려주고 남자를 돌려다오.
쟁반 위에 별을 돌려다오.
돌려다오.

―「처용단장」제2부 1 전문

첫 번째 시에서는 죽음에 관한 사유와 억울하게 운 것, 그리고 고독감 등이 나타나 있다. 그런데 이 시에서 두서없이 의미맥락이 닿지 않도록 구성된 시구는, "나는 갓 태어난 별처럼/지상의 키 작은 아저씨/귀쌈을 치며 치며/울었다"이다. 앞선 김춘수의 시편에서 보았듯이, 김춘수는 모멸스럽고 고통스러웠던 순간에는 시에서 그것을 구체화하기보다는 그때 떠올랐던 상념이나 유아어와 같은 표현으로써 그 상황이 지닌 심각성으로부터 일견 초월한 듯한 문구를 보여준다.

이 시에서 "스물둘, 너무 억울해서"란 문구로 볼 때 이 시의 모티브 또한 김춘수의 일제 감금 체험과 관련이 있다. 그렇다면 "나는 갓 태어난 별처럼/지상의 키 작은 아저씨/귀쌈을 치며 치며/울었다"는 김춘수가 요코하마 헌병대로부터의 고문 체험을 표현한 것으로도 볼 수 있다("헌병대와 경찰서 고등계의 지휘 하에서 몇 달의 영어생활을 하게 되었지만 나는 참으로 억울했다. 그들이 함부로 내 몸과 자존심을 짓밟아버린 것도 그랬지만, 내 자신 어이없이 무너지고 만 내 자존심을 눈앞에 보았을 때 한없이 억울하기만 했다. 그들은 한 개의 竹刀와 한 가닥의 동아줄과 같은 하잘 것 없는 물건으로 나를 원숭이 다루듯 다루고 말았다"[11]).

두 번째 시에서는 이와 같이 추상화된 체험이 훨씬 구체화된 형상으로 드러난다. 여기서는 "조막만한 왜떡 한쪽"에 비굴해지고 "혼"을 파는 듯한 굴욕감을 경험하는 장면이 구체화되어 있다. 그곳은 '가도 가도 내 발'이 묶인 "セタガヤ署 감방"이다. 실제 김춘수가 수감된 감방은 지하 감옥으로서 그곳에는 가로 세로 20센티 가량의 들창 하나만 높은 곳에 있을 뿐이었다고 한다.

세 번째 시에서는 "들창 밖으로 날아간 새"를 동경하는 심경이 '주문'의 형태로 형상화되었다. 이 시의 주제는 강한 피해의식이다. 구체적으로 이 시의 술어는 대부분이 '돌려다오'이다. 돌려달라는 것은 빼앗긴 것을 전제로 한다. 이 시의 대부분의 수식어는 또한 '앗아간'이다. 빼앗긴 것을 돌려달라는 문구의 반복으로써 이 시의 기본골격이 구성되어 있는 것이다.

그렇다면 '누가' 앗아간 것인가. 앗아간 주체는 '불'과 '하늘'과 '개미와 말똥'과 '여자'와 '남자'이다. 이것을 물과 공기와 대지와 인간으로 표상될 수 있는데, 그렇다면 앗아간 주체는 세상과 세상사람 모두라고 할 수 있다. 여기서 이 시를 시인의 '세다가와서 체험'과 연관 지어서 본다면 억울하게 일본 헌병대로 끌려가 고문을 받는 시인의 절망적 심경을 유추할 수 있다.

그런데 '무엇'을 앗긴 것인가. 그 무엇이란 '불'과 '하늘'과 '개미와 말똥'과 '여자'와 '남자'이다. 이것을 보면 '무엇'이란 바로 '누가'와 일치한다. 즉 빼앗은 주체가 빼앗긴 대상과 일치하는 것이다. 이것은 모순적인 발화에 해당되지만 세상의 모든 것이 자신의 모든 것을 빼

---

11)『김춘수전집2―시론』, pp.573~574.

앗긴 느낌에 사로잡힐 때 이 구절은 그 심경 표현에 적절한 것이 되기도 할 것이다.

지하 감옥 속에서 '들창 밖으로 날아간 새'를 동경하던 시인의 심경이 이와 같은 무의미한 어구 속에 표현된 역설로 나타났다고 할 수 있다. 그런데 세 번째 시에서 빼앗은 주체와 빼앗긴 대상이 일치하지만 단 하나 예외가 있다. 그것은 바로 '쟁반 위에 별'이다. 시인은 이것을 빼앗은 주체에 포함시키지 않으며 빼앗긴 대상에도 포함시키지 않는다. 그런데 마지막 구절에서 '쟁반 위에 별'을 돌려달라고 끝맺고 있다.

'쟁반 위에 별'이란 일상적인 부엌의 쟁반에 비치는 빛의 일종이라고 유추해볼 수 있다. 시인은 이와 같이 지극히 일상적인 삶을 돌려달라고 하는 것이다. 삶의 지극한 일상에 대한 강렬한 욕망은 시인의 세다가와서 체험과 연관 지어본다면 두 번째 시의 '들창 밖으로 날아간 새'와 연관 지을 수 있다. 보통 사람들에게 들창 밖의 새나 쟁반에 비치는 빛이란 평범한 일상이다.

그러나 타국 땅의 추운 지하 감방에서 지내는 사람에게 그 감방의 작은 들창 밖의 새는 꿈과 같은 것이다. 그 꿈이 지극히 일상적인 삶의 행복이라는 점에서 '쟁반 위에 별'의 의미층위가 놓인다. 시인은 이 같은 무의미어구의 반복과 그 리듬의 주문에 의하여 자신을 위로하고 있는 것이다("呪文이 말 그것으론 뭐가 뭔지 알 수 없는데도 어떤 가락을 붙여 되풀이함으로 사람의 정신에 얼마큼이나마 영향을 미치는 것인데, 일종 리듬의 힘이라 하겠다"[12]).

---

12) 『김춘수전집2-시론』, p.142.

3. '야스다'에 대한 증오와 '괄호'의식

「처용단장」 시편들과 다른 시편들을 통틀어서, 김춘수가 자동기술적인 방식으로 띄어쓰기까지 무시하고서 시를 쓰는 경우는 아주 드물다. 김춘수가 고문 체험이나 부산 부두에 도착해서 울던 장면을 묘사할 때 유아적 언어로 퇴행하여 의미 없는 문구를 반복하는 어투를 보이는 점을 감안할 때 다음의 시는 그 원인격인 대상에 대한 격한 감정이 드러나 있다.

> ㅋㅋ八マ헌병대가지빛검붉은벽돌담을끼고달아나던ㅋㅋ八マ 헌
> 병대헌병軍曹某T에게나를넘겨주고달아나던포승줄로박살내게하고
> 木刀로박살내게하고욕조에서氣를絶하게하고달아나던 創氏한일본
> 姓을등에짊어지고숨이차서쉼표도못찍고띄어쓰기도까먹도달아나
> 던식민지반도출신고학생헌병補ヤスタ 某의뒤통수에박힌 눈 개라
> 고부르는인간의두개의 눈 가엾어라어느쪽도동공이없는
>
> —「처용단장」 제3부 5 전문

> 省線 안에서 비로소 나는 그가 누구라는 것을 생각해냈다. 그는 명함에는 야스다(安田)라고 日本性이 돼 있지만 한국인 동포다. 中央大學(日本의)의 학생이라고 분명히 그랬다. 西北 사투리를 쓰던 그 날 밤의 그를 되살려 낼 수 있었다. 뭣 때문일까? 그가 이럴 수가 있을까? …… 나가사끼에서의 야간 작업, 석탄을 화물선으로부터 밖으로 퍼나르는 일은 상상 외로 고되었고 위험하기도 했다. 휴식 시간에는 자연히 동포 학생들끼리 어울리게 된다. 노동판에서는 서로의 처지를 곧 알아차리게 된다. 후각이 아주 예민해진다. 10분 정도의 휴식 시간이다. 우리끼리 오고가는 화제는 일의 고됨과 위험성보다는(그런 것들에 관계된 얘기가

전연 없었던 것은 아니지만) 일본인들과는 나눌 수 없는 것, 그
들이 섞이면 금기가 되는 것, 그러나 동포들끼리라면 가장 자연
스럽게 체온이 통해 버리는 것(특히 청년학도들 간에서는)이 큰
비중을 차지한다. 總督政治에 관한 비판이요, 이른바 大東亞戰爭
의 양상이요, 한국 유학생들의 처지와 처신 따위다. 5~6인 동포
학생 중에 安이라고 자기 소개를 한 키 큰 학생이 있었다……
오늘도 나는 꿈에 생생하게 그 때의 일을 보았다. 그러나 쫓기고
있는 것은 내가 아니고 그다. 야스다이던 安某다. 키가 훤칠하고
白晳의 호남이다. 西北 사투리를 쓰던 그, 그는 지금 어디 있을
까? 어디서 내 눈총을 받고 있는가?13)

위 시는 자동기술의 형식이라는 점에서 시인의 다른 시편들과 형
식적인 면에서 이질적인 편이지만 시 저변에 강한 증오가 자리 잡고
있다는 점에서도 감정을 가급적 배제하려 한 김춘수의 다른 시편들
과 차별을 지닌다("프로이트와 융의 무의식은 결국은 가장 멀고 깊
은 곳으로부터 숨어 있는 내 자신을 길어 올리는 그런 작업을 뜻하
는 것이 된다. 이때 두레박의 역할을 하는 것은 자동기술이다"14)).
이 시의 내용은 요코하마 헌병대의 검붉은 돌담을 끼고 달아나던 일
본 성을 지닌 식민지 반도 출신 고학생 헌병대에 대한 묘사가 주를
이룬다. 이 창씨개명한 조선헌병대 고학생에 대한 증오는 "뒤통수에
박힌 눈 개라고부르는인간의두개의 눈" 그리고 "가엾어라어느쪽도동
공이없는"에서 단적으로 드러난다.
　강한 증오감은 문맥이 조리에 닿지 않는 두서없는 문구로서 드러
나며 일단은 뒤통수에 눈이 박혔다는 감정에 의한 형상의 왜곡으로

13) 『김춘수 전집3-수필』, pp.170~173.
14) 『김춘수 전집2-시론』, p.579.

나타난다. 그리고 그 눈은 어느 쪽도 동공이 없다. 그의 시편에서 '눈'은 특별한 의미를 지니는데, 그의 시에서 '천사'를 말할 때 '온몸이 눈으로 되'었다는 표현을 쓰곤 하며 이때의 '눈'의 의미는 순결함을 뜻하고 있다.

이러한 시인의 개인적인 명명을 고려할 때 두 번째 글의 표제가 '달아나는 눈'인 것이 이해될 것이다. 앞의 시에서 시인의 원망과 미움을 받는 고학생은 달아나고 있으며 눈이 뒤통수에 박힌 것으로 나타났었다. 이 수필은 그러한 미움의 대상과 상황에 대한 구체적인 기술이 드러난다. 즉 시인이 일본 유학을 가서 하숙집에서 귀성짐을 싸다가 불시에 찾아온 헌병대 학생에 의해 이끌려 요코하마 경찰서로 가게 되는 상황이 나타나 있다.

그런데 그 학생이 내민 명함에는 '야스다'라는 일본 이름과 헌병대 출신임이 밝혀져 있었다. 그럼에도 시인은 그가 조선인임을 금세 알았으며 그가 예전에 만났던 인물임을 기억해낸다. 시인은 나가사키의 화물선에서 짐을 나르면서 아르바이트를 하는 한국인 고학생들을 따라 일을 한 적이 한 번 있었다. 그리고 그 일을 하던 잠깐의 휴식 중에, 한국인 유학생 5~6명이 모여서 총독정치에 대한 비판 및 대동아전쟁에 대한 견해, 한국인 유학생의 처신 등을 서로 이야기하였던 것이다.

그런데 '안'이라는 성을 지닌 서북 사투리를 쓰는 일본 헌병대학의 학생이라고 밝힌 키가 훤칠한 호남의 학생이 그 자리에 있던 한국인 학생들을 헌병대로 끌려가도록 밀고한 것이다. 그는 '야스다'라는 일본 이름을 지녔지만 분명 조선인 출신이다. 이 일로 인하여 김춘수는 헌병대로 끌려가서 고문을 받고 다시 세다가와서로 끌려가서 6개월 정도의 감옥생활을 하게 된다.

이런 점을 감안한다면 「달아나는 눈」의 주인공이 위 시에서 왜곡된 괴물로서 형상화되었는지를 이해할 수 있다. 여기서 김춘수의 복합적인 심경을 유추할 수 있는데, 그를 고문하고 감금한 이는 일제이지만 그러한 고통을 받도록 밀고한 이는 조선인이라는 점이다. 시편들을 통해 볼 때, 이 조선인 학생에 대한 시인의 증오는 만만치 않은 것이었다.

이러한 체험은 김춘수의 시가 깊은 허무주의를 지니게 되는 데에 일조를 하였다. 시인이 '처용단장'이라는 제목하에 실제로 그의 '세다가와서 체험'을 근간으로 시집 한 권 분량의 연작시를 오랜 세월에 걸쳐 썼던 것은 이러한 체험이 그의 생애에서 상당한 외상으로서 자리 잡고 있음을 증명한다.

그는 처용연작을 본격적으로 쓰기 전에 '처용'이란 표제를 단 자전소설을 쓰고 두 편의 '처용' 표제 시편을 썼다.

> '임마 자식들, 사정만 줘봐라, 알지?'
> 그렇게 된 이상 뒤로 물러설 수는 없었다. K도 같은 심정이었을 것이다. 그러나 K의 내어민 한쪽 주먹이 공중에서 가늘게 떨고 있었다. 그때, 녀석이 또 호령이었다.
> '자식들이, 뭘 하는 거야!'
> 두 팔을 멋대로 휘두르면서 K가 먼저 부닥쳐 왔다. 나는 몇 발짝 물러섰다. 자세를 다시 세워 또 두 팔을 휘두르면서 부닥쳐 왔다. K는 눈을 감고 그러고 있었다. 나는 K의 주먹을 피하면서 틈을 보아 부닥쳐 가서는 두 팔로 K의 허리에 꽉 깍지를 꼈다. 그와 동시에 한쪽 다리로 K의 한쪽 다리를 감고 힘을 주어 앞으

로 밀었더니 꿍 하고 K가 뒤로 넘어졌다. 그러자 녀석은 저만치서 뛰어오면서 또 호령이었다.

'자식아, 사정 줬지 사정.'

녀석의 주먹이 내 콧등에 날아왔다. 코피가 입으로 타내렸다. 이가 부드득 갈렸지만 녀석의 몸에 손을 대지를 못했다. 내 눈이 야릇한 광채를 띠고 있었을 것이다.[15]

자전소설에서의 주요 사건 또한 억울한 폭력에 관한 것이다. 유년기의 시인을 괴롭히던 동네 아이가 시인과 이웃집 계집애와의 불미스러운 소문을 내었으며, 그 소문의 심각성으로 인해, 담임선생님이 그것에 대한 사실을 확인하려 한다. 그 과정에서 김춘수와 다른 한 아이가 불려가게 되고 결국 그 동네 아이가 불려가 선생님으로부터 야단을 맞게 된다. 그 동네 아이는 자신의 소행임을 알려준 김춘수와 한 명의 다른 아이를 서로 싸우도록 위협하고 많은 아이들이 그 장면을 구경하도록 한다. 그런데 이 둘이 서로 잘 싸우지 않자 그 동네 아이가 김춘수를 폭행하는 장면이 바로 위의 글이다.

자전소설의 마지막은 그 동네 아이가 트럭 앞에서 갑자기 나타나 트럭을 멈추게 하는 장난을 자주 하다가 결국 트럭에 치여 죽는 것으로 귀결된다. 이것은 실제일 수도 있지만 시인이 '처용'이라는 자전소설의 결말을 이렇게 지음으로써 자신에게 누명을 뒤집어씌우고 자신에게 폭력을 행사한 대상에 대한 억울함을 심리적으로 허구적으로 해소시킨 것일 수도 있다. 이 소설이 이유 없는 폭력과 고통을 다룬 점에서 「처용단장」의 '세다가와 고통 체험'과 유사성을 지닌다.

이러한 폭력의 체험을 다룬 자전적인 글들은 한결같이 '처용'이란

---

15) 「처용」, pp.427~428.

표제를 달고 있다. 김춘수의 '처용' 자전소설에서 유년기의 풍경이 한려수도를 배경으로 한 '바다'가 중심을 이루듯이 「처용단장」 연작시 대부분의 풍경 또한 '바다'가 주를 이룬다. 또한 처용과 아내와 역신의 관계 역시 김춘수와 조선인 학생과 일본 헌병대라는 관계와 어느 정도 상응구도를 이루는 측면이 있다. 즉 '처용'이 '바다'에서 태어난 동해왕의 아들이라는 고귀한 신분이라는 점과 속세에서 지난한 고통에 당면하여 그것을 초극하였다는 점에서 김춘수는 상황적 동질성을 발견하고서 '처용'을 시인 자아의 확장적 메타포로서 즐겨 썼다고 할 수 있다.

조선인 학생이 시인을 밀고한 일을 비롯한 일련의 고통 체험은 '우리'라는 의식에 대한 시인의 사유에 영향을 미친 측면이 있다.

> 내 입장에서 본다면 〈우리〉는 括弧 안의 〈우리〉일 뿐이다. 즉, 觀念이 만들어낸 어떤 抽象일 뿐이다. 觀念이 박살이 날 수밖에는 없는 어떤 절박한 사태를 앞에 했을 때도 〈우리〉를 말할 수 있는 사람에게만 括弧를 벗어난 우리가 있게 된다.[16]

> 나는 그때 セタガヤ署
> 감방에 있었다.
> 땅 밑인데도
> 들창 곁에 벚나무가 한 그루
> 서 있었다.
> 벚나무는 가을이라 잎이 지고 있었다.
> 나도 단재 선생처럼 한 번
> 울어 보고 싶었지만, 내 눈에는 아직

---

16) 『김춘수 전집2』, p.352.

인왕산도 등꽃 빛 하늘도
보이지가 않았다.

—「처용단장」제3부 3 후반부

새장의 문을 닫고 새의 날개짓을
생각했다. 그것이 곧
내 몫의 자유다.
모난 것으로 할까 둥근 것으로 할까
쭈뼛하니 귀가 선 서양 것으로 할까, 하고
내가 들어갈 괄호의 맵시를
생각했다. 그것이 곧
내 몫의 자유다.
괄호 안은 어두웠다.
불을 켜면
그 언저리만 훤하고 조금은
따뜻했다.
서기 1945년 5월,
나에게도 뿔이 있어
세워 보고 또 세워 보고 했지만
부러지지 않았다. 내 뿔에는
뼈가 없었다.
괄호 안에서 나서 괄호 안에서
자랐기 때문일까 달팽이처럼,

—「처용단장」제2부 40 중에서

첫 번째 글에서 '〈우리〉'란 '괄호 안의 〈우리〉일 뿐'이라는 말에 주목해보자. 김춘수는 이것을 '관념이 만들어낸 어떤 추상일 뿐'이라고 단정짓는다. 즉 '우리'라고 믿는 어떤 관념이란 '어떤 절박한 사태' 앞에서 허물어지는 것일 수밖에 없다는 그러한 속성에 대해서 시인은 '괄호 안의 〈우리〉'라는 명명을 내린다.

이러한 '괄호의식'은 「처용단장」에서 빈번하게 나타난다. 구체적으로, '처용연작'에서 '괄호', 괄호의 '맵시'와 연관된 '뿔'과 '귀'를 다룬 구절들은 다음과 같다. 즉 "나귀가 한 마리 쭈뼛/귀를 세우고 있네요"(3부의 26), "늙은 귀를 쭈뼛/한 번 다시 세웠지"(3부의 27), "그때 나는 이미 〈　〉안에 들어가고 있었다.고,/아니 이미 들어가 버렸다.고,/실은 입과 항문도 이미 〈　〉안에 들어가 버렸다.고"(3부의 28), "모난 것으로 할까 둥근 것으로 할까/쭈뼛하니 귀가 선 서양 것으로 할까, 하고/내가 들어갈 괄호의 맵시를/생각했다. 그것이 곧/내 몫의 자유다./괄호 안은 어두웠다", "괄호 안에서 나서 괄호 안에서 자랐기 때문일까"(3부의 40), "눈물과 모난 괄호와/모난 괄호 안의/무정부주의와"(3부의 48), "서울은 꼭 달팽이 같다. 아니/달팽이뿔 같다. 오므렸다/폈다 옴츠렸다 뻗었다", "뿔이니까, 달팽이뿔에는/뼈가 없으니까, 또 니까, 다. 그렇지"(4부의 1), "어느 날/고장난 내 귀가 듣는/耳鳴", "헤르바르트 훈이 내 귀를 마구 짓밟는다"(4부의 9), "모난 괄호/거기서는 그런 대로 제법/소리도 질러보고/부러지지 않는 달팽이뿔도 세워 보고"(4부의 17).

이와 같은 사례들에서 형상화되는 '괄호' 이미지는 〈우리〉에 관한 사유와 관련을 맺고 있다. 즉 자아의 테두리인 '괄호'를 벗어나 '우리'가 되는 것, 그것이 얼마나 견고할까 하는 것이다. 이러한 사유의 형성은 조선인 학생이 시인을 밀고한 일과 시인의 감방 체험과 연관을 맺는다. 왜냐하면 시인은 같은 조선인인 자신을 밀고한 그 학생을 미워하였지만 그 자신 역시 왜놈의 떡 한쪽 앞에서 차가운 지하 감옥의 추위 앞에서 한없이 작아질 수밖에 없는, 즉 "혼을 팔아야" 하는 나약하기만 한 자신을 발견하였던 것이다.

　이러한 체험은 시인이 어떤 인물을 평가할 때의 주요한 준거를 만들어내도록 한다. 즉 자아의 테두리로서의 '괄호'를 초월한 인물인가 하는 것인데, 주로 육체적인 한계상황 속에서도 자신의 신념을 고수해나간 인물들에 대하여 깊은 존경심을 표한다("나는 예수를 두려워하고 소크라테스를 두려워하고 정몽주를 두려워한다. 이념 때문에 이승의 생을 버린 사람들을 두려워한다"[17]). 그리고 그는 이와 같은 인물들을 제재로 많은 시편들을 창작하였다. 그는 작품에서 예수, 사바다, 박열, 단재 등을 이념을 위해 자신을 희생한 숭고한 정신의 소유자로 그리고 있다. 그리고 '처용연작'의 '처용' 역시 고통을 대하는 방식에 있어서 이와 같은 속성을 담지한 인물이다.

　두 번째 시에서 그는 자신이 감방 안에서 단재 선생에 관한 꿈을 꾼 이야기를 한다. 그런데 실제 김춘수가 복역한 지하 감방에는 가로 세로 20센티 가량의 쪽창이 있었고 그 창 너머의 산에 서 있는 벚나무가 얼었다가 다시 녹아서 꽃이 피는 것을 보았다고 술회한다. 이러한 사실과 연관지어 보면 위 시는 그가 복역한 초겨울 무렵의 풍경을 배경으로 한 것이다. 그러나 그는 자신이 '단재 선생처럼 한 번/울어 보고 싶었지만' '인왕산도 등꽃 빛 하늘도 보이지가 않았'다고 고백한다.

　즉 조국을 위해 자신의 모든 것을 희생하고도 자신의 신념을 고수해간 인물의 내면과 자신이 다름을 술회하는 것이다. 그런데 이 점에 시인의 정직성이 있다. 자신이 평범한 인간임을 고백하는 것, 즉

---

17) 『김춘수전집—수필3』, p.77.

일제 때 태어나 그 시대를 살고서 핍박받았던 조선인으로서 자신의 모든 것을 결코 포기할 수 없었던 그 시대의 평범한 지식인 청년의 고뇌를 보여준다. '처용연작'에서 일본 천황을 사살하려 했던 박열에 관한 시편들 가운데 박열로 인해 죽은 여인들에 대한 상념도 이념을 고수하기 어려운 일반 인간의 상황에 대한 것을 보여주는 것이다.

이와 같이 김춘수의 '괄호'는 '어떤 관념이 만들어낸 어떤 추상일 뿐'이지만 그의 시에서는 다양한 형상으로 변주되어 나타난다. 괄호 의식의 연원은 김춘수의 감방 체험과 깊은 관련을 지니는데, 지하 감방의 작은 쪽창은 어느새 네모난 괄호로, 괄호 속에 묶인 자신으로 변주되곤 한다.

마지막 시편에서 '괄호' 이미지는 '새장의 문'으로 변주된다. 새장의 문을 닫고 새의 날개짓을 생각하는 것, 그것은 감옥에 갇힌 자의 상념에 다르지 않다. 단지 그 새장의 문이 '모난 것'으로 할 것인지 '둥근 것'으로 할 것인지. 혹은 '쭈뼛하니 귀가 선 서양 것으로 할' 것인지 하는 상념에 잠기면서 '새장의 문'은 어느새 '괄호의 맵시'로 형상화된다. 그 괄호 안 의식이란 나 홀로의 의식에 다름 아니다.

그렇다면 '1945년 5월'에 '나에게도 뿔이 있어' '세워 보고 또 세워 보고 했지만' '부러지지 않았'지만 '뼈가 없었'다는 '내 뿔'은 어떤 의미일까. '1945년 5월'이면 해방을 앞둔 시점이다. 이 의미는, 그 무렵에 시인은 괄호 친 〈우리〉의식에서 '괄호'를 벗기려 해보았다는 것, 즉 '괄호'를 초월한 '우리' 의식을 가져보려고 했다는 것일 수 있다. 그러나 그는 '괄호 안에서 나서 괄호 안에서' 자란 '달팽이' 같은 존재일 수밖에 없었음을 고백한다.

김춘수의 세다가와서 감방 체험은 '괄호 이미지'로 변주되며 '괄호' 없애기란 시인의 주요한 화두가 된다. 괄호를 없앤 상태란 어떤 절대적인 상태를 의미하며 평범한 인간으로서 도달하기 어려운 지점과 관련을 지닌다. 그는 동해왕의 아들이라는 신화적 인물인 '처용'의 행위에서 그 비범한 절대성의 영역을 엿보았으며 '처용연작'을 통하여 시대의 상흔과 허무를 극복하고자 하였다. 그의 '처용'은 동해왕과도 같았던 안온했던 유년의 확장적 메타포를 지니고 있으며 '처용연작'을 통하여 세다가와서 체험을 비롯한 일련의 폭력의 경험을 극복하고자 하는 내면의 역정을 보여준다.

4. 허무주의와 무의미시

시인의 세다가와서 체험은 그의 허무주의와 깊은 관련을 지닌다. 시편들에서 그가 일본 유학시절에 고문을 받고 감방생활을 한 것도 그러하지만 시편에서 그를 밀고한 조선인 고학생에 대한 증오도 상당한 것으로 보인다. 그의 시편에서 무정부주의자들에 대한 언급이 빈번하게 나오는 것도 현실이나 이데올로기에 관한 한 그 어느 쪽도 긍정하지 않는 허무주의적 시각을 단적으로 보여주는 것이다.

세다가와서 체험은 또 다른 층위에서 시인에게 지대한 영향을 미쳤는데, 그가 어떠한 인물을 평가할 때 기준으로 작용하는 것이 자아의 테두리인 '괄호'를 벗어난 것인가, 즉 절대성을 지녔는가 하는 점이라는 것에서 그러하다. 이때 '절대성'이란 인간으로서 육체적인 고통을 감내하고서도 지켜내는 정신적인 무엇을 지녔는가 하는 점이다. 이 점은 중요한데 시인은 시편들을 통하여 그 자신은 이러한 위인의 범주에 들지 못하였음을 고백하고 있기 때문이다. 이 점은 시인의 허무감을 더 깊게 만든 것일 수도 있는데 초보적 고문에도 자신의 의지가 여지없이 무너지는 평범한 인간임을 절실히 체험하였기 때문이다.

그가 세다가와서 체험을 근간으로 다룬 '처용연작'을 구상할 때 '처용' 표제의 유년기 자전소설을 썼다는 점도 이것과 관련이 있다. 이 소설 역시 유년기의 안온한 할머니의 품과 호주 선교사의 품을 제외하면 한 소년으로 인한 억울한 누명과 폭력의 경험이 주요 사건을 이루고 있기 때문이다. 이 소설은 실제 사실이든 작위적 허구든 간에 시인을 괴롭힌 소년이 교통사고로 죽는 결말을 보여주는데, 이것에서도 평범한 인간이 지닌 증오의 표출을 여지없이 보여주는 측면이 있다.

현실에 대한 어떤 것도 신뢰할 수 없다는 것과 육체적 폭력 및 고통 콤플렉스 그리고 유약한 자신에 대한 절감은 시인의 허무주의를 깊게 하는 데 일조를 하였다. 세다가와서 체험 중 시인의 외상에 상응하는 체험이나 기록은 대체로 무의미어구를 취하고 있다. 이것은 유아기적 언어로의 퇴행에 견줄 수 있는데 그가 당면한 고통의 정도를 반영하는 것으로도 볼 수 있다. 혹은 자신을 감방으로 가도록 만든 조선인 고학생 '야스다'에 대한 증오는 이와 같은 언어와 함께 의도적으로 자동기술적 어구를 만든 경향도 엿볼 수 있다. 즉 시인은 무의식과 의식의 작용에 의하여 무의미어구를 만들어내지만 그

과정을 통하여 시인의 무의미시는 끊임없이 작용하고 있는 그 자신
의 심리를 드러낸다.

> 눈보다도 먼저
> 겨울에 비가 오고 있었다.
> 바다는 가라앉고
> 바다가 있던 자리에
> 군함이 한 척 닻을 내리고 있었다.
> 여름에 본 물새는
> 죽어 있었다.
> 물새는 죽은 다음에도 울고 있었다.
> 한결 어른이 된 소리로 울고 있었다.
> 눈보다도 먼저
> 겨울에 비가 오고 있었다.
> 바다는 가라앉고
> 바다가 없는 해안선을
> 한 사나이가 이리로 오고 있었다.
> 한쪽 손에 죽은 바다를 들고 있었다.
>
> ―「처용단장」 제1부 4 전문

　나는 말을 부수고 의미의 분말을 어디론가 날려버려야 했다.
말에 의미가 없고 보니 거기 구멍이 하나 뚫리게 된다. 그 구멍
으로 나는 요즘 허무의 빛깔이 어떤 것인가를 보려고 하는데, 그
것은 보일 듯 보일 듯하고 있다. 그래서 나는 「처용단장」 제2부
에 손을 대게 되었다.
　이미지가 대상에 대한 통일된 전망을 두고 하는 말이라면 나
에게는 이미지가 없다. 이 말은 나에게는 일정한 세계관이 없다
는 것이 된다. 즉 허무가 있을 뿐이다…… 미완성 이미지들이 서
로 이미지가 되고 싶어 피비린내 나는 칼싸움을 하는 것이지만,
살아남아 끝내 자기를 완성시키는 일이 없다. 이것이 나의 수사
요 나의 기교라면 기교겠지만 그 뿌리는 나의 자아에 있고 나의

의식에 있다.[18]

전자의 시에서는 다양한 무의미어구들이 나타난다. 먼저 "눈보다도 먼저 겨울에 비가 오고 있었다"는 구절을 보면 이것은 '겨울에 눈이 오고 있었다'란 상식적 구절을 견주어볼 때 일반적인 사람들의 기대에 약간 어긋난다는 점에서 '상황의 무의미'[19]로 볼 수 있다. 그런데 이와 같은 어구를 구성할 때 선택한 '비'라는 제재는 '겨울'과 '내리고 있었다'란 어구와 연관되어서 을씨년스럽고 쓸쓸한 느낌을 형성한다.

그리고 "바다가 있던 자리에/군함이 한 척 닻을 내리고 있었다"란 구절을 보자. 이 구절도 얼핏 보면 일상적인 것 같지만 '바다'와 '군함'이 서로 층위가 다른 명사인데 이것들이 서로 교체 가능한 범주인 것처럼 서술하였다는 점에서 일상적 서술과는 다른 '범주적 이탈의 무의미'이다. 여기서 '군함'은 물론 일상적인 제재로 출현한 것으로 볼 수도 있지만 시인이 역사로부터 받은 폭력 콤플렉스와 관련한 상징적 대상이라고 볼 수도 있다.

이어서 "여름에 본 물새는/죽어 있었다./물새는 죽은 다음에도 울고 있었다./한결 어른이 된 소리로 울고 있었다" 구절에서, 물새가 죽은 다음에도 울고 있다는 것은 명백히 사실에 맞지 않는 '상황의 무의미'이다. 그런데 물새가 감정이입된 대상임을 고려한다면 죽은

---

18) 김춘수, 「의미에서 무의미까지」, 『김춘수시전집』, 민음사, 1994, pp.508~509.
19) 문학적 무의미의 유형으로는, '상황의 무의미', '언어의 무의미', '범주적 이탈', '수수께끼'를 들 수 있다. 이것에 대해서는, 최라영, 「김춘수 무의미시 연구」, 서울대 박사논문, 2004, 3장 참고.

다음에도 울고 있다는 것은 그 비애가 죽음을 넘어설 정도로 깊은 것임을 형상화한다. 그리고 그 울음이 '한결 어른이 된 소리'라는 점에서 비애의 깊이가 구체성을 지닌다.

마지막 어구에 해당되는 "바다는 가라앉고/바다가 없는 해안선을/한 사나이가 이리로 오고 있었다./한쪽 손에 죽은 바다를 들고 있었다"를 보자. 바다가 가라앉는다는 것은 썰물 상태임을 연상시키지만 '가라앉다'가 '바다'에 어울리는 술어 범주가 아니라는 점에서 '범주적 이탈의 무의미'이다. 그런데 이와 같이 범주적으로 맞지 않는 주어와 술어를 만듦으로써 겨울에 비가 오고 죽은 물새가 우는 장면에 더하여 시의 분위기는 더욱 침잠된다.

그런데 이 시에서 유일하게 나오는 인물인 '한 사나이'가 무엇을 하는지 주목해보자. 한 사나이는 이리로 오고 있는데 무엇을 들고 있다. 그것은 바로 '해안선'이다. 해안선은 인간이 들 수 없는 제재라는 점에서 이것도 주어와 술어의 층위범주가 맞지 않는 '범주적 이탈의 무의미'이다. 그런데 그 사나이가 든 해안선에는 '바다'가 없다. 해안선은 바다를 둘러싼 것인데 이것도 실제적 사실과 맞지 않는 '상황의 무의미'이다.

'바다'가 '없'는 '해안선'을 들고 있었다고 하여놓고 다시 한 사나이가 "한쪽 손에 죽은 바다를 들고 있었다"고 하는 것은 무슨 뜻일까. 여기서 '바다'가 '없'다는 것과 '바다'가 '죽었다'는 것 역시 서로 다른 의미가 충돌하는 무의미이다. 김춘수에게 '바다'는 고향인 통영을 상징하는 것이면서 행복했던 유년기의 메타포이다. 동시에 그의 시와 소설의 표제에서 자신의 메타포로서 썼던 '처용'은 '바다' 동해왕의 아들이다. '처용연작' 대부분의 시편들에서 배경으로 나타나는 '바다'가 '해안선'만 있을 뿐 그 '바다'는 '없'다는 묘사는 세상 모든 것에 대한 시인의 허무감을 나타낸다.

위 시에서 무의미어구로 만드는 결정적 역할을 하는 시어들의 술어는, 바다가 '가라앉다'와 '없다', 물새가 '죽다'와 '울다', 바다가 '없다'와 '죽다' 등이다. 즉 이치에 닿는 어구를 부조리한 어구로 만드는 데 역할을 하는 제재들이 취하는 술어들은 한결같이 '가라앉음', '죽음', '울음', '없음' 등이다. 이와 같은 언어들은 '허무함'의 속성들이다. 특히 시구에 나온 제재의 새로운 술어를 구성하는 데에 시인의 심리가 끊임없이 작용하여 그 결과 시 전체의 분위기를 하강적인 방향으로 움직인다. 특히 마지막 구절에서, 시인에게 유년기의 행복의 메타포이자 시의 공간에서 한결같이 나타나는 바다, 이 바다가 '죽어 있다'는 것, 그것도 '죽은 시체'처럼 '한 사나이'에게 들려져 있다는 무의미의 어구는 끝없는 상실감과 세상에 대한 '허무감'을 읽게 한다.

무의미어구의 생성을 이미지의 형성으로 본다면, 김춘수의 무의미시는 하나의 일상적, 혹은 완결적 이미지가 만들어지려는 순간 그것을 파편화시키고 추상화시켜 버린다고 할 수 있다. 중요한 것은 부조리한 어구 내지 이러한 이미지로 바꾸어버리는 심리적인 방향성이다. 무의미어구로 교체되는 그의 시어들은 '울음'이나 '죽음'과 관련한 것으로서 이러한 정서를 환기시키도록 무의미어구의 끊임없는 치환과정이 이루어진다. 이것에 관해서 김춘수는 "말에 의미가 없고 보니 거기 구멍이 하나 뚫리게 된다. 그 구멍으로 나는 요즘 허무의

빛깔이 어떤 것인가를 보려고 하는데, 그것은 보일 듯 보일 듯하고 있다"고 서술한다.

하나의 어구 혹은 하나의 문장을 부조리하게 만드는 것, 혹은 파편화된 이미지로 만드는 것은 화자의 심리적 지향에 따라서 농담이 되기도 하고 풍자가 되기도 할 것이다. 김춘수의 무의미시는 '허무'의 기제가 작용한 시적 언어의 치환에 의하여 생성되며 이러한 과정의 반복으로 인해 의미의 차원에서 볼 때 한 편의 시는 굉장한 모순의 덩어리로 바뀌어진다. 그러나 이와 같은 무의미어구들이 상호작용하여 만들어내는 계열체들은 복합적이고 추상적인 이미지를 창조하며 무의미시 특유의 미감을 얻게 된다. 즉 그의 무수한 무의미시들이 한결같이 떠올려내는 것은 파편적이고 추상적이며 지독히 우울한 내면 풍경이다. '허무주의'에 의한 무의미의 언어들은 시인의 수사요 기교이자, 그것의 '뿌리'는 시인의 '자아'에 닿아 있다("이것이 나의 수사요 나의 기교라면 기교겠지만 그 뿌리는 나의 자아에 있고 나의 의식에 있다").

김춘수의 무의미시는 통상적인 의미에서 시대와 역사와 현실로부터의 도피의 산물이라고 말할 수가 없다. 구체적으로, 시인의 무의미시 지향으로의 계기이자 그 전형을 보여주는 「처용단장」은, 일제하와 시대적 격동기를 살았던 유약한 시인이 그가 당면한 육체적, 정신적 폭력으로부터 어떻게 고통받았으며 그리고 '역사'와 '현실'의 문제를 부정하는 끝없는 '허무주의'로 어떻게 빠지게 되었는지를 반복적이고 압축적으로 보여준다. 시인은 무의미시를 통하여 '허무'의 언어를 끝없이 만들어냄으로써 '허무'를 극복하고자 하였다. 그리고 시인은 '처용연작' 이후 거의 전 생애에 걸쳐서 그의 무의미시를 개성적이면서도 추상적인 미적 언어의 경지로 승화시켜 나갔다.

5. 결론

이 글은 '처용'을 표제로 한 '처용연작'과 소설 「처용」과 '처용'에 관한 시인의 산문을 대상으로 하여 시인의 '자전적' 고통 체험에 주목하였다. 시인의 고통의 형상화의 핵심에는 '폭력'의 체험이 주요한 부분을 이루고 있었다. '처용' 표제의 소설이 시인의 유년기의 폭력 체험을 다루고 있다면 '처용연작'은 청년기의 폭력 체험, 구체적으로 일제하 '세다가와서' 체험을 주요하게 다루고 있다. 시인이 본격적으로 무의미시를 표방하고 창작한 '처용연작'은 무의미시를 창작하게 된 이 같은 자전적인 계기와 맞물려 있다.

이 글은 '처용연작'에 나타난 '세다가와서 체험'의 시편들에서 시인이 당면한 고통과 심적 공황으로부터 무의미의 어구가 생성되는 과정, 그리고 어떠한 현실 혹은 이데올로기에 대해서도 지향할 수 없는 허무주의가 일상적 질서에서 벗어난 무의미의 어구들을 생성하는 구체적인 메커니즘에 관하여 고찰하여 보았다. 즉 시인의 허무주의가 언어를 통하여 무의미를 생산하고 우리는 일련의 무의미어구들이 창조하는 다양한 계열체들을 통하여 우울과 허무와 비애만을 한결같이 읽어낼 수 있을 뿐이다. 끝없이 작용하는 '허무주의'에 의한 무의미의 언어들은 시인의 수사요 기교를 훌쩍 넘어서 그것의 '뿌리'

는 시인의 '자아'에 깊이 닿아 있다. 시인은 '허무'의 언어를 끝없이 만들어내는 그의 무의미시를 통하여 '허무'를 극복하고자 하였다.

무의미시 지향으로의 계기이자 무의미시의 전형을 보여주는 「처용단장」은 일제하와 시대적 격동기를 살았던 유약한 시인이 그가 당면한 육체적, 정신적 폭력으로부터 어떻게 고통받았으며 끝없는 '허무주의'로 나아가게 되었는지를 반복적이고 압축적으로 보여준다. 그리고 그는 그의 무의미시를 반평생에 걸쳐 개성적이면서도 추상적인 미적 언어의 경지로 승화시켰다. '초보의 고문'에도 무력감을 느낀다는 시인의 솔직한 고백으로서의 '처용연작'은 일제하를 살았던 우리의 평범한 지식인이 자아의 정체성을 침범받고 그것을 고통스럽게 형상화한 '문학적인 자전기록'이라는 점에서도 우리 시문학사에서 드물고도 독특한 자리를 차지한다.

제2장

김춘수 후기시에 나타난 '아내'의 의미

— 『의자와 계단』, 『거울 속의 천사』, 『쉰한 편의 비가』를 중심으로

1. 서론

김춘수는 1960년대 이후 40여 년 가까이 극도의 감정절제 경향을
보이는 이미지 중심의 시편을 창작해왔다. 특히, 1950년대 말 이후
무의미어구로 된 이미지 중심의 감정절제 시편들을 써왔던 시인은
1997년의 『들림, 도스토예프스키』에 이르러 그러한 실험의 절정에
이른 면모를 보여준다.1) 그런데 이후 1999년부터 그가 타계한 2004

---

1) 김춘수에 관한 연구들 가운데, 최근, 새로운 시각에서의 접근들은 다음과
   같다. 김유중, 「김춘수의 실존과 양심」, 『한국시학연구』 제30호, 한국시학
   회, 2011, 김성희, 「김춘수 시의 멜랑콜리와 탈역사성 연구」, 서울대 박사
   논문, 2011, 이상호, 「김춘수의 무의미시에 함축된 진의 연구」, 『비평문학』
   제42호, 한국비평문학회, 2011, 이은정, 「부재의 존재론, 그 역설의 시학」,
   『한국문예창작』 제18호, 한국문예창작학회, 2010, 조강석, 「김춘수의 시의
   언어의식 전개과정 연구」, 『한국시학연구』 제31호, 한국시학회, 2011, 진수
   미, 「액션 페인팅의 문학적 전화(轉化)와 탈이미지의 시」, 『시와 회화의 현
   대적 만남』, 이른아침, 2011, 최라영, 「『처용연작』 연구-세다가와서 체험
   을 중심으로」, 『한국현대문학연구』 제35집, 한국현대문학회, 2011, 허혜정,

년까지, 그는 거의 평생을 고수해오던 시창작 방식을 전환하여, 사적인 감정을 자연스럽게 드러내는 시편을 썼다. 1999년 2월 출간된 『의자와 계단』에서부터 그의 시창작 방식에 있어서 변화의 조짐을 보여주기 시작한다("시집 『들림, 도스토예프스키』를 낸 이후 좀 편안한 자세를 가누기로 했다. 그동안 몸에 밴 것들이 자연스레 드러나도록 그때그때 쓰고 싶은 대로 쓰기로 했다"(「책머리에」, 『의자와 계단』). 이 시집의 출간시기가 1999년 2월이며 그의 아내가 타계한 시점이 1999년 4월이고 보면, 그가 이 시집의 시편들을 준비하던 무렵은 아내의 임종을 앞두거나 죽음을 맞이한 시기에 해당된다.

그의 후기시에서 시창작 방식과 주제적 측면의 변화는, 이후 출간된 『거울 속의 천사』에서 구체적인 형상을 드러낸다. 이 시집의 첫머리에는 "이 시집을 아내 淑瓊의 영전에 바친다"라고 되어있는데, '숙경'이란 시인이 사별한 아내의 이름이다. 즉 그는 1999년 4월 아내의 죽음을 맞이하던 시기에 낸 『의자와 계단』부터 심경의 변화를 시적 형상화 방식에서 조금씩 드러내기 시작하면서 이후 그의 시편들에서는 그 변화된 지점을 주제적인 측면에서 구체적으로 보여주고 있다. '거울 속의 천사'라는 시집 제목에서도 알 수 있듯이 '거울'과 '천사'는 '거울'과 같은 시인의 분신인 '아내'가 이미 하늘나라의 '천사'가 되었음을 상징적으로 뜻하며 '아내'를 향한 다. 이와 같은 주제상의 변모는 그의 시창작 방식에 있어서의 변화된 국면을 드러낸다. 구체적으로 그는 그의 시에서 자신의 심경을 직접적으로 드러내

「'처용'이라는 화두와 '벽사(辟邪)'의 언어」, 『현대문학의 연구』 제42호, 한국문학연구학회, 2010.

는 언급을 금기시한 경향을 보여주었다. 그런데 그의 후기시의 작품
들에서는 '서운하다', '그립다' 등의 직설적 감정을 드러내곤 한다.
이 같은 감정의 직접적인 표현 방식은 시인이 몇십 년간 고수해온
시창작 방식을 사실상 파기하고 있는 것이다("발자국도 없다./이제야
알겠구나/그것이 사랑인 것을"(「제22번 悲歌」, 마지막 3행), "내 혼자
만의 생각을 품에 안고/다만 사람으로 살고 싶다. 이런 생각이/때로
는 왜 나를 슬프게 할까"(「제25번 悲歌」, 마지막 3행), "그럭저럭 내
시에는 아무것도 다 없어지고/말의 날갯짓만 남게 됐다./왠지 시원하
고 왠지 서운하다"(「말의 날갯짓」, 마지막 3행) 등). 이러한 시창작 방
식의 변화의 이면에는 그의 후기시에서의 시적 세계관의 변화를 드
러내는 것이다.

이러한 변화의 이면을 읽어내는 것에는 시인의 평생의 화두였던
'고통'의 문제에 대한 그의 시각을 살펴보는 것이 유효하다. 그에게,
어떠한 의지를 위하여 육체적, 정신적 '고통'을 감내하는 것이란
어떤 것을 해석해내고 평가해내는 중요한 척도로 작용하였다. 그리
고 그는 이러한 '고통'의 감내의 그 끝은 '절대성' 내지 '신'의 문제
과도 연관되어 있다고 보았다. 그런데 그는 그의 후기시에서, 역사적
인 것이자 개인적인 것이었던 '고통'의 문제를 바라보는 시각에 있어
서 비약적, 초월적 국면을 보여준다. 이러한 비약의 계기로서, 아내
를 잃은 그의 상실감이 주요하게 작용하고 있다.

시인은 '처용연작'에서부터 역사적인 것이자 개인적인 '폭력'과
'고통'의 문제로부터 어떻게 이것을 대처해나가느냐 혹은 초월해나갈
것이냐 하는 것을 중심적 화두로 삼아왔다. 그의 후기시편들에서는,

이러한 '고통'의 문제에 관해서 과거 그가 몰두했던 '초월하려는 지향'과 '그 의지적 측면'을 넘어서 '초월해 있음' 혹은 이미 초월한 국면을 드러내고 있다. 단적으로, 그의 후기시편들에서, 시인이 길을 가다 맨홀에 빠졌는데 누군가 그 맨홀의 뚜껑을 닫아버리는 상황을 보여주는 것들이 있다. 이전의 그의 작품이었다면, '맨홀 속'이라는 상징적 상황, 그리고 그것과 관련한 비극적 심회와 절망 등이 주로 형상화되었을 것이다. 그런데 그는 맨홀 뚜껑이 닫히자 그 어떤 감정도 내비치지 않고서 오히려 맨홀 저 아래를 향해 하염없이 걸어가는 모습을 보여준다("길을 가다 자칫/맨홀 키대로 발이 빠진다. 멋모르고/누가 뚜껑을 닫자 그때/나도 이미 아쉬운 듯 맨홀 저쪽으로/가고 있었다. 거무튀튀, 아니/희끄무레"(「제5번 悲歌」 부분), "맨홀에 빠져본 일이 있는가, 하느님이 그렇듯이 거룩한 것은 속이 보이지 않아야 한다고, 말하자면 한없이 깊고 한없이 아련해야 한다고, 마치 살을 벗어난 그 뼈처럼 뽐낸다"(「肉脫」 부분)). 그리고 그 맨홀 저쪽편에는 이미 하늘나라로 간 아내가 그를 견인하고 있는 것이다. 이것은 그의 후기시에서, 그가 삶의 어떠한 사건이나 장면을 바라보는 세계관에 있어서의 변화가 작용하고 있는 것으로 볼 수 있다.

고통의 초극과 아내를 향한 그리움이라는 것은 서로 별개의 것인 듯하지만 실상은 시인의 의식, 무의식상의 극적 변화를 지속적으로 가져오는 연결고리를 지닌 것이다. 즉 시인의 과거와 현재 그리고 미래를 비추어내는 분신이었던 아내는, 시인이 곧 가게 될 사후세계의 상상 속에서 존재하며, 그의 고독한 현재의 일상을 일깨우면서도 존재하며, 그리고 그의 과거의 회상 속에서 존재한다. '거울 속의 천사'라는 그의 후기시집의 제목에서도 드러나듯이, '천사'가 된 '아내'는 시인 자신의 '거울'과 같은 존재이기 때문이다. 즉 그의 아내는 시인 자신과 평생의 고락을 함께한 대상으로서 시인이 당면했던 역사적 격동기의 시련과 고통을 반추해내는 대상이자, 그의 분신이었던 것이다. 일례로, 그가 과거 자신의 삶을 그리는 한 시편에서, 과거의 어느 겨울, 그가 아내와 함께 쏟아진 눈을 힘들게 치워 눈길을 내는 장면이 그려진다. 그런데 이어 다음 순간 트럭 한 대가 그것을 사정없이 뭉개고 지나가버린다("어떤 겨울은 또/눈이 너무 자주 너무 많이 와서/자전거도 버리고 다칠세라/우리는 눈 높이로 길을 냈다./그러나 그까짓/어인 추럭 한 대가 짓이기고 갔다"(「제8번 悲歌」 부분)). 이것은 시인이 과거에 겪었던 역사적, 시대적 폭력을 상징화한 것인데 시인의 과거기억의 한켠에는 그의 시에서 유일하게 '우리'라는 호칭어를 얻는 그의 '아내'가 자리 잡고 있다.

그의 후기시편에서는, 아내가 자신과 함께했던 '흔적'에 관한 상상이 지속적으로 나타나며 그리고 그 흔적마저 찾을 수 없는 상황에 관한 형상화가 주요하게 나타난다("새가 앉았다 간 자리/바람이 왜 저렇게도 흔들리는가,/모기가 앉았다 간 자리/왜 깐깐하게 좁쌀만큼 피가 맺히는가,/네 가버린 자리 너는 너를 새로 태어나게 한다"(「제24번 悲歌」 부분), "그러나 그러나/보이지 않아 보고 싶다고,/제일 만만한 사람의 귀에다 대고/살짝 한 번 말해 주렴 낮은 소리로/보이지 않아 보고 싶다고/그 毛髮"(「살짝 한 번」 부분), "바람은 눈치도 멀었다. 되돌아와서/한 번 다시 흔들어준다./범부채꽃이 만든/(아무도 못 달래는)/돌아앉은 오목한 그늘 한 뼘/점점점 땅을 우빈다"(「둑」 부분)).

즉 그의 분신으로서의 '아내'의 부재가 돌이킬 수 없는 현실이며 자신의 홀로됨에 대한 지속적인 확인은 시인으로 하여금 시대적 시련, 과거 고통의 문제를 그의 내면으로부터 무화시켜버리는 힘을 지니고 있었다. 즉 그의 후기시에서, 아내의 죽음은 그가 당면한 이러한 역사적, 개인적 '고통'의 문제로부터 비약 내지 초월할 수 있도록 하는 계기가 되고 있다. 그리고 이러한 경향은 단지 일시적인 것이 아니라 지속적으로 그의 후기시편의 특성으로 자리잡고 있다. 시인의 후기시에서 그의 분신이었던 '거울'과 같은 '아내'의 부재에 대한 확인과 고독감 그리고 '아내'가 떠난 다른 차원의 세계에 대한 시인의 끊임없는 상념은 그의 평생의 화두였던 역사적, 개인적 '고통'의 문제로부터 초연해질 수 있는, 혹은 이것을 개의치 않게 되는 계기가 된다.

그가 이전의 시편들에서, 육체적인 것을 견지해낸 정신적 의지와 결부된 '고통'의 문제를 중점적으로 형상화하였다면, 그의 후기시에서는 '아내'를 매개로 한, 삶과 죽음의 갈림길과 사후세계에 관한 상상과 사색을 통하여 역사적, 개인적 '고통'의 문제가 무화되어버리는 국면을 보여준다. 아내의 죽음을 전후로 그가 타계할 때까지 그의 생전 마지막 시집들, 『의자와 계단』, 『거울 속의 천사』, 『쉰한 편의 비가』 등은, 아내를 잃은 슬픔과 죽음을 앞둔 시인의 고독을 절제된 미학으로 보여주는 큰 범주의 '비가' 연작이라고 할 수 있다. 이것들은 권수를 더할수록, 아내를 잃은 슬픔과 죽음을 앞둔 시인의 고독과 사색의 깊이를 보여주며, 동시에 시인 평생의 화두였던 '고통'으로부터의 진정한 초월이 어떤 것인지를 암시해주고 있다.

이 글은 아내의 죽음을 전후로 한 시기부터 김춘수의 말년 무렵의 시편들을 중심으로 하여, 사별한 '아내'를 향한 그리움과 '죽음'을 앞둔 시인의 '고독'과 '사색'이, 그의 평생의 화두였던 역사적, 개인적 '고통'의 문제로부터 그를 어떠한 초월적 지점으로 이끌어 가는지를 고찰해보기로 한다.

2. '고통'을 함께했던 '아내' : '젓갈냄새'와 '낯선 천사'

시인은 아내의 죽음 이후 그녀에 대한 기억과 추억에 관한 형상화를 주조로 한 시편들을 창작하였는데, 아내와 함께한 시인의 기억 속에는 그가 감내하였던 삶의 시련들이 상징적으로 그려져 있다.

> 아내라는 말에는
> 소금기가 있다. 보들레르의 시에서처럼
> 나트리움과 젓갈냄새가 난다.
> 쥐오줌풀에 밤이슬이 맺히듯
> 이 세상 어디서나
> 꽃은 피고 꽃은 진다. 그리고
> 간혹 쇠파이프 하나가 소리를 낸다.
> 길을 가면 내 등 뒤에서
> 난데없이 소리를 낸다. 간혹
> 그 소리 겨울밤 내 귀에 하염없다.
> 그리고 또 그 다음
> 마른 남게 새 한 마리 앉았다 간다.
> 너무 서운하다.
>
> ― 「제2번 悲歌」 전문

이 시는 '아내'라는 말과 관련하여, '소금기'와 '젓갈', '쥐오줌풀'과 '꽃이 피고 지는 것'에 이어서, 길에서 들리는 '쇠파이프 소리'가 특징적으로 쓸쓸한 내면 풍경을 구성하는 주요 제재로 나타난다. 이 소리는 꽃이 피고 지는 시각적 자연 풍경에 이어, 간혹 짧은 쇠된 소리를 내며 지나가는 바람소리나 마치 파이프를 쳐서 나오는 악기 소리로도 여겨지며 이것은 청각적인 방식으로 쓸쓸한 자연의 풍경에 변화를 주며 분위기를 극적으로 만드는 구실을 한다.

'쇠파이프 소리'는 먼저 소리와 관련한 일상적 의미에서 보면, '간혹 그 소리 겨울밤 내 귀에 하염없다'에 주목한다면, 오래된 난방배관이 놓인 아파트나 건물에서 겨울철에 난방할 때 증기의 압이 파이프를 쳐서 나는 소리로 들린다. 간혹 들리는 이 소리는 시인이 처한 고요, 적막감을 일깨우며, 아내의 부재 속에서 쓸쓸히 겨울밤을 이어가는 시인의 고독을 나타낸다.

그런데 시인이, 난방할 때 간혹 들리는 쇠가 긁히는 듯한 불쾌한 소리를 '쇠파이프' 즉 둔기를 연상시키는 제재로서 표현한 것에 관하여 생각해볼 수 있다. '쇠파이프'라는 명명은 '둔기'를 연상시키는 강렬한 표현으로서, 이것은 이 시에서 '내 등 뒤에서'와 '겨울밤 하염없이 들리는 소리', 즉 시인의 과거 체험이나 그의 시의 주요한 모티브와 관련하여 볼 수 있다. 이와 유사한 이미지는 시인의 다른 시편의 「비가」에서 애벌레의 머릿속에 있는 '칼 찬 아저씨'나 '산더미만 한 軍靴'의 형상으로도 나타난다. 무엇보다도 시인의 시편들에서 '쇠파이프', '헌병', '칼', '군화' 등은 그가 일제하 유학시절 헌병대에 끌려가 1년간 찬 겨울을 보냈던 고통과 관련하여 그의 시에서 자주 나타난 제재였다. 그는 이후 역사적 격동기에 겪었던 '고통'의 문제를 이야기하고자 할 때면 이와 유사한 제재를 시 속에서 출현시키는 방식을 보여준다.

즉 '쇠파이프 소리'는 이 시의 첫 부분인 '아내라는 말에는 소금기가 있다. 나트리움과 젓갈 냄새가 난다'가 의미하는 것과 관련을 맺고 있다. 싱싱한 생선이나 그 일부가 시간과 소금기에 의해 전혀 다른 차원의 것으로 만들어진 '젓갈'은, 시인과 아내가 겪었던 역사적 격동기의 신산했던 삶의 역정을 드러낸 것이다. '젓갈', '나트리움' 등은 그의 시에서 삶의 '고통'과 '역경'을 구체화하고자 할 때 그가 개성적으로 사용하곤 하는 시어들이다. 겨울철의 난방파이프에서 들리는 간헐적 소리 혹은 적막한 자신의 상황을 환기시키게 되는 소리로부터, 하염없이 들리는 '쇠파이프'를, 과거 헌병대로부터 당했던 육체적, 정신적 고통과 관련한 것으로 표현하게 된 것에는 시인의 그러한 '고통'의 역정이 반영된 것이다. 시인에게서 '아내'는 그와 같은 시인의 과거 삶의 역경을 떠올리게 하는 기억의 대상이면서 삶의 '고락'을 함께해온 대상으로서 그런 의미에서 그는 '아내'에 대하여 '젓갈냄새' 혹은 '소금기'라는 수식어를 쓰고 있다.

그의 시에서 '젓갈', '소금기', '나트리움' 등은 결코 아무에게나 부여되지 않는 그만의 속깊은 찬사의 어구와 관련된다. 시인은 절박한 극적 상황 속에서도 그것에 결코 매몰되지 않고, 고결한 본성을 견지해낸, 혹은 육체적, 정신적 의지를 견지해낸 여성이나 신성을 지닌 인물에 대해서 이와 유사한 수식어구를 썼다. 일례로 그는 '하나님'을 '푸줏간에 걸린 쇠고기'라고도 하였으며 도스토예프스키의 『죄와 벌』에서 주인공 남성을 속죄의 길로 인도한 여성의 삶에 대해서 '나트리움'이나 '소금기'의 수식어를 쓰기도 했다. 푸줏간 고리에 걸린 쇠고기가 인간의 죄를 대신한 인간적인 신의 고통과 선의지를 나타낸다면, '소녀'의 삶은 당대의 비참한 현실 속에서도 가족과 주변을 위해 자신을 희생하고 신성을 견지하였다. 이런 의미에서 시인이 일제 치하와 6·25, 그리고 역사의 격동기 속에서 자신과 고락을 함께한 아내, 그 아내의 죽음을 맞고서 그녀에게 부여한 형용어구로서 '젓갈냄새'는 손색이 없어 보인다.

'젓갈냄새'와 '소금기'에 이어 나오는 '쥐오줌풀' 역시 '젓갈냄새'와 유사한 이미지를 형성한다. 이것은 들녘에서 흔히 볼 수 있는 여러해살이풀로서 그 꽃은 붉은 빛이 돌며 작은 수많은 꽃들이 한데 모여 한송이 큰 꽃을 이룬다. 어린순은 나물로 먹으며 뿌리도 약재로 유용하다. 이러한 야생풀꽃에게 '쥐', '오줌'과 결합된 이름은, 풀의 뿌리에서 나는 냄새 때문이라지만, 어쩐지 가혹해 보인다. 생명력 있으며 주변 어디서나 볼 수 있는 이 풀꽃이 '쥐오줌풀'인 것은, 이 시행의 위 구절에서 아름다운 본연의 자신의 이름을 잃어버리고 가족을 위해 한평생을 살아온 아내이자 시적 화자의 자녀의 어머니인 그녀에게 '젓갈냄새'라는 비유를 썼던 것과 유추적인 관련성을 맺고 있다. 뿐만 아니라, '젓갈냄새', '쥐오줌풀'은 '넙치지지미 맴싸한 냄새'와 같이, 아내와 함께했던 단란한 일상적 삶의 형상으로 변주되기도 한다("조금 전까지 거기 있었는데/어디로 갔나,/밥상은 차려놓고 어디로 갔나,/넙치지지미 맴싸한 냄새가/코를 맴싸하게 하는데/어디로 갔나,/이 사람이 갑자기 왜 말이 없나,/내 목소리를 메아리가 되어/되돌아온다./내 목소리만 내 귀에 들린다"(「降雨」 부분)).

'아내'를 향한 시인의 심회는 마지막 구절 "너무 서운하다"에 집약된다. 일상적으로, 마른 나무에 새 한 마리 앉았다가 가는 사실에 '너무 서운하다'는 표현은 과해 보일 수 있다. 그러나 이 '새'를 화자가 '아내의 분신'으로 여긴다면 혹은 하늘나라로 간 아내를 환기시키거나 홀로된 자신의 모습을 돌아보게 한다면 그것은 타당한 표현이다. '너무 서운하다'는 시인이 40여 년을 걸쳐 아끼고 아꼈던 말에 해당된다. 이 말은 '사랑한다'라는 말보다 더 깊은 마음을 드러내는 것이기도 하다.

그것은 시인이 감정의 직접노출 그것도 '너무'라는 말까지 써서 '서운함'을 표현한 것은, 40여 년 동안 극도로 감정을 절제한 시편들만을 써왔던 그가 아내의 죽음 이후에 보여준 시적 변화의 특징적 표지이기 때문이다. '아내'를 향한 직접적 감정표현들은 그의 말년무렵의 시편들에서 빈번하게 나타나고 있다("그리고 또 그 다음/마른 남게 새 한 마리 앉았다 간다./너무 서운하다"(「제2번 悲歌」 끝부분), "발자국도 없다./이제야 알겠구나/그것이 사랑인 것을"(「제22번 悲歌」 끝부분), "내 혼자만의 생각을 품에 안고/다만 사람으로 살고 싶다. 이런 생각이/때로는 왜 나를 슬프게 할까"(「제25번 悲歌」 끝부분), "그럭저럭 내 시에는 아무것도 다 없어지고/말의 날갯짓만 남게 됐다./왠지 시원하고 왠지 서운하다"(「말의 날갯짓」 끝부분) 등).

이와 함께 시인은 자신의 주변에서 아내의 '흔적'을 찾는 모습과 그 '흔적' 속에서 아내를 향한 그리움과 자신의 고독감을 주요하게 나타내고 있다.

산은 산이고 물은 물이라고
보이지 않아 보이지 않는다고,
그러나 그러나
보이지 않아 보고 싶다고,
제일 만만한 사람의 귀에다 대고
살짝 한 번 말해 주렴 낮은 소리로
보이지 않아 보고 싶다고
그 毛髮

—「살짝 한 번」부분

새가 앉았다 간 자리
바람이 왜 저렇게도 흔들리는가,
모기가 앉았다 간 자리
왜 깐깐하게 좁쌀만큼 피가 맺히는가

—「제24번 悲歌」부분

　첫번째 시는 『거울 속의 천사』에서 '흔적'이라는 장의 첫 번째 작품이다. 시인은 '산은 산이고 물은 물이다' 즉 어쩔 수 없는 자연의 이치라고 되뇌이면서도 보이지 않고 제일 만만한(?) 사람을 그리워한다. 여기서 그리움의 구체적 제재는 '모발' 즉 머리카락이다. 집 안에 아내의 머리카락이 떨어져 있음을 그리워한다는 것은 아내의 긴 부재를 의미한다. 이 시편은 시인의 아내의 죽음 이후 2년여 이후 시집에 수록된 것인데, 시인은 아내의 죽음을 맞이하던 그 당시보다도 시간의 흐름에 따라 점점 더 그 슬픔의 깊이를 더하는 내면을 보여준다.

　그리고 「제24번 悲歌」에서, 시인은 새가 앉았다 간 나뭇가지의 흔들림이나 모기가 앉았다 간 자리의 피맺힘과 같이, 작은 존재가 나타났다가 사라지는 바로 그 자리에 있던 '흔적'과 '자리'를 주시한다. 이어서 시인은 '네가 가버린 자리'가 '너는 너를 새로 태어나게 한'다고 말하고 있다. '네가 가버린 자리'에 의해서 '너'는 '너'를 '새로 태어나게 한'다는 것은, 시인에게 유일하게 '우리'라는 호명을 얻는 아내, 곧 '너'의 부재에 의해서 '나'가 심경의 변화 내지 인생관의 변화를 겪는다는 사실을 암시한다.

  시인은 그의 후기시편들에서 무엇인가 혹은 누군가가 잠시 있었다 사라진 것에 대하여, '흔적', '얼룩', '자리', '그늘 한뼘' 등으로 부르며 이러한 모티브는 빈번하게 나타난다. 이러한 시상전개를 통하여 그는 아내가 자신과 함께하다 간 자리의 공허감을 강조하고 있다 ("봄이 와 범부채꽃이 핀다./그 언저리 조금씩 그늘이 깔린다./알리지 말라/어떤 새는 귀가 없다./바람은 눈치도 멀었다. 되돌아와서/한 번 다시 흔들어준다./범부채꽃이 만든/(아무도 못 달래는)/돌아앉은 오목한 그늘 한 뼘/점점점 땅을 우빈다"(「둑」), "네가 두고 간/물푸레나무 꽃빛 물푸레나무 그늘만 아직도 거기 있다./한 번 뒤돌아보렴, 뒤돌아보고/소금기둥이 돼라, 너는"(「돌벤치」 부분)).

> 너는 이제 투명체다.
> 너무 흰해서 보이지 않는다.
> 눈이 멀어진다.
> 지금 내 앞에 있는 것은
> 산도 아니고 바다도 아니다.
> 너는 벌써
> 억만 년 저쪽에 가 있다.
> 무슨 수로

무슨 날개를 달고 나는
너를 따라잡을 수 있을까,
언제 우리는 다시 만나게 될까,
주먹만한 침묵 하나가
날마다 날마다 고막을 때린다.

— 「제37번 悲歌」 부분

거울 속에도 바람이 분다.
강풍이다.
나무가 뽑히고 지붕이 날아가고
방축이 무너진다.
거울 속 깊이
바람은 드세게 몰아붙인다.
거울은 왜 뿌리가 뽑히지 않는가,
거울은 왜 말짱한가,
거울은 모든 것을 그대로 다 비춘다 하면서도
거울은 이쪽을 빤히 보고 있다.
세스토프가 말한
그것이 천사의 눈일까,

— 「거울」

여보, 하는 소리에는
서열이 없다.
서열보다 더 아련하고 더 그윽한
句配가 있다. 조심조심
나는 발을 디딘다. 아니
발을 놓는다.
왠일일까 하늘이 모자를 벗고
물끄럼 말끄럼 나를 본다.
눈이 부신 듯
나를 본다. 새삼

엊그제의 일인 듯이 그렇게
나를 본다.
오지랖에 귀를 묻고
누가 들을라,
사람들은 다 가고 그 소리 울려오는
여보, 하는 그 소리
그 소리 들으면 어디서
낯선 천사 한 분이 나에게로 오는 듯한,

— 「제1번 悲歌」

  첫 번째 시에서 '아내'는 하나의 '투명체'로 형상화되어 있으며 그녀는 '억만 년 저쪽'에 있다. '억만 년 저쪽'은 아내가 간 세계와 자신이 딛고 선 세계와의 아득한 거리감을 나타낸다. 여기에는 어떤 날개를 달고서도 '너'가 있는 세계를 엿볼 수 없다는 좌절이 나타나 있다. 이러한 심경은 '주먹만한 침묵 하나가 날마다 날마다 고막을 때린다'로서 구체화된다. 이 구절은 시인이 아내를 잃은 고독감을 매우 절실하게 형상화한 것들 중 하나이다. '주먹만한 침묵 하나'가 날마다 고막을 때리고 '내' 앞에 있는 것은 가도 가도 허허벌판이며, 그리고 밤도 없고 낮도 없다는 것은 마치 세상을 다 잃은 듯한, 시인의 극도의 상실감을 보여준다.

  시인은 임종 무렵 아내가 겪었던 아픔을 옆에서 지켜보았으며 그리고 시인의 아내 역시 그가 체험했던 '고통'에 관해서 누구보다도 가까이에서 지켜보았을 것이다("아픔이 너를 알아보던가,/아픔은 바보고 천치고, 게다가 눈먼 장님일는지도 모른다"(「제27번 쉰한 편의 悲歌」 부분)). 그는 아내와 자신을 지칭할 때 늘 '우리'라는 호칭어를 취하며 그의 시에서의 '우리'는 시인과 그의 아내만을 뜻하며 사실상 그에게서 아내는 그 자신의 유일한 분신이었다.

아내를 잃은 상실감에 대한 확인과 고독하고 힘든 그의 심경은 위의 시 「거울」에서 추상적인 방식으로 드러나고 있다. 이 시에서, '주먹만한 침묵하나가 날마다 날마다 고막을 때린다'는 비유적 어구는 이 시에서 강풍이 불어 나무가 뽑히고 지붕이 날아가고 방축이 무너지는 풍경으로 변주되어 형상화된다. 시인은 둑 근처 폭풍 속의 한 장면으로서 그의 심경을 치환하여 나타내면서 이러한 모든 것을 '그대로 다 비추는' '거울'은 왜 말짱한가 하는 의문을 던진다. 고통스런 장면을 그대로 다 비추어낸다는 것은 그러한 장면 혹은 그러한 '고통'을 어떤 존재가 그대로 공유한다는 느낌 즉 공감을 얻고 있음을 뜻한다. 그럼에도 그 존재는 '이쪽을 빤히 보고'만 있는 것이다.

'거울'의 비유는 사실상 시인과 아내의 관계를 유추적으로 형상화해낸다. 그의 '아내'는 자신의 바로 곁에서 모든 것을 지켜보며 '공감'하였던 시인의 '분신'과 같은 존재이지만 '관조적'일 수밖에 없던 '나'가 아닌 존재였던 것이다. 그런데 이제 하늘로 간 '아내'는, 시인에게 '거울'과 같이 '공감'과 '관조'라는 서로 다른 두 시선을 '동시에' 보여주는 어떤 존재로서 나타난다. 즉 시인은 시간과 공간의 변화를 넘어선 존재, 자연 만물의 생성과 소멸을 지켜본, 그러면서도 자신의 삶을 공유하고 공감하였던 어떠한 절대적인 시선을 감지한다.

시인의 내면을 들여다보면서도 그 자신의 내면을 비추어내는 시선에 관해서 시인은 그의 시에서 주로 '투명체', '거울', '하늘', '천사의 눈' 등으로서 구체화하고 있다. 시인은 고통 속에서 그 자신을 주시하는 어떤 투명한 시선을 자각하기도 하며 그 존재가 모든 것을 비추면서도 그 자체 스스로는 온전한, 즉 자신의 '고통스런 내면'처럼 '왜 뿌리가 뽑히지 않는가' 하는 원망 섞인 의문을 던지기도 한다. 그리고 그는 '뿌리가 뽑힐 듯이' 고통스러운 내면을 비추어내면서도 끝없이 고요한 시선에 관하여 이것이 '세스토프가 말한 천사의 눈일까'라고 되뇌인다.

마지막 시편에서는 위 시에서와 같은, 시인의 극심한 내적 동요가 걷힌, 즉 '하늘이 모자를 벗고 물끄럼 말끄럼 나를 보'는 맑고 투명한 세계 속에서 시인이 체험하는 '환청'을 구체화하고 있다. '투명한 세계' 속에서 들리는 그 환청은 '여보' 하는 소리이다. 시인은 '여보' 하는 소리를 따라 하늘이 보이는 곳으로 나와, '낯선 천사 한 분이 나에게로 오는 듯한' 체험을 하게 된다. 하늘로 간 시인의 '아내'는 시인에게는 이제 자신을 '거울'처럼 비추어내는 '친숙한 아내'라기보다 '투명한 하늘'에서의 '낯선' 존재이기도 하다. 기실 시인이 이끌려 나왔던 '여보' 하는 그 소리는 시인이 되뇌이는 소리이기도 하며, 과거에 아내가 그를 불렀던 익숙한 소리의 환청이기도 하며, 혹은 그가 투명한 하늘로부터 그의 '마음' 속에서 듣게 되는 '아내'의 목소리이기도 할 것이다. 시인은 아내의 죽음을 겪고서 자신의 고독한 심경을 끊임없이 들여다보면서 어떤 절대적인 시선을 체험하는데, 그러한 '공감'과 '관조'를 동시에 보여주는 존재에 대하여, 자신을 비추는 '거울'과 같은 존재이면서도 '천사'로 명명하기에는 웬지 '낯선', 하늘로 간 그의 '아내'로 간주하고 있다. 그 자신의 내면을 이해하는 인간적이고 친숙한 존재이면서도 천상의 존재에 관하여, 혹은 그 존재의 시선에 관하여, 그는 '거울', '투명체', '하늘', '날개' 등과 관련 지으며 이러한 비유적 이미지의 궁극적 대상으로서 '낯선 천사'로서 의 '아내'를 비추어낸다("앵초꽃 핀 봄날 아침 홀연/어디론가 가버렸 다./비쭈기나무가 그늘을 치는/돌벤치 위/그가 놓고 간 두 쪽의 희디 흰 날개를 본다./가고 나서 더욱 가까이 다가온다"(「명일동 천사의 시」부분)).

시인에게서 '천사'라는 호칭어는 맑고 순수한 것만을 담지한 명칭 이 아니다. 그에게서 '천사'는 '낯선' '천사', 속과 성을 넘나들면서, 곧 '인간적이면서도' '천상적인' 속성을 지니는 것이다. 김춘수에게 '천사'의 호칭을 받은 사람들은 주로 여성으로서 '소냐', '베라피그넬' 등과 같이 문학작품이나 역사에서 고난에 찬 삶 속에서도 신성하고 고결함을 견지한 인물들이었다. 그리하여 시인의 시편들에서 '천사' 라는 호칭은 순수하고 신성한 의미를 지닌 특별한 대상에게만 통용 하여 그가 아껴 쓰는 말이다. 특히 '천사의 시선' 혹은 '천사의 눈'에 관한 비유는 「소냐에게」에서 특징적인 문구로서, 시인은 창녀의 신 분임에도 '라스콜리니코프'를 신의 구원으로 이끈 '소냐'에 관하여 '온몸이 눈인 천사'라는 표현을 쓰고 있다.

이제 시인은 "천사란 말 대신" "여보"라는 말로서 그것을 대신하 고 있다("고양이가 햇살을 깔고 눕듯이/吹雪이 지나가야/인동잎이 인 동잎이 되듯이/천사란 말 대신 나에게는/여보란 말이 있었구나,/여보, 오늘부터/귀는 얼마나 홈이 파일까"(「두 개의 靜物」 부분)). 시인의 '아내'는, '나트리움과 젓갈냄새'로 비유된, 즉 평생, 그와 고락을 함 께 견뎌낸 대상이면서도 순수하고도 고결함을 지닌 존재, 곧 시인의 삶에 공감하고 인간적이면서도 천상적인, 그에게 '천사'로 부르기에는 '낯선', '낯선 천사'가 된 것이다. 시인이 문학작품이나 역사 속 위인의 삶에서가 아니라, 맞부대끼면서 살았던 그의 실제적 삶 속에서 '천사'의 호칭을 부여받은 이는 그의 '아내'가 유일하다.

시인의 과거 기억 속에서 그의 '아내'는 역사적 격동기에 자신과 고락을 함께하고 견뎌온 존재로서, '젓갈냄새' 혹은 '소금기'로 상징화되며, 이것들은 '속과 성' 즉 일상의 비루함 속에서 지켜낸 삶의 신성한 경지를 뜻한다. 시인은 자신의 현재의 삶 속에서 저세상으로 간 '아내'의 시선을 감지하고 그리고 그것을 끊임없이 찾고 있다. 그는 자신의 '아내'에 관하여, 자신의 분신이자 '거울'과 같이 자신을 비추어내는 '거울 속의 천사' 혹은 '천사'라고 명명하기에는 그에게 아직 '낯설게' 여겨지는 '낯선 천사'로서 명명하고 있다.

3. '고통'으로부터 견인하는 '아내' : '맨홀 저쪽'과 '슬픔이 하나'

시인은 역사적 격동기, 특히 일제치하에 겪었던 고문과 감옥 체험 혹은 불합리한 역사적 폭력과 관련된 육체적, 정신적 고통에 관한 것을 주요한 시적 주제로 표현해왔다. 이런 의미에서 그의 시편들은 '고통콤플렉스'의 그것이라고 해도 무방할 정도이며 그가 가치 부여하는 '절대'라는 것 또한 이러한 육체적, 정신적 고통의 감내의 극한적 모습과 관련을 지니면서 시편들에서 주요한 모티브로 나타난다.

이러한 역사적인 것이자 개인적인 고통의 체험은 주로 그의 시편들에서 '쇠파이프', '군화', '헌병', '트럭' 등과 같은 둔중한 금속성의 제재와 관련하여 그의 시편들에서 형상화되었다. '아내를 향한 그리움'을 주조로 한 시인의 후기시편들에서도 이러한 제재들은 간간이 들리는 '쇠파이프 소리' 혹은 애벌레의 머릿속에 있는 '군화'나 '헌병이 찬 칼' 등으로서 시편의 중간에서 불쑥, 간간이 나타난다. 그런데 '아내의 죽음'을 전후로 한 무렵부터 그가 타계할 때까지 그의 말기 시작품들에서, 이러한 제재들의 형상은 이전의 그의 시편들에서처럼 그가 처했던 역사적 상황의 부조리함의 호소 혹은 자신의 고통콤플렉스의 토로와는 그 방향성을 달리하고 있다.

> 어떤 겨울은 또
> 눈이 너무 자주 너무 많이 와서
> 자전거도 버리고 다칠세라
> 우리는 눈 높이로 길을 냈다.
> 그러나 그까짓
> 어인 추럭 한 대가 짓이기고 갔다.
> 무슨 낯으로 이듬해는 또
> 봄에 은싸라기 같은 싸락눈이 내렸노,
> 환히 동백꽃도 벙그는데
> 지금 보니 그 뒤쪽은
> 캄캄한 어둠이다.
>
> ── 「제8번 悲歌」 부분

> 길을 가면 발 밑에 맨홀이 있다.
> 들여다보고 들여다봐도
> 맨홀 저쪽은 보이지 않는다.

보이지 않는 너는
보이지 않는 쥐라기의 새와 함께
맨홀 저쪽에 있다.

길을 가다 자칫
맨홀 키대로 발이 빠진다. 멋모르고
누가 뚜껑을 닫자 그때
나도 이미 아쉬운 듯 맨홀 저쪽으로
가고 있었다. 거무튀튀, 아니
희끄무레,

— 「제5번 悲歌」 부분

맨홀에 빠져본 일이 있는가, 하느님이 그렇듯이 거룩한 것은
속이 보이지 안아야 한다고, 말하자면 한없이 깊고 한없이 아련
해야 한다고, 마치 살을 벗어난 그 뼈처럼 뽐낸다
……
육탈하면 골은 倒한다. 머지않아 灰가 된다. 회는 가루가 아닌
가, 머지않아 날아가 버린다. 날아간 뒤는 다만 안타까움이 남을
뿐이다. 이제는 만져보지 못하는 당신의 毛髮처럼,

— 「肉脫」 부분

　　시인의 시편들에서 둔중한 금속성을 지닌 제재들은 대체로 그에게
역사와 시대가 개인에게 끼친 폭력과 고통을 환기시키는 대상으로
나타난다. 그에게는 오래된 아파트에서 겨울철에 난방할 때 증기의
압력이 파이프를 쳐 내는 간헐적 소리마저도 일제하 그가 겪었던
'고문 체험'이나 차디찬 감옥에 겨울을 견디었던 체험과 관련된다.
위의 첫 번째 시를 보면, '우리'는 그의 아내와 그를 뜻한다. 이 시에
서는 과거 눈이 너무 많이 와서 '우리'가 눈 높이로 열심히 길을 냈

는데 '어인 추럭 한 대'가 짓이기고 가는 풍경이 나타난다. 여기서의 '어인 추럭 한 대'는 시인의 의식 속에서 역사적, 시대적 폭력성의 상징물에 상응한다. 그런데 시인의 이전의 시편들이었다면 이러한 폭력성과 관련한 제재에 대해서 시인은 그가 느낀 참담한 심정이나 '어인 추럭'이 '우리'에게 끼친 어떤 다른 비극적 상황들을 구체화하였을 것이다.

그런데 그의 말기시에서는 이 작품에서 보듯이 시인의 과거 '역사적 폭력성'을 유추시키는 상황에 대하여, "무슨 낯으로 이듬해는 또/봄에 은싸라기 같은 싸락눈이 내렸노,/환히 동백꽃도 벙그는데/지금 보니 그 뒤쪽은/캄캄한 어둠이다"를 덧붙이고 있다. 즉 겨울이 가고 봄이 왔으며 동백꽃도 벙그는 계절의 변화를 형상화하면서, '무슨 낯으로 봄은 은싸라기 같은 눈을 내렸는지' 그리고 '동백꽃 뒤쪽의 캄캄한 어둠'을 이야기한다. 이것은 시인이 그러한 폭력적 상황과 관련한 사건 그 자체에 대한 분노, 억울함 등과 같은 감정을 표현하는 것이 아니라, 시인의 어떤 고통에도 불구하고 세월과 자연은 한결같은 순리를 보여준다는 것에 대한 약간의 푸념 그리고 다시 환히 핀 동백꽃 뒤쪽에서 자신이 안고 있는 '캄캄한 어둠'을 단지 환기시킬 뿐이다.

이러한 시적 형상화는 '처용연작'에서 일제하의 폭력적 상황 속에서 그가 보여주던 감정의 구체화 방식과 대비되는 특성을 보여준다. 일례로, 그의 이전의 시편들에서, 그가 일제하에 억울한 감옥살이나 고통을 당하게 된 상황을 그릴 때면 이것들과 관련된 시인의 억울함 내지 비극적 상황을 구체화하는 시적 전개를 취하고 있다("알은 언

제 부화할까,/나의 서기 1943년은/손목에 쇠고랑이 차인 채/해가 지자/관부 연락선에 태워졌다./나를 삼킨 현해탄,/부산 水上署에서는 나는/넋이나마 목을 놓아 울었건만/세상은/개도 나를 모른다고 했다"(「처용단장」 제3부 10), "나라가 없는 나는/꿈에 나온/조막만한 왜떡 한쪽에/밤마다/혼을 팔고 있었다./누구도 용서해 주고 싶지 않았다.//들창밖으로 날아간 새는/해가 지고 밤이 와도/돌아와 주지 않았고/가도가도 내 발은/セタガヤ署 감방/천길 땅 밑에 있었다"(「처용단장」 제3부 14 후반부) 등).

시인의 이전 시편들 특히 「처용단장」과 대비되는, 그의 후기시편들의 시상 전개는 시인이 어떠한 고통과 폭력의 문제를 바라보고 해석하는 것에 있어서 변화된 지점을 드러내는 것이다. 즉 노년기에 접어든 시인이 맞이한 자신의 분신인 '아내'의 죽음은, 시인 자신이 종전에 이러한 제재들에서 보여주던 형상화의 방향성을 상당히 바꾸어 놓았다. 위의 두 번째 시편을 보면, 아내의 죽음을 맞이하기 이전의 시인이었다면, '맨홀 아래'로 갑작스레 떨어진 자신의 상황, 게다가 '누군가'가 그 '맨홀뚜껑'마저 닫아버린 암담한 상황과 관련하여, 그가 과거 겪었던 시대적 고통을 줄곧 호소하거나 혹은 그러한 상황에 놓인 어떤 대상이나 상황을 유추적 상상을 통해 전개하였을 것이다.

그런데 이 시편에서 시인은 '맨홀 아래'로 떨어진 자신의 상황과 '맨홀뚜껑'마저 누군가가 닫아버린 암담함 속에서의 자신의 상황을 '의외로' 담담하게 수용한다. 그는 '맨홀 바깥' 즉 현실원리가 지배되는 세속적인 세상 밖으로 나가려고 하지 않고, 오히려 반대로 '맨홀 저 아래쪽'의 캄캄한 '어둠'을 응시하면서 그 너머의 보이지 않는 세계를 향하여 걸어가고 있다. 즉 여기에서, 그는 자신의 의지와는 상관없이 당면한, 시대적인 것이자 개인적인 고통, 그리고 정신적인 고통에 상응할 만한 육체적인 고통의 장면에 관한 형상화에 관해 전혀 다른 상상의 방향성을 보여주고 있다.

그가 당면한 '고통의 문제'로부터 그를 전혀 다른 방향으로 '견인하고' 있는 존재는 바로 '너' 즉 자신의 '아내'이다. '보이지 않는 너'로서의 '아내'가 '맨홀 위쪽' 즉 이승의 현실적 원칙이 지배하는 세계 쪽에서가 아니라 '맨홀 저쪽'의 어둠 저 너머의 세계 쪽으로 시인을 '견인하고' 있는 것이다.

세 번째 시에서 '맨홀'은 위 시에서의 금속성의 이미지마저 탈각되어 있다. 여기서는 '맨홀에 빠져본 일'에 관한 형상화가 초점화되는데, '맨홀'은 '쇠'로 된 것, 즉 시인에게는 폭력성과 고통의 상황을 불러일으키는 그러한 개인적이고도 구체적 이미지를 벗어나 있다. 여기서 '맨홀에 빠져본 일'이 끝없는 나락에 빠져 떨어진 체험이나 그 이후의 것을 가리키고 있다. 시인의 시편들에서 둔중한 금속성의 제재, '쇠파이프', '트럭', '헌병', '칼', '맨홀' 등은 시인이 과거 일제 하에 겪었던 역사적, 개인적 고통의 기억, 육체적, 정신적인 고통의 문제와 밀접한 관련성을 지니고 형상화되었다. 그런데 이제 시인은 이와 같은 '맨홀에 빠져본 일'이 '거룩한 일'과도 궁극적인 등가를 지닌다고 말하고 있는 것이다. 이것은 그가 지난한 과거의 '고통콤플렉스'를 정신적으로 극복하고 있는 의미로 비추어진다. 그는 '맨홀에 빠져본 일' 즉 끝없는 고통의 나락 속에 빠지는 일이 역설적으로, '속이 뵈지 않아야 하고 깊고 한없이 아련해야 하'는 '거룩한 일'과도 상통한 것임을 말하고 있다. 뿐만 아니라 그는 그러한 끝없는 나락을 통해서 '살을 벗어난 그 뼈'의 가치, 곧 육신을 벗어난 뼈는 다시 재의 가루가 되며 그 뒤는 '안타까움'만 남을 뿐이라는 자연과 우주의 이치에 주목하고 있다.

이와 같은 사유를 펼치게 된 계기가 시편의 마지막에 나타나는데, 그것은 마침내 이르른 그 '재'를, '이제는 만져보지 못하는 당신의 모발'이라고 표현한 것에서이다. 시인은 이제는 남겨진 머리카락마저도 만져볼 수 없는 '당신', 곧 자신의 '아내'가 거쳤을 고통과 이후의 사후세계에 집중하고 있는 것이다. 즉 시인의 과거시편들에서 '맨홀' 혹은 '둔기', '쇠파이프' 등이 상징하였던, '역사적, 개인적 고통 내지 폭력성'은, 이제 그의 의식, 무의식 속에서 아련히 남겨진 상징적인 것으로서 존재할 수 있으며 그것은 자신이 아내를 따라 곧 맞게 될 세계에 관한 것, 혹은 인생의 궁극적 이치에 주목하기 때문이다.

그가 과거 '처용'의 '춤'으로써 초월하고자 하였던 이와 같은 자신의 '고통의 문제'는 단적으로 일제하의 격동기에 그가 겪었던 억울한 고문, 감옥살이 나아가 정신적 고통보다 더욱 견디기 어려웠던 육체적 고통에 관한 상상과 긴밀한 관련을 맺고 있었다. 그런데 유일하게 '우리'라는 호명을 얻었던 그 자신의 분신이자 자신의 과거의 삶을 온통 비추어내는 '거울'과 같은 그의 '아내'와의 사별과 그로 인한 그의 깊은 슬픔과 사색은, 시인으로 하여금 이러한 자신의 '고통의 문제'를 해석하고 바라보는 것에 있어서 비약적 변화를 일으킨 것이다. 그것은 직설적으로, 자신의 감정을 드러내는 그의 말기시에서의 언어표현 방식에서도 특징적으로 나타나고 있다. 그리고 그의 말기시의 대다수의 시적 모티브는 그가 자신의 '아내'의 '흔적'을 찾거나 아내가 거쳤던 세계에 대한 사색과 고독감의 토로로 일관하고 있다. 그는 자신의 일상 속에서 '성과 속'을 넘나드는 자신만의 유일한 '낯선 천사'인 '아내'의 시선을 의식하며 자신이 곧 가게 될 그녀가 속한 세계에 관한 상념을 시 속에서 초점화하고 있다.

김춘수가 '처용연작'을 비롯한 과거 시편들에서 그토록 갈망하던 것은 그가 당면한 '역사적, 개인적 고통'의 문제로부터의 '초월'이라는 화두였다. 그럼에도 그의 '처용연작'은 고통 속에 처한 자신과 그 고통으로부터 벗어나려는 자신의 몸부림이나 의지를 보여주지만 그의 지향점이었던 '고통으로부터의 초월'을 보여주지는 못하였다. 그런데 그의 후기시편에서는 시인이 이러한 '고(苦)'의 문제로부터 초연해진 삶의 태도 혹은 큰 고통을 준 대상과 상황으로부터 자유로워진 삶의 경지를 보여주고 있다.

> 산 밑에 마을이 있다.
> 마을에서 연기가 난다.
> 산 밑에 마을이 있다.
> 마을에는 개울이 있고 개울에는
> 외나무다리가 있다.
> 한밤에도 소리내며 개울은 제 혼자
> 어디론가 가고 있다. 어디로 가는가,
> 역사가 발을 멈추고 네 그 걸음걸이가
> 춤이 될 때까지,
>
> ― 「제3번 悲歌」

어제는 슬픔이 하나

한려수도 저 멀리 물살을 따라
남태평양 쪽으로 가버렸다.
오늘은 또 슬픔이 하나
내 살 속을 파고든다.
내 살 속은 너무 어두워
내 눈은 슬픔을 보지 못한다.
내일은 부용꽃 피는
우리 어느 둑길에서 만나리,
슬픔이여,

— 「슬픔이 하나」

첫 번째 시는 산 밑 마을의 외나무다리가 있는 '개울'에 관하여 형상화한다. 이 개울은 '너'라고 호명되지만 시인 그 자신을 고스란히 비추어낸다. 조용한 산 밑 마을을 흐르는 '개울'은 제 혼자 어디론가 가고 있지만 어디로 가는가라는 것에는 어떤 의지도 반영할 수 없는 존재이다. '개울'은 그저 주어진 물길을 따라 흘러가는 것이다. 산 밑의 마을로부터 한밤에도 소리 내며 흘러가는 '개울', 그것은 우리나라의 역사적 격동기를 살아온 시인 김춘수의 운명적 굴곡의 삶을 상징적으로 보여준다. 시인의 삶과 정서가 투영된 그 '개울'은 한밤에도 소리 내어 울며 가고 있다.

'개울'은 무엇을 하는가. '개울'은 '너'로 호명된 '나'의 투영체이다. '개울'은 역사가 발을 멈추고 '네' 그 걸음걸이가 춤이 될 때까지 어디론가 정처없이 가고 있다. '개울'은 시인 자신이 맞이했던 운명과 고통의 삶 그 자체를 상징적으로 드러낸다. 그 '개울'은 흘러가는 '그 걸음걸이'로써 즉 자신의 주어진 삶의 흐름에 맞추어서 자연스럽게 흘러가고 있다. '개울'의 '걸음걸이가 춤이 될 때까지'란, 시인이 자신이 맞닥뜨린 운명을 수용하고 그것을 시인의 숙명인 '시'의 '놀이'로써 자연스럽게 풀어내는 경지를 의미한다. 시인에게 시쓰기는 '놀이'로서 표현되곤 하였는데, 그에게 '놀이'란 어떤 고통이나 시련에 얽매이지 않고서 심리적으로 해방된 무상의 행위이자 그것의 결실로서의 시쓰기를 의미하고 있다("시는 심리적으로는 해방이 돼야 한다. 이 말은 시는 신선놀음이요 무상의 행위라는 뜻을 함축한다. 그러나 이 상태는 하나의 동경은 될 수 있을지언정 현실로는 불가능하다. 인간의 한계성 때문이다"[2]).

제 혼자 어디론가 가고 있는 '개울'은 두번째 시에서 '슬픔'이라는 추상어로 나타나고 있다. 그런데 시인은 '셀 수 없는' '슬픔'이란 단어에 '하나'란 말을 붙여 쓰고 이것으로 시의 제목까지 삼고 있다. 이것은 마치 슬픔이란 추상어를 마치 '눈물방울'과 같이 구체적으로 떠올리게 한다. 시인은 어제는 슬픔이 하나 한려수도 물살을 따라 남태평양 쪽으로 가버렸고, 오늘은 또 슬픔이 하나 내 살을 파고들었으나 나는 보지 못하였고 내일은 부용꽃 피는 어느 둑길에서 슬픔과 만날 것이란 시적 구도를 보여주고 있다. 이러한 구도 속에서 '슬픔'은 마치 한려수도와 남태평양으로 흘러가는 개울, 강물, 혹은 그것의 물결을 연상시키기도 한다. 어제 본 물결은 오늘의 그것이 아니며 내일은 또 다른 물결이 흘러올 것이기 때문이다. 그런데 이 '슬픔이 하나'에 관하여 또한 시인은 '우리'라는 호칭어를 취하고 있다. 그에게서 '우리'라는 테두리에 묶이는 대상은 유일하게 그의 '아내'였다. 이렇게 보면 '슬픔'이 환기시키는 '물결'은 아내의 넋이 실려

---

2) 김춘수, 「책 뒤에」, 『쉰한 편의 悲歌』, p.75.

날마다 흘러오는 강의 물결이기도 하며 날마다 아내를 그리워하는 시인의 '눈물'이다.

시인은 '내 살 속은 너무 어두워 내 눈은 슬픔을 보지 못한다'고 말하고 있다. 그의 '살에 파고드'는 '슬픔이 하나'란 시인의 절절한 고독감과 관련을 지닌다. 그러한 '고독한 육신의 존재'이므로 '내 살 속은 어둡'고 그리하여 나는 내 살 속을 파고든 슬픔마저 볼 수가 없는 것이다. 시인은 '슬픔이 하나'가 흘러가는 것 혹은 그것이 떠올리게 하는 것을 통하여, '슬픔', '눈물', '물결', '아내의 넋' 그리고 '우리가 된다는 것'에 관한 상념을 보여주고 있다. '우리가 된다는 것'은 시인에게 자신의 아내와의 만남을 의미하며 그것은 바로 '내 살의 어두움으로 벗어나는 것'이 될 것이다. 즉 '슬픔이 하나'라는 표현에는 아내의 넋을 느끼며 슬퍼하는 시인의 내면, 사별한 아내와 저세상에서 다시 만나서 '우리가 된다는 것'에 관한 생각, 그리고 아내와 자신의 넋이 만나게 될 인간과 자연의 이치와 운행에 관한 상념이 반영되어 있다.

이와 같이 시인의 후기시편들에는, 그 자신이 역사와 이데올로기로부터 당면한 육체적, 정신적 고통의 문제 그리고 그의 시편들의 주요한 특징을 이루었던 '고통콤플렉스'로부터 벗어나기 위해, 그가 닮고자 했던 '처용의 춤'의 어떤 궁극적 지향이 담겨 있다. 곧 시인이 자신의 주어진 운명과 고통을 수용하고 그것으로부터 비로소 해방된 삶의 경지에 관한 면모들이 언뜻언뜻 나타나고 있다. 그가 격동기 시대를 거쳐 오는 가운데 억울하게 겪어야 했던, 그의 시편들에서 끊임없이 토로하고 호소해온 '고통의 문제'로부터, 자유로워진 이러한 시편들에 이르기까지에는, '나'의 분신이자 이제는 '낯선 천사'인 '아내'의 '죽음'을 견뎌내는 인고와 애도와 고독이 자리하고 있었다("비눗방울이 뜰을 비추고/우주의 上空을 빙빙 돌다가 이내 꺼져 간다./너무 너무 믿기지 않아/나는 끝내 그 말을 너에게 꺼내지 못했다"(「열매의 위쪽에」 끝부분)).

이와 같이 시인은 '아내'에 관한 상념과 사색과 성찰을 통하여 그가 평생 갈망했던 '고통 혹은 운명에 대한 순응 내지는 고통의 문제로부터 초월'의 면모를 보여준다. 이것은 시인의 과거와 현재와 미래를 '거울'처럼 비추어내는 '아내'와의 '사별'과 그 이후의 자신의 삶 속에서 그가 내재적으로 겪었던 '나의 죽음' 혹은 시간이 갈수록 커져만 갔던 '나의 고독', 그리고 자신의 유일한 '우리'였던, 그러나 이제는 '낯선 천사'가 된 저세상의 '아내'와 함께하고자 하는 간절한 마음 때문이었다("우리는 꿈에 딱정벌레가 된다./딱정벌레는 딱정벌레의 걸음을 걷고/딱정벌레의 사랑을 한다./딱정벌레는 등 가죽이 반들한/입이 좁쌀만한/예쁜 딱정벌레를 낳는다.//잠들면 왜 우리는 꿈을 꾸나,/처음 듣는 이름의 낯선 누가/우리의 부끄러운 꿈을 훔쳐본다"(「제16번 쉰한 편의 悲歌」 부분)).

4. 결론

아내의 죽음을 전후로 그가 타계할 때까지 김춘수의 생전 마지막 시집들, 『의자와 계단』, 『거울 속의 천사』, 『쉰한 편의 비가』 등은,

아내를 잃은 슬픔과 죽음을 앞둔 시인의 고독을 절제된 미학으로 보여주는 큰 범주의 '비가' 연작이다. 이것들은 아내를 잃은 슬픔과 죽음을 앞둔 시인의 고독과 사색의 깊이를 보여주며, 동시에 시인 평생의 화두였던 '고통'으로부터의 진정한 초월이 어떤 것인지를 암시해주고 있다. 시인의 후기시에서, '아내'는, 역사적 격동기에 '고통'을 함께 해왔던 유일하게 '우리'라는 호명을 얻는 대상으로서, 그는 '젓갈냄새'라는 비유로서 자신과 평생의 고락을 함께 견뎌 내어온 '아내'를 형상화하고 있다. 그리고 '거울'과 같은 그의 분신인 아내에 대하여, '공감'과 '관조'의 시선을 그 자신에게 동시에 보여주는 존재, 공감적이면서도 관조적인, 인간적이면서도 천상적인 '낯선 천사'로 형상화하고 있다.

특징적인 것은, 시인의 이전 시편들에서, 둔중한 금속성을 환기시키는 제재들은, 주로 일제치하나 이후에 겪었던 불합리한 역사적 폭력과 육체적, 정신적 고통을 환기시키는 것이었다. 그런데 그의 후기시에서, '맨홀 저쪽'과 관련한 시상에서 보듯이, 그는 맨홀에 빠져 그 뚜껑이 닫히자 그 어떤 감정도 내비치지 않고서 오히려 맨홀 저쪽으로 하염없이 걸어가는 모습을 보여준다. 그 저쪽 편에는 하늘나라로 간 아내가 그를 견인하고 있다. 즉 역사적 '폭력' 및 '고통'의 초극과 '아내'를 잃은 상실감이라는 것은 별개의 것인 듯하지만, 실상은 시인의 의식, 무의식상의 극적 변화를 가져오는 연결고리를 지닌 것이었다. 시인의 과거와 현재와 미래를 비추어내는 분신이었던 아내는, 시인이 곧 가게 될 사후세계의 상상 속에서 존재하며, 그의 고독한 현재의 일상을 일깨우면서도 존재하며, 그리고 그의 과거의 회상 속

에서도 늘 존재하였던 것이다. 분신으로서의 '아내'의 부재가 돌이킬
수 없는 현실이며 자신의 홀로됨에 대한 지속적인 확인은, 시인으로
하여금 과거 역사적 폭력, 고통의 문제를 그의 내면으로부터 무화시
켜버리는 힘을 지니고 있었다.

제3장

김춘수 무의미시 연구

— "서술할 수 없는 것(the unnarratable)"을 중심으로

1. 머리말

우리는 '임금님 귀는 당나귀 귀'라는 이야기를 알고 있다. 임금님 귀가 당나귀 귀임을 아는 이발사는 그 사실을 말하는 것을 계속 참다가 병이 나서 대숲에 가서 외친다. 그런데 그 대숲의 대나무들이 그 이발사가 한 말소리를 내는 바람에 임금님 귀에 대한 것이 세상에 알려진다.

이와 같은 '말할 수 없는 것'이 문학작품 속에서라면 '서술할 수 없는 것'에 상응할 것이다. 그런데 우리는 문학작품 속에서 위의 우화와 같은 형상들을 접하곤 한다. 즉 작가는 시대나 상황이나 혹은 자기에 대해서 '서술할 수 없는 것'을 무의식으로든 의식으로든 인지하면서 글을 쓰게 되며 결국 '서술할 수 있는 것들'을 말한다. 그럼에도 작가의 머릿속에 있는 '서술할 수 없는 것'은 우회적인 방식으로 독자에게 강한 메시지를 남긴다. 왜냐하면 그것은 작가가 '서술할 수 없는 것'이면서도 서술하는 동안에 결국엔 드러날 수밖에 없는 것이기 때문에, 작품을 읽는 독자로서는 '임금님 귀는 당나귀 귀'라는 '대나무피리 소리'처럼 '서술할 수 없는 것'을 알아차리게 된다.

문학작품에서 '서술할 수 없는 것'의 문제는 시인 자신을 둘러싼 영역과 관련되어 있다. 또한 이것은 시인 자신의 문제이기도 하다. 혹은 시인과 그를 둘러싼 사회적 제약과의 복합적 산물이기도 하다. 이와 같은 제약은 시대를 초월한 것일 수도 있고 시대와 상황에 따라 가변적인 것일 수도 있다. 서술에 있어서 이러한 대표적인 경우가 '성'에 관한 것이며 당대 사회체제에 대한 '비판'일 것이다. 혹은 시대적 상황과 관련하여 작가가 체험한 자전적 '외상'과 관련하여 '서술할 수 없는 것'이 있을 것이다.

구체적으로, 일제 치하의 시작품에서 우리는 '광복'이나 '식민지하'라는 말은 찾기 어려우며 '밝음', '어둠'이라는 말에 친숙하다. 그리고 60년대 시작품에서 '4월'과 '젊은이'만 나와도 우리는 그것이 '4·19 의거'와 관련한 일을 지칭한 것임을 알아차린다. 혹은 다른 측면에서 어떠한 본질이나 추상적인 상황을 언어로서 형상화하려는 글쓰기의 순간에서 '서술할 수 없는 것'을 절감하는 것도 볼 수 있다.

시에서 나타나는 '서술할 수 없는 것'은 다양한 비유와 환유의 형상으로 대체되어 나타난다. 한 작품을 통해서는 잘 드러나지 않는 '서술할 수 없는 것'의 주제도 그 작품을 쓴 작가의 다양한 작품들을 고찰해보면 그가 고민하는 '서술할 수 없는 것'의 원천에 관하여 접근할 가능성은 커진다.

구체적으로 김춘수의 경우를 보면, 1960년대부터 지향한 무의미시의 전형인 「처용단장」에서 무의미어구의 형상으로 나타난 '서술할 수 없는 것'은 그의 여러 시편들에서 그것이 반복적으로 나타남으로써 비유적 형상을 지닌 것을 볼 때, 그것이 시인의 무엇과 관련된 것인지에 관한 접근이 가능하다. 특히 「처용단장」에서 무의미어구를 이루는 것들에 주목해보면, 의미의 맥락을 형성하다가 무의미어구를 보여주는 자리는, 시인이 무엇인가를 서술하기를 망설이거나 주저하게 되는 상황과 관련되어 있음을 알 수 있다.

　　예를 들면, 김춘수의 유년기록인 「처용」에서 시인은 자신의 유년기 성과 관련한 체험이나 폭력을 당하는 경험의 핵심부에 관해서는 비약적으로 서술하거나 조리에 맞지 않게 표현하는 측면이 있다. 이러한 방식은 「처용단장」의 시편에서도 유사한 방식으로 적용되는데, 시인이 일제 때의 수난과 고통 체험을 이야기하는 핵심부에서는 갑자기 이치에 닿지 않는 무의미어구들이 나타나곤 하는 것이다.

　　즉 「처용단장」의 무의미시[1]에서 '무의미어구들'은 '서술할 수 없

---

1) 무의미시에 대하여, 정효구는 무의미시가 허무의식의 소산이며 세계의 즉물화, 즉물화 대상의 부인, 무방비의 이미지 놀이로 전개되었다고 서술한다. 진수미는 '잭슨폴록'의 '액션페인팅'을 중심으로 회화성에 주목하였다. 노철은 이미지의 오브제에서 소리의 오브제로의 변화를 지적하고 무의미시의 해체와 재구성에 주목하였다. 문혜원은 무의미시가 의미배제의 극단에서 나온 서술적 이미지라고 서술하였다. 권혁웅은 무의미시가 외적 세계의 분열을 시적 언어로 수용한 세계라고 논의하였으며 김성희는 무의미시가 전후의 멜랑콜리를 중심으로 '창조적 정신성'의 발현이라고 논하였다.
무의미시에 관한 주요 연구는 다음과 같다.
고정희, 「무의미시론고」, 『김춘수연구』, 학문사, 1982.
권기호, 「절대적 이미지」, 『김춘수연구』, 학문사, 1982.
권혁웅, 「어둠 저 너머 세계의 분열과 화해, 무의미시와 그 이후」, 『문학사상』, 1997.2.

는 것'을 환유화한 것으로 볼 수 있다. 구체적으로 「처용단장」에서 무의미어구와 함께 반복적으로 나타나는 '1942년'과 '1943년', '22살', '괄호' 등을 통하여 무의미어구가 무엇을 서술할 수 없었던 것인지 혹은 궁극적으로 무엇을 꼭 서술할 수밖에 없는 것인지에 관하여 논의해볼 수 있다.

'서술할 수 없는 것'에 관한 고찰은 시인의 의식, 무의식과 깊이 연관된 시의 형상들을 통하여 작품세계와 시인의 정신세계를 이해하는 데에 도움이 될 것이다. 그리고 특정한 시대, 특정한 장르, 혹은

김용태, 「무의미의 시와 시간성 -김춘수의 무의미시」, 『어문학교육』 9집, 1986. 12.

김성희, 「김춘수 시의 멜랑콜리와 탈역사성 연구」, 서울대 박사논문, 2011.2.

김용직, 「아네모네와 실험의식」, 『김춘수연구』, 학문사, 1982.

김의수, 「김춘수 시에서의 상호텍스트성 연구」, 서울대 박사논문, 2003.

김준오, 「처용시학-김춘수의 무의미시론고」, 『부산대논문집』 29, 1980.6.

노 철, 「김춘수와 김수영의 창작방법 연구」, 고려대 박사논문, 1998.

류순태, 「1960년대 김춘수 시의 창작 방법 연구」, 『한국시학연구』 3호,

양왕용, 「예수를 소재로 한 시에서의 의미와 무의미」, 『김춘수 연구』, 학문사, 1982.

엄국현, 「무의미시의 방법적 이해」, 『김춘수연구』, 학문사, 1982.

원형갑, 「김춘수와 무의미의 기본구조」, 『현대시론총』, 형설출판사, 1982.

이동순, 「시의 존재와 무의미의 의미」, 『김춘수연구』, 학문사, 1982.

이숭원, 「인간존재의 보편적 욕망」, 『시와시학』, 1992. 봄.

이은정, 「처용과 역사, 그 불화의 시학-김춘수의 〈처용단장〉론」, 『구조와 분석』, 창, 1993.

임수만, 「김춘수 시의 기호학적 연구」, 서울대 석사논문, 1996.

문혜원, 「김춘수의 시와 시론에 나타나는 이미지연구」, 『한국문학과 모더니즘』, 한양출판사, 1994.

정효구, 「김춘수 시의 변모과정 연구」, 『개신어문연구』, 충북대, 1996.

진수미, 「김춘수 무의미시의 시작 방법 연구-회화적 방법론을 중심으로」, 서울시립대 박사논문, 2003.

최라영, 「김춘수 무의미시 연구」, 서울대 박사논문, 2004.

최원식, 「김춘수시의 의미와 무의미」, 김용직 공저, 『한국현대시사연구』, 일지사, 1983.

시인의 내밀한 문제 등으로 인한, '서술할 수 없는 것'의 범주들을 객관적으로 조명해보는 일은 우리가 작품을 읽거나 쓰게 될 때 우리 스스로에게 '서술할 수 없는 것'의 문제를 질문하고 반성하는 계기가 될 수도 있을 것이다.

　이 글은 먼저, '서술할 수 없는 것'의 개념에 관하여 고찰하고 '서술할 수 없는 것'의 유형에 관하여 논의를 전개할 것이다. 이를 토대로 하여 김춘수의 시에서 '서술할 수 없는 것'의 범주들이 어떠한 양상으로 나타나고 있는지를 살펴볼 것이다. 그리고 그의 무의미시에서 특징적으로 나타나는 '서술할 수 없는 것'과 관련한 무의미어구들을 분석해봄으로써 시인의 '서술할 수 없는 것'의 원천에 관하여 논의해볼 것이다.

2. '서술할 수 없는 것'의 개념 및 유형

　Prince의 서술론 사전에서, '서술할 수 있는 것(the narratable)'은, "말할 가치가 있는 것; 서술할 수 있거나 혹은 서술을 필요로 하는 것"[2]이라고 하였다. 그리고 이 서술론 사전에서는 '서술할 수 없는 것'이 규정되지 않았다.

　Robyn R. Wahol은 Prince가 정의한 '서술할 수 있는 것'의 개념을 염

---

2) '서술할 수 있는 것(the narratable)'에 관한 Prince의 규정을 원어 그대로 인용하면, "that which is worthy of being told; that which is susceptible of or calls for narration"이다. Gerald Prince, *Dictionary of Narratology*, University of Nebraska Press, 2003, p.56.

두에 두면서 그 상대개념으로서 '서술할 수 없는 것(the unnarratable)' 을 규정하였다. 그에 따르면, '서술할 수 없는 것'은, "말할 가치가 없는 것," "서술할 수 없는 것," 그리고 "서술을 필요로 하지 않는 것" 혹은 "서술이 필요하지 않는 그러한 여건들"[3]이다.

이후에 Prince는 "서술할 수 없는 것"에 관하여 "주어진 서술에 따라서 서술될 수 없거나 혹은 서술할 가치가 없는 것"이라고 규정한다.[4] 그 이유로는, "서술할 수 없는 것"이 사회적, 저자적, 일반적, 형식적 법칙을 거스르기 때문이거나 혹은 그것이 특정 서술자의 권력이나 어떤 서술자의 권력에 저항하기 때문이거나, 혹은 그것이 충분히 이례적이지 않거나 문제적이지 않은, 말하자면 서술할 수 있는 경계턱 아래에 해당되기 때문이다[5]고 하였다.

"서술할 수 없는 것"에 대한 Prince의 새로운 개념정의는 '서술할 수 없는 것'에 관하여 그 원인과 관련지어 파악한 것이다. 그럼에도 그의 첫 번째 정의와 마찬가지로 '서술할 수 없는 것'을 두 가지 층위에서 파악하고 있음을 알 수 있다. 그것은 그가 '주어진 서술에 따라서' '서술될 수 없'는 이유의 서술에서 명확해진다. 즉 주어진 서술이, "'사회적, 저자적, 일반적, 형식적 법칙'을 거스르기 때문이거나

---

3) Robyn R. Wahol, Neonarrative; or, How to Render the Unnarratable in Realist Fiction and Contemporary Film, Narrative Theory, edited by, James Phelan and Peter J. Rabinowitz, Blackwell, 2005, p.222.

4) Gerald Prince, "The Disnarrated", *Style* 22(1), 1988, p.1.

5) 이 부분의 원문을 인용하면, "that which, according to a given narrative, cannot be narrated or is not worth narrating either because it transgresses a law (social, authorial, generic, formal) or because it defies the powers of a particular narrator(or those of any narrator) or because it falls below the so-called threshold of narratability (it is not sufficiently unusual or problematic)"이다.
Gerald Prince, "The disnarrated", *Style* 22, 1988, pp.1~8 참고.

혹은 '특정 서술자의 권력이나 어떤 서술자의 권력에 저항'하기 때문"이라는 것이 '서술될 수 없'는 이유이며 "그것이 충분히 이례적이지 않거나 문제적이지 않은, 말하자면 서술할 수 있는 경계턱 아래에 해당"된다는 것은 '서술할 가치가 없'는 이유이다. 즉 '서술할 수 없는 것'에 관한 Prince의 새로운 개념 역시 두 가지 범주를 포괄하는데 그중 하나는 여러 가지 상황에 따른 규제로 인하여 서술할 수 없는 것이며 다른 하나는 너무나 평이하고 가치가 없어서 서술할 수 없는 것이다.

그런데 Prince가 구체화한 '서술할 수 없는 것'의 개념은 실상 '서술할 수 없는 것'과 '서술하지 않는 것'을 포괄한 것이라고 할 수 있다. 그가 말한 가치가 없어서 서술할 수 없는 것은 실상 서술자의 취사선택의 자유의지에 의한 것으로서 서술'할 수 없는' 것이라기보다는 '서술하지 않음'에 상응한다. 그럼에도 우리가 서술하는 행위의 순간에 의식적, 무의식적 동기가 작용하므로 서술하지 않는 것과 서술할 수 없는 것이 때로는 구별되기 어려운 지점이 있다. 그리고 이러한 사례가 존재한다면 '서술할 수 없는 것'의 범주 안에 넣는 것은 타당성을 지닌다.

그러나 전자의 서술할 수 없는 것의 개념은 어떤 유형으로든지 금기나 규제가 작용한 서술자의 수동성에 초점을 맞춘 것이라면 후자의 서술할 수 없는 것의 개념은 거론의 가치가 없어서 서술하지 않는다는 서술자의 의지에 초점을 맞춘 것이다. 언론의 기사 선정 과정에서 기사의 '가치' 문제는 핵심적이라면, 문학작품의 서술에서 사소한 일이냐 그렇지 않으냐의 '가치'는 작가가 제재를 대하는 태도와 관련이 깊다.

Prince가 말한 서술할 수 없는 경우의 원인인 "'사회적, 저자적, 일반적, 형식적 법칙'을 거스르기 때문이거나 혹은 '특정 서술자의 권력이나 어떤 서술자의 권력에 저항'하기 때문"에 주목해보자. 이러한 설명은 '서술할 수 없는 것'이 다양한 방면에서의 규제나 억압 등과 밀접한 연관을 지닌 것임을 시사해준다.

'서술할 수 없는 것'이라는 개념을 좁고 단순한 의미로만 파악한다면, 즉 서술할 수 있다, 없다는 단순히 쓰는 행위로만 파악한다면, 우리가 언어로써 형상화할 수 없는 것만이 '서술할 수 없는 것'이 될 것이다. 그러나 실제 문학작품들에서 서술할 수 없는 것의 문제는 다양하고 복잡한 규제와 맥락에 얽혀 있다.

그 이유에 관해서, '서술'이 의사표현 방식이라는 점에서 '서술할 수 없는 것'을 '생각할 수 없는 것'이나 '말할 수 없는 것'과 대비하여 보자. 먼저, '생각할 수 없는(unthinkable)'의 의미는 "상상하거나 받아들이는 것이 불가능한"[6] 혹은 "그럴 것 같지 않거나 바람직하지 않아서 가능성이 고려되지 않는"[7]이다. 그리고 '말할 수 없는(unspeakable)'의 의미는 "일반적으로 너무 나쁘기 때문에 말로 묘사될 수 없는"[8] 혹은 "말로 표현될 수 없는 너무 나쁘거나 끔찍해서 말로

---

6) 이 부분 원문은, "impossible to imagine or accept"이다. 사례를 보면 "그녀가 죽을 수 있다는 것은 상상할 수 없는 것이었다"가 있는데 부정적 혹은 꺼리는 상황에 대해서 'unthinkable'이 쓰이는 경향이 있다. *Oxford Advanced Learner's Dictionary*, Oxford University Press, 2010, p.1697.

7) "too unlikely or undesirable to be considered a possibility", *Oxford English Dictionary*, Oxford University Press, 2008.

8) "cannot be described in words, usually because it is so bad", *Oxford Advanced Learner's Dictionary*, op. cit., p.1695.

표현할 수 없는"9)이다.

　"서술할 수 없는 것"은 어원 동사인 '서술하다(narrate)'나 명사인 "서술(narration)"의 개념을 살펴볼 때 말이나 글을 모두 포괄하여 진술할 수 없는 것의 의미를 지닌다. 구체적으로는, 동사 '서술하다(narrate)'의 의미는 '말하다'란 구두적 의미가 중심적이지만 명사인 '서술(narrative)'은 '쓰다'라는 기록의 의미가 중심적이다.10) 즉 '서술(narrative)'은 "실제 이야기 혹은 허구적 이야기에 대한 씌여진 진술과 구두의 진술(the written or oral account of a real or fictional story)"11)을 포괄한다.

　'생각할 수 없는 것(the unthinkable)'과 '말할 수 없는 것(unspeakable)'과 '서술할 수 없는 것'의 공통적 속성으로는 어떤 원인에서이건 간에 '바람직하지 않거나 나쁜 것이어서' 생각할 수 없거나 말할 수 없거나 서술할 수 없다는 의미가 내포되어 있다는 점을 들

---

9) "not able to be expressed in words, too bad or horrific to express in words", *Oxford English Dictionary*, op. cit.,

10) *Oxford English Dictionary*에 의하면, '서술하다(narrate)'의 의미는 구두의 말이나 글로 된 말 모두를 포함한 것이다("give a spoken or written account of provide a commentary to accompany(a film, story, etc)"). 그리고 *Oxford Advanced Learner's Dictionary*에 의하면, '서술하다(narrate)'의 의미는 "스토리를 말하다(to tell a story), 기록 영화 혹은 프로그램의 텍스트를 형성하는 글을 말하다(to speak the words that form the text of a documentary film or programme)"이다. 그리고 '서술하다'의 명사인 "서술(narrative)"의 의미는 *Oxford English Dictionary*에 의하면, "이야기 혹은 연관된 일들을 말이나 글로 된 진술, 대화와 구별되는 것으로서 문학작품의 서술된 부분, 그리고 이야기를 말하는 실천 혹은 행위"이다. 그리고 *Oxford Advanced Learner's Dictionary*에 의하면, "특히 소설에서, 사건들의 묘사(desciption), 이야기를 말하는 행위(act), 과정(process) 혹은 기술(skill)"을 뜻한다.

11) Jack C, Richards and Richard Schmidt, *Longman Dictionary of Language Teaching & Applied linguistics*, Fourth edition published in Great Britain, 2010, ⓒ Pearson Education, p.384.

수 있다. 그리고 '말할 수 없는' 것이 '생각할 수 없는' 것에 비해 그리고 '서술할 수 없는 것'이 '말할 수 없는 것'에 비해 좀 더 제한이 가해진다는 점이다. 이것은, '생각할 수 없는 것'과 '말할 수 없는 것'을 구별하는 표지인 발화된 '언어'라는 것에서 그 원인을 찾을 수 있다. 머릿속에서 혼자 하는 생각보다는 타인을 염두에 둔 말의 형식이 의식적, 무의식적 규제나 억압을 받는 것은 당연한 것이다. 즉 '서술할 수 없는 것'은 '언어'를 매체로 한다는 점에서 자기와 타인을 둘러싼 현실과 사회에 열려 있으며 그렇기 때문에 서술자의 피동적 측면이 결과하는 것이다.

Robyn R. Warhol은 Gerald Prince의 '서술할 수 없는 것'의 개념, "주어진 서술에 따라서 서술될 수 없거나 혹은 서술할 가치가 없는 것"12)을 토대로 하여 '서술할 수 없는 것'의 유형을 세 가지로 간략히 언급하였다. 그것은, 첫째 너무 사소하거나 너무 확연한 것이어서 서술할 수 없는 것, 사회적 관습이나 문학관습 혹은 둘 다의 관점에서 금기(taboo)이기 때문에 서술할 수 없는 것, 그리고 언어표현력을 넘어서기 때문에 형언할 수 없어서 서술할 수 없는 것이다.13)

그런데 Warhol이 토대로 한 Prince의 "서술할 수 없는 것"의 개념을 살펴보면, 이 세 가지 항목 중에서 세 번째의 것인 언어표현력을

---

12) Gerald Prince, "The Disnarrated", *Style* 22(1), 1988, p.1.
13) 이 부분 원문을 인용하면, "To simplify Prince's definition for convenient use, I will be using the term "the unnarratable" to mean that which cannot be narrated because it is too tedious or too obvious to say; that which is taboo, in terms of social convention, literary convention, or both; and that which pueportedly cannot be put into words because it exceeds or transcends the expressive capacities of language"이다.
Robyn R. Warhol, Narrating the unnarratable, Style/Spring, 1994, p.5.

넘어서기 때문에 형언할 수 없어서 서술할 수 없는 것은, Prince가 언급한 것이 아니라 Wahol이 추가한 항목임을 확인할 수 있다. 즉 그는 '서술할 수 없는 것'의 유형이 사소하거나 너무 확연해서 서술할 수 없는 것, 사회관습이나 문학관습에서의 금기여서 서술할 수 없는 것 그리고 언어로 형언할 수 없어서 서술할 수 없는 것으로 나눈 것이다. Wahol이 처음 간략히 언급한 유형화에서 그가 Prince는 언급하지 않은 '언어의 형상화 문제'를 다룬 것은 서술할 수 없는 것의 개념을 확장시킨 항목이다.

이후에 Warhol은 Prince의 '서술할 수 있는 것'의 개념을 토대로 하여 '서술할 수 없는 것'을 범주화하는 작업을 본격화하였다.14) 그가 유형화 작업을 위해 살펴본 텍스트는 빅토리아 사실주의 문학작품들이지만 그는 설정한 범주들을 꼭 같이 현대의 작품들에도 적용시켜 다루고 있다.

그는 '서술할 수 없는 것'을 네 가지 범주로 분류하였는데, 첫째는 "서술할 수 있는 수준 아래의 것(the subnarratable)"이다. 이것은, 이야기될 필요가 없는, 일상적인 일, 즉 서술하기에는 너무나 평이하고 사소한 일이나 행위의 범주이다. 둘째 범주는 "서술할 수 있는 수준 위의 것(the supranarratable)"으로서 이것은 형언할 수 없기 때문에 이야기될 수 없는 것을 뜻한다. 그는 격앙된 감정에 관해서 저자가 서술할 수 없다고 말하는 것이나 검정페이지로 소설의 한 장을 장식하는 것 등을 이 범주의 사례로 들고 있다.

---

14) Robyn R. Wahol, Neonarrative; or, How to Render the Unnarratable in Realist Fiction and Contemporary Film, Narrative Theory, 참고.

셋째 범주는 "서술할 수 있는 것에 적대적인 것(the antinarratable)"으로서 이것은 사회적 관습 때문에 이야기될 수 없는 것이며 이 범주의 사례로서 사회적 금기나 개인적 외상에 의하여 서술할 수 없는 것 전반을 포괄시키고 있다. 넷째 범주는 "서술할 수 있는 것을 벗어난 것(the paranarratable)"으로서, 이 범주는, 형식적 관습이나 장르상 관습 때문에 서술될 수 없는 것이다.[15]

Warhol의 범주들을 살펴보면, Prince의 개념 즉 "주어진 서술에 따라서 서술될 수 없거나 혹은 서술할 가치가 없는 것"이란 규정에 맞도록 범주들을 설정하였음을 알 수 있다. 이것은 그가 유형화의 첫 번째 자리에 "서술할 수 있는 수준 아래의 것"을 우선적으로 지정하는 사실에서도 알 수 있다. 그런데 이것의 사례는 실지로 들지 않았다고 해도 과언이 아니다. 왜냐하면 너무나 일상적이고 하찮은 것이어서 서술할 수 없는 것이란 이미 서술 이전의 것이기 때문이다. 그가 실지로 든, 한 부인이 파티 준비를 위해 부산하게 움직이는 장면 또한 작가가 필요로 하다고 생각하는 일상적인 일일 수도 있다.

이 항목 설정은 문제적인데, 왜냐하면 작가가 글을 쓸 때 일상적이고 하찮은 일이 오히려 작가에게는 얼마든지 중요한 개별적인 의미를 부여받을 수 있다는 점 때문이다. 그렇다면 이 항목은 누가 보아도 너무나 일상적이고 하찮은 일이어서 서술할 수 없는 것이라는

---

15) 이것의 사례로는 빅토리아 시대 소설에서 여성 주인공이 결혼하거나 죽거나 하는 결말이라든지 결말에 올 남자 주인공의 죽음에 대한 언급을 '가상의 서술(the disnarrated)'('가상서술(the disnarrated)'은 "발생하지 않은 무엇을 명백히 고려하고 그것을 나타내는 서술의 요소들(The elements in a narrative that explicitly consider and refer to what does not take place)"을 의미한다. Gerald Prince, *op. cit.*, p.22.)로서 처리한 것을 들고 있다.

것인데 그것은 이미 서술하기 이전의 작업에서 사라져버린다고 해도 과언이 아니다.

또한 세 번째 유형으로 '서술할 수 있는 것에 적대적인 것'의 경우는 이 범주에 드는 것이 너무 광범위하다. 왜냐하면 그가 사례로 든 것을 볼 때 이 유형은 사회적 관습에 어긋난 금기 문제와 관련되면서 주로 성과 배설 등의 문제를 논의하고 있다. 그리고 이 연장선상에서 개인적인 외상에 관한 소설의 형상화 단락도 들고 있다. 즉 사회적 금기로 인해 서술할 수 없는 것과 개인적 외상으로 인해 서술할 수 없는 것 모두가 이 범주에 든다.

그런데 이 범주 설정은 너무 광범위하므로 사회적인 요인으로 인하여 서술할 수 없는 것과 개인적인 요인으로 서술할 수 없는 것을 나누어보는 것이 적절할 것이다. 또한 개인적 외상으로 인하여 서술할 수 없는 것은 실제로 사회적 금기로 인한 것과는 상당히 다를 수도 있기 때문이다. 사회적 금기가 아닌 것인데도 개인적 외상으로 작용하여 서술할 수 없는 것이 되는 경우가 있다.

그리고 사회적 금기의 경우도 본질적인 의미에서의 사회적 금기와 시대 혹은 이데올로기로 인한 사회적 규제를 구분해서 볼 필요가 있다. 왜냐하면 성과 죽음에 관한 것은 전자에 해당되지만 우리나라의 일제 치하에서 광복을 직접적으로 서술할 수 없었던 것은 후자에 속하기 때문이다.

그럼에도 Warhol의 유형화는 빅토리아 시대 사실주의 여성소설들을 대상으로 하여 구체적 사례를 들어 설명하는 데에는 적절해 보인다. 그런데 Prince의 '서술할 수 없는 것'의 개념에서나 Wahol의 유형화 논의에서 가장 중심적인 부분을 차지하는 것은 어떠한 규제나 금기로 인하여 서술할 수 없는 것에 관한 것이라고 할 수 있다. 즉 서술할 수 없는 것의 본질적 속성에 해당되는 '금기'에 주목하여 유형화 논의를 생각해볼 수 있다.

'말' 또는 '문자'라는 매체를 통과함으로써 '서술할 수 없는 것'은 '생각할 수 없는 것'이나 '말할 수 없는 것'을 대비할 때 복잡한 규제나 규약 아래에 놓이게 되는 것이 필연적이다. 이러한 법칙 혹은 권력으로 인하여 '서술할 수 없는 것'은 '금기'의 속성이다. '금기'는 "불쾌하거나 당혹스럽다고 여기기 때문에, 특별한 일을 하거나 사용하거나 혹은 그것을 말하도록 사람들에게 허용하지 않는 문화적 관습이나 종교적 관습"을 뜻한다. 동시에 "금기"는 "무엇인가를 하지 않도록 하거나 무엇인가에 관해 말하지 못하도록 하는 일반적 합의"를 뜻한다.[16] 즉 '금기'는 '서술할 수 없는 것'과 밀접한 관련을 지닌다.

프로이트는 토템 문화가 새로운 상태를 유지하기 위해서 서로에게 부과하지 않으면 안 되었던 제약을 근거로 삼고 있으며 금기의 규정들은 최초의 '법'이라고 진술한다. 문화의 발달은 외부세계를 더 잘 지배하고 공동체에 속하는 사람의 수를 증대시키면서 순조롭게 이루어진다.[17] 이때 개인의 충동의 욕구와 문화의 제약, 사회적 금기 사

---

16) "1. a cultural or religious custom that doesnot allow people to do, use or talk about a particular thing as people find it offensive or embarrassing, 2. a general agreement not to do sth or talk about sth", *Oxford Advanced Learner's Dictionary*, op. cit., p.1573.

17) 프로이트는 인류의 죄의식의 기원을 오이디푸스 콤플렉스에서 찾고 있으며 죄의식이 형제들이 공모해서 아버지를 살해하는 데서 얻어지는 것이라고 설명하고 있다(Sigmund Freud, 강영계 역, 『문화에서의 불안』, 지만지, 2008, pp.67~72). 즉 개인의 '죄의식'은 오이디푸스 콤플렉스와 같은 사회

이에서는 필연적 갈등이 야기된다. 이것은, 충동의 욕구와 이성적 자아의 억압과 갈등을 사회·문화적으로 확장시켜서, 문화의 전개와 금기와의 관련하에서 개인의 초자아가 갖는 역할을 설명한 것이다.

프로이트는 금기로 인해 갖게 되는 정서로서 '죄의식'과 '양심'을 들고 있다. 문화가 개인에게 행하는 적대적 공격을 해롭지 않게 하기 위해서 '초자아'는 나머지 '자아'에 공격을 떠맡고, 다음에는 '양심'이 '자아'에 대항해 꼭 같이 공격할 준비를 갖춘다. 엄격한 자아와 그것에 복종하는 자아 사이의 긴장이 '죄의식'이다. 즉 문화는 개인을 약하게 하며 무장 해제시키며 개인의 내면에 공격성을 감시하는 심급을 두어서 개인의 위험한 공격쾌감을 통제한다는 것이다.

우리는 사회문화가 금지한 것, '악한 것'으로 인식하는 어떤 것을 행하였을 때, '죄의식'을 느낀다. '죄의식'의 두 가지 근원은 권위에 대한 불안에서 생기는 죄의식과 초자아에 대한 불안에서 생기는 두 번째 죄의식을 들 수 있다. 첫 번째 것은 충동만족을 단념하도록 강요하며 두 번째 것은 더 나아가 그 충동만족을 처벌하기를 강요한다. 왜냐하면 우리는 금지된 소망의 진전을 초자아에게 감출 수가 없기 때문이다.[18]

'금기'가 '죄의식'과 '양심'의 관계항 속에서 서술할 수 없는 특징적인 형태로 나타나는 것으로는 '외상'을 고려할 수 있다. '외상(trauma)'은, "심한 충격으로 인하여, 특히 오랜 시간 동안 해로운 영향이 지속되는 상태"를 의미하며 "속상하게 느끼거나 불안하게 느끼

적 금기와 계통발생적으로 볼 때 밀접한 관련을 지닌다.
18) 위의 책, pp.96~113.

도록 만드는 불쾌한 경험"을 뜻한다.[19] 개념상으로 '금기'와 달리 '외상'은 '서술할 수 없는 것'의 의미를 직접적으로 지니고 있지는 않다. 그럼에도 금기가 지닌 본래적 의미로 인하여 결과적으로 '서술할 수 없는 것'의 의미를 부수적으로 지니는 것처럼, 마찬가지로 '외상'도 '금기'와의 관계 속에서의 의미를 고려한다면 개인으로 하여금 암묵적으로 '서술할 수 없도록 하는 것'의 의미를 내포하고 있다고 볼 것이다.

'금기'가 사회의 전개와 인간의 정신작용과 관련한 계통을 고려하면서 '서술할 수 없는 것'의 범주를 고려해볼 수 있다. 첫째, 사회적 '금기'로 인하여 서술할 수 없는 것이 있다. 여기에는 '성'과 '죽음'과 같이 본래적 금기와 각 사회, 지배 이데올로기가 부과한 규제, 금기가 포함된다. 둘째 개인적인 요인으로 인하여 서술할 수 없는 것이 있다. 여기에는 특히 심리적 '외상'의 문제가 포함된다. 셋째 각각의 사회문화가 다양하게 부과한 문학일반의 형식적 관습(convention)[20]으로 인하여 서술할 수 없는 것이 있다. 그리고 마지막으로 이와 같은 문화의 기저가 되는 언어의 한계와 관련하여 서술할 수 없는 것을 들 수 있다.

---

19) "1. a mental condition caused by severe shock, especially when the harmful effects last for a long time, 2. an unpleasant experience that makes you feel upset and/or anxious", *Oxford Advanced Learner's Dictionary*, op. cit., p.1648.

20) 이때의 관습(convention)은 "문학, 예술, 연극 등에서 특별한 효과를 성취하기 위해서 빈번하게 사용되는 방법 혹은 스타일"을 뜻한다. *Longman Advanced American Dictionary*, New Edition, ⓒPearson Education Limited, 2007, p.348.

3. '서술할 수 없는 것'과 김춘수의 '무의미시'

1) '서술할 수 없는 것'의 유형
: 사회적 금기, 개인적 외상, 문학적 관습, 언어적 한계

'서술할 수 없는 것'은 사회와 시대에 따라 달라진다. '서술할 수 없는 것'은 각 사회와 각 시대의 관습 내지 금기와 밀접한 관련을 지니기 때문이다. 사회와 시대에 따라 관습과 금기는 다양하며 또 그 체제에 따라 변화되었다. 그리고 이와 같은 관습 및 금기는 '서술할 수 없는 것'의 주요한 영역을 차지한다. 특히 사회적 체제로 인한 금기의 사례는 역사와 사회와 민족을 통틀어 매우 다양한 모습으로 나타난다.

앞서 논의한 '서술할 수 없는 것'의 범주들을 염두에 두고서 김춘수의 시에 나타난 '서술할 수 없는 것'의 양상을 살펴보면 사회적 금기와 관련한 사례를 찾아볼 수 있다.

사월은
지천으로 내뿜는
그렇게도 발랄한
한때 우리 젊은이들의
피를 보았거니,
가을에 나의 시는
여성적인 허영을 모두 벗기고
뼈를 굵게 하라.
가을에 나의 시는

두이노 古城의
라이너 마리아 릴케의 비통으로
더욱 나를 압도하라.
압도하라.
지금 익어 가는 것은
물기 많은 저들 과실이 아니라
甘味가 아니라
사월에 뚫린
총알 구멍의 침묵이다.
캄캄한 그 침묵이다.

— 「가을에」 전문

그대는 발을 좀 삐었지만
하이힐의 뒷굽이 비칠하는 순간
그대 순결은
型이 좀 틀어지긴 하였지만
그러나 그래도
그대는 나의 노래 나의 춤이다.

— 「처용 三章 1」 전문

4·19 의거와 관련한 당대 시편들에 익숙한 독자라면, "젊은이들의 피" 내지 "사월에 뚫린 총알 구멍" 등의 어구만으로도 시인이 그것과 관련한 사태를 염두에 두고서 암시적인 시를 썼음을 알 수 있다. "총알 구멍의 침묵"이나 "캄캄한 그 침묵"만으로 당시 지식인들이 침묵을 강요당했던 상황을 암시적으로 그리고 있다. 물론 이것은 시적인 절제 내지 암시와 관련을 지닐 수 있지만 당대 사회가 강요하는 '침묵' 즉 서술할 수 없도록 하는 것이 지배적으로 작용한다고 할 수 있다. 혹은 시인은 이같이 '서술할 수 없는 것'을 '환유'의 언

어로써 치환하여 형상화하였다.

시대와 역사 그리고 사회에 비교적 충실히 따라다니는 '서술할 수 없는 것'의 대표적인 것으로는 당대 지배 이데올로기나 사회에 대한 서술일 것이다. 우리는 일제 치하의 시작품들에서 광복이나 조국 해방의 단어들을 찾아보기가 어렵다. 그것은 흔히 '해'나 '밝음' 그리고 '어둠' 등의 언어로 치환되어 나타나곤 하였다. 즉 '서술할 수 있는 것'과 '서술할 수 없는 것'의 경계를 보여주는 것은 당대 지배 이데올로기나 사회를 비판하고 부정하는 언어들과 밀접한 관련을 지닌다.

김춘수의 경우, 사회적 문제와 관련된 시의 형상화에서는 직접적인 진술이나 직설적인 표현을 삼가고 우회적이고 내밀한 방식으로 형상화하고 있음을 알 수 있다. 즉 당시로 볼 때 '사회적 금기'에 상응하는 문제에 관해서 시인은 직접적인 표현 방식을 삼가고 있는데, 이것은 사회적 금기로 인해 서술할 수 없는 것의 범주와 함께 시인의 진중한 표현 방식과도 연관된 측면을 지닌다.

후자의 시편은 '처용연작'을 본격적으로 쓰기 전에 발표한 「처용三章」의 첫 번째 시이다. 여기서 '처용'이라는 표제와 시의 내용을 관련 지어서 본다면 '처용'이 역신과 아내가 함께 있는 모습을 보고 춤을 추며 노래를 부르자 역신이 도망갔다는 설화를 떠올릴 수 있다. 처용의 초월적 행위와 관련한 처용의 노래가사를 염두에 둘 때 위 시편은 처용이 처한 상황을 비유적인 방식으로 형상화한 것으로도 볼 수 있다. 즉 '하이힐의 뒷굽이 비칠할 때' '그대의 순결은 型이 좀 틀어졌지만 그러나 그래도' "그대는 나의 노래 나의 춤"이라는 것이다.

「처용가」에서는 두 개의 다리는 내 것인데 나머지 다른 두 개의 다리는 누구의 것인가라는 가사가 나온다는 것을 염두에 두고 위 시를 보면 처용이 처한 난감한 상황을 '하이힐의 뒷굽이 비칠하는 상황'과 '형이 좀 틀어진 그대의 순결' 등의 현대적인 제재를 통해 유추적으로 형상화한 것으로 보인다. 이러한 유추적이고 우회적인 비유는, 김춘수가 어떤 제재를 통해서 성적인 이미지를 형상화하는 것이 드문 시인이라는 것과도 관련이 있다.

예를 들면 '아랫도리가 젖어 있다', '쇠불알을 흔들다' 등의 성적인 이미지를 환기시키는 표현이 일부 나온다 하더라도 그것은 성적인 형상을 넘어서 그 이상의 정서, 이를테면 허무의식이나 비애감이라는 주제로서 귀결되곤 한다. 그럼에도 '성적인 금기'와 관련하여 '서술할 수 있는 것'의 범주로서 이 시를 들 수 있는 것은, 시인의 내밀한 의식 속에서 다른 시인들에 비하여 강하게 작용하는, 성적인 서술과 관련한 금기랄까 억압기제를 유추해볼 수 있기 때문이다.

우리가 보고 듣고 느끼는 대부분의 것을 우리는 작품으로써 형상화할 수 있겠지만 그것이 '성'에 관한 것일 때 '서술할 수 있는 것'과 '서술할 수 없는 것'의 경계를 절감하게 된다. 마찬가지로, 문학작품에서도 이와 같은 '서술할 수 없는 것'의 경계선상에서의 암시적인 서술들을 빈번하게 볼 수 있다.

다음으로 개인의 심리 혹은 외상의 문제와 관련하여 '서술할 수 없는 것'의 사례를 들어보자.

'뒷산엔 뭘 하러 갔었지?'

'………………'

선생님은 내가 대답은 않고 씩 웃자 덩달아 자기도 씩 웃었다.

'………………'

'선생님이 어떤 말을 하고 싶은지 알아?'

'예.'

'그래, 그럼 말해보지, 응?'

'……선생님 전 절대로 그런 일 하지 않았어요.'

내 눈에 눈물이 핑 돌았다.

'글쎄, 선생님도 네가 그러리라곤 생각하고 싶잖아.'

'괜히들 그러는 거예요.'

'괜히 그러다니? 그게 무슨 말일까?'

'선생님, 전 학곤 그만 뒀음 해요'

'……큰일 날 소리, 왜 그러지, 응? 말해봐.'

내 눈에는 눈물이 글썽해지고, 선생님은 눈을 둥그렇게 떴다.

'그러지 말고 말을 해봐.'

'………………'

'자 어서.'

'………………'

나는 다시 고개만 푹 빠뜨리고 말을 하지 못했다.

'말을 하기 거북한 모양이군. 좋아, 그럼 말은 안해도 좋으니 선생님과 약속을 해 주겠니?'

'예, 절대로 그런 일하지 않았어요.'

'좋아, 알았어.'21)

이 글은 김춘수의 유년기 자서전 소설인 「처용」의 한 구절이다. 이 본문은 김춘수를 늘 괴롭히는 힘센 아이가 김춘수와 다른 여자아이 사이에 관한 불미스러운 소문을 퍼뜨려서 그 소문의 심각성으로

---

21) 「처용」, 『김춘수시전집 3 – 수필』, 문장사, 1984, pp.424~425.

인해 선생님께 불려가서 질문을 받는 장면을 서술한 것이다. 그는 여기서 선생님의 질문에 대체로 침묵으로 일관한다. 그럼에도 선생님은 그 침묵의 의미로 인해 소년의 잘못이 아님을 알아차리고 소년의 진정성을 인정하고 있다.

그리고 무엇보다도 마지막 구절에서 이 소년은 "예, 절대로 그런 일하지 않았어요."라고 자신의 '말할 수 없음'의 의미를 밝히고 있다. 그럼에도 '말할 수 없음'에는 말하지 않은 많은 의미가 내포되어 있다. 유년기의 김춘수는 왜 자신을 늘 괴롭혔던 힘센 아이가 자신에게 폭력을 행사한 사실과 자신이 불미스러운 소문의 억울한 희생자임을 말하지 않았을까 하는 것이다.

단지 침묵으로써 자신의 억울한 누명에 관해서만 암시하였던 심리적 원인에 관해서는 밝혀지지 않는다. 이 인용 단락의 뒤에서 허위 소문을 낸 소년으로부터 유년기의 시인이 오히려 심하게 구타당하는 사건이 이어지는 것에서 추측할 수 있을 뿐이다. 즉 소년의 경우 누군가로부터 맞았다거나 폭력을 받는 것에 관하여 말하는 것이 어떤 심리적인 문제와 연관되었거나 혹은 이후의 일에 대한 생각 때문일 수도 있다, 혹은 자신과 여자아이와의 불미스러운 소문에 대한 부끄러움 같은 것이 작용하였을 수 있다, 등의 추측이 가능할 뿐이다. 나아가, 서술할 수 없는 상황이 서술하지 않는 상황과 미묘하게 얽혀 있을 가능성 또한 시사해준다.

김춘수의 시에서 '서술할 수 없는 것'의 다른 범주로는 시라는 '문학적 관습'으로 인하여 '서술할 수 없는 것'을 들 수 있다.

ㅋㅋハマ헌병대헌병軍曹某T에게나를넘겨주고달아나던포승줄로
박살내게하고木刀로박살내게하고욕조에서氣를絶하게하고달아나
던 創氏한일본姓을등에짊어지고숨이차서쉼표도못찍고띄어쓰기도
까먹도달아나던식민지반도출신고학생헌병補ヤス夕某의뒤통수에
박힌 눈 개라고부르는인간의두개의 눈 가엾어라어느쪽도동공이
없는

— 「처용단장」 제3부 5 부분

위 시편에서 형상화된 인물은 김춘수의 일본 유학시절 그를 감옥
살이하도록 만든 동포 고학생인 '야스다'이다. 야스다로 인해 억울한
고문을 받고 6개월여의 감옥살이를 한 체험은 김춘수의 시편이나 산
문에서 반복적으로 나타난다. 그런데 시인은 이 대상에 대한 증오감
을 시에서 직접적으로 서술하기보다는 '달아나는 눈'과 같은 그로테
스크한 형상으로서 시인의 대상에 대한 증오를 형상화하고 있다. 반
면 김춘수의 산문에서는 이 인물에 대하여 "나쁜 놈"이라는 직설적
표현을 하고 있다("아무렇지도 않은 표정으로 명함을 내놓고 나를
붙들어 가서는 한 마리 牛馬인 듯 憲兵軍曹에게 넘겨 준 그, 그가
그런 짓을 한 그 날의 그 흐린 12월의 동경 하늘과 요꼬하마 하늘을
나는 잊지 못한다./나쁜 놈!22)). 이것은 시인이 시의 형식에서는 자신
의 실제적인 증오의 정서를 누그러뜨리고 그로테스크한 미학적 방식
의 서술을 채택하는 것으로 설명할 수 있다.23)

---

22) 「달아나는 눈(眼)」, 『김춘수전집 − 수필3』, p.173.
23) '문학적 관습'으로 인하여 '서술할 수 없는 것'의 범주에 관한 사례는 특
   정한 한 시인의 경우에서 보는 것보다는 통시적인 사례를 든다면 매우 풍
   부한 사례를 드는 경우가 된다. 일례로 조선시대의 시조와 가사를 사례로
   들어보자. 조선시대의 양반시조와 평민의 사설시조, 그리고 양반가사와 여
   인이 쓴 규방가사의 내용과 주제 그리고 형식상의 특징은 매우 뚜렷하게
   구분될 것이다. 이것은 당대에, 문학의 개별적 장르 자체가 서술할 수 있

앞서 논의한 '서술할 수 없는 것'의 범주들은 사회적 금기, 개인의
심리 특히 외상, 그리고 문학적 관습으로 인하여 '서술할 수 없는
것'이다. 이것들은 서술자의 수동적 측면이 강조된 것이라면 이러한
특성과 구별되는 '서술할 수 없는 것'의 범주로는 언어적 한계 혹은
시인으로서의 표현력의 한계인식과 관련하여 '서술할 수 없는 것'의
범주를 찾아볼 수 있다.

> 모란이 피어 있고
> 병아리가 두 마리
> 모이를 줍고 있다.
>
> 별은 아스름하고
> 내 손바닥은
> 몹시도 가까이에 있다.
>
> 별은 어둠으로 빛나고
> 正午에 내 손바닥은
> 무수한 금으로 갈라질 뿐이다.
> 肉眼으로 보인다.
>
> 主語를 있게 할 한 개의 動詞는
> 내 밖에 있다.
> 語幹은 아스름하고
> 語尾만이 몹시도 가까이에 있다.
>
> ― 「詩法」 전문

는 것과 서술할 수 없는 것을 암묵적으로 규제하고 있음을 보여준다. 일
례로, 사설시조에 나온 특정한 주제와 어조를 양반시조에서 본다는 것은
상상할 수 없을 것이다.

바람도 없는데 꽃이 하나 나무에서 떨어진다. 그것을 주워 손
바닥에 얹어 놓고 바라보면, 바르르 꽃잎이 훈김에 뜬다. 花粉도
난(飛)다. '꽃이여!'라고 내가 부르면, 그것은 내손바닥에서 어디
론지 까마득히 떨어져 간다. 지금, 한 나무의 변두리에 뭐라는
이름도 없는 것이 와서 가만히 머문다.

— 「꽃 2」 전문

첫 번째 시에서 정오에 병아리들이 모이를 줍고 있는 평화로운 뜰
에서 시인은 시상을 언어로써 표현하려고 한다. 그런데 이 시는, 그
러한 따사로운 오후의 정경과 자신의 시상을 담지 못하는 안타까움
이 형상화되어 있다. 시인은 그것에 대해서 "주어를 있게 할 한 개
의 동사는 내 밖에 있다. 어간은 아스름하고 어미만이 몹시도 가까
이에 있다"고 표현하였다.

이것은 시인이 자신의 시상을 언어로서 적절히 형상화하지 못하는
것을 표현한 것이지만 이것은 인간이 만든 언어가 현상계와 정신계
를 적확히 표현할 수 없는 언어 자체의 불완전성과도 연관되어 있다.
또한 불완전한 인간의 언어로써는 형상화할 수 없는 어떤 것을 추구
하는 것이 시인의 숙명임을 환기시킨다. 그리하여 "주어를 있게 할
한 개의 동사는 내 밖에 있"지만 그것을 끊임없이 끌어내는 작업이
"시법"이라고 말하는 것이다.

두 번째 시는 시인의 말에 의하여 인간의 언어로서는 명명될 수
없는 환상적이고 추상적인 어떤 것이 포착되는 장면을 형상화하고
있다. 이 시는 인간의 언어가 지닌 한계성에 관한 지적이기도 하지
만 동시에 이 시는 시인의 절실한 언어에 의하여 '이름도 없는 것'
이 가만히 머무는, 즉 시의 언어로 된 형상에 의하여 환기되는 자연

계의 신비로움, 구체적으로는 '화분도 나'는 풍경을 표현하고 있다.

시인의 절실한 언어에 의하여 '이름도 없는 것'이 머무는 풍경은, 언어의 한계를 인식시키면서도 동시에 시인이 그 한계를 넘어서려는 장면 또한 보여준다. 이런 방식으로 '서술할 수 없는 것'의 주제를 형상화하는 사례들은, 문학의 장르, 그중 특히 시작품에서 볼 수 있다.

2) '무의미어구'로 형상화된 '서술할 수 없는 것'

김춘수의 초기시편들에서는 언어의 한계와 관련하여 '서술할 수 없는 것'의 주제가 주요하게 나타나고 있는데, 그것은 '꽃'과 '명명'이라는 비유로서 형상화된다. 그리고 무의미시를 지향한 「처용단장」이후 김춘수의 '서술할 수 없는 것'의 문제는 '무의미어구'와 관련되어서 나타난다. 「처용단장」의 무의미어구와 연관된 '서술할 수 없는 것'은 주로 시대적 폭력과 시인의 외상이 결부된 양상을 보여주는 것이 특징적이다.

「처용단장」에서 무의미어구를 형성하는 구절은 한 편의 시 자체로 보면 이해가 가능하지 않지만 수많은 시편들에서 반복적으로 나타나는 무의미어구들에 주목해보면 이러한 무의미어구들이 뜻하는 '서술할 수 없는 것'의 의미를 발견할 수 있다.

> 메콩 강은 흘러서 바다로 가나,
> 부산 제일부두에서
> 귀뚜라미 한 마리가 울고 있다.

가을이 오면 어디로 가나,
가을이 오면 어디로 가나,
여름을 먼저 울자, 여름을 먼저 울자.

─「잠자는 처용」 전문

알은 언제 부화할까,
나의 서기 1943년은
손목에 쇠고랑이 차인 채
해가 지자
관부 연락선에 태워졌다.
나를 삼킨 현해탄,
부산 水上署에서는 나는
넋이나마 목을 놓아 울었건만
세상은
개도 나를 모른다고 했다.

─「처용단장」 제3부 10 전문

한 발짝 저쪽으로 발을 떼면
거기가 곧 죽음이라지만
죽음한테서는
역한 냄새가 난다.
나이 겨우 스물둘, 너무 억울해서
나는 갓 태어난 별처럼
지상의 키 작은 아저씨
귀쌈을 치며 치며
울었다.
한밤에는 또 한 번 함박눈이 내리고
마을을 지나 나에게로 몰래
왔다 간 사람은 아무 데도
발자국을 남기지 않는다.

─「처용단장」 제3부 9 전문

첫 번째 시와 두 번째 시는 시의 내용상으로 볼 때 유사한 맥락을 지니고 있다. 전자의 시에서 부산 제일부두에서 귀뚜라미가 울고 있고 "가을이 오면 어디로 가나 여름을 먼저 울자"는 이치에 닿지 않는 표현이 나온다. 이것은 후자의 시편과 함께 독해함으로써 이와 같은 무의미어구로 서술될 수밖에 없는 원인에 관해서 생각해볼 수 있다.

즉 후자의 시편에서는 1943년에 손목에 쇠고랑이 차인 채 관부연락선에 태워져 부산 수상서에서 목을 놓아 울었다는 이야기가 나온다. 이 사건은 김춘수의 자전적 실제 체험을 간략히 서술한 것이다. 즉 1942년과 1943년에 시인은 일제 타국 땅에서 6개월여의 감방살이를 하고 대학 졸업을 앞두고 1943년 가을을 앞둔 여름에 부산 부두로 돌아온 체험을 지닌다. 그 당시의 막막하고 억울했던 식민지 청년의 심정이 시인에게 지속적인 외상의 형태로 형상화되어 나타난 것이 「잠자는 처용」의 무의미어구로 나타난 것이라고 볼 수 있다.

'1942년'과 '1943년'은 「처용단장」에서 빈번하게 나타나는 연도이다.[24] 이와 함께 '스물둘'이라는 시인의 나이도 「처용단장」에서 반복적으로 나타난다. 1942년은 시인의 나이 22살이었을 연도이며 그때는 그가 일본에서 억울한 고문 체험을 한 시기이다.

세 번째 시에서도 "나이 겨우 스물 둘"이라는 표현이 나오는 것으

---

24) 구체적인 사례를 들면, 3-7 "나의 서기 1943년은/손목에 쇠고랑이 차인 채", 3-11 "나이 겨우 스물 둘인데", 3-23 "21년 하고도 일곱 달", 3-30 "나이 스물 둘인데", 3-33 "서기 1943년 가을" 등을 들 수 있다. '1942년'과 '1943' 그리고 '스물둘'은 주로 김춘수의 "セタガヤ署 감방" 체험과 연관 지어서 나타나는 것이 특징적이다.

로 보아서, 이 시 또한 김춘수의 타국 땅 감옥 체험과 연관된 일을 암시하고 있음을 알 수 있다. 이 시에서 무의미어구를 형성하는 부분은 "나이 겨우 스물둘, 너무 억울해서/나는 갓 태어난 별처럼/지상의 키 작은 아저씨/귀쌈을 치며 치며/울었다" 부분이다. 이 시의 앞뒤 맥락으로 보아서 억울하게 고통을 당하는 장면을 비유적으로 드러낸 것이라고 볼 수 있다.

이 시의 '서술할 수 없는 것'의 무의미어구가 비교적 구체성을 지니고 나타나는 부분은, 「처용단장 3—5」에서 "헌병대헌병軍曹某T에게나를넘겨주고달아나던포승줄로박살내게하고木刀로박살내게하고욕조에서氣를絶하게하고달아나던 創氏한일본姓을등에짊어지고숨이차서쉼표도못찍고띄어쓰기도까먹도달아나던식민지반도출신고학생헌병補ヤスタ"이다.

즉 "나는 갓 태어난 별처럼/지상의 키 작은 아저씨/귀쌈을 치며 치며/울었다"라는 무의미어구들은, 포승줄로 박살내게 하고 목도로 박살내게 하고 욕조에서 기절하였던, 당시 22살, 시인의 상황을 환유적으로 나타낸 것으로 볼 수 있다. 이 같은 '환유'의 무의미어구들은 시인이 일제하 수난을 겪던 상황과 그로 인한 심리적 외상으로 '서술할 수 없는 것'을 나타낸 것이다.

시인의 감옥 체험과 관련지어 볼 때 '1942년'과 '1943년', '22살' 이외에 「처용단장」에서 반복적으로 나타나는 상징적 기호이자 무의미어구를 들자면 '괄호', 〈 〉'를 들 수 있다.

새장의 문을 닫고 새의 날개짓을
생각했다. 그것이 곧

내 몫의 자유다.
모난 것으로 할까 둥근 것으로 할까
쭈뼛하니 귀가 선 서양 것으로 할까, 하고
내가 들어갈 괄호의 맵시를
생각했다. 그것이 곧
내 몫의 자유다.
괄호 안은 어두웠다.
불을 켜면
그 언저리만 훤하고 조금은
따뜻했다.

— 「처용단장」 제2부 40 부분

눈보다도 먼저
겨울에 비가 오고 있었다.
바다는 가라앉고
바다가 있던 자리에
군함이 한 척 닻을 내리고 있었다.
여름에 본 물새는
죽어 있었다.
물새는 죽은 다음에도 울고 있었다.
한결 어른이 된 소리로 울고 있었다.
눈보다도 먼저
겨울에 비가 오고 있었다.
바다는 가라앉고
바다가 없는 해안선을
한 사나이가 이리로 오고 있었다.
한쪽 손에 죽은 바다를 들고 있었다.

— 「처용단장」 제1부 4 전문

　　김춘수 시인의 괄호는 시편에서 반복적으로 나타나는 제재이면서
시인에게서 직접적으로 서술할 수 없는 중요한 어떤 것을 함의하고

있다. 이 '괄호'의 상상은 우선 시인이 있었던 지하 감옥 쪽창의 모양과 관련되어 형상화되기도 한다. 이러한 상상은 위 시에서 새장 안 새의 모습과도 유사성을 지니는데 이때의 '〈 〉'는 유폐의식, 홀로됨, 무력감 등과 관련된 의미항을 지닌다. 그리고 시인의 시에서 이 괄호 안에 대상이 들어간 사례로는 "〈우리〉"를 들 수 있다. 이때 '괄호 친 우리'란 "관념이 만들어낸 어떤 추상일 뿐"[25]의 의미이다. 즉 '관념이 박살날 수밖에 없는 상태에서도 〈우리〉를 말할 수 있는 사람에게만 괄호를 벗어난 우리가 있다'[26]고 시인은 말한다.

즉 '괄호 친 우리'란 자신을 고발한 동포 고학생에게서 결여된 동포의식 그리고 초보의 고문에도 무너지는 자신에 대한 비극적인 자각 등을 아우른 체험과 관련된 것이다. 이와 같은 '괄호의식'은 김춘수 시인 자신이 무의미시를 쓰게 된 계기라고 말하는 '허무의식'과 밀접한 관련을 지닌다.

위 시에서는 새장의 문을 닫고 새의 날갯짓을 생각하고 괄호 안의 어두운 곳에서 괄호의 맵시만을 상상하는 시적 화자의 모습을 통하여 육체적으로 체험한 고달픈 감옥 체험과 이와 연관된 무력감 및 고독을 형상화하고 있다. 즉 '22살'과 '1942년'과 '괄호' 등과 결부된 일련의 무의미어구들에서 시인이 당면한 시대적 폭력과 그로인한 개인적 고통의 '외상'의 정도를 추측할 수 있다.

후자의 시에서는 거의 모든 문장들이 무의미어구를 형성한다. 즉 바다에 비가 오지만 그 바다는 없으며 물새는 죽었으나 울고 있다.

---

25) 『김춘수 전집2』, p.352.
26) 『김춘수 전집2』, p.352.

한 사나이는 죽은 바다를 들고 있다 등은 이치에 닿는 서술이 만들어지려고 할 때마다 그것을 서술할 수 없도록 만드는 것처럼 보인다. 그런데 의미맥락을 형성하는 어구를 차단하는 구실을 하는 '술어들'의 의미항을 보면, 그것은 '울다', '죽다', '가라앉다' 등임을 알 수 있다. 즉 이러한 술어들은 무의미어구를 형성시키면서 시 쓰기에서 끊임없이 작용하고 있는 시인의 의식과 무의식을 나타내고 있다. 이러한 술어들이 갖는 의미, 또한 이 술어를 붙임으로 해서 부조리하게 되는 의미맥락, 그것은 바로 지독한 '허무의식'을 말해준다. 시인의 허무의식으로 인해서 이 시의 한 구절, 한 구절은 이치에 닿는 그 어떤 서술도 거부하는 '서술할 수 없는 것'이 된다. 그럼에도 역설적으로 시구 각각은 글쓰기의 매순간마다 작용하는 심리적 기제를 드러내며 그렇게 해서 이루어진 한 편 시 자체는 허무함으로 인해 '서술할 수 없는 것' 그리고 역설적으로, '서술할 수 없는 것'으로써 '허무' 그 자체를 형상화하고 있다.

이 시에서, 시인은 어떤 이치에 닿는 서술도 지극히 하강적인 의미항을 갖는 술어로써 무의미어구로 바꾸어버리고 의미에 닿는 그 어떤 사실도 서술하지 않으려 하는 듯이 보인다. 그러나 바로 그러한 '서술할 수 없음'을 생성하는 시인의 심리적 메커니즘을 통하여 김춘수의 무의미시는 '허무'를 주제로 하는 그 어떤 시보다도 지독한 '허무'를 서술하고 있다.

이와 같이 「처용단장」에 나타난 무의미어구를 통하여 '서술할 수 없는 것'의 내적 원천을 살펴보면 그것은 시인의 일제하 감옥 체험과 조선인 동포에 대한 배신감 혹은 초보의 고문에도 무력할 수밖에 없는 인간의 비애 그리고 이러한 것들과 연관된 육체적, 정신적 '외상'이 자리 잡고 있음을 알 수 있다. 이것은 '1942년', '22살' '〈 〉' 등의 형상을 비롯, 유사한 내용을 파편적으로 반영한 일련의 무의미어구들로서 반복적으로 나타나고 있다. 무의미어구로서 나타나는 '서술할 수 없는 것'의 심리적 기제는 시인의 지독한 '허무'이다. 김춘수 무의미시의 한 구절, 한 구절마다 나타나는 '서술할 수 없는 것들'을 통해서 그리고 그가 서술한 무수한 무의미시편들을 통해서, 우리는 시대적 격동기를 살았던 시인의 체험에서 근원한, '허무의식'이란 주제를 한결같이 읽게 되는 독특한 미적 체험을 하게 된다.

4. 맺음말

이 글은 '서술할 수 없는 것'의 개념과 유형에 관하여 기존의 이론적 논의를 정리, 검토하였다. 그리고 '서술할 수 없는 것'의 본질에 근거하여 '서술할 수 없는 것'의 범주를 '사회적 금기' '개인적 외상', '문학적 관습', 그리고 '언어적 한계' 등으로서 논의하였으며 이것을 토대로 하여 김춘수 시에 나타난 '서술할 수 없는 것'의 사례들을 살펴보았다.

김춘수의 초기시에서는 '언어적 한계'와 관련하여 '서술할 수 없는 것'의 주제가 주요하게 나타나고 있다. 그리고 시인이 무의미시를 지향한 '처용연작'의 '서술할 수 없는 것'의 주제는 '무의미어구'와 관련되어 있다. '처용연작'에서 반복적으로 나타나는 무의미어구에 유의하여 '서술할 수 없는 것'의 원천을 살펴보면, 그것은 시인의 일제하 감옥 체험과 그로 인한 시인의 육체적·정신적 '외상'이 결합되어 있으며 이것은 '괄호의식'으로 형상화된다. 무의미어구를 생성하는 술어들의 의미를 통해서, 우리는 시인의 시쓰기의 매순간에 작용하는 '서술할 수 없음'의 심리 즉, 지독한 허무감을 읽게 된다.

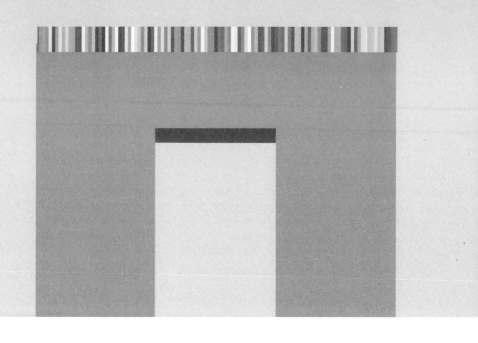

제4장

'도스토예프스키 연작' 연구

— 김춘수의 '암시된 저자(the implied author)'를 중심으로

1. 서론

최근, 김춘수 시 연구는 그의 무의미시가 지닌 가능성의 지점들에
관한 다양한 방법론적 고찰이 특징이다.[1] 이 글은 김춘수의 무의미

---

1) 김춘수의 무의미시에 관한 다각적인 시각에서의 최근 연구들은 다음과 같다.
   김승희, 「김춘수 시 새로 읽기」, 『시학과 언어학』 제8호.
   김영미, 「무의미시와 독자 반응의 역동성」, 『국제어문』 제32권, 국제어문학
     회, 2004.
   김유중, 「김춘수의 실존과 양심」, 『한국시학연구』 제30호, 한국시학회, 2011.
   김의수, 「김춘수 시에서의 상호텍스트성 연구」, 서울대 박사논문, 2003.
   김성희, 「김춘수 시의 멜랑콜리와 탈역사성 연구」, 서울대 박사논문, 2011.
   나희덕, 「김춘수의 무의미시와 환상」, 『문학교육학』 제30호, 한국문학교육
     학회, 2009.
   노지영, 「무의미의 주제화 형식과 독자의 의사소통」, 『현대문학의 연구』 제
     32호, 한국문학연구학회, 2007.
   손진은, 「김춘수 자전소설 『꽃과 여우』 연구」, 『어문논총』 제37호, 경북어
     문학회, 2002.
   엄정희, 「웃음의 시학」, 『한국문예창작』 제17호, 한국문예창작학회.
   이상호, 「김춘수의 무의미시에 함축된 진의 연구」, 『비평문학』 제42호, 한
     국비평문학회, 2011.

시가 지닌 다양한 의미들을 규명한 선행 연구들을 토대로 하면서 시인의 무의미시 너머에 있는, 삶과 죽음, 인간과 신에 관한 김춘수의 지향과 가치의 문제를 모색해보고자 한다.

시는 복합적 의미를 지니면서 시인의 정서나 사유를 간접적인 방식으로 전달하기 때문에 시를 통하여 시인의 지향과 가치관을 고찰하는 일은 조심스럽고 정밀한 작업을 필요로 한다. 특히, 김춘수는 무의미시 지향 이후, 시편들에서 자신의 사유나 감정을 드러내지 않으려는 성향이 강하므로 시편들을 통하여 어떤 제재나 주제에 대한 그의 직접적 사유를 이끌어내기 어렵다. 그럼에도 김춘수 개별시집들의 특성을 이해하고 이를 토대로 시인의 의식적인 것과 무의식적 것을 아우른 의향(intent)을 고찰하는 일은 작고한 대가의 시세계를 깊이 이해하는 방식이 될 것이다.

김춘수는 60년대 초 무의미시 지향 이후, 시는 '이미지를 뽑아내는 일'이라고 단언하였으며 시편 속에서 이미지 중심의 형상화 이외에 자신의 생각이나 느낌을 직접적으로 표현하지 않는다. 그에게 시에서 그런 측면이 있다면, 구체적으로, 특정 서술자의 퍼소나와 입장을 빌어서 비유적 형태로 나타난다. 김춘수의 시집들 중에서,

이은정, 「부재의 존재론, 그 역설의 시학」, 『한국문예창작』 제18호, 한국문예창작학회, 2010.

조강석, 「김춘수의 시의 언어의식 전개과정 연구」, 『한국시학연구』 제31호, 한국시학회, 2011.

진수미, 「액션 페인팅의 문학적 전화(轉化)와 탈이미지의 시」, 『시와 회화의 현대적 만남』, 이른아침, 2011.

최라영, 「『처용연작』 연구 - 세다가와서 체험을 중심으로」, 『한국현대문학연구』 제35집, 한국현대문학회, 2011.

허혜정, 「'처용'이라는 화두와 '벽사(辟邪)'의 언어」, 『현대문학의 연구』 제42호, 한국문학연구학회, 2010.

특히 『들림, 도스토예프스키』의 경우, 도스토예프스키의 『까라마조프의 형제들』, 『죄와 벌』 그리고 『악령』 등에 나오는 주요인물들이 주고받는 편지글 형식을 이루는데, 이 연작집에서 시인이 형상화한 도스토예프스키 인물들은 단순히 기표적 차원을 넘어선다. 즉 도스토예프스키의 인물들의 발화를 통하여 시인이 공감하고 반응하는 것, 특히 인간의 근본적인 문제들에 대한 시인의 정서적, 정신적 편린들을 보여준다.

『들림, 도스토예프스키』는 인물들의 발화를 매개로 한 편지글 형식을 이루고 있으므로, 일반 시 형식을 갖춘 시인의 시편과 비교할 때, 이 인물들의 발화 너머에 작용하는 시인의 독자적 의향을 살펴보는 일이 까다롭다. 그럼에도 이 시집은, 도스토예프스키의 작중인물 및 삶의 본질적 문제에 대한 시인의 이해 방식과 가치부여의 형상화를 통해서 신과 인간의 관계, 인간의 구원과 죄, 인간의 의지 문제 등, 시인의 삶과 문학에 관한 근본적 상상과 사유를 집약적으로 보여준다.

이러한 상상과 사유에 관한 고찰은, 시인이 연작에서 작품을 배열할 때 어떠한 작품들을 우선순위에 두었는지, 작중인물들의 발화를 볼 때 어떠한 인물형을 내재적으로 옹호하는지, 이 연작에서 시인의 감정이입적 공감을 받으면서 초점화되는 인물은 누구인지, 그리고 그 인물의 어떠한 지향과 상황에 시인이 관심과 연민을 두는지 등을 살펴보는 작업을 필요로 한다. 곧, 도스토예프스키의 인물들의 매개항을 통하여 시인이 어떠한 가치관과 세계관을 펼쳐나갔는지에 관한 고찰이다.

이러한 작업은 시집의 주제가 무엇인지, 시편 각각의 제재가 무엇인지에 관한 접근보다 매우 포괄적이다. 그것은, 이 시집을 쓴 작가의 공감과 가치의 문제에 관한 접근이기 때문이다. 또한 이것은 시인이 이미지의 형상화로써 의도하고자 한 것, 혹은 무의식적으로 지향한 것에 관한 고찰과 결부된다. 이 문제를 풀기 위해서는, 이것이 작가의 의식 영역과 무의식 영역을 아우르는 것이 되어야 할 것이며 단순히 작품의 제재나 주제를 추출하는 것이 아니라, 이 시집을 쓴 저자에 관한 하나의 상(像)을 만들어보는 작업이 되어야 할 것이다.

이러한 시각에서, Wayne C. Booth의 암시된 저자(implied author)는 시사점을 준다. Chatman은 의식적 의도(intention)와 의식적, 무의식적인 것을 아우른 의향(intent)을 구별하였다. 이때 '의향'은 그가 Booth의 '암시된 저자'를 추론하는 과정에서 이것을 지칭하는 데 쓴 것이다("'암시된 저자'는 그것에 대한 어떤 독해를 이끄는 서술 소설 그 자체 내의 행위주체(agency)의 원천이다. 이것은 작품의 중심적 '의향'이다. W. K. Wimsatt와 Beardsley를 따라서, 나는 "의도(intention)"보다는 "의향(intent)"을 사용하며, 이것은 함축, 연관, 말해지지 않은 메시지를 포함하여 작품의 "전체적" 의미나 작품의 "전반적" 의미를 언급하기 위해서이다"[2])

원래, Booth는, 당대 작가가 작품을 쓸 때 취하는 객관성을 지향한 '공적 자아(official scribe)' 혹은 '저자의 이차적 자아(the author's second self)'를 지칭하는 것에, '암시된 저자'를 사용하였다[3]. 그는, '서술자',

---

2) Seymour Chatman, *In Defense of the Implied Author*, Coming to terms, 1990, Cornell Paper, p.74.
3) Wayne C. Booth, *General Rules, II: "All Authors Should Be Objective"*, The Rhetoric

'퍼소나', '가면', 혹은 '주제', '문체', '어조' 등으로 논의되기에는 포괄적이며, '실제작가'와는 구별되는 그 작품 고유의 작가의 이미지를 지칭하는 것이 필요하다고 보았다. 즉 암시된 저자가 필요한 이유는, '퍼소나', '가면', '서술자' 등과 같은 개념으로는, 저자의 가치관이나 성향을 형상화한 하나의 상을 설명하기가 어렵기 때문이었다. 그는, '주제(theme)', '의미(meaning)', '상징적 의미(symbolic significance)' 등은 작품이 존재하는 목적과 같은 것이 불가피하게 되기 때문에 일부의 목적에 유용할 수 있다고 본 것이다.

즉 '암시된 저자'는 독자가 저자가 서 있고자 하는 입지, 가치의 세계에서의 입지에 관하여 알고자 할 때 필요한 것이다. 그리고 이것은, 추출할 수 있는 의미일 뿐만 아니라 모든 인물들의 행위와 수난에 관한 도덕적, 정서적 내용을 포괄한다. 그것은 완성된 예술작품 전체에 대한 직관적 이해를 포괄한다. 또한 암시된 저자는 '문체(style)', '어조(tone)', '기술(technique)'과 같은 문학적 개념들보다 포괄적이다. 그렇기 때문에, Booth는, 암시된 저자가 '선택하고 평가하는 사람(choosing, evaluating person)'의 산물이라고 말한다. 암시된 저자를 인격화시켜 말하자면, 이것은, 우리가 의식적으로든 혹은 무의식적으로든 읽게 되는 무엇을 선택하며, 따라서 우리는 실제작가의 이상적, 문학적, 창조된 버전으로서 암시된 저자를 추론하게 된다. 그런 의미에서, 암시된 저자는 텍스트에서 그 자신의 선택들의 총합(the sum of his own choices)이다.[4]

---

of Fiction, The University of Chicago Press, 1983, p.71.
4) Booth는 그가 작고하기 전에 발표한 논문에서, '암시된 저자'의 논의대상을 소설이 아닌, 시편들(구체적으로, Robert Frost의 "A Time to Talk"와 Sylvia Plath의

Booth의 '암시된 저자' 논의에서 주요특성을 이루는 부분은, 이것이 실제저자의 연속선상에 있는 것이며 실제저자의 다양한 잠재적 분신들 중의 하나라는 점이다. '암시된 저자'는, 논평에서 직접적 목소리를 드러내기도 하지만 '문체'나 '어조', '기술'에서 뿐만 아니라 작품의 '주제'를 통해서도 드러난다. 이것은, 마치 우리가 어떤 사람을 파악할 때 그 사람과의 만남을 통한 이성적, 정서적 경험의 전체로서 그 사람의 형상이 구성되는 것에 비견할 수 있다. 다시 말해, '암시된 저자'는 모든 작품들에 내재된 저자의 의식상의 분신이자 무의식상의 분신이다. 독자는 작품을 독해할 때 의식적으로든 무의식적으로든 독해과정에서 서술자나 작중인물들 너머에 있는 작중저자의 모습 혹은 그 작품을 쓴 저자에 관하여 생각하게 되며 그렇기 때문에 이것은 '인격화'된 특성을 지닌다.

암시된 저자는 우리가 어떤 사람과 만나서 대화를 하거나 그 사람이 쓴 서신을 보면서 그 사람의 특성과 가치관에 관하여 파악하는 것과 유사한 것이다. 그런데 우리는 우리가 대하는 사람의 말과 행동과 표정과 몸짓 그리고 그 외의 반응 등을 통하여 그 사람에 관해 전면적, 총체적 판단을 내린다. 그에 반해 암시된 저자는 우리가 대하는 텍스트를 통해 구성된 것이라는 점이 다르다. 즉 우리는 텍스트에 나타난 인물들의 특성, 그 인물들의 태도와 행동, 그리고 그 인물들에 대한 작가의 태도나 발언 등을 통하여 그 텍스트의 저자가

"Edge")에 적용시켜서 암시된 저자가 실제저자와 차이를 갖지만 실제저자의 정신적, 정서적 분신의 의미를 지녔다는 점을 강화하였다. Wayne C. Booth, *Resurrection of the Implied Author: Why Bother?*, NARRATIVE, Blackwell, 2008, pp.79~85 참고.

지닌 인간적 특성과 가치관을 알아차린다. 그리고 이러한 형상은 실제저자의 의식적·무의식적 자아와 깊은 관련을 맺게 된다. 이러한 형상이 '암시된 저자'이다. Booth가 강조하는 것은 '암시된 저자'는 실제저자의 의식적, 무의식적, 그리고 잠재적 분신이라는 점이다.[5] 즉 실제저자가 특정한 텍스트 속에서 취하는 하나의 가면이라고 말하는 셈이지만 그 가면은 실제저자의 의식적인 측면과 관련을 맺고 있다는 것이다.

암시된 저자는 텍스트의 의식적 의도(intention)와 의식적·무의식적 의향(intent)을 포괄한 개념이다. 그리고 이러한 암시된 저자의 연속체 (a sequence of implied authors)가 이력저자(Carrer-Author)이다.[6] '암시된 저자(the Implied Author)'와 '이력저자(the Carrer-Author)'는 김춘수와 같은 대가의 시세계를 개별적으로 그리고 전체적으로 살펴보는 것에 있어서 유용하다. 왜냐하면, 텍스트를 쓴 저자가 어떠한 인물들에 공감하고 그 인물들의 어떠한 측면을 초점화하였는지 또 각각의 작품들에서 반복적으로 심화되거나 중심적으로 다루어지는 제재나 주제를 살펴봄으로써, 궁극적으로, 그 텍스트를 쓴 저자의 가치관과 창작관에 접근하도록 하기 때문이다.

---

5) '소설의 수사학'에서의 '암시된 저자'는 "공적인 저자(official scribe)" 혹은 저자의 "이차적 자아(second self)"의 다른 이름이다. 그런데 Booth는, 최근의 글에서, 암시된 저자는 실제저자의 잠재적인 다양한 분신들이라는 것 그리고 암시된 저자는 실제저자보다 '암시된 저자들'이 좀 더 관용과 너그러움을 지닌 윤리적 존재라는 것을 강조한다. Wayne C. Booth, ibid., *Resurrection of the Implied Author: Why Bother?* 참고.

6) 이력저자(Carrer-Author)는 한 작가가 쓴 작품들의 암시된 저자들로 구성된 복합물(a composite)이다("The "CARRIER-AUTHOR", Who persists from work to work, A composite of the Implied Authors of all his or her works"), Wayne C. Booth, The Rhetoric of Fiction, p.431.

『들림, 도스토예프스키』는 도스토예프스키의 작품들에 나오는 인물들이 서로에게 편지를 쓰는 형식으로 구성되어 있다. 편지글 형식은 사적 양식이기 때문에 시편들에서 상대에 대한 정서, 즉 상대에 대한 찬사나 미안함 등의 감정이 나타나기 마련이다. 그런데 이러한 감정의 형태들은 이미지의 형상화로 나타나며 발화자는 도스토예프스키의 인물이라는 가면을 쓰고 있다. 이 가면 너머로 들려오는 저자의 목소리에 귀를 기울여보는 것이 이 글의 목적이다. 즉 각각의 편지글에서의 발신자와 수신자의 관계 혹은 발신자의 의향, 그리고 작가가 초점화하여 공감적으로 형상화하는 인물의 특성 등을 살펴봄으로써 작가가 의식적으로, 무의식적으로 지향하는 대상과 가치의 문제에 관하여 접근할 것이다.

이 연작에서 첫머리를 장식하는 것은 「소냐에게」이다. 이 인물은, 시편들에서 형상화된 것을 보면 비슷한 성향을 지닌 '아료샤'에 비하여 '아료샤'와 비교가 되지 않을 정도로, 찬사와 경외를 받는다.[7] 그리고 이 연작에서, 도스토예프스키 작품 속에서 유사한 상황과 성향을 지닌 '라스코리니코프'와 '이반'이 수신자와 발신자가 되는 편지글이 있다. 여기서 '이반'은 '라스코리니코프'를 부러워하며 자신의 신세를 한탄한다.[8] 또한 이 연작에서는, 이들에 비해 부차적 인물인 '드미트리'가 현실적 억울함을 당하였어도 내면적으로 행복한 존재로

---

7) 단적으로, "천사는 온몸이 눈인데/온몸으로 나를 보는/네가 바로 천사라고"(「소냐에게」 부분) 그리고 "아료샤는 밤을 모른다./해만 쫓는 삼사월 꽃밭이다"(「드미트리에게」 부분)를 들 수 있다.
8) "자넨 소냐를 만나/무릎 꿇고 땅에 입맞췄다./그러나 나는 언제나 외돌토리다"(「라스코리니코프에게」 부분).

형상화된다. 그리고 '이반'의 입을 빌어서, 인간적 의지가 현실 속에서 굴곡을 겪고 뜻하지 않은 가해자이자 희생자가 된 상황이 인간의 '역사'임을 이야기한다. 그리고 이 연작의 마지막을 구성하는 장시이자 극시인 「대심문관」에서는, '이반'이 쓴 소설 속 인물이자 이반의 이상적 자아격인 '대심문관'이 '예수'와도 팽팽하게 대립하는 면모[9]를 보여준다.[10]

---

9) "내가 보기에는 그(대심문관)는 극적 인물이다. 예수와 나란히 세워놓고 보면 더욱 그런 느낌이 든다. 그는 예수와 아이러니컬한 입장에 선다. 말하자면 예수와 그는 겉으로는 대립적인 입장이다. 그럴수록 어느 쪽도 어느 쪽을 무시 못한다"(김춘수, 「책 뒤에」, 『들림, 도스토예프스키』, 민음사, 1997).

10) 『들림, 도스토예프스키』는 『까라마조프의 형제들』, 『죄와 벌』, 『악령』, 『가난한 사람들』, 『미성년』, 『백치』, 『학대받은 사람들』 등에 나오는 주요인물들이 주고받은 편지글 형식으로 구성되어 있다. 이 연작시집의 핵심부에 놓인 1부를 보면, 『까라마조프의 형제들』의 주요인물의 발화가 1부의 19편 중에서 9편(「아료샤에게」, 「라스코리니코프에게」, 「이반에게」, 「드미트리에게」, 「구르셴카 언니에게」, 「조시마 장로 보시오」, 「표트르 어르신께」, 「즈메르자코프에게」, 「답신 아료샤에게」)을 차지할 만큼 비중이 높다. 또한 1부에서 『죄와 벌』에서의 '소냐'에 대한 비중도가 높은데, 「소냐에게」의 시편이 제1부의 첫 번째에 나오며 그녀에 관한 거론이 1부에서 6편(「소냐에게」, 「라스코리니코프에게」, 「나타샤에게」, 「구르셴카 언니에게」, 「딸이라고 부르기 민망한 소냐에게」, 「표트르 어르신께」)에 걸쳐서 긍정적으로 형상화된다. 2부 역시 『까라마조프의 형제들』의 주요인물들을 비롯한 도스토예프스키의 다양한 인물들의 발화가 이루어진다. 그리고 짧은 형식의 시 10편으로만 구성된 3부에서는 『악령』의 '스타브로긴'과 '키리로프'가 중심을 이루고 있다. 마지막으로 4부는 장시이자 극시의 형식으로서 『까라마조프의 형제들』의 '이반'이 허구화한 인물인 '대심문관'이 주요인물이다. 이 시집에서 김춘수가 가치 부여하는 인물들은 '소냐'를 제외하면, '이반', '라스코리니코프', '스타브로긴', '키리로프', '대심문관'이라고 할 수 있는데 이들은 사상적으로나 기질적으로 아주 큰 공통성을 지닌다. 즉 '라스코리니코프'가 무신론 사상을 지니고서 속악한 인간세상을 바로잡겠다는 의지를 실제적으로 실천하고 그 고통을 대가로 치루는 인물로 나온다면, '이반'은 이 사상을 머릿속으로만 지니고 있다가 뜻하지 않은 방향으로 사건이 전개되어서 고통 받는 인물로 나오며, '대심문관'은 이와 같은 '이반'의 이상적 신념을 허구적으로 구현시키는 인물로 나온다. 그리고 '스타브로

이와 같이 이 글은, '이반형 인물'이 내재적 초점대상이 되는 이 시집에서 이러한 인물이 가치 부여하는 것, 즉 대상과 인물과 가치 등을 살펴봄으로써 인물들의 발화 너머에서 작용하는 작중저자의 의식적, 무의식적 의향과 사유에 관하여 살펴볼 것이다.『들림, 도스토예프스키』의 '암시된 저자', 곧 이 연작의 '의향'을 고찰하는 일은 실제저자 김춘수의 의식적, 무의식적, 잠재적 자아를 고찰하는 한 방식이다. 특히, 이 연작들은 '선'과 '악', '고통'과 '구원', 그리고 '신'과 '인간' 등, 삶의 본질에 관한 치열한 고민이 중심을 이루므로, 이 연작들을 통하여 인물들의 발화 그 너머, 김춘수의 잠재적 분신의 지향을 살펴볼 수 있다.

2. '소냐'와 '온몸으로 나를 보는 천사'

『들림, 도스토예프스키』의 첫 번째 작품은 「소냐에게」이며 두 번째 작품은 「아료샤에게」이다. 비극적인 삶을 살았던 등장인물을 주로 등장시키는 이 시집에서, 「소냐에게」는 소냐라는 인물에 대한 찬사나 경외감이 반영되어 형상화된 점이 특징적이다.

　　　　가도 가도 2월은

긴'은 이러한 사상을 극단적이고 속악한 방식으로 견지하는 인물로서 형상화되며 '키리로프'는 인신사상을 실제로 자신의 죽음을 통해 증명한 인물로서 형상화된다. 이와 같이 김춘수의 형상화에서 이 인물들은 내재적인 연속성을 지니고 있지만, 연작에서 김춘수의 암시된 저자가 공감하고 주요하게 형상화하는 인물은 '이반'과 '대심문관'이다.

2월이다.
제철인가 하여
풀꽃 하나 봉오리를 맺다가
움찔한다.
한 번 꿈틀하다가도
제물에 까무러치는
옴스크는 그런 도시다.
지난해 가을에는 낙엽 한 잎
내 발등에 떨어져
내 발을 절게 했다.
누가 제 몸을 가볍다 하는가,
내 친구 셰스토프가 말하더라.
천사는 온몸이 눈인데
온몸으로 나를 보는
네가 바로 천사라고,
오늘 낮에는 멧송장개구리 한 마리가
눈을 떴다.
무릎 꿇고
리자 할머니처럼 나도 또 한 번
입맞췄다.
소태 같은 땅, 쓰디쓰다.
시방도 어디서 온몸으로 나를 보는
내 눈인 너,
달이 진다.
그럼,
1871년 2월
아직도 간간이 눈보라치는 옴스크에서
라스코리니코프

—「소냐에게」전문

즈메르자코프가 목을 매단 그날도
사타구니에 그처럼 큰 불알을 차고

머리에 금술 단 예쁜 벙거지 쓰고
아들 손에 목 배틀린
바람든 푸석한 무 같은
아버지 죽음이 생각났다.
우습기만 했다.
하느님이 없는 나에게 나를 보는
네 눈이 너무 커 보인다.
하늘이 그득 담겼다.
겨울에
네 목을 따뜻하게 하고
네 목에 맵시를 내주는
하느님은 네 목의 목도리다.
라고 말하려다 어쩐지 나는 그만
무안해진다.
내 꼬투리는 그만 정도가 고작이다.
네 발로 차 버려라.
풋볼인 듯 저쪽 골로 차 버려라.
1881년 세모
작은 형 이반

— 「아료샤에게」 전문

전자는 『죄와 벌』의 '라스코리니코프'가 '소냐'에게 쓰는 편지글이
다. '지난해 가을에는 낙엽 한 잎 내 발등에 떨어져 내 발을 절게 했
다'라는 구절에서 예민한 감수성을 지닌 라스코리니코프의 불안정한
내면을 읽을 수 있다. 이 작품을 쓴 암시된 저자 즉 김춘수의 분신
으로서의 자아는 시집의 첫 번째 발화자로서 '라스코리니코프'를 상
정하고서 그의 내면을 이와 같이 형상화하고 있다. '낙엽 한 잎의 무
게에도 괴로워하고 발을 절게' 되는 라스코리니코프의 심경이란 무
엇일까. '라스코리니코프'는 신이 존재하지 않는다면 인간이 사악한

인간을 처벌해도 된다는 신념을 지니고서 이웃집 전당포 노파를 도끼로 살해하였다. 그러나 이 사건을 벌인 다음에 겪는 '라스코리니코프'의 고통스럽고 어지러운 심경은 도스토예프스키 소설에서 극단적인 정신쇠약의 경지로서 형상화된다. 이 시에서의 '라스코리니코프'에 관한 형상화도, 한 인간이 인간을 극형으로써 처벌한 이후에 죄의식으로 인해서 어떠한 사소한 일에도 불안과 공황을 겪는 내적 문제를 표현하고 있다.

김춘수는 이 시집 발문에서 "시는 이미지를 뽑아내는 일이다. 즉 육화작업이다"[11]라고 진술한다. 즉 그는 이미지의 형상화를 통하여 작품 속 인물들에 대한 자신의 사유나 상상, 그리고 가치의 문제를 드러내고 있다. '라스코리니코프'의 내면적 상황에 관한 형상화뿐만 아니라 '라스코리니코프'가 '소냐'를 향한 표현을 통해서 시인의 암시된 저자가 지닌 '소냐'에 대한 생각을 읽을 수 있다. '소냐'에 관한 형상화에서 특기할 만한 것은, "천사는 온몸이 눈인데 온몸으로 나를 보는 네가 바로 천사"라는 구절이다. 이 구절은 '라스코리니코프'가 '소냐'를 향한 발언이자 시인의 암시된 저자의 발언이 겹쳐 있다. 『죄와 벌』에서 '소냐'는 창녀의 신분임에도 '라스코리니코프'에게 정신적 깨달음을 얻게 해줄 뿐만 아니라 고결성을 갖춘 여성으로서 형상화되고 있다. 그런데 김춘수의 암시된 저자는 원작자의 '소냐'에 대한 가치부여보다도 도덕적으로 훨씬 더한 가치평가를 내린다.

김춘수의 암시된 저자는 '소냐'는 가난하고 불행한 가족을 위해 창녀의 신분이 되었지만 착한 심성과 고결한 정신을 보여준다는 점

---

11) 『들림, 도스토예프스키』, 민음사, 1997, p.93.

에서 '천사'로 표현한 것이다. 왜냐하면 암시된 저자는 육체를 견뎌
내고 견지하는 고결한 정신에 가치부여를 하기 때문이다. 그렇기 때
문에 고뇌하는 '라스코리니코프'를 "시방도 어디서 온몸으로 나를 보
는 내 눈인 너"의 주인공이 '소냐'인 것이다. 시인의 암시된 저자는
지극히 선한 의지를 지니고 있는 인물들에 대해서 '눈(眼)'이라든지
혹은 '천사'라는 표현을 쓰곤 한다. 그런데 그는 평면적으로 선하기
만 한 인물에 대해서는 그다지 높은 가치부여를 하지 않는다. 소냐
의 선의지가 의미를 지니는 것은 악의 구렁텅이에서도 구현해 낸 어
떤 경지 때문이다.

두 번째 시편은 '이반'이 '아료샤'에게 쓴 편지글 형식이다. 여기
서도 인물들에 대한 가치부여가 이미지의 형상화로 나타난다. 즉 '아
료샤'에 대한 형상화는 "하느님이 없는 나에게 나를 보는 네 눈이
너무 커 보인다" 혹은 "겨울에 네 목을 따뜻하게 하고 네 목에 맵시
를 내주는 하느님은 네 목의 목도리다"이다. 그리고 이 표현들에 대
한 부가서술로서 "라고 말하려다 어쩐지 나는 그만 무안해진다. 내
꼬투리는 그만 정도가 고작이다"라고 말한다. 즉 '아료샤'의 '눈'이
크며 하느님은 그의 '목도리'와 같다고 표현하며 이것을 '꼬투리' 잡
은 것으로서 서술한다. 즉 김춘수의 시에서 일반적으로 '눈'이란 신
성적인 것의 의미를 지배적으로 부여받는데, 이 구절에서 '아료샤'의
'눈'에 관한 형상화는 그러한 신성함이, '꼬투리' 잡힌, 즉 그리 찬탄
을 받을 만지는 못한 것으로 나타난다.

이 시편의 화자는 '이반'이지만 '이반'의 발화 너머에는 시인의 목
소리가 있다. '아료샤'에 대한 '눈'의 형상화는, 전자의 '소냐'의 '눈'

의 형상화와 대조적이다. 즉 '소냐'를 '온몸'이 '눈'이라고 표현하고 '온몸'으로 '나'를 '본다'고 표현하였을 때 그것은 그야말로 '천사'로 서의 완벽한 의미표지를 갖추고 있다. 그에 비해 '아료샤'는 눈이 크다는 것과 하느님이 함께 하는 존재라고 표현하였지만 "꼬투리를 잡는" 혹은 비꼬는 어조가 실려 있다. 즉 시인의 암시된 저자는 도스토예프스키 작품 속에서 성직자이자 신성한 인물로 형상화되는 '아료샤'에 대해서는 전혀 찬사를 보내지 않는다. 즉 '아료샤'는 죄짓고 고통받는 인물들보다도 암시된 저자의 공감의 대상으로부터 동떨어져 있다.

'소냐'와 '아료샤'는 원작에서 지극히 선한 의지로써 하느님을 믿는 인물로 형상화된다. '소냐'는 어려운 처지에서 창녀의 나락으로 빠져들어 가면서도 가족을 생각하고 '라스코리니코프'의 불행에 동참하고 그를 일깨우려는 강인한 선의지를 지닌 인물이다. 그에 비해 '아료샤'는 원작에서 처음부터 일관되게 하느님을 좇아 고결한 의지를 키워 구도자의 길을 걷는 인물이다. 그런데 김춘수의 암시된 저자가 보기에 '아료샤'는 자신의 불행한 가족사에 대해서 알지 못하며 다른 인물들에 비해 그 불행에 개입하지 않았다고 보았다. 이것이 온순한 성향과 독실한 신앙을 지닌 유사한 두 인물에 대하여, 암시된 저자의 가치부여가 판이하게 된 계기이다.

『죄와 벌』과 『까라마조프의 형제들』에서 '선'의 인물로서 형상화된 '소냐'와 '아료샤'의 형상화를 살펴볼 때 김춘수의 암시된 저자의 사유를 엿볼 수 있다. '소냐'와 '아료샤'는 둘 다 지극히 선한 생각과 의지를 지닌 인물이라는 공통적 특성을 지닌다. '아료샤'는 성직자의 길로 들어서며 지극한 신앙심을 지닌 인물이지만 그가 속한 세속의 삶으로부터 무엇인가 동떨어진 측면을 지닌다. 그에 반해 '소냐'는 가족을 부양하기 위해 창녀의 신분을 지니면서도 지극한 신앙심을 잃지 않고 죄책감에 괴로워하는 라스코리니코프를 구원의 길로 이끌도록 도와주는 여성이다. 시인의 암시된 저자는 자신이 속한 고통에 가득찬 주변을 껴안고서 그것 속에 있으면서도 '선의지'를 지니는 인물이야말로 '온몸으로 나를 보는 천사'라는 사유를 보여준다. 그리고 후자 시편의, "하느님이 없는 나에게 나를 보는/네 눈이 너무 커 보인다"에서 보면, 시인의 암시된 저자는 무신론을 지니고 있으면서도 세속적 고통 속에서 신성을 지향하는 인물을 긍정한다.

3. '이반'의 '풀죽은 돌'

자넨 소냐를 만나
무릎 꿇고 땅에 입 맞췄다.
그러나
나는 언제나 외돌토리다.
그때
우들우들 몸 떨리고
눈앞이 어둑어둑해지면서
나는 그만 거기 주저앉고 말았다.
내 머릿속에 있을 때는
그처럼이나 당당했던 그것이
즈메르자코프 그 녀석
그 바보 천치에게로 가서 그 모양으로
걸레가 되고 누더기가 되고 끝내는 왜 녀석의

똥창이 됐는가,
견딜 수가 없다.
어디를 바라고 나는 내 풀죽은
돌을 던져야 하나,

페테르부르크 우거에서
이반.

— 「라스코리니코프에게」 전문

알고 보니
즈메르자코프는 한갓
콧물이더라.
그 녀석 고뿔을 몹시 앓았나 보다.
갈잎들이 술렁인다.
날이 샌다.
아침마다 높새가 와서
내 등을 긁어준다.
이제 내 등은 막막하지 않다.
시로미꽃이 피고
그 곁에
노루가 와서 웅그린다.
가끔 아직도
옆구리가 뜨끔뜨끔한다.
그 두더지 녀석 예까지 따라왔나 보다.
철새들이 가고 있다.
마디풀과 함께 여치와 함께
여름이 또 온다.
아버지는 〈내〉가 죽었다.
그 말 한 마디가 하고 싶어서
날마다 나는 즈메르자코프를
침 뱉고 발로 차고 또 침 뱉고 발로 차고 했나 보다.

시베리아 남쪽 오지에서
형 드미트리

— 「이반에게」 전문

즈메르자코프는
네 속에도 있었다.
아버지는 내가 죽였다고
너는 외쳐댔다.
얼마나 후련했나,
그것이 역사다.
소냐와 같은 천사를 누가 낳았나,
구르센카, 그 화냥년은 또 누가 낳았나,
아료샤는 밤을 모른다.
해만 쫓는 삼사월 꽃밭이다.
저만치
얼룩암소가 새끼를 낳는다.
올해 겨울은 그 언저리에만
눈이 온다.
그것이 역사다.
너는 드미트리가 아닌가, 아직도
이리 흔들리고 저리 흔들리는
네 나날은 신명나는
배뱅이굿이다. 그리고
즈메르자코프,
그는 이제 네 속에서 죽고 멀지 않아
너는 구원된다.

변두리 작은 승원에서
조시마 장로.

— 「드미트리에게」 전문

첫 번째는 『까라마조프의 형제들』의 '이반'이 『죄와 벌』의 '라스코리니코프'에게 쓰는 편지글 형식을 지닌다. 그런데 "자넨 소냐를 만나 무릎 꿇고 땅에 입 맞췄다. 그러나 나는 언제나 외돌토리다" 그리고 "내 머릿속에 있을 때는 그처럼이나 당당했던 그것이 즈메르자코프 그 녀석 (……) 걸레가 되고 누더기가 되고" 등의 표현을 살펴볼 때 '이반'이 '라스콜리니코프'의 삶에 동경을 표하며 자신의 신세를 한탄하고 있음을 알 수 있다. 이러한 '이반'의 목소리는 실상 시인의 암시된 저자의 목소리이기도 하다.

'라스코리니코프'는 신이 부재한 듯한 혼탁한 세상에서 불쌍한 인간을 구제하기 위하여 인간이 악을 심판할 수 있다는 신념을 몸소 실행에 옮긴다. 그는 그로 인한 인간적 고뇌로 인해 갈등하고 그에 대한 죗값으로서 시베리아 오지로 유형을 당하며 그러한 자신의 삶 속에서 '소냐'라는 여인을 통하여 구원을 얻는다. '이반' 역시 라스코리니코프와 마찬가지로, 신이 없다면 인간이 인간을 심판할 수 있다는 사상을 지닌 인물이다. 그러나 그는 이 사상을 머릿속에 지니고 있다가 이러한 사상을 전수받은 비열한 인물인 '스메르자코프'의 의롭지 않은 실행으로 인하여 고통을 받는다. 그리고 그 고통은 부친 살해에 대한 죄과가 이반의 형인 '드미트리'에게 엉뚱하게 덮어씌워진 것과도 관련이 있다. 즉 시인의 암시된 저자는, '이반'과 '라스코리니코프'는 유사한 사상과 성향을 지녔으나, '이반'이 상황적으로 강도 높은 여러 겹의 고통을 받고 있다고 본다.

즉 시인의 암시된 저자에게, '이반'은 그가 지닌 사상의 실천이 뜻하지 않은 방향으로 흘러갔고 불가피하게 자신의 의지를 실현하지도 못하고 왜곡된 세상사에서 고통받는 인물로 비추어진다. 이에 비해 '라스코리니코프'는 자신의 사상과 그것의 실현과 그것으로 인한 고통과 죗값을 오롯이 감수하고 사랑하는 여인인 '소냐'로부터 정신적 구원을 받은 '행복한' 비극적 인물인 것이다. 이반은 '라스코리니코프'와 유사한 사건을 벌였지만, 끝없는 고통의 나락 속에서 괴로워할 수밖에 없는 운명을 사는 비극적 인물이다. 이와 같은 암시된 저자의 의향은, 이 시에서 "어디를 바라고 나는 내 풀죽은 돌을 던져야 하나" 하는 '이반'의 넋두리로서 형상화되었다.

도스토예프스키 연작에서, 연민과 공감에 찬 형상화의 중심부에는 '이반'의 삶과 고통이 놓여 있다고 해도 과언이 아니다. 즉 인간의 의지로서 제어되지 않는 환경 속에서 그것에 굴복당하는 인간의 끝 갈 데 없는 고통 그 자체가 지닌 의미가 중심적으로 부각된다. 암시된 저자의 '이반'에 대한 연민은 격동기의 굴곡의 '역사'로부터 고통받았던 실제저자 김춘수 그 자신에 대한 것이 투영된 것이다.

두 번째 시편은 이반의 형 '드미트리'가 동생인 '이반'에게 보내는 편지글 형식이다. '시베리아 남쪽 오지에서'라는 부기가 있는 것으로 보아서 '드미트리'가 '이반'이 암묵적으로 사주한 '스메르자코프'의 범행으로 인하여 억울하게 누명을 쓰고 떠난 유형지에서 보낸 편지 글임을 알 수 있다.

그런데 "즈메르자코프는 한갓 콧물이더라" 그리고 "아침마다 높새가 와서 내 등을 긁어준다. 이제 내 등은 막막하지 않다. 시로미꽃이 피고 그 곁에 노루가 와서 웅그린다" 등의 표현에서 보듯이, 유배지의 삶인데도 일상 속에서 평이한 정신적 삶을 사는 듯한 면모를 보여준다. 이것은 '이반'이나 '라스코리니코프'가 쓴 편지글 시편이, 이 시에서의 '고뿔', '갈잎', '높새', '시로미꽃', '노루', '철새' 등과 같이 자연과 일상의 소소한 주변에 전혀 관심을 보여주지 못하는 것과 대비된다.

또한 '드미트리'의 발화에서는 '스메르자코프'에 대한 감정도 그다지 복잡하게 얽혀서 표현되지 않는다. 현실적인 모습에 초점을 둔다면, 술과 여자와 도박을 좋아할 뿐, 특별히 큰 이념을 지니지 않은 인물형인 '드미트리'가 억울하게 살인누명을 쓰고 시베리아로 간 것은 명백히 불행한 삶이다. 그럼에도 김춘수의 '암시된 저자'가 형상화한 시편들 속에서 '드미트리'는 다른 인물들보다 훨씬 평온해 보이며 또 시인의 연작에서 차지하는 비중도 낮다.

시인의 암시된 저자는 '이반'과 '드미트리'의 형상화를 통하여 '역사는 이렇게 부조리한 것이다'라는 메시지를 전하고 있다. 즉 '역사'는 인간이 꿈꾸는 이념과 의지가 '이반'의 그것처럼 부조리하게 굴곡을 겪으며 그리고 그로 인한 희생자는 엉뚱한 이들이 감내하고 결국 대다수가 고통받게 된다는 것, 그리고 이러한 이념들과 그 다양한 실천들의 어긋남 속에서 전개되어온 것임을 말하고자 한다("낮에 이반이 길바닥에다/힝 하고 코를 풀면/밤에는 잠 속에서 스메르자코프가/뿌드득 이를 간다./하느님은 그렇다 치고/알렉산드르 2세는 배알도 없나,/세상의 허구한 낮과 밤을/저들 둘이가 저희 맘대로 왜/주무르고 휘젓고 해야 하나"(「1880년 페테르부르크」 전문)).

세 번째 시편은 『까라마조프의 형제들』에서 '아료사'의 스승성직자인 '조시마 장로'가 '드미트리'에게 쓴 편지글이다. 현실적으로 가장 억울한 위치에 놓인 '드미트리'에게 조시마 장로가 내놓은 열쇠는 '구원'의 문제이다. '조시마 장로'는 "즈메르자코프, 그는 이제 네 속에서 죽고 멀지 않아 너는 구원된다"고 '드미트리'에게 말해준다. 실상 '조시마 장로'의 이러한 발화는 시인의 암시된 저자의 의향을 담고 있다. 즉 '즈메르자코프'의 죗값을 "드미트리'가 대신 치루는 것, 그것에 관하여 '네 나날은 신명나는 배뱅이굿'"으로서 형상화한다.

'조시마 장로' 즉 세상사에 관하여 투명한 깨달음을 얻은 자의 목소리에 시인의 암시된 저자의 의향이 드러나 있다. 즉 '드미트리'의 '네 속'에도 '즈메르자코프'는 있었다는 것, '죄짓지 않은 네'가 '아버지는 내가 죽였다'고 외치게 되는 것 그것이 '역사'라는 것이다. 그리고 암시된 저자는, (도스토예프스키 원작에서 '구르센카'의 형상화보다는 극단적 표현인) '화냥년'인 '구르센카'와 같은 악인도 존재하며 그리고 (도스토예프스키 원작에서 '아료샤'의 형상화와 비교하면 대조적으로) '밤을 모르'고 '해만 쫓는 삼사월 꽃밭' 같은 '아료샤'도 존재한다는 것, 그래서 '올해 겨울은 그 언저리에만 눈이 오'는 불평등하고 부조리한 것, '그것이 역사다'라고 말한다.

여기에서 김춘수의 암시된 저자가 지닌 가치의 문제를 엿볼 수 있다. 그리고 그가 가치를 부여하는 것이 무엇인지에 관해서도 엿볼 수 있다. 그는 '역사'에 관하여 허울과 명분이 존재하지만 실은 부조리하고 불평등한 굴곡의 연속으로서 파악한다("인간 존재의 이 비극성은 역사의 대상이 될 수 없다는 그 계시 말이다. 이미 인간의 존재 양식은 한 패턴으로 굳어 있다. 역사는 늘 이 점을 잊어서는 안 된다. 역사주의의 낙천주의는 도스토예프스키에게서 좌절을 경험해야 한다"12)). 그리고 그 부조리함 속에서 세상과 인간을 구제하려고 하는 이념형 인간이 지닌 인간적인 사상의 문제에 관심을 지닌다. 그리고 그러한 인간이 이념을 관철시키려는 실천에 주목한다. 그리고 무엇보다도 그러한 실천 속에서 겪게 되는 지독한 고뇌와 고통의 문제에 주목한다. 그리고 그는 그러한 고통의 나락 속에서도 건져올리는 의지의 문제에 관하여 궁극적인 가치를 부여하며 이러한 인물들이야말로 절대를 구현한 것이라고 본다.

4. '대심문관'의 '이승의 저울'

이러한 의미에서 그가 왜 고통 특히 고통의 극한으로서의 '죽음'의 문제에 관심을 지니는지 알 수 있다. 왜냐하면 그는 인간이 선한 의지와 이념을 지닌다는 것도 의미를 부여하지만 궁극적으로는 그러한 의지가 절대를 지향할 수 있느냐에 관심을 지니기 때문이다. 그렇기 때문에 고통 특히 육체적 고통의 문제는 김춘수의 암시된 저자에게는 구도자와 위인이 겪어야 할 통과의례이다.

> 불에 달군 인두로
> 옆구리를 지져봅니다.
> 칼로 손톱을 따고
> 발톱을 따봅니다.
> 얼마나 견딜까,
> 저는 저의 상상력의 키를 재봅니다.
> 말도 많고 탈도 많은 그것은

---

12) 김춘수, 「책 뒤에」, 『들림, 도스토예프스키』, 민음사, 1997, p.92.

바벨탑의 형이상학,
저는 흔듭니다.
무너져라 무너져라 하고
무너질 때까지,
그러나 어느 한 시인에게 했듯이
늦봄의 퍼런 가시 하나가
저를 찌릅니다. 마침내 저를 죽입니다.
그게 현실입니다.
7할이 물로 된 형이하의 이 몸뚱어리
이 창피를 어이 하오리까
스승님,

자살 직전에
미욱한 제자 키리로프 올림.
　　　　　　—「존경하는 스타브로긴 스승님께」 전문

죽음은 형이상학입니다.
형이상학은 형이상학으로 흔듭니다만
죽음을 단 1분도 더 견디지 못합니다.
심장이 터집니다.
저의 심장은 생화학입니다.
수소가 7할이나 됩니다.
억울합니다.

키리로프 다시 올림, 이제
죽음이 주검으로 보입니다.
　　　　　　—「追伸, 스승님께」 전문

　도스토예프스키 연작에서도 이 연작이 아닌 김춘수의 다른 시편에
서와 마찬가지로 어떤 인물의 최후, 죽음을 맞이하게 되는 과정에

관한 관심이 주요하게 형상화된다. 이 시의 발신자인 '키리로프'는 '스타브로긴'의 영향을 받은 인물로서 혼란한 제정러시아 말기, 신이 없다면 인간이 인간을 심판해도 된다는 사상을 지니고 있다. 그는 도스토예프스키 원작에서 이러한 그의 사상을 입증하기 위하여 자살을 감행한 인물이다.

첫 번째 시편에서는 '키리로프'가 자살을 감행하던 순간 혹은 "자살 직전에" 내면풍경에 관하여 형상화한다. 이 시편에서 두드러지는 것은, 비록 키리로프가 그의 신념에 따라 육체적 고통의 극단인 자살을 감행하기는 하였으나 바로 그 죽음의 임박 순간, 즉 육체적 고통의 극한의 순간에는 "7할이 물로 된 형이하의 몸뚱어리 이 창피를 어이 하오리까"라고 하여, 그의 신념에 대한 회의를 겪었을 것으로 형상화한 점이다. 구체적으로, "불에 달군 인두로 옆구리를 지져봅니다. 칼로 손톱을 따고 발톱을 따봅니다. 얼마나 견딜까"라는 구절은 육체적 고통에 인간이 얼마나 나약한 존재인가 하는 상상을 보여준다.

그렇기 때문에 두 번째 시편에서 김춘수의 암시적 저자는 "죽음은 형이상학입니다"라고 말한다. 이 말은 이어지는 시행, "형이상학은 형이상학으로 흔듭니다만 죽음을 단 1분도 더 견디지 못합니다"라는 구절을 통하여, 죽음이란 형이상학을 초월한 어떤 것이라는 메시지를 남겨준다. 첫 번째 시편이 '키리로프'가 자살을 감행하며 고통을 겪는 과정을 보여주고 있다면 두 번째 시편은 "죽음이 주검으로 보이"는, 즉 거의 죽음을 맞이한 명멸의 일순간을 보여준다. "이제 죽음이 주검으로 보입니다"라는 마지막 구절은, 김춘수의 암시된 저자에게는 '키리로프' 또한 인간으로서 '절대적 경지'에 오른 인물이라는 것과 유사한 표현이다.

이에 대해서 '키리로프'는 '형이상학'은 "죽음을 단 1분도 견디지 못합니다"라고 표현한다. 즉 '키리로프'의 죽음을 통한 '절대'에의 도전은, "바벨탑의 형이상학, 저는 흔듭니다. 무너져라 무너져라 하고 무너질 때까지"에서 보듯이, 단순히 개인적인 의지를 훌쩍 넘어선 것임을 보여준다. 즉 암시된 저자는, '키리로프'의 자살행위의 형상화를 통하여 궁극적으로 인간의 이념 내지 신념의 갈등 혹은 인간의 의지와 또 다른 의지의 갈등을 통해 이룬 거대한 '바벨탑의 형이상학'에 대한 비판을 보여주고자 한다.

예를 들면 자유주의와 공산주의, 종교들 간의 갈등, 민족들의 이념 간의 분쟁 등이 그것이 될 것이다. 이러한 형이상학적 이념들은 유구한 역사 속에서 각각의 존재의의와 거대한 이론적 체계와 논리를 갖추어왔다. 그런데 이러한 형이상학과 형이상학의 갈등은 인류에게 전쟁, 분쟁을 낳기도 하였으며 그 소용돌이의 틈 속에서 수많은 무고한 개인들의 희생이 뒷받침되면서 또 하나의 형이상학을 이루어온 것이다.

김춘수의 암시된 저자는 이와 같은 형이상학, 관념 간의 갈등은 결국 인간의 희생 특히 인간으로서의 존재를 위협하는 육체적 고통 속에서는 무화의 경지를 겪는다고 표현한다. 그것은, 형이상학 간의 갈등을 암시한 위 시의 다음 구절에서, 여지없이 등장하는, "늦봄의 퍼런 가시 하나가 저를 찌릅니다. 마침내 저를 죽입니다. 그게 현실입니다"와 "죽음은 단 1분도 더 견디지 못합니다. 심장이 터집니다"

라는 표현에서 드러난다. 즉 어떠한 거대하고 위대한 형이상학도 인간의 처절한 고통을 요구할 만한 가치가 있지 않다는 것, 혹은 어떠한 위대한 신념도 육체를 지닌 인간이 넘어서기 힘든 고통의 고비 앞에서 무력해진다는 것에 관해서 말한다. 이것은 이중적인 지점이 있다. 즉 어떠한 이념도 인간의 극단적 고통과 희생을 강요해서는 안 된다는 것, 다른 한편으로는 극단적 고통과 희생을 감내한 자만이 어떠한 이념에 관해서 말할 수 있는 '절대적' 존재라는 것이다.

이런 의미에서 이 연작의 암시된 저자가 '이반'의 분신인 '대심문관'에 대하여 공감과 연민을 보여주는 맥락을 이해할 수 있다.

> **대심문관** 왜 말이 없으시오?
> 뭔가 할 말이 있어 다시 오지 않았소?
> 말해 보시오.
> 나는 당신을 잘 알고 있소.
> 잘 알고 있다고 생각하고 있소.
> 당신 말씀은 가끔 가끔
> 내 옆구리를 후비곤 했소.
> 그러나
> 지금은 달라요.
> 지금은 나도
> 내 저울을 따로 가지게 됐소.
> 당신 손바닥의 구멍,
> 너무 깊은 그 끝을 쫓다가
> 나는 그만 눈이 다 먹먹해졌소.
> 나는 잊지 못하오.
> 그러나
> 나는 또 닭 울기 전 세 번이나
> 당신을 모른다고 했소.

그것이 내 저울이오.
당신은
나를 용서한다고 하지 마시오.
나를 버리시오.
카이자의 것은 카이자에게 맡기시오.
나는 저들을 끝내
용서하지 않을 것이오.
나도 저들 중의 하나니까요.
엘리엘리라마사막다니,
그건
당신이 하느님을 찬미한 이승에서의
당신의 마지막 소리였소.
내 울대에서는 그런 소리가 나오지 않아요.
끝내 왜 한마디도 말이 없으시오?

대심문관은 감방으로 다가가더니 감방 문을 한 번 주먹으로
내리친다.

대심문관 그럴 수 있다면
맘대로 하시오.
가고 싶을 때 가고 싶은 곳으로 가시오.

대심문관은 꼿꼿한 자세로 천천히 무대 밖으로 걸어나간다.
그날 밤 사동은 꿈에서 본다. 어인 산홋빛 나는 애벌레 한 마
리가 날개도 없이 하늘로 날아오르는 것을, (사동의 이 부분은
슬라이드로 보여주면 되리라.)

— 「대심문관」 끝부분

이 시의 '대심문관'은 앞 시에서 형상화된 '키리로프'의 연장선상에
있다. '대심문관' 역시 인간이 신처럼 혼탁한 세상을 구제하기 위해서
인간을 처벌할 수 있다는 '인신사상'을 지니고 있다. '대심문관'은 도

스토예프스키의 『카라마조프의 형제들』에서 이반이 쓴 소설 속 인물이다. '대심문관'은 중세시대에 위압적 교권으로서 민중을 복종시키고 사회의 질서를 잡으려했던 인물의 상징이다. 그는 종말의 시기가 아닌 때에 나타나 민중을 교화시키는 예수를 이해하지 못하는 인물로 나온다. 도스토예프스키가 살았던 제정러시아 말기 무렵은 이 대심문관이 살았던 중세시대 말의 혼란상과 유사한 측면을 지닌다.

지상의 빵을 얻지 못해 굶주리는 민중들과 혼란한 무질서가 횡행하는 역사상 특히 난국의 시대에 무신론과 공산주의의 사상이 팽배하였다. '이반'의 분신인 '대심문관'은 이러한 당시의 사상풍조를 반영한다. 이반이 쓴 소설 「대심문관」을 형상화한 위의 시편은, 원작소설에서와 같이 '예수'를 향한 '대심문관'의 발화만으로 구성된다. '대심문관'은 지나친 자유가 부여된 인간존재가 불러일으킨 혼란상의 신의 이름을 대신하여 그 권위를 얻음으로써 질서를 구가해야만 하는 자신이 속한 부류의 입지에 대해서 말한다.

위 시편에서의 '대심문관'은 "당신 말씀은 가끔 내 옆구리를 후비곤 했소"에서 보듯이 신에 대한 경외감을 지니고는 있다. 그럼에도 "당신 손바닥의 구멍 너무 깊은 그 끝을 좇다가 나는 그만 눈이 먹먹해졌소"에서 보듯이, 속악한 인간이 벌여놓은 악의 구렁텅이에서 고통받는 인간들에 대한 연민이, 이러한 경외감보다 앞서게 되었음을 이야기한다. 여기까지는 원작 「대심문관」의 내용과 이 시가 별반 다르지 않다.

그런데 이 시의 마지막 부분이 원작의 형상화와 차이를 보이며 이 지점에서 김춘수의 의향이 드러난다. 즉 김춘수의 암시된 저자는

"엘리엘리라마사막다니" 즉 '신이시여 저를 버리시나이까'라는 말을 자신은 하지 않을 것이라고 말한다. 즉 이 말은 자신의 극한의 순간에도 신의 존재를 인정하지 않을 것이라는 대심문관의 지극히 인간적인 의지 표명이다. '대심문관'은 무력한 인간이 자신의 행동과 의지에 전혀 맞지 않게 당면하는 부조리한 상황과 고통에 대하여 예수에게 강하게 항변한다.

이와 같은 대심문관의 목소리는, 연작의 암시된 저자를 넘어서 실제시인 김춘수의 의향을 보여준다. 그는 유년시절 호주 선교사의 유치원을 나왔으며 신앙을 지닌 선생님들과 유년시절을 보내었다. 그리고 그의 자서전에서도 선교사와 그의 유치원 선생님들에 대한 친밀한 추억을 보여준다. 그럼에도 그는 '신'의 존재와 그의 신앙에 관해서는 그 어떤 글에서도 분명한 생각을 펼친 바가 없다.

대신에 그는 '절대'와 '죽음'에 관한 다양한 상상과 사유를 보여준다. 즉 '절대'는 극한을 넘어선 것, 그러니까 인간도 이룰 수 있는 것, 혹은 마지막 임종의 순간에서 명멸하는 의식까지 포괄한다면 인간은 이룰 수 없는 것, 그리고 나약한 육체를 지닌 실제시인인 그자신은 결코 이룰 수 없는 것 등이다. 그리고 '죽음'을 넘어선 자가 있다면 그것은 어떠한 위대한 사상이나 관념 그 자체보다도 더 존중받을 만한 '절대'라고 말한다. 그에 의하면 이러한 '절대'의 척도가되는 것이 인간의 '고통'의 감내이다. 그리고 이 시의 암시된 저자의 목소리가 겹쳐진 '대심문관'의 목소리를 통해서, 어떠한 위대한 사상이나 관념보다도 인간적 고통에 대한 배려가 존중되어야 한다고 말한다. 혹은 이것을 넘어선 자가 있다면 그것은 어떠한 위대한 사상이나 관념보다도 더 존중받을 만한 '절대 그 자체'이다. 이러한 사유가 '예수'에게 대항하는 '대심문관'의 '이승의 저울'로서 함축되었다.

위 시편의 마지막에서 특기할 부분은, 원작 도스토예프스키의 「대심문관」의 마지막 부분과 차이 나는 점이다. 원작에서는 '대심문관'이 '예수'를 향해 인간의 편에서 항변의 말을 쏟아내고 인간의 논리만을 앞세우지만, 마침내 직관적으로 예수의 존재를 알아차리고 예수가 갇힌 감방의 문을 열어준다는 것이다. 그리고 그 과정에는 예수가 90이 된 대심문관에게 키스하는 장면이 나온다. 위 시편에서 원작의 이 부분과 상응하는 구절은, "그럴 수 있다면/맘대로 하시오./가고 싶을 때 가고 싶은 곳으로 가시오.//대심문관은 꼿꼿한 자세로 천천히 무대 밖으로 걸어나간다"이다. 그런데 원작과 비교할 때 '대심문관'의 면모가 매우 당당하다. 무엇보다도 원작에서의 '예수'의 '대심문관'에 대한 '키쓰'가 형상화되어 있지 않다.

물론, 서양의 문화와 다른, 우리 정서를 고려하여, 시인이 '키쓰'라는 행위를 생략했을 수도 있다. 그러나 김춘수의 이 연작에서 땅에 키스하는 것, 즉 러시아에서 찬사와 존경의 표시로서 행하는 의식에 대해서는 비유적 표현의 형태로써 다루는 것[13]을 보면 '키쓰'를 하지 않음은 원작의 결말과 큰 차이를 보이는 부분이다. 즉 원작에서, '예수'의 키스를 받고 '예수'를 풀어주는 '대심문관'의 마지막 모습은 '대

---

13) 김춘수의 도스토예프스키 연작 시편들에서, 우리 문화와 다르지만, 땅에 키스하는 행위는 형상화되고 있다. 구체적으로, "무릎 꿇고/리자 할머니처럼 나도 또 한 번/입맞췄다./소태 같은 땅, 쓰디쓰다"(「소냐에게」 부분), "무릎 꿇고 요즘도/땅에 입맞추는 리자 할머니는/올해 나이 몇 살이나 됐을까"(「역사」 부분)를 들 수 있다.

심문관'이 '예수'의 뜻을 받아들이고 순종한 것으로 해석된다.[14]

김춘수의 암시된 저자의 '대심문관'은 예수의 키스를 받지 않았으며 끝까지 자신의 의지를 관철시키는 발언을 한다. 그리고 "그럴 수 있다면/맘대로 하시오./가고 싶을 때 가고 싶은 곳으로 가시오"라는 마지막 대사는 예수가 갇힌 감방을 열어준다는 마음의 승낙이라기보다는, 신의 권능에 의하여 떠나보라는 즉 '이승의 저울'로써 신의 존재에 대응하는 면모를 보여준다("내가 보기에는 그(대심문관)는 극적 인물이다. 예수와 나란히 세워놓고 보면 더욱 그런 느낌이 든다. 그는 예수와 아이러니컬한 입장에 선다. 말하자면 예수와 그는 겉으로는 대립적인 입장이다. 그럴수록 어느 쪽도 어느 쪽을 무시 못 한다"[15]).

이런 점에서 김춘수의 '대심문관'은 인간적 논리와 정서와 고통을 강하게 대변한다. 그리고 인간의 논리와 의지로써 신의 세계가 지닌 주요한 속성인 '절대', '형이상학'에 접근한다. 이와 같은 사유는 이 시의 맨 마지막 구절, "어인 산홋빛 나는 애벌레 한 마리가 날개도 없이 하늘로 날아오르는 것을"에서 비유적으로 나타나 있다. 이 시집에서 '산홋빛'은 스타브로긴이 어린 누이를 범하던 순간의 악마적 행위를 지칭할 때 붙였던 형용 표현[16]과 동일하다. 그리고 이 '산홋

14) "이때 죄수가 말없이 노인에게 다가오더니, 구십 나이의 그 핏기 없는 노인의 입술에 조용히 입맞춤을 했지, 그것이 대답의 전부였어. 노인은 부르르 몸을 떨었지. 그의 입술 양끝이 경련이라도 일어난 듯 파르르 떨리고 있었어. 그는 곧 문 쪽으로 걸어가 문을 열어젖히고는 죄수를 향해, '자 어서 나가시오. 그리고 다신 오지 마시오. 두 번 다시 오지 말란 말이오. 앞으로 영원히', 이렇게 말하고 그를 '어둠의 광장'으로 내보냈어", F. 도스토예프스키, 『카라마조프가의 형제들』, 이길주 편역, 아름다운날, 2009, p.300.
15) 김춘수, 「책 뒤에」, 『들림, 도스토예프스키』, 앞의 책, pp.92~23.
16) "내가 누군지 알고 싶어/거웃 한 올 채 나지 않은/나는/내 누이를 범했다. 그 산홋빛 발톱으로", 「小癡 베르호벤스키에게」 부분.

빛'의 뒤에는 '애벌레'가 붙어 있다. 그렇다면 "산홋빛 애벌레가 하늘로 날아오르는 것"은 무엇을 뜻하는가. 그것은 '대심문관'으로 표상되는, 신의 질서에 맞선 인간적 질서의 절대적 옹호와 관련 지을 수 있다.

즉 암시된 저자는, 신이 부재한 듯한 속악한 세상에서 인간이 받는 고통과 인간적 윤리를 옹호하는 명민한 인간이 '철저하게' 나아가 '절대적으로' 구가하는 인간애, 인류애가, 만일 극한의 고통인 죽음까지도 극복한다면 그것은 절대의 영역인 '신의 영역'에 속하게 된다고 말한다. 즉 '산홋빛 애벌레'도 '하늘로 날아오르게' 된다는 것이다. 이러한 지점이 이 연작에서 김춘수의 의식적, 무의식적 자아가 보여주는 인간관 내지 종교관의 독특성이다.[17]

5. 결론

'도스토예프스키 연작'에서 김춘수의 암시된 저자는 자신이 속한,

---

17) 김춘수가 고백하는 실제 자신의 모습은 이 연작에서 형상화된 김춘수의 암시된 저자와는 거리를 두고 있다. 즉 김춘수의 실제저자는 이러한 비극적인 강인한 인물형의 범주에 들지 못한다는 것을 스스로 고백한다("하느님의 말씀, 예수의 말씀이 간혹 내 가슴을 우비는 때가 있다. 그 아픔은 그러나 내가 어릴 때 겪은 손톱앓이에 비하면 아무것도 아니다. 내가 50대 초에 위 수술을 하고난 직후에 겪은 통증에 비해서도 그렇게 말할 수가 있다. 육체의 아픔이 압도적으로 더 크다는 것을 나는 깨달을 수밖에 없었다"(김춘수, 『꽃과 여우』, 민음사, 1997, p.174)). 이것은 실제저자와 작품 속 암시된 저자의 괴리를 보여주는데, 이러한 괴리는, 작품에서 구현된 암시된 저자의 정신적 지향점을 지니면서도 실제적으로는 그것을 실현할 수 없음을 인식하는 실제저자의 나약함 그 자체가 격동의 역사 속에서도 끊임없이 작품을 썼던 김춘수와 같은 문인들의 딜레마임을 보여준다.

고통에 가득 찬 주변을 껴안고서 그것 속에 있으면서도 '선의지'를 지니는 인물을 긍정한다. 그리고 김춘수의 암시된 저자는, 신의 도움 없이, 혼란한 세상을 인간 스스로 구제하려는 인간의 의지와 이념이 현실 속에서 굴곡 되고 뜻하지 않은 방향으로 나아가게 되면서, 억울한 희생자와 고통받는 사람들을 초래하는 세상사에 관심을 기울인다. 그리고 그는 이러한 굴곡의 세상사가 '역사'라고 말한다. 구체적으로, 김춘수의 암시된 저자는, 자신의 이념을 그대로 실천하고 그로 인한 인간적 고통에 괴로워하는 '라스코리니코프'보다, 자신의 이념이 뜻하지 않은 방향으로 펼쳐져서 뜻하지 않게 가해자이자 동시에 고통받는 자가 된 '이반'의 삶에 공감과 연민을 표한다. 그 결과, '도스토예프스키 연작'에서 내재적 주인공으로서 '이반'과 그의 분신인 '대심문관'이 중심적으로 형상화된다. 즉 김춘수의 암시된 저자는 세상의 소용돌이 속에서 자신의 이념을 지니고 그 이념의 실천으로 인해 끊임없이 고통에 빠지면서도 인간적 의지와 신념을 지니는 인물의 삶과 고통에 가치를 부여한다. 그리하여 자신의 고귀한 신념을 위하여 인간의 육체적 고통과 정신적 고통의 한계를 초월할 수 있다면, 그가 신에 대한 믿음을 설사 지니고 있지 못한다 하더라도 신의 신성한 뜻과 합치되는 지점을 지닌다는 것이다.

제5장

'암시된 저자(The implied author)' 연구

1. 서론

우리는 누군가의 편지나 수필 혹은 시편 등을 읽게 될 때 그것을 쓴 사람에 관하여 의식적으로 혹은 무의식적으로 '이 저자는 어떠한 것 같아' 하는 생각을 하게 된다. 만약 편지글이라면, '그 편지를 쓴 사람'이 '또 다른 사람'을 언급하거나 평가했다고 가정할 때, 그 언급이나 평가를 그대로 받아들이기보다는, 그 편지글을 쓴 사람의 성향, 이를 테면, 직접적으로 말하는 성향을 지니는지, 우회적으로 온건하게 말하는 성향을 지니는지 등을 감안하여 그 대상을 다시 생각하게 될 것이다. 일상대화 혹은 사적 편지나 메일 등과 유사하게, 우리가 문학작품을 감상하는 경우에도 이와 유사한 생각을 갖게 된다.

구체적으로, 우리가 '작중인물이나 서술자'에 관하여 갖는 생각을 들 수 있다. 즉 우리가 작중 서술자를 특징 짓거나 판단하는 일은 단지 작중인물 혹은 서술자의 진술에만 의존하지 않는다. 우리는 작품을 읽으며 작품의 흐름 근간을 주재하는 작중저자의 성향이나 의도에 관하여 자연적으로 생각하게 된다. 이와 같이 문학작품 속에서 구성되는 작중저자에 관한 상(象)은, 문학이론에서 '암시된 저자(The Implied Author)'로서 명명되어왔다. '암시된 저자'는 우리나라의 문학개론서나 문학이론서에서 '내포저자' 혹은 '함축적 시인' 등으로서 지속적으로 다루어져 왔다. 또한 '암시된 저자'는 Chatman의 서술전달모델의 한 요소로서 언급되기도 하며 비평적 논의에서 작품과 작가의 관련성을 논의하는 자리에서도 원용되는 친숙한 문학용어이다.

'암시된 저자(The Implied Author)'는 Wayne C. Booth가 *The Rhetoric of Fiction*에서 당대작가들이 작품을 쓸 때 취하는 객관성을 지향한 '공적 자아(official scribe)' 혹은 저자의 '이차적 자아(second self)'를 지칭하면서 쓴 것이다.[1] 그는 서술자, 퍼소나, 가면, 혹은 주제, 문체, 어조 등으로 논의되기에는 포괄적이며 그리고 실제작가와는 구별되는 그 작품 고유의 작가의 상(象)을 지칭하는 일이 필요하다고 보았다. 그가 '암시된 저자'를 명명한 이래, 많은 서술이론가들이 문학작품을 논의하는 것에 있어서 '암시된 저자'를 활용하였다. 구체적으로, 서술론 사전에서 '암시된 저자'에 관한 논의가 '서술자'의 신뢰성 문제와 관련하여 다루어져 있으며,[2] 독자의 작품 수용과정을 논의하는 Seymour Chatman의 다이어그램("실제저자(Real Author)→〔암시된 저자(Implied

---

1) Booth, Wayne C. "General Rules, II: All Authors Should Be Objective." *The Rhetoric of Fiction*. Chicago: The University of Chicago Press, 1983, p.71.
2) Prince, Gerald. *A Dictionary of Narratology*. Lincoln: University of Nebraska Press, 1987, p.101.

Author) → (서술자(Narrator)) → (서술자적 청중(Narratee))—암시된 독자(Implied Reader)] → 실제독자(Real Reader)"[3)]에서도 '암시된 저자'는 짝 개념인 '암시된 독자(The implied reader)'까지 포괄하여 유효한 문학주체로 나타난다.

그런데 '암시된 저자'는 이 개념의 포괄성 문제를 비롯하여 Booth가 논의한 서술자의 신뢰성 판단 근거 문제와 관련하여, 최근에 비판의 쟁점으로 떠올랐다. 구체적으로, '암시된 저자'에 대한 비판은, 서구 인지주의론자들이 '암시된 저자'를 독자 중심의 관점에서 개념화하는 과정에서 생겨났다.[4)] 그리고 '암시된 저자'에 대한 서술론자들의 옹호와 이 개념에 대한 인지주의자들의 비판이, 현재까지 서로 팽팽하게 대립되어오고 있다. '암시된 저자'가 공격받은 핵심지점은, Booth가 '암시된 저자'와 '서술자' 사이의 '거리의 종류(kinds of distance)'에 의하여, 서술자가 신뢰할 만한지, 그렇지 못한지의 여부를 설명한 부분에서이다.[5)] 이 지점으로부터 '암시된 저자' 개념이 다른 문학용어와 견주어서 명확하지 못하며 지나치게 포괄적이며 주관적이라는 비판이 제기되었다.

Ansgar F. Nünning은, '암시된 저자'의 기준을 세우는 것이 불가능

---

3) Chatman, Seymour. *Story and Discourse: Narrative Structure in Fiction and Film*. NY: Cornell University Press, 1978, p.151.

4) Seymour Chatman은 '암시된 저자'를 텍스트의 무의식적인 측면까지 포괄한 것으로 파악하고 이것을 다시 '추론된 저자(Inferred Author)'로서 재개념화 하였으며 '암시된 저자'의 '인격화'에 관하여 비판하였다.
Chatman, Seymour. "In Defense of the Implied Author." *Coming to terms*. Cornell Paper, 1990.

5) "For practical criticism probably the most important of these kinds of distance is that between the fallible or unreliable narrator and the implied author who carries the reader with him in judging the narrator", Booth, Wayne C. ibid., p.158.

하며 이 개념의 불필요함을 주장하면서6), '서술자'와 '암시된 저자'
의 거리가 가까운가 먼가에 의해 서술자의 신뢰성이 결정되는 것이
아니라, '서술자'의 가치관과 '독자'나 '비평가'의 가치관의 차이에
의해 이것이 결정되는 것이라고 주장하였다.7) '암시된 저자'에 대한
비판 문제는 주로 '서술자'에 대한 독자의 '신뢰성' 판단 문제와 관
련하여 논의의 초점에 놓였으며 이후 서술자의 신뢰성 판단과 관련
한 주요 연구들을 출현하게 하는 계기가 되었다. 즉 '암시된 저자'
논쟁 이후의 연구흐름은, '암시된 저자' 자체에 관한 것보다도, 서술
자의 신뢰성을 인지할 수 있는 텍스트상의 다양한 표지들을 논의하
거나 서술자와 관련한 인물들의 유형에 관하여 논의하는 것 등으로
전개되었다.8) '암시된 저자'가 집중적 조명을 받게 되면서 Booth가
처음에 다소 모호하게 정의했던 이 개념이 체계적으로 정리되는 계
기가 되었다. 그리고 이러한 일련의 비판 이후에 Booth는 '암시된 저
자'의 개념을 원래의 의미로부터 상당부분 수정, 보완한 논문을 발표
하였다.9)

우리나라의 경우는, 서구의 논쟁처럼, Booth의 '암시된 저자'의 개

---

6) "…the implied author's norms are impossible to establish and that the concept of the
   implied author is eminently dispensable", Nünning, Ansgar F. "Giessen, Unreliable,
   compared what? Towards a Cognitive Theory of Unreliable Narration." Transcending
   Boundaries Narratology in Context. Verlog Tübingen: Gunter Narr, 1999, p.56
7) Nünning, Ansgar F. "Reconceptualizing Unreliable Narration." *NARRATIVE*.
   Blackwell, 2008, p.70.
8) Phelan, James and Martin, Mary Patricia. "The Lessons of "Wemouth"
   Homodiegesis, Unreliability, Ethics, and The Remains of the Day." *Narratologies*.
   ed. David Herman. Ohio Univ, 1999.
9) Booth, Wayne C. "Resurrection of the Implied Author: Why Bother?." *NARRATIVE*.
   Blackwell, 2008.

념 자체에 대한 비판적 논의는 전개되지 않았다. 그럼에도 '암시된 저자'는 문학이론서나 문학개론서에서 지속적으로 언급되어왔으며 최근에 와서 서술자의 신뢰성(reliability) 판단에 관한 논의를 통해 '서술자'와 '암시된 저자(내포저자)'의 관계가 재조명되었다. 구체적으로, 문학에서 서술자의 '신뢰성'을 판단할 때 암시된 저자를 경유하지 않고서 서술자의 신뢰성을 판단하는 논의, 그리고 암시된 저자를 경유하여 서술자의 신뢰성을 판단하는 논의를 들 수 있다.

'암시된 저자'를 고려하지 않고서 서술자의 신뢰성을 판단하는 논의는, 서술자 자체의 특성에 기인하여 서술자의 신뢰성을 판단하느냐 그리고 독자의 선지식을 고려하여 서술자의 신뢰성을 판단하느냐 하는 것으로 나누어볼 수 있다. 전자의 논의에, 눈여겨볼 것으로, Rimmon-Kenan의 논의와 관련하여, 신빙성(신뢰성) 없는 서술자들을 분류한 이수정의 논문을 들 수 있다. 그리고 후자의 논의에, 대표적인 것으로, Nünning의 입장과 관련하여, 사회문화적 담론 및 독자의 능동적 추론행위로서 서술자의 신빙성(신뢰성)을 논의한 최인자의 논문을 들 수 있다.[10] 그리고 '암시된 저자'를 고려하여 서술자의 신뢰성을 판단하는 최근의 논의로는, '서술자'와 '암시된 저자'의 관계를 고려한 James Phelan의 논의를 중심적으로 수용하면서도, Nünning이 주장한 '서술자'와 '독자'의 관계 또한 포괄적으로 수용하여, 두 입장의 중층적 소통에 의하여 서술자의 신뢰성을 논의한 정진석의 논문을 들 수 있다.[11] 이러한 논의들은, 우리 문학작품들 속에서 서술자의

---

10) 김종구 外,『현대소설 시점의 시학』, 새문사, 1996, 최인자, 「소설 화자의 맥락적 이해와 윤리적 반응 형성을 위한 소설교육」,『독서연구』제25집, 한국독서학회, 2011 참고.

'신뢰성'을 설명하기 위한 방법론적인 차원에서, 서구의 '암시된 저자' 찬반논쟁 이후에 서구이론가들이 여러 갈래로 취한 '신뢰성' 판단논의의 관련선상에서 이루어졌다.

서구와 우리나라에서 '서술자'의 '신뢰성'에 관한 '암시된 저자' 논쟁들은 '암시된 저자' 개념의 모호성 내지 불명확성이 주요 원인으로 작용하고 있다. 그리고 이러한 논쟁들은, Booth가 '암시된 저자'를 창안하던 때의 논의가 지나치게 간략하였던 데 비하여, 이후 서술론자들과 문학이론가들이 비평논의에서 적극적으로 '암시된 저자'를 활용한 것, 그리고 Booth가 암시된 저자의 비판논쟁들을 겪으면서 이후 그가 논의한 '암시된 저자' 개념이 그의 초기 논의와 거리를 두는 것 등과 관련이 있다.

그럼에도 서구와 우리나라에서 '암시된 저자'는 문학 연구자들에게서 여전히 유효한 의미를 지니며 '암시된 저자'는 학생들에게 텍스트를 이해시키고 텍스트의 수용과정을 설명하는 자리에서 빈번하게 논의된다. 한편으로, 독자중심적 입장에 놓인 이론가들은 '암시된 저자'와 이것의 짝 개념인 '암시된 독자'에 관하여 다소 회의적 입장을 취하기도 한다. 분명한 것은, 우리가 작품을 읽을 때 그 작품을 쓴 고유의 작가 형상에 관하여 생각하는 일이 자연스러운 독해의 과정이라는 점이다. 이러한 시점에서, 문학과 문학 연구에 종사하는 연구자로서, '암시된 저자'가 비판을 받게 된 지점은 무엇인지, 그럼에도 이 개념은 왜 여전히 필요한 것인지, 이러한 논쟁 이후에 Booth가 이

---

11) 정진석, 「소설 이해로서 서술자의 신빙성 평가에 대한 연구」, 『국어교육학연구』 42권, 서울대학교 국어교육연구소, 2011 참고.

개념을 수정한 부분은 무엇인지, 나아가 '암시된 저자'가 우리의 문학작품을 논의하는 자리에서 유효한 영역은 무엇인지에 관하여 고찰하는 일은 의미 있는 작업이 될 것이다.

따라서 이 글은 '암시된 저자(The Implied Author)'에 관한 서구의 찬반 논쟁에 관하여 고찰하고서 이러한 논쟁 이후 Booth가 '암시된 저자'에 관한 그의 초기 개념을 수정, 보완한 논의를 살펴볼 것이다.[12] 그리고 우리의 문학작품을 이해하는 것에 있어서 이것이 어떠한 유효성을 지닐 수 있는지에 관하여 이육사의 시작품들을 들어서 고찰할 것이다.

2. '암시된 저자'에 대한 비판 ─ Seymour Chatman과 Ansgar F. Nünning을 중심으로

Booth는 '암시된 저자'를 만들어내게 된 배경을 설명하는 글에서 학생들에게 작품에 관하여 논의할 때 학생들이 작품의 '나'와 실제저자의 '나'를 동일시하는 경향 때문에 이 개념이 필요하였다고 진술한다. 이렇게 본다면 '암시된 저자'는 독자가 문학작품을 읽을 때, 문학작품에서 형상화된 사건과 주제에서 실제저자의 상을 겹치는 독해습성에 대한 일종의 차단물이라고 할 것이다("It is only by distinguishing between the author and his implied image that we can avoid pointless and

---

12) '암시된 독자'는 '암시된 저자'의 상대되는 짝 개념이므로, 이 글에서는 논의의 대상을 '암시된 저자'에 국한시켜서 논의할 것이다.

unverifiable talk about such qualities as "sincerity" or "seriousness" in the author"13)).

'암시된 저자'의 존재가 특히 필요한 경우는 작품에 나타난 주인공 서술자의 말에 관하여 독자가 그 진술을 그대로 믿기 어려운 때이다. Booth는 이러한 서술자에 대해서 '서술자'와 '암시된 저자'와의 거리가 '멀다'라고 논하였으며 이때의 서술자는 신뢰할 수 없는 존재라고 진술하였다("Unreliable narrators thus differ markedly depending on how far and in what direction they depart from their author's norms"14)). 즉 독자가 작품 속 서술자가 믿을 수 없다고 판단하게 될 때 독자는 그 서술자 너머로 들려오는 작중저자의 목소리를 고려하게 된다는 것이다.

Booth는 The Rhetoric of Fiction에서 실제저자와는 거리를 두고 객관성을 지향한 그 작품 고유의 저자로서 '암시된 저자'를 논의하였다. 그런데 문제가 되는 것은, '암시된 저자'의 개념이 작품 속에서 뚜렷한 실체를 구성하지 못함에도 불구하고 실제저자와도 연관된 의미를 지니면서 매우 포괄적으로 적용되고 있는 부분이다. 즉 '암시된 저자'는 작품의 의도로도 혹은 그 작품만의 고유한 저자로도 혹은 실제저자와 관련이 있는 인격체의 의미로도 사용되고 있다.15)

---

13) Booth, Wayne C. "General Rules, II: All Authors Should Be Objective." *The Rhetoric of Fiction*. The University of Chicago Press, 1983, p.75.
14) Booth, Wayne C. ibid., p.159.
15) 암시된 저자에 대한 Booth의 초기 논의는 그의 후기의 논의와 다소 모순되는 측면이 있다. 학생들이 실제저자와 작중저자를 혼돈하지 않도록 하기 위한 것은 실제저자와 암시된 저자의 단절성을 강조한 것이다. 반면에 그가 암시된 저자에 대한 비판을 받은 이후의 글에서, 그는 실제저자와 암시된 저자의 연속성을 강조하고 있다. 그럼에도 일관된 부분은 암시된

여러 논자들은, '암시된 저자'가 다른 문학용어들에 견주어볼 때, 체계적이지 못하며 광범위하다는 점을 비판하였다. '암시된 저자'에 관하여 이 개념을 체계적으로 접근하면서 이것을 정리하고 그 가운데 '암시된 저자'에 대한 비판을 보여주는 대표적 논의로는 Seymour Chatman의 논의를 들 수 있다.

> '암시된 저자'는 그것에 대한 어떤 독해를 이끄는 서술소설 그 자체 내의 행위주체agency의 원천이다. 이것은 작품의 중심적 '의향intent'이다. W. K. Wimsatt와 Beardsley를 따라서, 나는 "의도intention"보다는 "의향intent"을 사용하는데, 이것은 함축connotation, 연관 implication, 말해지지 않은 메시지를 포함하여 작품의 "전체적whole" 의미 혹은 작품의 "종합적overall" 의미를 언급하기 위해서이다.16)

Chatman은 '암시된 저자'가 '어떤 독해를 이끄는 서술소설 그 자체 내의 행위주체의 원천'으로 정의내리고 있다. 그리고 '암시된 저자'가 "의도(intention)"보다는 "의향(intent)"에 상응하는 것임을 논의하는데 '의향'은 작품 내에서 저자가 의도한 것과 의도하지 않은 무의식적 일체를 포괄하는 것이다. 즉 그는 작품의 '전체적(whole)', 혹은 '종합적(overall)' 의미를 지칭하는 데에는 '의도(intention)'를 포함한 '의향(intent)'을 사용하는 것이 적절하다고 본다.

그가 '암시된 저자'를 작중저자의 무의식적 흐름까지를 포괄한 '의향'으로 논의한 것은 Booth의 '암시된 저자'가 논의한 개념을 보충,

---

저자가 실제저자의 연속선상에서 이해되는 존재라는 점이다.
16) Chatman, Seymour. "In Defense of the Implied Author." *Coming to terms*, Cornell Paper, 1990, p.74.

보완한 것이다. 그런데 Chatman의 '의향' 논의는 Booth와 Chatman이 암시된 저자를 바라보는 근본적 입장의 차이를 보여주면서 동시에 Chatman의 논의의 향방을 나타낸다. 즉 Booth가 암시된 저자를 논의하는 것은 작가 중심적 입장을 취하고 있다. 즉 작품을 쓴 실제저자와 그 작품에서의 저자의 모습은 관련을 지니지만 그 둘은 구별해야 한다는 것이 그의 출발점이다. Booth가 저자가 의도하지 않은 무의식적인 영역에 관한 것이 논의의 대상이 되지 않았던 것은 작중저자의 무의식이란 저자에 의해서라기보다는 다수의 독자들에 의해서 파악되기 쉬운 때문이다. 이에 비해 Chatman의 논의는 독자의 입장에서 '암시된 저자'를 설명하는 방식을 취한다. 즉 암시된 저자를 인지하는 독자의 입장에서 텍스트의 작중저자 즉 암시된 저자를 해명하려는 것으로서 독자 중심의 시각을 취하였기 때문에 텍스트의 의식적 의도뿐만 아니라 무의식적인 영역까지 논의의 대상으로 포괄되는 것이다.

Chatman은 텍스트의 '의향'은 독자에 따라 해석적 공동체가 다양하며 '암시된 저자'는 이러한 독자의 다양한 이해를 포괄해야 한다는 점에서 '암시된 저자'라기보다는 '추론된 저자(The Inferred Author)'를 논의하는 것이 타당하다고 주장한다.[17] 이러한 논의를 하게 된 것은, 그는 작가 중심의 전기주의(biographism)로 회귀되지 않고서 서술소설에서의 텍스트의 '의향'을 단일한 용어로서 위치 짓고자 한 의도가 반영된 것이다. 그는 텍스트는 고정된 것이 아니라 해석 공동체마다

---

17) "Indeed, we might better speak of the 'inferred' than of the 'implied' author", Chatman, Seymour ibid., p.77.

다양하게 의미가 실현되며 그런 의미에서 작품의 중심적 의도 혹은 무의식적 의향인 '암시된 저자'는 독자에 의해 잠재적으로 혹은 가상적으로 만들어지는 것이라고 주장한다. 따라서 암시된 저자가 마치 존재하는 사람처럼 '인격화시키는 것'에 관해서는 부정적인 입장을 취하고 있다("Hatching a third human being is unnecessary"[18]).

　이와 같이 Chatman의 논의는 독자 중심의 해석적 입장에서 '암시된 저자'를 '추론된 저자'로서 재규정하고 있다. 그리고 '의도'를 아우른 '의향'에 관한 설명은 '암시된 저자'가 지닌 함의를 다각적인 시각에서 보충하고자 한 의도로 보인다. 이것은 그가 논문의 결론격 서술 부분에서, Booth가 명명했던 '암시된 저자'의 모음인 이력저자(Carrer-Author)[19]가 한 작가의 세계를 논의하는 것에 유효한 것임을 지적하는 데서도 단적으로 알 수 있다. 이와 같이 Chatman의 논의는 그의 논문 제목이 "'암시된 저자'의 변호(In Defense of the Implied Author)"라고 되어 있으면서도 실제적으로는 그의 입장에서 '암시된 저자'를 '추론된 저자'로 재해석하고 그 재해석한 바탕 위에서 Booth의 '암시된 저자'의 맹점을 부분적으로 비판하고 있는 특이성을 지닌다. 그럼에도 불구하고 그는 '암시된 저자'를 '존재론적(ontological)'으로 명확히 인정하고 있다.[20] 이 사실은 그가 설정한 의사소통 다이

---

18) Chatman, Seymour. ibid., p.82.
19) 이력 저자Carrer-author는 한 작가가 쓴 작품들의 암시된 저자들로 구성된 복합물a composite이다("The "CARRER-AUTHOR", Who persists from work to work, A composite of the Implied Authors of all his or her works"), Booth, Wayne C. *The Rhetoric of Fiction*, p.431.
20) "My defense is strictly pragmatic, not ontological: the question is not whether the implied author exists but what we get from positing such a concept", Chatman, Seymour. ibid., p.75.

어그램에서 '암시된 저자'와 '암시된 독자'의 수용 사실에서도 확인된다.

이와 같이 Chatman은 표면적으로는 '암시된 저자'의 개념의 광범위함과 '암시된 저자'의 '인격화'를 비판하고 있지만, 심층적으로는, '암시된 저자'를 존재론적으로 인정하고서 독자 중심적 관점에서 '암시된 저자'를 재규정하면서 이것에 관한 체계적 논의를 도모하고자 하였다. 그는 주로 '암시된 저자'에 관한 Booth의 초기 해석이 실린 *The Rhetoric of Fiction*의 내용을 참고로 하여 '암시된 저자' 논의를 전개하였다. 그런데 Chatman의 '추론된 저자'가 독자 중심의 입장에서 작품의 저자에 관하여 접근한 것이라면 Booth의 '암시된 저자'는 작가 중심의 입장에서 작품의 저자에 접근한 것이다. 즉 전자는 다양한 독자들이 다양한 관점으로서 바라보는 작중저자의 상(象)이 지닌 가변적이고 인격화되기 어려운 특성에 초점을 둔다면, 후자는 실제 저자가 작품 속에서 취하는 작중저자의 상이 지닌 인격화 특성에 초점을 두고 있다.

Chatman의 '암시된 저자' 논의가 Booth의 초기 논의를 토대로 하여 '암시된 저자' 개념을 정리·보충하고자 하는 궁극적 의도가 담긴 것이라면, Ansgar F. Nünning의 경우는 Booth의 후기 논의까지 아울러서 '암시된 저자'에 대한 전면 비판을 취하고 있다.

> '암시된 저자'의 개념에 관한 논쟁은, 이것이, 광범위한 이론적 관련을 초래하기 때문에 중요하다. 첫째, '암시된 저자'란 개념은 저자의 의도란 개념을 재도입한다. 그럼에도, 뒷문을 통하여, 실제저자와 저자적 가치의 영역에 어휘론적 연관을 제공하고

있다. Chatman(1990:77)은, "암시된 원저자라는 개념이 해석에 있어서 저자적 의도의 관련과의 논쟁 속에서 일어났다"고 지적하였다. 많은 비평가들에게, '암시된 저자'는, 텍스트의 현상에 관해 이야기한다는 위장 아래에, 저자와 그 저자의 의도에 있어서 어휘상으로 수용할 만한 방식을 제공한다. 두 번째, 작품의 기준과 가치를 반영하는 바에 의하면, '암시된 저자'는, 윤리적 비평의 종류에 있어서의 척도로서 역할하면서, 잠재적으로 경계가 없는 해석상의 상대주의를 검토하도록 한다. 세 번째, 제한된 조항과 단일한 조항을 사용하는 것은, 하나의 옳은 해석만이 있다는 것을 제시한다. 간단히 말해서, '암시된 저자'란 개념은, 저자의 도덕적 입지의 수용과 해석상의 교정 모두를 판단하는 데 있어서의 기초를 비평가에게 다시 제공하는 것처럼 보인다.[21]

Nünning의 '암시된 저자'에 대한 비판은, 이것이 저자의 의도를 수용하게끔 역할하며 윤리적 비평의 척도로 작용하여 경계가 없는 해석상의 상대주의를 초래하게 한다는 것, 그리고 저자의 도덕적 입지의 수용과 해석상의 교정 일체의 판단을 비평가에게 부여한다는 것 등이다. 즉 그는 '암시된 저자'가 저자의 의도에 대한 비평가의 논의에서 윤리적 비평의 척도로 작용하거나 해석상의 상대주의로 이끌게 한다고 주장한다. 여기서 Nünning이 비판하고 있는 것은 '암시된 저자' 그 자체라기보다는 비평가들이 '암시된 저자'를 통하여 논의하는 비평 방식에 관한 것이다. 즉 Nünning이 비판하고 있는 것은 '암시된 저자'의 포괄적 적용태에 관한 것이며 그렇기 때문에 '암시된 저자'를 강하게 비판, 부정하고 있지만 직접적이면서 구체적인 논거를 보여주고 있다고 보기는 어렵다. 단지, 그가 작가중심주의적 접근에 대

21) Nünning, Ansgar F., "Reconceptualizing Unreliable Narration", *NARRATIVE*, Blackwell, 2008, p. 92.

한 반감을 지니고 있으며 독자 중심적 시각에서 텍스트를 해석해야 한다는 입장의 한 끝에 서 있다는 것을 알 수 있다.

Nünning은, '암시된 저자'의 내용항이 작품 전체에 상응한다면 이렇게 불명확하고 모호한 개념이 어떻게 작중 서술자의 신뢰성을 판단하는 기준이 되겠느냐고 주장한다[22]. 이러한 진술은 그가 Chatman 의 서술전달모델[23]을 염두에 두고 한 논의이다. 즉 그는 암시된 저자가 Chatman의 다이어그램에서의 다른 주체들에 비하여, 뚜렷한 행위주체(a distinct agent)가 없는, 즉 실체가 없는 존재라는 점을 지적한다. 이러한 지적은, Chatman이 텍스트 너머의 목소리로 존재하는 '암시된 저자'를 '인격화'시키는 것에 대한 비판과 상통하는 측면이 있다.[24] 그러나 Nünning이 암시된 저자의 비판 방식은 Chatman이 취한 방식과는 상이하다. Chatman은 독자 중심적 입장에서 Booth가 논의한 암시된 저자의 개념을 면밀히 검토하는 단계에서부터 논의를 전개하고 그 과정에서 '인격화'에 대한 의문을 제기한다면, Nünning은 비평에서 '암시된 저자'의 적용태 혹은 Chatman의 서술전달모델에서 '암시된 저자'의 적용태에서 지나치게 포괄적이거나 다른 요소들에 비하여 실체가 결여된 점에 초점을 맞추어서 비판을 전개한다. Chatman의 비판은 설득력을 갖추는데, 그 이유는 Booth가 암시된 저자의 '인격화'와 '실체성'을 보강하는 후기 논의를 보여주기 이전에

---

22) Nünning, Ansgar F. ibid., p.92.
23) "실제저자(Real Author)→[암시된 저자(Implied Author)→〈서술자(Narrator)〉→〈서술자적 청중(Narratee)〉→암시된 독자(Implied Reader)]→실제독자(Real Reader)".
24) Booth가 이후에 소설이 아닌 시를 대상으로 하여 암시된 저자를 재개념화하는 과정에서 '암시된 저자'의 '실체성' 내지 '인격화'에 관한 부분이 우회적으로 강조되는 것은 이들의 비판지점과 관련을 지닌다.

Booth의 초기 논의를 대상으로 한 것이며 Booth의 후기 논의를 고려할 때, Chatman의 비판 부분이 상당 부분 수용되어서 암시된 저자를 재개념화한 것으로 보인다. 그에 비해 Nünning의 글은 Booth의 후기 논의까지 포괄하여 비판하고 있지만 그가 초점을 두고 있는 부분이 저자 의도와 관련한 윤리적 비평에서의 암시된 저자의 적용태나 서술전달모델에서 암시된 저자의 활용태에 관한 비판으로 시작해서 암시된 저자 개념을 전면 부정한다는 점이 다르다.

Nünning이 이렇게 급격한 비판 내지 부정을 취하는 것은, 그가 애초에 관심을 지닌 지점을 살펴보면 그 맥락이 이해될 수 있다. 그는 서술자의 '신뢰성(reliability)'과 '비신뢰성(unreliability)'의 판단 문제에 관심을 지니고 있었다. 그런데 서술자의 '신뢰성' 문제에 관한 기존의 논의는, Gerald Prince의 서술론 사전에서, 서술자의 비신뢰성의 측정은 암시된 저자에 의한 것이라고 되어 있다("A narrator whose norms and behavior are not in accordance with the implied author's norms; a narrator whose values(tastes, judgements, moral sense) diverge from those of the implied author").[25] 이러한 개념 규정은 Booth가 서술자의 신뢰성은 '암시된 저자'의 기준(the implied author's norms)에 의해 결정된다는 진술("I have called a narrator *reliable* when he speaks for or acts in accordance with the norms of the work(which is to say the implied author's norms), *unreliable* when he doesnot"[26])을 고스란히 반영한 것이다.

---

25) Prince, Gerald. *A Dictionary of Narratology*. Lincoln: University of Nebraska Press, 1987, p.101.
26) Booth, Wayne C. "General Rules, II: All Authors Should Be Objective." *The Rhetoric of Fiction*. The University of Chicago Press, 1983, pp.158~59.

그는 서술자의 신뢰성 판단은 "암시된 저자의 기준과 가치(the implied author's norms and values)에 의하여서 아니라 독자 혹은 비평가가 지닌 개념적 세계지식(conceptual knowledge of the world)에 의하여 이루어진다"[27]고 주장한다. 그는 독자 혹은 비평가가 서술자의 신뢰성을 판단하는 근거로서, "세계 일반 지식, 역사적 세계모델 혹은 문화적 코드, 인간성에 대한 이론 혹은 심리학적 인간행동의 모델, 텍스트가 씌여지고 출간될 당시에 사회적, 도덕적 언어학적 표준 지식, 독자 혹은 비평가의 개별적 시각 등"[28]을 들고 있다. 그가 서술자의 신뢰성 판단에 있어서 독자 혹은 비평가의 개념적 세계지식을 강조하면서 다양한 참조프레임들을 제시한 것은 텍스트에서 서술자에 대한 독자의 신뢰성 판단 문제를 복합적으로 고찰한 것이다. 그리고 독자의 입장을 둘러싼 '인지주의적' 세부표지들을 텍스트에 대한 작가 중심적 접근에 접목시키려고 한 의의를 지닌다.

그러나 그가 서술자의 신뢰성 판단의 근거로서 제시하고 있는 광범위한 세부항목들은, 결국 독자 혹은 비평가의 판단 형성의 원인들의 열거이면서, 나아가 개별적 인간이 다양한 상황에서 갖는 심리적 판단 문제와 관련되어 있다.[29] 그렇기 때문에 독자가 서술자의 신뢰성을 판단하는 세부적 원인들에 관한 규명은 가능하지만, 그의 전개

---

27) Nünning, Ansgar F. ibid., p.70.
28) Nünning, Ansgar F. ibid., p.68.
29) 구체적으로, 그는 비신뢰성의 표지 선정에 인지주의적 접근들을 적용하여, 1)텍스트상의 세부적 표지 2)독자나 비평가의 경험된 문화적 모델 3)문학관습을 중심으로 한 참조프레임으로 나누고서 각각의 세부항목들을 서술하였다. Nünning, Ansgar F. "Unreliable, compared what? Towards a Cognitive Theory of Unrelaiable Narration." *Transcending Boundaries Narratology in Context*. Verlog Tübingen: Gunter Narr, 1999, pp.64~69.

방식에 따르자면, 서술자의 신뢰성에 대한 판단은 독자마다 상이하다는 원론적 논의 이외에는, 그의 논의가 소모적 열거에 그치고 있다. 구체적으로, 그가 독자의 다양한 반응을 발생시키는 텍스트상의 세부항목들에 의한 서술자의 신뢰성 판단이란, 구도적으로 볼 때, Booth가 세부적으로 논의하지는 않았으나 텍스트의 작가 목소리의 표지들에 의한 서술자의 신뢰성 판단 방식과 그다지 다르지 않다. 즉 그가 독자가 경험했던 혹은 경험한 다양한 참조프레임들에 관한 광범위한 논의는, 독자의 가치판단에 있어서 인지주의적 원인 규명 및 그 참고자료로서 유용하다. 그럼에도 그의 논의는, Booth의 서술자의 신뢰성 판단 논의가 지닌 불충분한 요소를 지적하고 독자가 서술자의 신뢰성을 판단하는 문제에 관한 광범위하고 다각적인 관점들을 열어주었다는 의의를 지닌다.

3. '암시된 저자'에 대한 옹호와 '암시된 저자'의 재개념화 — Greta Olson과 Wayne C. Booth를 중심으로

'암시된 저자'와 관련하여 서술자의 신뢰성을 판단하는 것에 대한 Nünning의 비판에 대하여, Greta Olson은 "Reconsidering Unreliability"이라는 논문을 발표하였다.[30] Olson은 '암시된 저자'의 개념을 긍정하면서 Booth의 모델과 Nünning의 모델을 비교, 분석하

---

30) Olson, Greta. "Reconsidering Unreliability." *Narrative Vol 11*. Ohio State University, 2003.

였다.

다음은 Olson이 서술자의 신뢰성 판단을 위한 Booth의 논의와 Nünning의 논의를 구조적으로 대비시킨 것이다.

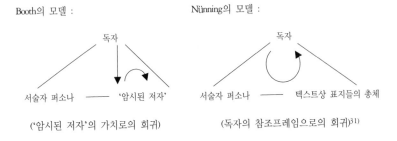

Olson은, Nünning이 서술자의 신뢰성 정도를 확인하기 위해 독자가 참조하는 '텍스트상의 표지들'을 설정하였는데, Nünning이 열거한 '텍스트상 표지들의 총체'로서 서술자의 신뢰성을 판단하는 것은 Booth의 '암시된 저자'와 그 역할 면에서 유사성을 갖는다고 논의한다. 위의 도식은 Olson이, 서술자의 신뢰성을 판단할 때 Nünning이 '암시된 저자'의 거리(distance) 문제와 대비하여 그의 논의를 전개한 것을 구조화한 것이다. Olson에 의하면, 두 모델은 (1)인격화된 서술자, (2) 암시된 저자 혹은 텍스트의 표지들의 총체에 의해 창조된 허구세계, 그리고 (3) 독자, 즉 (1)과 (2)에 반응하고 이것들을 이해하는 독자를 취하고 있다. Booth의 모델은 암시된 저자에 의해 제공된 명백히 알아차릴 만한 텍스트의 표지들로부터 창조된 단일한 텍스트의 총체를 보여주고 있다. 반면에 Nünning의 모델은 텍스트에 대한 개

---

31) Olson, Greta ibid., p.99.

별 독자들의 반응에 근거를 둔 잠재적으로 한계가 없이 많은 텍스트의 총체들을 고려한다고 지적한다.

즉, Olson에 의하면, Booth는, 독자가 서술자의 신뢰성을 판단하는 문제의 기준을 '암시된 저자'에 둔다면, Nünning은 독자가 서술자의 신뢰성을 판단하는 문제의 기준을, 개별독자의 반응에 기초한 텍스트상 표지들의 총체에 둔다는 것이다. Olson이 지적한 주요한 부분은, Nünning이 서술자의 비신뢰성 문제가 텍스트에 내재한 현상이 아니라 텍스트 수용의 결과라고 주장하였음에도 불구하고, Nünning은 신뢰할 수 없는 서술자들을 둘러싼 혼란의 문제에 대해서 이러한 문제를 신호로 보내는 구체적 텍스트의 표지들을 열거함으로써 해결하려고 하였다는 점이다. 즉 Nünning의 입장에 따르자면, 비신뢰성을 감지하는 것이 개별독자의 반응의 자질에 기능한다면, 어떻게 안정적인 텍스트의 표지들이 비신뢰성의 현상을 유형화하도록 할 수 있는가 하는 논리적 모순이 발생한다는 것이다.

그리고 Olson은 서술자들은 신뢰할 수 없거나 신뢰할 수 있는 범주들로 간결이 분류될 수 없음을 논의하고서, 서술자의 신뢰성 여부를 판단하기 위해 '암시된 저자'와의 거리를 고려해야 하는 텍스트는 일반적으로 서술자가 신뢰할 만하지 못하거나(Untrustworthy) 지각상의 오류가 있거나(Fallible) 하는 경우라는 점을 강조한다. 또한 그는, Booth가 이러한 서술자의 유형들('신뢰할 수 없는(unreliable)', '신뢰할 만하지 못한(untrustworthy)', '의식하지 못하는(inconscience, unconscious)', '오류가 있는(fallible)' 등)을 이미 언급하였다는 점을 명백히 지적하면서, Booth가 암묵적으로 분류한 유형인, 신뢰할 만하지 못한 서술자

(Untrustworthy narrator)와 오류가 있는 서술자(Fallible narrator)에 관한 사례를 들어서 논지를 전개한다. 즉 Olson은, 독자가 서술자의 신뢰성을 판단하는 데에 있어서 텍스트상의 표지들에 의존하는 것은 사실이지만 독자들은 텍스트에 대한 단순한 축자적 독해를 넘어서 서술자의 오류나 비신뢰성의 정도를 판단한다고 주장한다. 즉 독자는 오류가 있는 서술자인지 혹은 신뢰할 만하지 못한 서술자인지 그 여부에 따라서 다른 독해방식을 취한다고 주장한다. 이것은 Nünning이 독자가 텍스트에 대한 축자적 독해를 한다고 전제하고서 이를 토대로 텍스트상의 표지들을 세밀하게 항목화 하는 것에 대한 비판에 상응하기도 한다. 그는 Booth의 암시된 저자에 의하여 신뢰성을 판단해야 하는 서술자의 두 유형으로부터 논의를 전개하면서, Phelan과 Martin이 비신뢰성 유형들을 구별 짓는데 사용한 여섯 가지 독해전략들을 원용하고 있다.[32)

Olson은 Booth가 암시된 저자에 의한 서술자의 신뢰성 판단이라는 구체적 지점에 관하여 해명하고 보충하였다면, Booth는 "Resurrection

---

32) 암시된 저자와 서술자의 신뢰성 판단 문제에 관한 논쟁이후에, 서술자의 신뢰성 판단문제에 관하여 텍스트상의 표지를 중심으로 설득력 있게 체계적으로 접근한 논의는 Phelan과 Martin의 것을 들 수 있다. 이들은 서술자의 비신뢰성에 관하여, (1) 사실(facts)과 사건(events)의 축에 따른 신뢰할 수 없는 보도(reporting), (2) 윤리(ethics)와 평가(evaluating)의 축에 따른 신뢰할 수 없는 평가(evaluating), (3) 지식(knowledge)과 인지(perception)의 축에 따른 신뢰할 수 없는 독해(reading)나 해석(interpreting)으로 체계화한다. 그 결과 비신뢰성의 범주는 불충분한 보도(underreporting)와 잘못된 보도(misreporting), 불충분한 평가(underregarding)와 잘못된 평가(misregarding(misevaluating), 불충분한 독해(underreading)와 잘못된 독해(misreading)라는 여섯 가지로 나뉜다. Phelan, James and Martin, Mary Patricia., "The Lessons of 'Wemouth' Homodiegesis, Unreliability, Ethics, and The Remains of the Day", *Narratologies*, ed. David Herman, Ohio Univ, 1999, pp.93~96.

of the Implied Author"에서, 그의 암시된 저자가 비판받은 특성인 '인 격화'와 '실체성'에 관하여 우회적으로 반론하였다. 우선, Booth는 '암 시된 저자'를 고안하게 된 경위와 근거에 대하여 설명하면서, 작가 중심적 접근이 경계시되던 당시의 정황을 이야기한다. 먼저, 그는 1950년대의 비평적 풍경에 관하여 서술하면서 비평가들이 저자의 의 견을 나타내는 표지 그 자체가 드러나지 않는 작품에 관하여 고평하 고 있음을 지적하면서 숨김없이 표현된 저자의 수사학이 그 자체로 주요한 미적인 창조일 수 있음을 지적한다. 둘째 그는 학생들이 '신 뢰할 수 없는' 목소리를 창조하는 저자의 목소리와 '서술상의' 목소 리를 구별하지 못하는 경우가 많기 때문에 '서술자'와 '암시된 저자' 와 이들을 만든 '실제 저자'를 구별할 필요가 있었다고 진술한다. 셋 째, 저자와 독자의 관계에서 볼 때, 위대한 소설은 독자를 윤리적으 로 교육시킨다는 윤리학의 문제를 논의한다.[33]

'암시된 저자'가 필요하게 된 계기를 논의한 이 세 가지 항목 중 에서 첫째와 셋째 항목은 윤리적인 영향과 관련한 논의라고 할 수 있다. 그런데 이것은 그가 '암시된 저자'에 대한 비판을 받은 최근에 그가 논구해낸 것으로 보인다. 왜냐하면 그의 *The Rhetoric of Fiction*에 서는 '암시된 저자'가 '실제저자'의 이차적 자아이자 공적 자아임을 강조하기 때문에 독자에게 윤리를 고양시키는 문제에 관해서는 특별 한 언급이 이루어지지 않았기 때문이다. 그런데 그는 이 글에서, 1950년대는 "의미하는 것이 아니라 존재해야 한다"는 것이 비단 시 뿐만 아니라 소설도 그래야 한다고 주장되었던 시기로 그리하여 윤

---

33) Booth, Wayne C. *Resurrection of the Implied Author*, pp.75~77.

리적 우려마저 낳게 하였던 당시 비평적 풍경을 강조하고 있다. 그리고 작품의 미학성을 중시하고 작품과 저자의 연관성을 배제한 풍토 속에서 실제저자 및 실제저자와 연관을 지닌 '암시된 저자'가 공격받은 것은 당연한 결과라고 진술한다.

> 저자적 청중에 합류하기를 열망하면서, 그리고 완전히 다른 이러한 가면들을 진실하게 쓰고 있는 나 자신을 생각해 보면서, 나는 물론, 부가적인 몇몇의 Booth들이 여기에 나타난다고 고백해야만 한다. 매우 당황스럽게도, 주제 없게 나서는 비평가, Booth2가 있는데, 그는 이 에세이를 쓰기 위하여 시를 분석하고 있다. 선한 가면 쓰기와 나쁜 가면 쓰기를 붙들고서, 때때로 그것을 "위쪽으로의 위선과 아래쪽으로의 위선"이라고 이름 붙이기까지 하는, 그의 저작 노력에 동기화되어서, 그는, Plath의 자아들 중의 어떤 한 가지 버전에 무례하거나 적어도 무관하다고 의심 없이 느끼게 될 방식으로 그의 비평적 관심을 보여주었다. Booth2는 부분적으로 Booth1을 절름발이로 만드는데, Booth2는 전적인 합류로부터는 다소 Booth1을 비껴가고 있다. Booth2는, 창조하고, 고통받는 퍼소나인, 암시된 저자의 "아래에" 혹은 너머에 잔인하게 서 있다. 그는 물론, 스스로가 건설적 가면 쓰기 혹은 건설적 포즈취하기의 한 사례라고 주장하고 싶어 한다. 즉 이 문장을 제외한다면, 그의 정신과 그의 영혼, 그의 자아는 포즈취하기와 가면 쓰기에 관한 진실 그리고 이 진실과 이 시의 관계를 성실하게 비판적으로 추구하는 데에 완전히 전념하고 있다.[34]

이 글과 이어지는 단락에서 Booth는 "Booth1", "Booth2", "Booth3" …을 언급하는데 이것은 암시된 저자의 상대 짝인 '암시된 독자'에 관한 구체적 사례를 든 것이다. 이것은, Sylvia Plath가 남편의 가출과

---

34) Booth, Wayne C. ibid., p.84.

두 아기들을 키우는 생활고를 견디다 못해 난방이 안 되는 겨울 아파트에서 아기들과 함께 자살하게 된 것과 그녀가 죽음 직전에 남긴 시편 "Edge"에 관한 서술 이후에 나온 것이다. 즉 Booth는, Sylvia Plath에 대하여, 그녀의 비참하고 불행한 가정사에 연민을 지니지만 두 아기와 함께 자살하였다는 측면에서의 도의적 비난을 지닌다. 그럼에도 그녀가 죽음에 이르기까지 필사적으로 아름다운 시편을 만들어낸 시인으로서의 면모에 경외감을 지니게 된다고 고백한다.[35] 여기서, Sylvia Plath가 지닌 자아들의 면모가 드러나며, 이것을 Booth식으로 표현하면 암시된 저자1, 암시된 저자2, 암시된 저자3 등이 될 것이다. 그리고 이러한 암시된 저자 각각에 반응하는 독자 내부의 다양한 반응에 관하여, Booth는 "Booth1", "Booth2", "Booth3"이라는 암시된 독자의 일례로 나타내었다. 암시된 독자는 암시된 저자와 마찬가지로 다양한 독자를 의미한다기보다는 암시된 저자들에 반응하는 독자의 내적 분신들을 지칭하는 것이다.

이와 같이 Booth가 암시된 저자의 사례와 암시된 독자의 사례를

---

35) Booth는 그의 논문에서 Sylvia Plath가 자살 직전에 남긴 최후의 시 "Edge"에 나타난 '암시된 저자'를 설명하기 위해서 그녀가 이 시편을 썼던 당시의 정황이나 그녀가 처한 상황에 관하여 주목한다. 시편 그 자체로 보면, '흰 우유주전자'나 '장미꽃이 시들기 전에 꽃잎들을 오무리는 모습' '비정한 달의 모습' 등이 유미적으로 나타나 있다("Each dead child coiled, a white serpent,/One at each little/Pitcher of milk, now empty./She has folded/Them back into her body as petals/Of a rose close when the garden/Stiffens and odors bleed/From the sweet, deep throats of the night flower./The moon has nothing to be sad about"). 그러나 그녀가 두 아기들과 함께 최후를 맞이한 장면을 생각한다면 이러한 장면에는 최후의 임종 전에 두 아기들을 필사적으로 끌어안고자 한 모성애를 엿볼 수 있다. 즉 Sylvia Plath의 실제저자의 분신으로서의 암시된 저자에 주목함으로써 "Edge"의 시편을 풍부하고 깊이 있게 접근할 수 있다. Booth, Wayne C. *Resurrection of the Implied Author: Why Bother?*, pp.80~85.

든 것은 암시된 저자가 공격받은 지점에 관하여 구체적인 예를 들어 해명하고자 한 것으로 보인다. Chatman과 Nünning의 비판에서 보듯 이 암시된 저자가 비판받은 주요한 지점은 암시된 저자의 의미가 너무나 포괄적이며 실체를 지니지 못한 채 인격화된다는 것, 그리고 암시된 독자의 의미가 불분명하다는 것이었다. 그런데 위 글에서 보면 암시된 저자와 암시된 독자의 모습은 바로 실제저자의 다양한 분신격 자아라는 점과 암시된 독자에 반응하는 실제독자의 다양한 분신격 자아들이라는 점이 명백해 보인다. 이에 비해 그는 다른 연구자들의 관심이 되었던 서술자의 신뢰성 판단 문제에 관해서는 특별한 언급을 하지 않고 있다.

이와 같은 사실은 Booth가 애초에 암시된 저자를 언급했던 것과 그가 논쟁과 비판의 중심에 놓인 이후에 암시된 저자를 논의하는 것이 상당 부분 달라져 있음을 보여준다. 그의 논의 초기에는 암시된 저자를 저자의 공적 자아, 최대한 객관성과 공정성을 유지하는 자아의 의미로 사용하였다. 그리고 암시된 저자의 사례를 '소설'로 들어서 서술자의 신뢰성을 판단할 때 텍스트 너머로 들려오는 저자의 목소리의 의미 정도로 암시된 저자를 논의하였다. 그런데 최근에 그는 암시된 저자를 실제저자와의 연관성 내지 연속성을 강화한 측면에서 논의하고 있으며 작품의 윤리적 영향과의 논의를 강조하고 있다. 그리고 암시된 저자의 사례로서 '시'를 들어서 실제저자의 잠재적 분신격 자아라는 것을 명확히 해두었다. 이와 같은 차이에도 불구하고 공통적인 논의는 암시된 저자가 실제저자의 연속선상에 있는 자아라는 점과 텍스트에서 이러한 암시된 저자를 고려하여 작품을 이해함으로써 진실과 허구가 만나는 지점을 논의한 것이다. 즉 Booth의 견해는 다른 논자들이 '암시된 저자'와 '서술자의 신뢰성' 간의 관계 논의에 초점을 두고 있는 것과는 달리, '암시된 저자'의 존재 의의와 그 효용성을 논의하는 데에 초점을 맞추고 있다. '암시된 저자'를 초기 Booth의 논의에 초점을 두고 좁게 본다면, 그것은 괴테와 키츠나 플로베르와 같이 '공정하고 공적인 자아'를 취한 작중저자의 가치관을 지닌 저자들의 작품들을 지칭하는 데에 적절한 것이다. 후기 Booth의 논의까지 포괄하여 '암시된 저자'를 포괄적으로 본다면, 이것은 모든 작품들에 내재되어 있는 저자의 다양한 분신이라고 할 수 있다.

독자는 작품을 독해할 때 의식적으로든 무의식적으로든 독해과정에서 서술자나 작중인물들 너머에 있는 작중저자의 모습 혹은 저자의 의도에 관하여 상상하는 경향을 지니고 있으며 그렇기 때문에 '암시된 저자' 즉 '작중저자'가 인격화된 형태를 지니는 것은 납득이 될 부분이라고 할 수 있다. 즉 '암시된 저자'는 문학텍스트의 다양한 현상과 독자의 다양한 독해경향을 설명하는 데에 있어서 독해과정에서 실제로 존재하는 것이기 때문에 그에 관한 명명(命名)과 설명도 필요하다.

4. '암시된 저자'의 유효성

무의식은 존재하였으나 프로이트에 의해 그것이 처음 명명되고 인

식된 의의가 있는 것처럼, 우리가 텍스트를 독해하면서 암묵적으로
상정하는 텍스트의 저자형상에 관해서, Booth가 '암시된 저자'로서
명명하고 그것을 중심으로 논의를 전개한 것은 문학을 설명하는 자
리에서 부인할 수 없는 의의를 지닌다.36) 이것은 '암시된 저자'가 비
판과 논쟁을 겪은 이후, 지금에도 주요한 문학용어로서 자리잡고 있
는 이유가 될 것이다. '암시된 저자'가 실제저자와의 다양한 관련선
상의 존재라는 점을 감안할 때 이 개념은 텍스트만으로의 이해를 넘
어선 당시 상황과 시대 맥락을 요구할 때에 필연적으로 요청되는 존
재이다. 즉 텍스트를 만든 실제저자와 그의 분신으로서의 텍스트상
의 저자 즉 암시된 저자를 이해하는 일은 텍스트와 그 텍스트 너머
의 것을 이해하는 데에 필연적일 경우가 많다. 작가의 분신으로서의
텍스트의 작중저자에 대한 이해가 필수적인 시대적 맥락이나 사회적
제약이 존재하기 때문이다. 다른 한편으로, 앞에서 논쟁이 된 서술자
의 신뢰성 판단 문제에 관해서 만일 텍스트 내부에만 국한하지 않고
작가와 시대적 맥락 등으로 확장시켜 본다면, 암시된 저자에 의한
서술자의 신뢰성 문제 혹은 텍스트상의 저자의 신뢰성 판단 문제는
상당히 복잡하고 다양한 양상으로 전개될 여지를 지닌다.

　　Booth가 *The Rhetoric of Fiction*에서 논의한 암시된 저자는 공적 자아

---

36) Phelan은 암시된 저자의 필요성에 관하여 다음과 같이 항목화하여 서술하
　　였다. 첫째 이 개념이 서술을 쓰고 독해하는 행위에 관한 중요한 무엇을
　　포착하고 있다. 둘째, 이 개념은 실제저자의 가치, 신념, 태도, 정체성 등
　　에 관하여 작품을 통하여 이해하게 된다. 셋째, 이 개념은 실제저자가 다
　　른 누군가로 통할 수 있도록 그 자신의 암시된 버전을 만들어내려고 시도
　　하는 현상을 설명하는 데에 도움이 된다. 넷째, 이 개념은, 수사학적 분석
　　차원에서 전기가 가능할 수 있는 역할을 명확히 해준다. Phelan, James,
　　Living to tell about it, Cornell University Press, 2005, pp.46~49.

혹은 객관적 자아, 실제저자와 구분되는 작중저자의 의미를 지니고 있는데 그가 인지주의자들의 비판을 받은 이후의 논문에서 암시된 저자는 실제저자보다는 좀 더 윤리적인 소양을 지닌 작중저자, 실제저자의 분신이기 때문에 그의 표현에 따르면 '피와 살로 된(flesh and blood)' 비천한 삶 속에서도 정화된 목소리를 지닌 암시된 저자일 수 있기 때문에 독자에게 더욱 윤리적 감동을 줄 수 있음을 강조한다. 구체적으로, Sylvia Plath의 사례를 들어서 실제저자와 그가 처한 상황이 사실적이고 비천한 면이 있지만 그녀의 최후의 작품 속에 실제저자의 분신으로서의 암시된 저자는 최후에까지 작품의 미적인 형상화를 위한 작가로서의 최선을 보여주었으며 심적인 정화의 경지를 보여주었음을 설명한다. 즉 실제저자의 분신으로서의 암시된 저자를 통하여 독자가 작품의 예술성에 감동하고 정신적으로 고양되는 계기가 된다고 논의한다.

암시된 저자는 좁게는, 실제저자의 분신의 의미를 지니고 있으면서 포괄적으로는, 작중저자 혹은 작중저자의 의향이라는 의미를 지니고 있다. 즉 실제저자와도 관련된 개념이면서 작품의 중심적 의향을 뜻하기도 한다. 암시된 저자는 텍스트를 중심에 두는 입장에서 볼 때 텍스트를 객관적으로 파악하고 판단하는 장애물처럼 비추어질 수도 있다. 그러나 작품에 대한 진정한 이해를 위해서 실제저자 혹은 실제저자가 처한 상황에 대한 이해가 필수적인 작품들이 우리 주변에 많이 존재하고 있다는 점을 상기할 필요가 있다. 우리는 한일합방을 앞두고 자결한 황매천의 시편을 알고 있다. 그 시편을 앎과 동시에 우리는 그의 시편이 지닌 순결한 애국심을 읽을 수 있는 것이다. 시대적 제약이나 사회적 제약으로부터 비교적 자유로운 작품을 쓸 수 있었던 작가들에게는 독자와 작품 중심의 시각이 유효할 수 있다. 그러나 시대적 격동기를 살았던 작가들이 자신의 다양한 분신을 취하여 글을 써야 했던 상황에 대한 이해에 있어서 실제저자의 분신들로서의 암시된 저자는 유효하다. 특히 우리의 시문학사에서는 조선시대의 신분사회, 일제치하, 6·25, 독재체제 등의 다양한 시대적 제약과 그로 인한 작가들에 대한 제약이 자리잡고 있음을 감안할 때, 텍스트상의 표지들에 대한 이해에만 국한되는 것을 넘어서 실제저자의 분신격으로서 암시된 저자에 비추어서 텍스트와 서술자 및 화자를 파악하는 일은 필연적 과정이 될 수 있다.

Booth가 후기 논의에서 시편들을 들어서 암시된 저자를 논의한 것은 시의 화자가 실제저자의 분신과 관련한 것임을 논의하기에 소설에 비하여 적절하였기 때문이다. 그리고 Booth가 암시된 저자의 사례로서 Robert Frost와 Sylvia Plath의 시편을 들고서 이를 중심으로 논의를 전개한 것은 실제저자의 다양한 잠재적 자아들이 텍스트를 통하여 어떻게 투영되거나 굴절되었는지를 고찰함으로써 텍스트의 진정한 이해를 돕고자 한 것이다.[37] 우리나라의 암울한 시대에 다양한 암시된 저자의 모음인 이력저자를 지닌 대표적 사례로는, 독립운동가이자 한학자이자 시인, 아름답고도 강인한 시를 썼던 이육사를 들

---

37) Sylvia Plath의 시편이나 이육사의 시편처럼 실제시인의 면모가 시 속에서 투영된 '암시된 저자'의 사례도 있지만, Robert Frost의 "A Time to Talk"처럼 농부로서의 삶과는 전혀 거리가 멀었던, 즉 실제시인의 면모가 굴절되거나 혹은 잠재적 자아의 면모를 보여주는 '암시된 저자'의 경우도 볼 수 있다. Booth, Wayne C. *Resurrection of the Implied Author*, pp.79~80.

수 있다.[38]

　　　내 고장 七月은
　　　청포도가 익어가는 시절

　　　이 마을 전설이 주절이주절이 열리고
　　　먼데 하늘이 꿈 꾸며 알알이 들어와 박혀

　　　하늘 밑 푸른 바다가 가슴을 열고
　　　흰 돛 단 배가 곱게 밀려서 오면

---

38) 이육사에 관한 연구는, 작품의 원문 확정 연구(박현수)와 생애에 관한 연구(김희곤)를 비롯하여, 최근에는 성리학적 관점(홍용희), 동양시학의 관점(이상숙), 사회주의적 관점(김경복) 등이 전개되었다. 그리고 「광야」와 「청포도」 등을 비롯한 그의 개별 시편들의 시구절의 해석 문제에 관해서도 학자들마다 이견을 보이며 활발한 논의가 진행되었다. 구체적으로, 「광야」에서, "어데 닭 우는 소리 들렷으랴"와 "천고의 뒤" 시 구절에 관한 김용직, 오세영, 김종길, 황현산 등의 논의를 들 수 있다. 이육사에 관한 작가 연구와 작품 연구를 살펴보면, 작품에 대한 언어학적, 미학적 해석을 전제로 하면서도, 독립운동가이자 한학자로서 실제시인의 '분신'으로서의 '작중저자' 즉 '암시된 저자'를 '암묵적으로' 경유하여 종합적이며 생산적인 결과물을 얻고 있음을 볼 수 있다.
　　김경복, 「이육사 시의 사회주의 의식 연구」, 『한국시학연구』 12, 한국시학회, 2005.4.
　　김용직, 「항일저항시 해석문제」, 『한국근대문학의 현대적 해석: 이육사』, 서강대출판부, 1995.
　　김종길, 「이상화된 시간과 공간-「광야」」, 『문학사상』, 1986.2.
　　김희곤, 『이육사 평전』, 푸른역사, 2010.
　　박현수, 「이육사 시의 텍스트주의적 연구 시론」, 『한국근대문학연구』 12, 한국근대문학회, 2005.10.
　　오세영, 「어데 닭우는 소리 들렸으랴-이육사의 「광야」」, 『20세기 한국시의 표정』, 새미 2000.
　　이상숙, 「이육사 시의 동양시학적 분석을 위한 시론」, 『한국시학연구』 12, 한국시학회, 2005.4
　　황현산, 「「광야」에서 닭은 울었는가」, 『현대시학』, 1999.5
　　홍용희, 「거경궁리의 정신과 예언자적 지성」, 『한국문학연구』 38, 동국대 한국문학연구소, 2010. 6.

내가 바라는 손님은 고달픈 몸으로
靑布를 입고 찾아 온다고 했으니

내 그를 맞아 이 포도를 따 먹으면
두 손은 함뿍 적셔도 좋으련

아이야 우리 식탁엔 은쟁반에
하이얀 모시 수건을 마련해두렴

　　　　　　　　　　　　— 「靑葡萄」(1929)[39) 전문

매운 季節의 채쭉에 갈겨
마츰내 北方으로 휩쓸려오다

하늘도 그만 지쳐 끝난 高原
서리빨 칼날진 그 우에서다

어데다 무릎을 꿇어야 하나
한발 재겨 디딜곳조차 없다

이러매 눈 감아 생각해 볼밖에
겨울은 강철로 된 무지갠가 보다

　　　　　　　　　　　　— 「絶頂」(1940) 전문

까마득한 날에
하늘이 처음 열리고
어데 닭 우는 소리 들렷으랴

모든 山脈들이
바다를 戀慕해 휘달릴때도

---

39) 김용직·손병희 편저, 『이육사 전집』, 깊은샘, 2004, p.29.

참아 이곳을 犯하든 못하였으리라

끊임없는 光陰을
부즈런한 季節이 피어선 지고
큰 江물이 비로소 길을 열었다

지금 눈 나리고
梅花香氣 홀로 아득하니
내 여기 가난한 노래의 씨를 뿌려라

다시 千古의 뒤에
白馬타고 오는 超人이 있어
이 廣野에서 목놓아 부르게 하리라

— 「廣野」(1946) 전문

첫 번째 시편은 한 폭의 동양화를 연상시키는 정경 속에서 화자가 하얀 모시수건과 청포도를 담아서 '손님'을 기다리는 모습이 형상화된다. 두 번째 시편은 '매운 계절의 채찍'에 쫓겨서 벼랑의 끝에 선 화자가 한 발 재겨 디딜 곳조차 없는 상황에서 눈을 감고 '겨울은 강철로 된 무지개'라고 되뇌이는 모습이 형상화된다. 세 번째 시편은 유구한 문명과 역사를 통찰하면서 '매화향기'가 아득한 상황 속에서 '가난한 노래의 씨'를 뿌리며 오랜 세월 뒤에 '초인'을 기다리는 모습이 형상화된다.

독자인 우리는 이 세 시편들을 텍스트 그 자체로 각각 감상함으로써 하나의 시편이 주는 이미지와 감동을 느낄 수 있다. 그런데 이 세 시편들의 저자가 '이육사'라는 점을 알게 됨으로써 이 시편들은 새로운 의미망으로 확장된다. 이육사 시인은 일제하에서 한학자의 신분으로 일제로부터 조국의 해방운동에 적극적으로 참여한 문인 중의 한 사람이다. 독자는 이러한 사실을 알게 됨으로 인해서 텍스트 상의 화자와 실제저자를 연관시키면서 그 매개로서의 암시된 저자를 암묵적으로 상정하게 된다.

즉 실제 한학자였던 실제시인인 이육사를 알게 됨으로써 첫 번째 시편이 '모시수건'과 '청포도'의 의미를 다시 생각하게 된다. 그리고 시의 형식이 갖추고 있는 구조와 한시(漢詩)의 기승전결 구조의 유사성에 관해서도 주목하게 된다. 이 점은 마지막 시행에서 '아희야'라는 감탄사와 한시나 시조의 낙구 부분을 연관시키게 하기도 한다. 그리고 실제 독립운동가였던 시인의 면모를 고려할 때 새롭게 부각되는 시어는 바로 '손님'이다. 텍스트 자체만을 감상하였을 경우 '손님'은 순수한 의미로 기다리고 보고 싶은 사람 정도의 의미를 지닌다. 그런데 이육사 시인의 분신으로서의 이 시의 저자 즉 이 텍스트의 암시된 저자를 고려한다면 이 '손님'은 시인이 지향점을 삼는 대상, 즉 '잃어버린 조국'과 연관을 맺게 된다.

두 번째 시편의 경우는 텍스트 자체만을 감상할 경우, 벼랑의 끝에서 한 발 재겨 디딜 곳조차 없는 절박한 상황에서도 굉장히 희박한 꿈을 꾸는 의지를 보여준다. 그런데 이 시의 저자인 이육사의 상황을 감안한다면 이 시는 그 의미망이 좀 더 확장된다. 즉 단순히 개인적으로 어려운 역경을 넘어서 대의를 위해 자기를 희생하고 절박한 상황에 놓여서도 그 신념을 꿈꾸고 있는 '강철로 된 무지개'가 얼마나 대단한 것인지를 알게 되는 것이다. 즉 '강철로 된 무지개'는 실제저자와 연관된 분신으로서의 이 텍스트의 암시된 저자에 의해

사적인 차원을 넘어 '공적' 차원 혹은 '형이상학적' 차원으로까지 확장된 의미망을 지니게 된다.

세 번째 시편의 경우, 독립운동가로서의 시인의 남성적 풍모를 보여준다. 구체적으로 '매화향기'가 홀로 아득한 상황 속에서도 '가난한 노래의 씨'를 뿌리고 '천고의 뒤'의 '초인'이 오기를 꿈꾸는 장면을 보여준다. 이 시편에서 '태고의 시대'로부터 '천고의 뒤'에 이르기까지도 '초인'을 꿈꾸며 '가난한 노래의 씨'를 뿌리는 화자는, 한정된 시간 속에서의 사유를 넘어서 있는 '초인적' 면모를 지니고 있음을 알게 되는데, 그러한 앎을 절실히 깨닫게 하는 것은 바로 실제저자, 이육사의 삶에서부터일 것이다.

Booth가 암시된 저자를 사례화한 방식으로 논의하자면, '손님'을 기다리는 이육사1, '매운 계절의 채찍' 속에서 '강철로 된 무지개'를 생각하며 견디는 이육사2, 광활한 '광야'에서 '초인'을 기다리며 '가난한 노래의 씨'를 뿌리는 이육사3 등으로 표현될 것이다. 그리고 이육사1과 이육사2와 이육사3의 너머에는, 이 시를 쓴 시기에 한학자 신분으로서 독립운동가로서 자기희생적 삶을 기꺼이 감내하였던 '피와 살로 된' 실제시인 이육사가 있다. 즉 우리는 실제시인 이육사로부터 이육사1과 이육사2와 이육사3 등의 연속선상에서 이육사의 '이력저자(Carrer-author)'[40]를 구성하게 된다. 구체적으로, 단아한 선비적

---

40) '이력저자'는 암시된 저자의 '인격화'를 비판한 Chatman조차도, 그가 쓴 논문의 결론에서, 한 작가의 텍스트들로써 구성된 '암시된 저자의 모음'으로서의 '이력저자'의 유효성에 대해서는 명백히 인정한다("The notion of carrer-author enables us to acknowledge narratively significant information implicit in the author's name without confusing the issue with biography"), Chatman, Seymour. *In Defense of the Implied Author*, pp.88~89.

기풍을 보여준 가운데서 서정적 기다림을 보여주는 이육사1, 매우 절박한 상황에서도 고운 의지를 끝까지 놓치지 않는 이육사2, 그리고 광대한 스케일을 보여주며 초인적 의지를 키우는 이육사3이라는 암시된 저자들이 있다. 이들은 공통적으로, 무엇인가에 대한 간절한 소망이랄까 그것을 넘어선 처절한 기원을 보여준다. 그리고 이러한 '손님'과 '강철로 된 무지개'와 '가난한 노래의 씨'라는 암시된 저자들의 상상적 프리즘 너머로, 우리나라 독립을 향하여 강인하고 순수한 열정을 지녔던 '살과 피로 된' 자전적 진실의 세계를 이해하게 된다. 즉 허구적 진실과 자전적 진실의 접점을 통하여 작품에 대한 진정한 이해를 할 수 있다.

즉 첫 번째 시편의 암시된 저자와 두 번째 시편의 암시된 저자와 세 번째 시편의 암시된 저자에 대해서, 실제저자인 이육사의 의식적, 무의식적 분신격인 잠재적 자아로 이해함으로써 독자는 텍스트만으로서의 이해로는 접근하기 어려웠던 면모와 시인의 정신적 깊이를 이해하게 되는 것이다. 즉 암시된 저자는 텍스트의 작중저자에 대해서 그것을 쓴 실제저자의 잠재적 분신이다. 독자는, 이와 같은 암시된 저자들에 관하여 이해함으로써 작품과 시인과 시인이 살았던 당대에 관하여 이해하고 시인의 작품들과 그 정신적 경지에 대해 입체적이고 생생한 감동을 얻게 된다.41) 즉 암시된 저자는 하나의 작품에 대한 다양한 시각과 이해를 돕는다. 만약 위 시편들이 독립운동

---

41) Booth는 작품들 속에서 아이러니가 발생할 때 혹은 특히 당대 맥락을 고려해야 할 때에, 시 바깥의 사실들의 추론에 의존한 '암시된 저자'가 유효하다고 논의한다. Booth, Wayne C., *A Rhetoric of Irony*, The University of Chicago Press, 1975, p.133.

을 한 시인의 것이 아니었거나 친일행위를 한 시인의 것이었거나 혹은 당대 현실에 무관하게 자연의 세계를 지향한 시인의 것이었다면 위 시편의 의미는 이육사의 것과는 전혀 다르게 혹은 상반된 의미까지 확장되었을 가능성이 있다. 단적으로 위 시편들의 '손님', '무지개', '초인' 등이 궁극적으로 전혀 다른 의미 방향으로 읽혔을 것이며 위 시편들의 텍스트상의 저자 즉 암시된 저자들의 관계를 통한 텍스트의 의미 나아가 실제작가의 위상 등이 전혀 다른 방향으로 자리 잡혔을 것이다.

특히 이육사 시인과 같이 일제하에서 독립운동을 한 사람인 경우, 그 시대상황 속에서 검열을 감안한 환유적 글쓰기를 하였을 가능성이 높다. 즉 그 시대적 상황과 자신이 처한 여건에 관한 것이 좀 더 상징화되거나 환유화되었을 가능성이 높다. 이러한 경우에, 우리가 단지 작중 서술자의 목소리와 이 작품을 읽는 독자의 경험과 사유에 의하여 서술자의 의도와 의향을 파악하는 것은 작품과 작가에 관한 단편적인 이해에 머무르기 쉽다. 즉 실제저자와 이 저자의 분신으로서의 암시된 저자, 또한 암시된 저자들 상호간의 관계를 고려함으로써 서술자의 목소리와 의향(intent)을 사유하는 것이 좀 더 적확하고 깊이 있는 독해가 된다. 암시된 저자는 자전적 진실과 허구적 진실이 접하는 지점, 즉 실제저자의 다양한 분신들에 대한 이해를 요청하는 개념이다. 텍스트들에서 '암시된 저자의 모음'인 '이력저자(Carrer-author)'를 구성해봄으로써, 우리는 한 작가가 시대적인 상황과 그 제약 속에서 환유적으로 취한 다양한 저자의 분신들을 실증적인 방식으로 이해할 수 있다.

5. 결론

이 글은 '암시된 저자(The Implied Author)'에 관한 서구의 찬반 논쟁에 관하여 고찰하고 이러한 논쟁 이후, Booth가 수정, 보완한 '암시된 저자'의 논의를 살펴보았다. 그리고 우리나라 문학작품을 이해하는 데에, '암시된 저자'가 어떠한 유효성을 지니는지를 이육사의 시들을 중심으로 고찰하였다.

Chatman은 표면적으로는 '암시된 저자' 개념의 '광범위함'과 '인격화'를 비판하지만, 심층적으로는, '암시된 저자'를 존재론적으로 인정하고서 독자중심적 관점에서 '암시된 저자'의 재규정, 체계화를 도모하였다. Ansgar F. Nünning은 암시된 저자가 비평에 적용된 양상과 서술자의 신뢰성 판단 준거와 관련하여 '암시된 저자'를 전면 비판하였다. Olson은, 서술자의 신뢰성 판단에 대하여 독자가 '축자적으로' 독해한다는 Nünning의 가정을 비판하면서, Booth의 논의에 기초하여 신뢰성(reliability) 판단과 관련한 서술자의 유형논의를 보강하였다. 이러한 논쟁 이후에, Booth는, 암시된 저자가 공적 자아(official self), 객관적 자아임을 강조한 초기의 견해를 수정하여, 암시된 저자가 실제저자의 연속선상의 분신 내지 잠재적 자아임을 강조하였다.

암시된 저자 논쟁은 작가중심적 관점에서 세워진 '암시된 저자'가 독자중심적 관점에서 볼 때 어떻게 비추어지는지를 단적으로 보여주는 실례이다. 그럼에도 암시된 저자는 존재론적으로 독자의 독해과정 속에서 나타나는 것이며 암시된 저자는 작품의 자전적 진실과 허구적 진실의 접점을 통하여 작품에 대한 진정한 이해의 길로 이끌 수 있다. 우리는, '암시된 저자'의 모음(collection)을 구성해봄으로써, 시대적 상황과 제약 속에서 그 시대의 작가가 환유적으로 형상화한 다양한 자아들을 만날 수 있다. 구체적으로, 일제 치하에서 한학자이자 독립운동가였던 이육사의 암시된 저자들은, '손님'과 '강철로 된 무지개'와 '가난한 노래의 씨'라는 상상적 프리즘 너머로, 우리나라 독립을 향한 강인하고 순수한 열정을 지닌 자전적 진실의 힘을 생생히 보여준다.

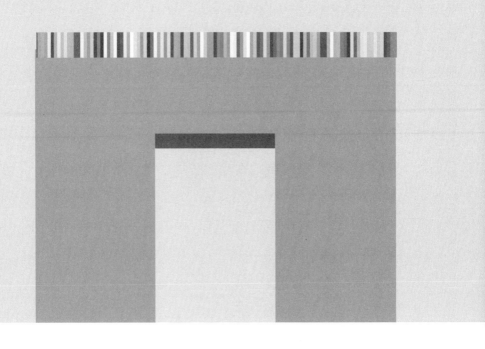

제6장

문학적 무의미의 개념 및 유형

1. 서론

시에서 나타나는 무의미들에 관하여 기존의 문학적 장치로서의 접근으로는 무의미의 매우 다양한 양상들을 해명하기에 미흡한 측면이 있다. 즉 역설, 비유, 상징 등의 문학적 장치만으로는 설명 및 분류될 수 없는 다양한 양상들이 존재하기 때문이다.

단적으로 김춘수의 시 구절인, '울고 간 새와 울지 않는 새가 만나고 있다', '신나게 시들고 있었다', '봄은 한 잎 두 잎 벚꽃이 지고 있었다'는 표면적 논리상으로는 모순을 일으키나 내적으로 의미의 맥락을 형성한다는 점에서 변별성 없이 모두 역설에 속한다.

그런데 이들은 '전후상황', '구문론', '의미론', '문장성분의 범주론' 등의 차원에서 다시 분류할 수 있다. 즉 첫 번째 경우가 '현실적인 상황'에서 있을 수 없는 유형이며 두 번째 경우가 구문론적으로 옳으나 의미론적으로 맞지 않는 유형이라는 점을 지적할 수 있다. 그리고 세 번째 경우는 의미론적으로는 상통하나 구문론적으로 옳지 않은 경우이다.

이것은 '역설'이라는 문학적 장치로서는 세분화되지 않는 특성들이 설명되고 그 효과를 서술할 수 있는 무의미의 유형에 관한 논의가 필요하다는 것을 보여준다. 그리고 '문장성분의 범주론'과 관련하여 '은유'와 '환유' 혹은 '상징' 또한 무의미의 몇몇 양상에 포함될 수 있는 것이다.

특히 무의미어구의 연속체로서 시가 이루어진 김춘수 무의미시의 경우는 무의미의 양상 및 유형에 관한 좀 더 세밀한 접근이 요구된다. 뿐만 아니라 환상과 상상의 영역을 보여주는 시적 표현은 대체로 표면적으로는 무의미의 양상을 띠고 있다.

'무의미'라고 생각하는 어구들이자 시적 표현의 어구들에 관하여 이들을 일정한 기준에 의해 범주화하고 이들의 효과를 살펴보는 일은 시의 창조적 의미생산을 해명하는 측면에서 중요한 작업이다. 따라서 이 글은 문학적 무의미가 일반적 무의미와 변별되는 특성 및 문학적 무의미의 개념 그리고 문학적 무의미의 유형에 관하여 고찰할 것이다.

2. 무의미의 개념 및 시적 표현과의 관련성

먼저 '무의미(nonsense)'는 일반적인 논의에서는 '의미(sense)'의 반대 혹은 부정의 경우로서 다룬다. 이러한 개념적 정의에서 무의미는 흔히 의미가 없거나 어리석은 생각을 전하는 것으로서 '어리석음 (absurdity)'과 연관된다.[1] 둘째 무의미의 또 다른 개념에는 무의미가 '뜻(meaning)'을 지니며 위트와 재능의 산물이란 점을 인정한다.

그리고 '순수한 무의미(pure nonsense)'란 전혀 다른 우주의 법칙을 따르며 논리적인 것 혹은 정상적인 것의 반대편에 선다는 것이다.[2] 마지막으로 철학적 관점에서 '무의미'의 개념을 살펴보면 무의미를 허무의식의 표출이나 의미의 없음이라고 간주하지 않는다. 오히려 무의미가 의미의 다양한 생산을 내포하며 서로 밀접하게 관련된다는 점에 관하여 주목한다.[3]

'첫 번째 무의미의 개념'에 대해서는 다음과 같은 점을 지적할 수 있다. 즉 '문학적 차원에서의 무의미'는 '일반적인 개념으로서의 무의미'와 관련하나 '어리석음'의 산물이 아니라는 것이다. '두 번째 무의미의 개념'은 무의미와 의미의 관계에 관하여 서로 별개거나 혹은 서로 대립적인 관점에서 정의한다는 점에서 '문학적 무의미'의 실제적 작용 및 양상과는 거리가 있다. 왜냐하면 문학적 무의미는 의미(sense)와 무의미(nonsense)의 상호 관련성을 지니고 있기 때문이다.[4]

---

1) *The Oxford English Dictionary*, Simpson, J. A., Clarendon Press, 1991 참고.
2) *The Encyclopedia of Poetry and Poetics*, Princeton Univ Press, 1965, pp.839~840 참고.
3) *The Encyclopedia of Philosophy*, Paul Edwards, the Macmillan company, 1967, pp.520~522 참고.
4) 무의미와 의미의 상호 관련성은 역사적, 통시적인 고찰을 통하여도 나타난다. Gustav Stern은 의미 변화의 일곱 가지 범주에 대하여 '역사적 사건들'이 '정신과정'에 관여한 것을 중심으로 나누었다. 그것은 외적 요인(①대체 (Substitution)와 언어적 요인, ②유추(Analogy), ③축약(Shorting), ④지정 (Nomination), ⑤전이(Regular Transfer), ⑥교환(Permutation), ⑦적응성(Adequation)으로 나눌 수 있다. 언어적 요인은 다시 언어관계의 변화(②③)와 관련관계의 변화(④⑤), 그리고 주체관계의 변화(⑥⑦)로 분류된다(Gustav Stern,

문학적 무의미의 작용을 해명하는 데에는 세 번째 개념인 '철학적 관점에서의 무의미'가 유효하게 적용된다고 할 수 있다. 무의미 문학에서 무의미는 지적 재능의 산물이면서 의미에 반하는(reject) 것이 아니다. 그리고 이때의 무의미란 치밀하게 계획적으로 의미를 염두에 두거나 구현하는 차원에서 이루어진다. 즉 무의미는 의미(sense)의 맥락을 와해하지만(parasitic) 결코 의미로부터 완전히 떠나지는 않는다. 단적으로 문학에서 극도의 무의미어구조차도 최소한의 음운론적 의미 체계에서 유사성은 공유한다.

이와 같이 '무의미'는 '의미'의 맥락을 와해하지만 결코 '의미'로부터 완전히 떠나지는 않는다. 오히려 시의 의미적 차원에서 볼 때는 새로운 '의미'⁵⁾의 창조와 연관되어 있음을 알 수 있다. 주요한 시적

Meaning and Change of Meaning, Goteborg, Sweden, 1932, pp.165~176 참고).
　의미가 사회적 맥락 및 시대적 변화에 따라 변화한다는 것은 '무의미'의 경우도 '의미'의 이러한 특성을 반영한다는 증거이다. 이것은 우리나라 중세의 몇몇 단어를 지금 사용한다고 했을 때 우리가 '무의미' 어구로 인식하는 것과 유사하다. 즉 통시적인 측면에서 볼 때도 의미와 무의미는 '상호 유동적' 관련성을 지닌다.
5) 'meaning', 'significance', 'sense'는 일반적으로 '의미'로 번역된다. 'meaning'은 일반적인 용례로서의 '의미'로 사용되며 언어학(Linguistics)에서 주로 다루는 개념인 반면, 'significance'와 'signification'은 기호학(Semiotics)과 관련하여 텍스트 생산의 내용에서 중시된다. 그리고 'sense'는 주로 철학(Philosophy)에서 유의성을 지니며 Gilles Deleuze는 '사건(event)'과 '무의미(nonsense)'와의 연속적 관련에 초점을 둔 개념으로 사용한다. Riffaterre는 미메시스의 차원에서 전달되는 객관적 정보로서 'meaning'을 다루며 시 텍스트가 지니는 형식상, 내용상의 통일성으로서 'significance'를 다룬다. 한편 Kristeva는 'signification'에 대하여 정신분석적 의미를 부여하여 정적(static)인 'meaning'을 초래하는 심리적 과정(psychological process)으로서 다룬다(M. Riffaterre, 유재천 역, 『시의 기호학』, 민음사, 1989, p.15, Julia Kristeva, *Language The Unknown*, Columbia Univ, New York, 1989, pp.37~38, Deleuze, Gilles, "Third Series of the Proposition", *The Logic of Sense*, Columbia Univ, 1990 참고).

장치인 '역설', '비유', '상징' 등을 살펴보면 '무의미'의 양상과 밀접하게 결부되어 있다.

구체적으로 '죽어도 아니 눈물 흘리우리다', '내 마음은 호수요', '매화 향기 홀로 아득하니' 등과 같이 '역설', '비유', '상징'의 대표적인 문학적 표현의 사례들도 '구문론적 측면', '의미론적 측면', '범주론적인 측면' 등과 결부된 무의미의 형태를 취하고 있다.[6] 즉 시적 '유의성'을 지니는 '무의미'[7]는 의미를 생산하는 주요한 출발점이다.

이런 측면에서 볼 때 무의미의 다양한 양상들을 범주화, 유형화하고 무의미에서 의미가 생산되는 양상, 나아가 무의미가 생산하는 내적 욕망 및 사상적 연원 등에 관하여 고찰한다는 것은 매우 의미 있는 작업이 될 것이다.

3. 문학적 무의미의 유형

The Encyclopedia of Philosophy[8]에 의하면 '무의미의 유형(Types of

---

6) '죽어도 아니 눈물 흘리우리다'에서는 실제적 사실이나 상황에 맞지 않는 '상황의 무의미', '내 마음은 호수요'에서는 주어와 서술어의 호응관계의 범주가 맞지 않는 '범주적 이탈'의 무의미, 그리고 '매화향기 홀로 아득하니'에서는 시 전체적 맥락과 결부시킨 무의미의 양상을 규명할 수 있을 것이다.

7) 본고에서 '유의성'을 지니는 '무의미'란 작품의 심층 구조를 통하여 얻어지는 고도의 문학적 '일원화(unification)'을 전제로 한 것이다. 여기서 '일원화'란 프로이트의 개념으로서 '표상들 상호간의 관계나 그것들에 대한 공통된 정의 혹은 공통된 제3의 요소에 대한 언급을 통해 예기치 않았던 새로운 통일성이 만들어지는 과정'이다(S. Freud, 『농담과 무의식의 관계』, pp.86~90 참고).

8) The Encyclopedia of Philosophy, op. cit., pp.520~522 참고.

Nonsense)'을 다음과 같이 여섯 가지의 형태로 나누어 설명하고 있는
데9) 그것을 요약적으로 정리하면 다음과 같다. 첫째 사실에 맞지 않
는 표현, 둘째 예기된 상황으로부터 벗어난 표현, 셋째 구문론적 법
칙보다는 의미론적 법칙에 어긋난 표현, 넷째 구문론적 구조를 결여
한 표현, 다섯째 알아볼 수 없거나 번역할 수 없거나 낯선 표현, 여
섯째 완전히 알아볼 수 없는 표현 등이다.

위의 무의미의 유형을 차례대로 설명하면 다음과 같다. 무의미의
첫 번째 유형은 실제적 사실에 맞지 않는 발언을 한 경우에 해당된
다. 예를 들어 '물이 사실상 끓고 있는 상황'에서 '나는 물이 끓고
있는 것을 볼 수 없어요'라고 말하는 것을 들 수 있다. 이것은 물이
끓고 있는 사실에 반대, 대조되는 말을 하는, 사실에 맞지 않는 무의

---

9) 무의미의 유형 중 그 핵심적인 부분을 간추려 보면 다음과 같다.
   (1) The same words spoken when contrary to fact. ‥‥‥ We may call this,
which is nonsense in the colloquial sense, "nonsense as obvious falsehood"
   (2) The same words spoken when no one knows which water is spoken of or
cares if it boils. ‥‥‥ The rules or conventions violated are those tying this
well-formed sentense to certain nonlinguistic contexts, so we may call this
"semantic nonsense."
   (3) The words "The water is now toiling" spoken in almost any circumstances:
This would constitute nonsense of the sort which fascinates the philosopher, since
although it is in most respects a well-formed sentense, it attaches to its subject,
"water", a predicate in some way unsuitable is a contested points. What is
involved is what has been called a category mistake.
   (4) Strings of familiar words which lack, to a greater or lesser extent, the
syntactic structure of the paradigms of sense or any syntax translatable into the
familiar.
   (5) Utterances which have enough familiar elements to ennable us to discern a
familiar syntax, but whose vocabulary, or a crucial part of it, is unfamiliar, and
untranslatable into the familiar vocabulary.
   (6) Last, those cases where we can find neither familiar syntax nor familiar
vocabulary, still less familiar category divisions or semantic appropriateness.

미이다.

무의미의 두 번째 유형은 '물이 끓고 있는 상황을 결혼식 중간에 말한다든지와 같이 예기치 못한 상황에서의 발언이 해당된다. 무의미의 세 번째 유형은 "The water is now toiling"[10]과 같이 '물'이란 주어에 어울리지 않는 서술어를 쓴 경우 등이 해당된다. 그런데 이 문장은 '물방아의 바퀴'를 돌리는 물을 말할 때라면 이치에 닿을 수 있는 것이다.

무의미의 네 번째 유형은 "Jumps digestible indicators the under"와 같이 의미 범주들의 '구문론적' 구조를 결여한 친숙한 단어들의 연결 등이 해당된다. 즉 익숙한 구문의 흔적이 없으며 익숙하게 번역될 수 없는 구문으로서 '무의미의 연결(nonsense strings)'이라고 부를 수 있다. 무의미의 다섯 번째 유형은 "All mimsy were the borogoves"와 같이 구문상(syntax)으로는 익숙하게 이해되나 그것의 중요한 부분을 이루는 '어휘(vocabulary)'가 낯설고 익숙한 어휘들로 번역될 수 없는 범주이다.

그래서 이를 '어휘의 무의미(vocabulary nonsense)'라고 부를 수 있다. 마지막으로 무의미의 여섯 번째 유형은 "grillangborpfemstaw"와 같이 익숙한 구문도 익숙한 어휘도 발견할 수 없을 뿐만 아니라 익숙한 범주의 분류나 의미상의 적절성도 갖추지 못하는 경우이다. 그래서 이를 '지껄임으로서의 무의미(nonsense as gibberish)'라고 부를 수 있다.

이 모든 무의미의 유형에서 특기할 것은 문학에서의 어떠한 무의미(nonsense)도 최소한 익숙한 음운체계(a familiar or phonetic system)는

---

10) 'toil'은 '힘써 일하다'란 뜻이다.

의미(sense)와 공유한다는 점이다. 즉 무의미는 의미를 와해하는 (parasitic) 측면을 지니지만 언어의 부분이기를 포기하면서까지 의미로부터 벗어나지는 않는다. 이러한 측면에서 무의미가 의미와 서로 상반되면서도 서로 밀접한 관련성을 지니고 있음이 확인된다.

이러한 무의미의 유형에 대하여 철학사전은 이것을 다시 세 가지 범주로 분류하는데 Alison Rieke는 이를 좀 더 상세화하여 서술한다. 즉 첫 번째와 두 번째 범주는 '상황 또는 문맥의 무의미(nonsense of situation or context)'로 지시될 수 있다. 그리고 네 번째부터 여섯 번째까지 무의미의 유형은 '언어의 무의미(nonsense of words)'로 구분된다.

마지막으로 무의미의 세 번째 유형은 '범주적 이탈(category mistake)'이라고 할 수 있다. 이 '범주적 이탈'은 상황에 따라 적절하거나 이치에 닿을 수 있으므로 무의미로 고정시켜 논하기가 어려운 측면이 있다. 그리고 계산된 단어의 오용이라는 점에서 새롭고 놀라운 의미를 생산하므로 시에서 주로 많이 나타나는 무의미의 유형에 해당된다.[11]

즉 무의미의 유형은 세 가지로 범주화할 수 있다. 그 분류는 '상황의 무의미(nonse of situation)', '언어의 무의미(Nonsense of words)', '범주적 이탈(Category Mistake)'[12]로 정리할 수 있다. 그런데 철학적

---

11) *The Encyclopedia of Philosophy*, *op. cit.*, pp.520~522 참고.
    Alison rieke, *The Senses of Nonsense*, Unversity of Iowa Press, 1992, pp.5~9 참고.
12) '범주적 이탈'과 관련한 범주적 분석은 Noam Chomsky의 논의에 연원한다. 그는 통상적인 '문법적인(grammatical)'의 용어가 아닌 '문법성의 정도(degrees of grammaticalness)'라는 용어를 선택하여 '비문법성의 정도'를 서술한다. 그는 'misery loves company'를 'John loves company'와 비교할 때 N-V-N이란 층위를 지니나 활명사가 아니므로 '유사문법적(Semigrammatical)'이라고 칭한다. 이에 비해 'Abundant loves company'는 완전히 비문법인 것이다. 이와

측면에서 무의미의 유형에 포괄되지 않는 문학적 무의미의 경우가 있다. 무의미시를 고찰할 때 시 본문의 내용이 전혀 엉뚱하게 알 수 없는 어구로 가득 찬 것이 적지 않다.

그런데 그 무의미시의 제목을 통하여 본문 내용에 대한 힌트를 얻는 경우가 많다. 철학사전에서 분류한 무의미의 유형은 시 작품에서 나타나는 이러한 특수한 경우를 포괄하고 있지는 않다. 그러나 김춘수처럼 시를 쓰는 많은 시인들의 작품에서 이러한 수수께끼적 양상은 보편적으로 나타나는 경우에 해당된다.

즉 무의미시에서 나타나는 이러한 수수께끼적 양상 또한 시의 무의미를 논하는 자리에서는 그 한 유형으로서 자리매김해야 할 필요성이 있다. 이것은 '범주적 이탈'과 비교해볼 때 무의미의 어구 그 자체로는 의미상 모순을 일으키나 전후 문맥에 따라서 이해를 달리할 수 있다는 공통점이 있다.

그러나 수수께끼적인 양상은 주로 본문의 전체적인 양상과 시 제목과의 관계에서 발생하는 경우가 많다. 그리고 실제와 같은 수수께끼의 양상을 띠는 측면 이외에 '범주적 이탈'의 경우처럼 문맥에 대한 암시를 제시하는 차원에서 이루어질 수도 있다. 그리고 구문론적으로는 옳

유사한 방식으로 그는 '문법성의 정도'를 생성문법의 한 범주에 의하여 보완할 수 있다고 본다. 이것에 대하여 그는 'k - 범주적 분석(the optimal k - category analysis)'(k는 임의의 변수)'이라고 명명한다.

이러한 분석의 계기는 그가 Dylan Thomas의 'a grief ago'나 'Veblen'의 'perform leisure'와 같이 '문법성의 규칙성'으로부터 떠나서 문학적인 의미상으로 '놀라운 효과(a striking effect)'가 이루어진 것에 주목한 것과 관련이 있다. 그런데 범주적 이탈의 무의미는 그가 말한 '반문법적(ungrammatical)'과 '유사문법적(semi-grammatical)' 경우를 모두 포함한 경향이 있다.

Noam Chomsky, Degrees of grammaticalness, Jerry A. Fordor and Jerrold J. Katz, eds, *The Structure of Language*, Englewood Cliffs, N.J., 1964 참고.

으나 의미론적으로 모순되는 측면을 지닌다는 공통점을 지니며 특수한 문맥에 따라 의미론적인 측면이 모순되지 않을 수도 있다.

그러나 '범주적 이탈'의 경우보다는 어구의 차원에서 나아가 어구들의 연속인 시 전체의 차원에서 작동하는 양상을 보여준다. 그리고 다른 무의미의 경우와 유사한 방식으로 '수수께끼(enigma)'의 양상 또한 그 자체로는 무의미이나 계열화에 의해 의미를 발생하는 무의미와 의미의 관련성을 보여준다.[13]

1) 상황의 무의미

ⓐ 울고 간 새와
  울지 않는 새가
  만나고 있다.
  구름 위 어디선가 만나고 있다.
  기쁜 노래 부르던
  눈물 한 방울,
  모든 새의 혓바닥을 적시고 있다.

　　　　　　　　　— 「처용단장」 제2부 서시 전문

---

13) 시에 나타난 무의미어구들은 주로 시적 의미 생산에 관련되나 일상적인 현실에서 무의미어구는 '농담'의 형태와 결부되는 경우가 많다. Freud는 농담의 유형에 대하여 「농담의 기술」에서 ①압축, ②동일한 소재의 다양한 사용, ③이중적 의미로 정리하였다. 그리고 그는 「농담의 쾌락 기제와 심리적 기원」에서는 언어적 소재와 사고 상황을 선택하는 것과 관련하여 '언어유희'와 '사고유희'로 구분하기도 한다. 그가 나눈 농담의 유형들은 무의미의 유형과 거의 일치하는 측면이 있다. 이것은 그만큼 일상적 현실에서 농담이 무의미어구에 매우 포괄적으로 작용한다는 것을 알려 준다.(S. Freud, 임인주 역, 「농담의 기술」, 「농담의 쾌락 기제와 심리적 기원」, 『농담과 무의식의 관계』, 열린책들, 2002 참고.)

ⓑ 내 손바닥에 고인 바다,
그 때의 어리디어린 바다는 밤이었다.
새끼 무수리가 처음의 깃을 치고 있었다.
봄이 가고 여름이 오는 동안
바다는 많이 자라서
허리까지 가슴까지 내 살을 적시고
내 살에 테 굵은 얼룩을 지우곤 하였다.
　　　　　　　　 ―「처용단장」 제1부 8 전반부

　전자의 경우를 먼저 보기로 하자. 일반적으로 '새가 지저귀는 것'을 '새가 운다'라고 표현한다. 이것을 감안할 때 '울지 않는 새'란 실제적인 사실에 맞지 않는 발언이라고 할 수 있다. 그리고 두 마리 새 중 한 마리 새가 '갔다'는 것은 남은 새는 그 자리에서 '가지 않'고 있다는 것을 암묵적으로 뜻한다.

　그런데 그 자리에서 '울고 간' 새가 그 자리에 있는 '다른 새'와 만난다는 것은 공간적인 설정에서 볼 때 명백히 있을 수 없는 일이다. 그런데 이러한 사실에 맞지 않는 무의미의 모순적 언술이 시적 차원에서는 환상적이면서 추상적인 장면을 형상화하는 것에 도움을 주고 있다.

　후자의 경우에서 '손바닥에 바다가 고인'다는 것은 기대된 상황에 맞지 않다. 또한 '바다가 어리다'는 것도 말이 되지 않는다. 뿐만 아니라 '바다가 자란다'는 표현 또한 생소한 표현이다. 그러나 이들 무의미의 어구들은 문맥을 통해 시적 의미를 발생시키는 역할을 한다. 즉 '어린'으로 표상되는 '순진한 화자'를 연상시키게 하며 '고인 바다'와 '밤'으로 표상되는 '슬픔과 절망의 분위기'를 추측하게 한다.

이러한 무의미의 사례는 빈번하게 나타난다. 예를 들면 '애꾸눈이는 울어다오./성한 한 눈으로 울어다오./달나라에 달이 없고/인형이 탈장하고'(「처용단장」 제3부 4)에서 '달나라에 달이 없'다는 것은 기대된 상황에 맞지 않는다. 그러나 이러한 표현은 앞뒤 문맥을 감안할 때 절망적이고 허탈한 심정을 드러내는 '모순적 상황'을 보여주는 것이라고 할 수 있다.

그리고 이외의 경우에 그의 시 「하늘수박」에서와 같이 '바보야 우찌살꼬'의 구절이 시의 전체적인 문맥상황에 맞지 않게 가끔씩 엉뚱하게 끼어드는 경우도 기대된 상황에 맞지 않는 무의미의 대표적인 사례이다. 이와 같이 '상황의 무의미'는 사실에 맞지 않는 발언, 기대된 상황에 맞지 않는 발언이나 행동을 통하여 시적 의미를 형성하는 역할을 한다.

2) 언어의 무의미

ⓐ 봄은 한 잎 두 잎 벚꽃이 지고 있었다.
—「처용단장」 제1부 7

ⓑ 니 케가 멧자덩가
  니 폴이 멧자덩가
  니 당군 소풀짐치 눈이 하나
—「처용단장」 제3부 21

ⓒ ㅎㅏㄴㅡㄹㅅㅜㅂㅏㄱㅡㄴ한여름이다 ㅂㅏㅂㅗㅑ
—「처용단장」 제3부 39

ⓓ 구두점을무시하고동사를명사보다앞에놓고잭슨폴록을앞질러
— 「처용단장」제3부 28

ⓐ에서는 '봄'과 '벚꽃'이란 두 개의 주어가 등장한다. 그런데 '토끼는 귀가 크다'와 같이 두 개의 주어가 공존하는 문장의 옳은 사례를 비교해볼 때 이것은 구문론적으로 맞지 않는 표현이다. 구문론적 구조를 결여한 단어의 연결로 인해 발생하는 무의미의 한 형태이다. ⓑ에서는 '니 케'와 '폴', '당군', '소풀짐치' 등이 등장한다.

그런데 '코'와 '팔' 등의 사투리는 언뜻 알아보기가 어렵다. 그리고 이러한 단어들은 번역되기 어렵거나 낯선 표현에 속한다. 또한 '당군', '소풀짐치' 등도 언뜻 알아들을 수 없는 말의 사적인 중얼거림의 형태로 나타난다.[14] 이것은 구문론적으로는 주어와 서술어의 형태로서 이해되나 어휘의 측면에서 나타나는 무의미의 양상에 해당된다.[15]

이와 같이 구문론적 구조를 결여한 친숙한 어휘들의 연결 내지 구문론적으로는 옳으나 알아볼 수 없거나 번역되기 어려운 개인적 언어 사용과 같은 언어의 무의미 또한 무의미시에서 빈번하게 나타나

---

14) '당군'은 '담근', '소풀'은 '부추', '짐치'는 '김치'의 통영 사투리이다. 이 점을 감안하면 엄밀한 의미에서 '어휘의 무의미'가 되기 어려운 측면이 있다. 그러나 일상적인 표현방식에 대비해볼 때 '케', '멧', '폴', '당군', '소풀' 등의 어휘가 낯설고 무의미하게 다가오는 측면을 주목해볼 수 있다.

15) 위 시는 '니'와 '덩가'의 반복, '케', '폴', '소풀짐치' 등에서 'ㅋ', 'ㅍ', 'ㅊ' 등의 유사한 거센 소리의 등위적 반복을 통한 소리의 울림 효과를 노린 측면이 있다.
이은정은 김춘수의 시에서 '식물'의 이름과 어울리는 음운과 음상들을 의도적으로 배치한 시구들을 분석하면서 김춘수 시의 '식물어'의 '이름'이 글 안에서 환기하는 울림의 효과를 서술하였다.(이은정, 「김춘수의 시적 대상에 관한 연구」, 이화여대 석사논문, 1986, pp.48~52 참고.)

는 표현이다. 그러나 상황의 무의미와 마찬가지로 이러한 무의미의 양상이 효과적으로 작용할 수 있는 문맥의 형성에는 도움을 줄 수 있다. 즉 사적인 의미 없는 중얼거림을 통하여 시적 화자의 불안하고 두려운 심리를 드러내는 데 효과적으로 작용할 수도 있는 것이다.

그리고 ⓒ에서 '하늘수박은 한여름이다 바보야'란 말은 논리적으로 언뜻 이해가 되지 않는 무의미한 발언이다. 이것은 무슨 의미인지 알아보기 어려운 사적인 중얼거림의 형태를 취하고 있다. 그리고 시인은 이 문장을 다시 낱낱의 음운들로 해체하여 서술하고 있다. 즉 ' ㅎㅏㄴㅡㄹㅅㅜㅂㅏㄱ'은 익숙한 구문이나 익숙한 어휘의 형태를 갖추지 못하며 의미상의 적절성 또한 갖지 못하는 경우의 무의미이다.

그러나 이러한 무의미한 중얼거림과 음운 해체와 같이 낯선 언어적 표현 방식은 불안이나 두려움에 휩싸인 순진한 화자의 모습을 드러내는 데 효과적으로 작용한다. 뿐만 아니라 화자 자신의 심정을 무의미한 발언의 반복을 통하여 달래고 위로하는 모습을 형상화하기도 한다.

ⓓ에서 띄어쓰기를 무시한 표현과 의미가 닿지 않는 표현은 일차적으로는 이해가 되지 않는다. 그런데 무의식의 언술 중에 나타난 '잭슨폴록'이란 단어를 통하여 의식의 개입을 배제한 잭슨 폴록이란 화가의 지향점과 이 시가 관련이 있음을 알 수 있다. 이와 같이 '언어의 무의미'[16]는 구문론적(syntactical) 구조를 결여한 발언, 알아볼

---

16) Deleuze는 무의미의 유형을 '소급적 종합(regressive synthesis)'과 '선언적 종합(disjunctive synthesis)'으로 나눈다. 이 두 경우는 '신조어(esoteric words)'와 '새로운 합성어(portmanteau words)'를 그 대상으로 삼는다. 각각은 모두 하

수 없거나 낯설거나 번역될 수 없는 어휘로 구성된 경우, 그리고 순
수한 무의미(pure nonse)로서 전혀 알아볼 수 없는 발언이나 중얼거림
등을 포함한다.

3) 범주적 이탈

ⓐ 대낮에 갑자기
　해가 지고, 그때
　나는 신나게 신나게 시들고 있었다.
—「처용단장」제3부 22

ⓑ 구름 발바닥을 보여다오.
　풀 발바닥을 보여다오.
　그대가 바람이라면 보여다오
—「처용단장」제2부 2

ⓒ 살려다오.
　북 치는 어린 곰을 살려다오.
　북을 살려다오.
—「처용단장」제2부 3

ⓐ에서의 서술은 구문론적으로는 옳은 표현이다. 그러나 의미론적
으로 볼 때 '대낮에 갑자기 해가 진'다는 것은 적절하지 않다. 그리
고 '나'는 '시들고 있었다'에서 구문론적으로는 주어와 서술어를 갖

나의 무의미로서 그것을 받는 다른 문장과의 관계에서 기표 계열과 기의
계열의 변화를 주는 지점이라는 공통점을 지닌다. 여기서 말하는 '신조어'
와 '새로운 합성어'는 새로운 단어를 만들거나 기존의 단어를 낯설게 합성
한 것으로서 본고에서 분류한 '언어의 무의미'에 속한다.(Deleuze, Gilles,
"Eleventh Series of Nonsense", *The Logic of Sense, op. cit.* 참조.)

춘 형태로 보인다. 그러나 사람 주체인 '나'가 식물 주체를 취하는 '시들다'라는 서술어를 취하는 것은 의미상 맞지 않다.17)

또한 '신나게 시들고'에서 '신나게'와 '시들게'의 결합은 의미상 서로 어울리지 않는다. 그러나 서로 의미상 맞지 않는 주어와 서술어의 선택 및 의미상 어울리지 않는 부사어와 서술어의 결합 등으로 나타나는 무의미어구를 통하여 '해가 지는 것'과 같은 허망한 상황이나 비극적 상황을 형상화하는 것에 도움을 주고 있다.

그리고 ⓑ에서 '구름'이나 '풀' 등의 식물은 동물이나 사람에게 있는 '발바닥'이 있을 수 없다. 즉 이것은 전체와 부분의 관계가 성립할 수 있는 사실을 벗어난 표현이다. 그런데 이러한 표현 방식은 '풀'이나 '구름'이 지닌 그림자 및 음영의 효과를 상기시키는 역할을 한다. 또한 마치 어린아이가 처음 언어의 결합관계를 구사하는 것과 같이 순수한 동심의 세계와도 약간의 관련을 지우게 만든다.

ⓒ에서 '어린 곰을 살려 달라'고 말할 수는 있다. 그러나 논리적으로 볼 때 무생물인 '북'을 유기체를 대상으로 하는 서술어인 '살려다오'란 표현을 할 수는 없다. 그런데 '북을 살려다오'란 문구가 '북치는 어린 곰을 살려다오'의 뒤에 바로 이어지고 있다. 그리고 '북치는 어린 곰을 살려다오'의 문구 바로 앞에 '살려다오'란 문구가 반복적으로 이루어져 '살려다오'의 의미를 강조하고 있음을 알 수 있다.

즉 '북을 살려다오'의 '북'이란 '북치는 어린 곰'을 줄여서 표현한 것이거나 그것을 연상시키게 하는 효과가 있다. 그리고 제대로 문장

---

17) Chomsky는 이러한 표현이 N-V-N이란 층위를 지니나 '활명사(animate noun)'가 아니므로 '유사문법적(Semi-grammatical)'이라고 칭한다(Noam Chomsky, Degrees of grammaticalness, op. cit. 참고).

을 갖추어서 말해야 할 자리에 중요한 성분이 되는 대상을 빠뜨림으로써 심리적으로 절박한 상황에 있는 화자의 입장을 드러내는 효과를 주는 측면도 있다.

위에서 살펴본 바에 따르면 '범주적 이탈'의 경우는 '주어와 서술어', '부사어와 서술어', '수식어와 피수식어' 등 매우 다양한 문장성분의 관계를 중심으로 나타나는 무의미의 양상임을 알 수 있다. 즉 문장성분들의 관계가 구문론적으로는 옳으나 의미론적으로 맞지 않는 대부분의 경우를 포괄적으로 설명한다고 할 수 있다.

이것은 범주적 이탈의 무의미 양상이 문학적 장치로서의 '비유'와 '상징'을 포괄하고 있는 측면에서 더욱 뚜렷하게 나타난다. 즉 앞의 경우에서 보듯이 '북을 살려다오'에서 '북'이 '북치는 어린 곰'을 나타낸다면 이것은 '환유'의 한 양상이다. 그리고 '구름 발바닥'의 경우에서 '구름'에게 '발바닥'을 붙임으로써 '의인'의 한 경우를 보여준다. 그리고 '나의 하나님은 늙은 비애다'(「나의 하나님」 중)에서는 '은유'의 원리가 적용된 '범주적 이탈'이라고 할 수 있다.[18]

이와 같이 '범주적 이탈'의 무의미는 '비유'와 '상징' 등과 같은 문학적 장치를 포괄하는 측면을 지니며 '문학적 무의미'와 깊은 관련성을 보여준다. 그리고 '범주적 이탈'은 앞에서 논의한 '언어의 무의미'와는 대조적으로 구문론적인 범주에서 보면 옳으나 의미론적(semantic)

---

18) 이숭원은 '나의 하나님은 늙은 비애다'의 구절에 대하여 연속성이 있는 것처럼 하나의 문장으로 연결되어 있지만 사실은 시인이 주관적으로 생각한 어떤 유사성에 의해 두 개의 어구가 결합된 것이라고 한다. 그리고 주관적 유사성에 의한 어구의 결합이 형식적으로는 말과 말의 결합이므로 환유로 보이지만 사실은 주관적 유사성에 의해 폭력적으로 결합된 것이기 때문에 은유에 속한다고 한다(이숭원, 『서정시의 힘과 아름다움』, pp.98~99).

법칙에 위배된 경우의 다양한 형태로 나타남을 볼 수 있다.[19]

4) 수수께끼

ⓐ 주어를 있게 할 한 개의 동사는
내밖에 있다.
어간은 아스름하고
어미만이 몹시도 가까이에 있다.

―「詩法」부분

ⓑ 씨암탉은 씨암탉,
울지 않는다.
네잎토끼풀 없고
바람만 분다.
바람아 불어라, 서귀포의 바람아
봄 서귀포에서 이 세상의
제일 큰 쇠불알을 흔들어라
바람아,

―「이중섭 1」전문

ⓒ 耳目口鼻
耳 目 口 鼻
울고 있는 듯

---

19) 그런데 '범주적 이탈'의 경우 만약 이러한 무의미 양상의 앞 혹은 뒤에
'꿈에서―보았다'와 유사한 구절이 나타날 경우는 무의미가 되지 않을 수
있다. 왜냐하면 '꿈'이란 전제가 있을 경우 이미 주어와 서술어 혹은 목적
어와 서술어 등이 서로 범주적으로 호응하는 범위가 광범위해지므로 '범
주적 이탈'의 무의미 양상이 성립하지 않을 수 있기 때문이다. 이것은 '상
황의 무의미' 양상에도 마찬가지로 적용된다. '꿈'이란 단서가 붙을 경우
기대된 상황, 사실의 상황 등의 기준이 모호해지기 때문이다. 이에 비해
'언어의 무의미'나 '수수께끼'의 양상 등은 이러한 특수한 상황에서 어느
정도는 자유로운 편이다.

혹은 울음을 그친 듯
넘치눈이, 넘치눈이,
모처럼 바다 하나가
삼만 년 저쪽으로 가고 있다.
가고 있다.

— 「봄안개」 전문

ⓐ에서 '동사와 어간을 찾기 어렵'고 '어미만이 가까이 있'다고 했을 때 제목을 염두에 두지 않는다면 무슨 의미인지 언뜻 이해하기 어려울 수 있다. 그런데 이 시구의 전체적 주제가 '시쓰기의 어려움'이라는 점은 제목에서 '詩法'이란 말을 보면 바로 이해가 될 수 있다. 이것은 우리가 수수께끼를 풀 때의 경우와 유사한 기능을 한다. 예를 들면 '아침이 되면 올라가고 저녁이 되면 내려오는 것은?'이라고 했을 때 그 답이 '이불'이라는 것을 알게 되면 바로 이해되는 것과 같은 이치이다.

ⓑ에서 '씨암탉'과 '서귀포의 바람', '쇠불알' 등은 그 자체로 보면 어떤 의미에서 결합이 이루어졌고 이러한 단어들을 선택했는지 알 수가 없다. 그러나 '이중섭'이란 시 제목, 정확히 말하자면 이중섭의 그림들을 염두에 둔다면 위의 단어들이 모두 이중섭 그림의 주요 소재임을 알 수 있다.

이중섭은 '부부'와 관련하여 '닭'의 이미지를 작품으로 형상화한 것이 많다. 그리고 여기에 덧붙이자면 이중섭이 서귀포에서 그림을 그렸던 사실, 그리고 그의 가난하고 불우했던 생활인으로서의 삶을 염두에 둔다면 더 큰 도움을 받을 수 있다. 즉 왜 '바람' 앞에 '서귀포의'란 관형어가 붙는지, 그리고 왜 '행운'의 상징인 '네잎 토끼풀'

이 없는 상황, 즉 행복하지 못한 상황인지가 모두 이해될 여지가 있는 것이다.

ⓒ에서는 내용상으로 볼 때 이치에 맞지 않는 무의미로 구성되어 있다. 그리고 제목인 '봄안개'를 보아도 시의 내용과 잘 어울려서 생각하기가 어려운 편이다. 그러나 '울고 있는'지 혹은 '울음을 그쳤는'지가 애매한 '넙치눈이'의 모습이나 '바다 하나가 삼만 년 저쪽으로 가고 있다'는 표현이 하나의 힌트가 되지 않을까 생각된다.

즉 안개 속에 싸여 불명확한 얼굴의 표정이나 바다위 안개의 이동 등이 연상되는 효과가 있을 듯도 하다. 위 시의 경우는 앞의 시와는 달리 단지 시의 내용과 제목을 서로 연관시킴으로써 '봄안개'가 지니고 있는 특성인 '아련함', '잘 보이지 않음' 등을 시의 내용과 파편적으로 맞추어 생각할 수 있을 따름이다. 전혀 다른 입장에서 볼 경우 이 시는 제목과 내용의 연관이 없는 무의미어구들의 구성으로서도 파악할 수 있다.

위의 서술들은 제목을 통해 내용을 바로 알리거나 힌트를 주거나 유사성을 드러내는 수수께끼적 요소가 다분한 시편들이라고 할 수 있다.[20] '수수께끼'의 양상과 결부된 무의미의 어구들은 각각의 서술 그 자체는 무의미이나 이들 언술의 계열화 및 제목과의 관련에 의한 계열화 등에 의하여 시적 의미를 생산하는 측면을 지닌다.

ⓐ의 경우가 전형적인 수수께끼의 양상을 지니고 있다면 ⓑ의 경우는 제목으로 표상된 하나의 힌트가 시 내용과 관련된 다양한 정보

---

20) '수수께끼의 이 왜곡하는 장치가 시의 제목과 내용 사이에 쓰여질 때, 시는 긴장감을 획득하게 되고, 독자는 재미와 즐거움을 느끼게 된다'(엄국현, 「무의미시의 방법적 이해」, 『김춘수 연구』, 학문사, 1982, p.436).

를 제공하여 시의 이해를 돕는다. ⓒ의 경우는 제목의 단어가 환기시키는 분위기를 시 내용에서 담지하는 모습을 확인할 수 있기도 한다.

이와 같이 1)에서 4)까지 통틀어 볼 때 무의미의 유형은 '상황의 무의미', '언어의 무의미', '범주적 이탈', '수수께끼'로 나누어 살펴볼 수 있다. 그리고 이러한 무의미의 다양한 양상들이 어떻게 시적으로 의미를 지니는지 구체적으로 살펴볼 수 있었다. 그리고 무의미의 양상은 '비유'와 '상징' 등과 같은 문학적 장치를 포괄하는 측면을 지니고 있음을 확인할 수 있었다.

이러한 측면에서 무의미의 양상은 시적 언어와 밀접한 관련성을 지니고 있다. 김춘수의 무의미시가 다양한 측면에서 의미의 과잉 내지 창조의 결절점을 특징적으로 보여주는 것도 시적 장치와 관련된 무의미 양상들의 집합체로서 무의미시가 구성된 측면과 관련이 깊다. 즉 이들 무의미의 어구들은 시적 의미를 창조하는 한편 의미를 풍부하게 산출하는 중심점의 역할을 하고 있다.

그리고 무의미는 결코 의미로부터 완전히 떠나지 않고 의미에 근거하면서 이를 와해시킨다는 사실도 확인할 수 있다. 즉 무의미의 여러 유형은 그 자체로 무의미이나 시적 의미 형성과 시의 분위기 조성에 중요한 부분으로 작용하는 의미생산의 분기점인 것이다.

4. 결론

이 글은 시적 표현에서 나타나는 '무의미 양상'에 주목하여 '무의미'가 문학적 의미를 부여받는 특성에 주목하였다. 무의미는 세 가지 개념으로 정의된다. 첫째 의미의 반대 혹은 부정의 경우로서 의미가 없거나 어리석은 생각을 전하는 것이다. 둘째 무의미가 '뜻(meaning)'을 지니며 위트와 재능의 산물인 점을 인정하나 논리적인 것, 정상적인 것의 반대편에 선다는 것이다.

셋째 무의미가 지적 재능의 산물이면서 의미에 반하는(reject) 것이 아니라 계획적 의미 구현의 차원에서 이루어진다는 것이다. 이 세 가지 개념 중에서 문학적 무의미와 밀접한 관련성을 지닌 것은 세 번째의 경우이다. '문학적'이란 수식을 얻을 수 있는 '무의미'란 시적 유의성을 지니는 경우이다. 시적 유의성을 지니는 무의미란 작품의 심층구조를 통하여 얻어지는 고도의 문학적 일원화(unification)를 전제로 한 것이다.

이와 같은 문학적 무의미는 네 가지로 범주화할 수 있다. 그 범주화의 기준은 '전후상황', '의미론', '구문론', '범주론' 등에 의해서이다. 그 범주는 언어의 무의미, 상황의 무의미, 범주적 이탈, 수수께끼로 요약된다. 이 중에서 시적 장치인 '비유', '역설', '상징' 등과 밀접한 관련성을 지닌 것은 범주적 이탈의 무의미이다.

그리고 수수께끼는 제목과 본문의 내용 사이에서 주로 발생하는 것으로서 일반적인 경우가 아니라 시에서 특징적으로 나타나는 무의미에 해당된다. 이러한 무의미의 양상은 시적 언어와 밀접한 관련성을 지닌다. 그리고 문학적 무의미는 결코 의미로부터 완전히 떠나지 않고 의미에 근거하면서 이를 와해시킨다. 그리고 무의미의 여러 양상들은 그 자체로는 무의미이나 시적 의미 형성과 시의 분위기 조성에 중요한 부분으로서 작용하는 의미생산의 분기점이다.

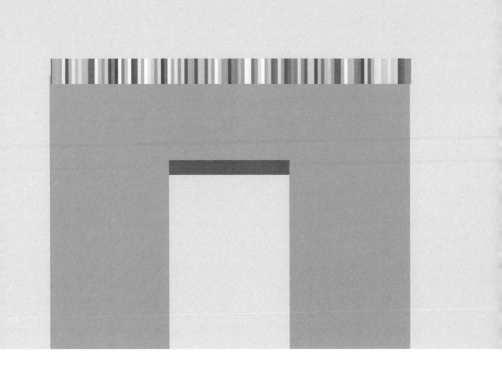

제7장

들뢰즈의 의미이론과 무의미시

1. 문학적 무의미의 개념 및 유형

일반적으로 김춘수의 무의미시에 대하여 '의미시'에서 '무의미시' 그리고 '의미와 무의미의 변증법적 지양'으로 나아갔다고 논한다. 그러나 그의 무의미시에 관한 시도는 1960년대부터 최근에 이르기까지 지속적으로 이루어진 시인의 주요한 시 창작론과 결부되어 있다.

그리고 의미시와 무의미시의 변증법적 지양이라고 논의된 『의자와 계단』(1999) 이후 시작(詩作)의 경우도 실제 작품을 살펴보면 그가 40여 년에 걸쳐 써왔던 무의미시의 시 작법에서 크게 벗어났다고 말하기가 어렵다. 다시 말해서 무의미시는 그가 일생 동안 갈고 닦았던 시 작업의 스타일로 굳어진 경향이 있다.

무엇보다도 무의미시에 관한 그의 지향은 그가 의미시를 추구했던 1950년대를 제외하면 시 생애의 대부분이 이것에 놓여져 있다는 비중의 문제를 지적할 수 있다. 이와 같이 무의미시를 연구하고 의미시에서 무의미시로의 전환적 계기를 서술한다는 것은 김춘수 시 세계의 본질적 요체를 해명하는 중요한 작업이다.

김춘수는 자신의 '무의미시(nonsense poetry)'를 설명하기 위하여 대상과의 관련성에 의한 '서술적 이미지'를 설명하고 그 이미지의 분류에 따라 그의 시를 연습하였다. 이것은 그의 무의미시가 치밀한 지적(知的) 계획하의 산물임을 말해 준다. 즉 무의미시에서 나타나는 다양한 무의미(nonsense)의 양상들은 통상적인 의미에서 '무의미'가 뜻하는 '어리석음(absurdity)' 내지 '의미의 없음'과는 어느 정도 동떨어져 있는 것임을 알 수 있다.

물론 김춘수는 그의 무의미시론에서 '의미'와 '대상'이 그의 시에 없다고 논하였으나 이것은 그가 언어로부터 대상을 지시하는 기능을 없애려는 그의 창작 의도를 강조하는 맥락에서 이해해야 할 것이다. 실제 무의미시에 나타난 무의미의 양상들은 다양한 시적 의미의 생산 지점과 맞물려 있기 때문이다.

김춘수의 무의미시에서 '무의미'가 지닌 이와 같은 특성을 염두에 두고서 '무의미'의 다양한 개념들을 먼저 살펴보기로 한다. 먼저 '무의미(nonsense)'는 일반적인 논의에서는 '의미(sense)'의 반대 혹은 부정의 경우로서 다룬다. 이러한 개념적 정의에서 무의미는 흔히 의미가 없거나 어리석은 생각을 전하는 것으로서 '어리석음(absurdity)'과 연관된다.[1]

둘째 무의미의 또 다른 개념에는 무의미가 '뜻(meaning)'을 지니며 위트와 재능의 산물이란 점을 인정한다. 그리고 '순수한 무의미(pure

---

1) *The Oxford English Dictionary*, Simpson, J. A., Clarendon Press, 1991 참고.

nonsense)'란 전혀 다른 우주의 법칙을 따르며 논리적인 것 혹은 정상적인 것의 반대편에 선다는 것이다.[2]

마지막으로 철학적 관점에서 '무의미'의 개념을 살펴보면 무의미를 허무의식의 표출이나 의미의 없음이라고 간주하지 않는다. 오히려 무의미가 의미의 다양한 생산을 내포하며 서로 밀접하게 관련된다는 점에 관하여 주목한다.[3]

'첫 번째 무의미의 개념'에 대해서는 다음과 같은 점을 지적할 수 있다. 즉 '문학적 차원에서의 무의미'는 '일반적인 개념으로서의 무의미'와 관련하나 '어리석음'의 산물이 아니라는 것이다. '두 번째 무의미의 개념'은 무의미와 의미의 관계에 관하여 서로 별개거나 혹은 서로 대립적인 관점에서 정의한다는 점에서 '문학적 무의미'의 실제적 작용 및 양상과는 거리가 있다. 왜냐하면 문학적 무의미는 의미(sense)와 무의미(nonsense)의 상호 관련성을 지니고 있기 때문이다.

문학적 무의미의 작용을 해명하는 데에는 세 번째 개념인 '철학적 관점에서의 무의미'가 유효하게 적용된다고 할 수 있다. 무의미 문학에서 무의미는 지적 재능의 산물이면서 의미에 반하는(reject) 것이 아니다. 그리고 이때의 무의미란 치밀하게 계획적으로 의미를 염두에 두거나 구현하는 차원에서 이루어진다. 즉 무의미는 의미(sense)의 맥락을 와해하지만(parasitic) 결코 의미로부터 완전히 떠나지는 않는다. 단적으로 문학에서 극도의 무의미어구조차도 최소한의 음운론적 의미체계에서 유사성은 공유한다.

---

2) *The Encyclopedia of Poetry and Poetics*, Princeton Univ Press, 1965, pp.839~840 참고.
3) *The Encyclopedia of Philosophy*, Paul Edwards, the Macmillan company, 1967, pp.520~522 참고.

이와 같이 '무의미'는 '의미'의 맥락을 와해하지만 결코 '의미'로부터 완전히 떠나지는 않는다. 오히려 시의 의미적 차원에서 볼 때는 새로운 '의미'4)의 창조와 연관되어 있음을 알 수 있다. 주요한 시적 장치인 '역설', '비유', '상징' 등을 살펴보면 '무의미'의 양상과 밀접하게 결부되어 있다.

구체적으로 '죽어도 아니 눈물 흘리우리다', '내 마음은 호수요', '매화 향기 홀로 아득하니' 등과 같이 '역설', '비유', '상징'의 대표적인 문학적 표현의 사례들도 '구문론적 측면', '의미론적 측면', '범주론적인 측면' 등과 결부된 무의미의 형태를 취하고 있다.5)

즉 시적 '유의성'을 지니는 '무의미'6)는 의미를 생산하는 주요한

---

4) 'meaning', 'significance', 'sense'는 일반적으로 '의미'로 번역된다. 'meaning'은 일반적인 용례로서의 '의미'로 사용되며 언어학(Linguistics)에서 주로 다루는 개념인 반면, 'significance'와 'signification'은 기호학Semiotics과 관련하여 텍스트 생산의 내용에서 중시된다. 그리고 'sense'는 주로 철학(Philosophy)에서 유의성을 지니며 Gilles Deleuze는 '사건(event)'과 '무의미(nonsense)'와의 연속적 관련에 초점을 둔 개념으로 사용한다. Riffaterre는 미메시스의 차원에서 전달되는 객관적 정보로서 'meaning'을 다루며 시텍스트가 지니는 형식상, 내용상의 통일성으로서 'significance'를 다룬다. 한편 Kristeva는 'signification'에 대하여 정신분석적 의미를 부여하여 정적(static)인 'meaning'을 초래하는 심리적 과정(psychological process)으로서 다룬다(M. Riffaterre, 유재천 역, 『시의 기호학』, 민음사, 1989, p.15, Julia Kristeva, *Language The Unknown*, Columbia Univ, New York, 1989, pp.37~38, Deleuze, Gilles, "Third Series of the Proposition", *The Logic of Sense*, Columbia Univ, 1990 참고).

5) '죽어도 아니 눈물 흘리우리다'에서는 실제적 사실이나 상황에 맞지 않는 '상황의 무의미', '내 마음은 호수요'에서는 주어와 서술어의 호응관계의 범주가 맞지 않는 '범주적 이탈'의 무의미, 그리고 '매화향기 홀로 아득하니'에서는 시 전체적 맥락과 결부시킨 무의미의 양상을 규명할 수 있을 것이다.

6) 본고에서 '유의성'을 지니는 '무의미'란 작품의 심층구조를 통하여 얻어지는 고도의 문학적 '일원화(unification)'를 전제로 한 것이다. 여기서 '일원화'란 프로이트의 개념으로서 '표상들 상호간의 관계나 그것들에 대한 공통된 정의 혹은 공통된 제3의 요소에 대한 언급을 통해 예기치 않았던 새로

출발점이다. 이런 측면에서 볼 때 무의미의 다양한 양상들을 범주화, 유형화하고 무의미에서 의미가 생산되는 양상 나아가 무의미가 생산하는 내적 욕망 및 사상적 연원 등에 관하여 고찰한다는 것은 매우 의미 있는 작업이 될 것이다.

이와 같은 논의를 고찰하기 위해서는 '무의미'의 특성에 관하여 기본적으로 의미와의 관련성을 전제로 다룬 논의를 적용할 필요가 있다. 구체적으로는 철학적 논의와 결부된 '들뢰즈의 의미이론'을 중심으로 하여 무의미의 유형 및 속성 그리고 의미생산에 관한 논의를 전개하기로 한다.

먼저 앞에서 논의한 문학적 무의미의 개념 즉 무의미와 의미의 상호 관련성을 염두에 두고서 무의미의 유형에 관하여 살펴보도록 하자. 무의미의 유형에 관한 서술은 *The Encyclopedia of Philosophy*에서 살펴볼 수 있다. 여기서는 무의미와 의미의 관련성에 기반을 두면서 '무의미'를 몇 가지로 유형화하고 있다.

그리고 무의미가 허무의식의 표출이나 의미의 없음이 아니라 의미의 다양한 생산 지점이라는 측면을 밝히고 있다. Alison rieke는 *The Encyclopedia of Philosophy*에서 분류한 '무의미'의 개념에 입각하여 현대 소설가와 현대 시인들이 창작하는 일련의 언어 실험적 경향을 무의미 문학이라고 규정한다. 그리고 그는 *The Encyclopedia of Philosophy*에서 유형화한 각각의 무의미의 특성을 집어내어서 그 유형을 요약적으로 명명한다.

운 통일성이 만들어지는 과정'이다(S. Freud, 『농담과 무의식의 관계』, pp.86~90 참고).

그 유형이란 첫째 '상황의 무의미(Nonse of situation)', 둘째 '언어의 무의미(Nonsense of words)', 그리고 셋째 '범주적 이탈(Category mistake)'이다. '상황의 무의미'는 사실에 맞지 않는 발언이나 기대된 상황에 맞지 않는 발언이나 행동을 말한다. '언어의 무의미'는 구문론적(syntactical) 구조를 결여한 발언, 알아볼 수 없거나 혹은 낯설거나 번역될 수 없는 어휘, 그리고 순수한 무의미(pure nonse)로서 전혀 알아볼 수 없는 발언을 포함한다. '범주적 이탈'7)은 구문론적으로 옳으나 의미론적(Semantic) 법칙에 위배된 경우를 말한다.8)

이 글은 위의 세 가지 무의미 범주 이외에 '수수께끼(enigma)'의 양상을 첨가하고자 한다. 무의미시에서 수수께끼의 성격을 띤 무의미의 어구 또한 의미들의 계열체계 내에서 무의미의 자리 옮김에 의해

---

7) '범주적 이탈'과 관련한 범주적 분석은 Noam Chomsky의 논의에 연원한다. 그는 통상적인 '문법적인(grammatical)'의 용어가 아닌 '문법성의 정도(degrees of grammaticalness)'라는 용어를 선택하여 문장의 '비문법성 정도'를 서술한다. 그는 'misery loves company'를 'John loves company'와 비교할 때 N-V-N이란 층위를 지니나 '활명사(animate noun)'가 아니므로 '유사 문법적(Semi-grammatica)l'이라고 칭한다. 이에 비해 'Abundant loves company'는 완전히 비문법적인 것이다. 이와 유사한 방식으로 그는 '문법성의 정도'를 생성문법의 범주체계에 의해 보완할 수 있다고 본다. 이것에 대하여 그는 'k-범주적 분석(the optimal k-cateory analysis)'(k는 임의의 변수)이라고 명명한다.

이러한 분석의 계기는 그가 Dylan Thomas의 'a grief ago'나 Veblen의 'perform leisure'와 같이 '문법성의 규칙성(grammatical regularity)'으로부터 떠나서 문학적인 의미상으로 '놀라운 효과(a striking effect)'가 이루어진 것에 주목한 것과 관련이 있다. 그런데 '범주적 이탈'의 무의미는 그가 말한 '반문법적(ungrammatical)'과 '유사문법적(semi-grammatical)' 경우를 모두 포함한 경향이 있다.

Noam Chomsky, Degrees of grammaticalness, Jerry A. Fordor and Jerrold J. Katz, eds, The Structure of Language, Englewood Cliffs, N.J., 1964 참고.

8) The Encyclopedia of Philosophy, op. cit., pp.520~522.

Alison rieke, The Senses of Nonsense, University of Iowa Press, 1992, pp.5~9 참고.

서 의미를 생산하는 대표적인 하나의 유형이 되기 때문이다.

수수께끼의 양상은 '범주적 이탈'과 비교해볼 때 구문론적으로는 옳으나 의미론적 모순을 일으킨다는 공통점이 있다. 그러나 범주적 이탈이 어구 자체에 국한되는 반면 수수께끼의 양상은 어구들 나아가 시 전체적 측면에서 작용하는 경우가 많으며 주로 시 본문과 제목과의 관련성에서 발생하는 측면을 지닌다. 이와 같이 문학적 무의미의 유형은 '상황의 무의미', '언어의 무의미', '범주적 이탈', '수수께끼' 등으로 나눌 수 있다.

2. 무의미와 '사건'의 관련성

무의미의 양상들은 다양한 시적 의미 생산과 관련성을 지닌다. 김춘수의 무의미시에서도 '무의미의 전략(the Strategy of Nonsense)'을 통하여 다양한 의미를 생산한다. 즉 무의미시에 나타난 '무의미'는 그 자체로는 무의미이나 '의미'의 다양한 결절점 구실을 한다.

이러한 무의미의 의미 형성적 측면과 밀접한 관련을 지닌 것이 들뢰즈의 '사건(event)' 개념이다. 그는 현상적 세계의 비물체적인 것을 언표로 포착하는 방식으로서 '사건'을 논의한다. 그런데 사건은 그 자체는 아무런 뜻을 지니지 않는 '무의미'이나 다른 사건들과 연관되는 양상에 따라 의미생산의 분기점이 되는 것이다.

이러한 무의미의 작용에 의한 의미생산 국면은 '계열화'와 밀접한 관련성을 지닌다.[9] 들뢰즈는 '계열화(serialization)'란 말을 사건과 사건의 연결을 통한 의미의 생산 방식을 뜻하는 것으로 사용한다. 그는 특정한 주제나 개념에 관한 논의를 보여주는 그의 모든 글에 대하여 '계열(series)'이라는 제목을 붙인다.

즉 '계열'이란 말은 특정한 상황에 관하여 하나의 고정불변한 설명이 있기보다는 관점과 범위를 취하는 방식에 따라 다양한 갈래의 사유가 존재함을 보여주는 하나의 표지라고 할 수 있다.[10]

이렇게 본다면 '무의미의 계열화'란 다층적 의미를 내포한다. 먼저 무의미시가 무의미의 연속으로 이루어진 하나의 계열체임을 지적할 수 있다. 또한 무의미시에서 무의미를 통한 의미의 생산 방식을 모두 계열화라고 지칭할 수 있다. 그런데 후자의 경우는 무의미의 양상에 따라 다양한 갈래로 계열화가 이루어질 수 있다.[11]

하나의 명제에 나타난 '의미'는 그것을 지시하는 다른 명제에 나타난 의미에 의해 밝혀진다. 그리고 명제의 연결항 내에서 각각의 항은 다른 모든 항들과 서로 연관되는 위치에 의해서만 '의미'를 지니므로 그 자체로는 '무의미'이다. 그런데 이러한 '무의미'가 명제의 상호 관련항들을 순환함으로써 새로운 '기표 계열' 및 '기의 계열'이 생산된다. 들뢰즈는 '무의미'의 이러한 특성에 주목하여 '소급적인 종합(regressive synthesis)'[12]이라고 일컫는다. 이것은 '무의미'의 항구적

---

9) '사건(event)'은 계열화되면서 동시에 '무의미'에서 '의미'로 변한다. 이 연속적 지점에 주목하므로 들뢰즈의 '의미(senes)'는 우리가 통상적으로 말하는 '의미'와 차이가 있다. 즉 '사건'은 '무의미'이면서 동시에 '의미'인 것이다.

　　Deleuze, Gilles, *The Logic of Sense, op. cit.*, pp.12~22 참고.

10) Deleuze, Gilles, 'The serial form is thus essentially multi-serial', *ibid*, p.37.

11) Deleuze, Gilles, "Sixth Series on Serialization", *ibid*.

12) '소급적 종합'에 대해서는 이 글 III장 2절, pp.66~67 참고.

인 '자리 옮김'에 의해서 '의미'가 생산되는 측면을 지적한 것이다.[13]

명제의 항들 중에서 무의미어구들이 다양한 의미의 갈래로 계열화되는 중심적인 고정점 역할을 하는 '무의미'가 존재한다. 이러한 무의미의 양상은 무의미시의 전체적인 차원에서 본다면 의미를 생산하는 '분기점'이 되는 것이다. 이것에 대하여 들뢰즈는 '특이성(Singularity)'이란 말로서 표현한다.[14]

'특이성'이란 보통이나 규칙성의 반대말로서 다른 경우들과 '질적으로 다르다'는 의미를 함축한다.'[15] 이것은 Peguy의 '특이점(Singular points)'과 관련한 개념이다. 특이점은 역사 및 사건과 불가분의 관계를 이룬다. 온도가 고유의 중요한 지점 즉 녹는 점, 끓는 점 등을 지닌 것처럼 사건들은 그 결정적인 지점을 지니고 있다.

들뢰즈는 이 '특이점'과 관련하여 '특이성'을 설명한다. 특이성들은 구조의 계열 속에서 각각의 부분을 이룬다. 각각의 특이성은 또 다른 특이성의 방향으로 곧장 나아가는 계열들의 원천이다. 한 구조 내에서 다양한 계열들은 그 자체가 몇몇의 하위 계열들로 구성된다.

이를 언어적 측면에 비추어 보면 특이성은 기본적인 두 계열인 기표(signifier) 계열과 기의(signified) 계열을 중심으로 볼 때 각각의 계열들이 나누어지고 서로 공명하고 하위 계열로 가지 치는 원천이라고 할 수 있다. 즉 사건들의 이웃관계에서 어떤 커다란 변화가 일어나는 지점이다. 기표 계열과 기의 계열을 중심으로 살펴본다면 특정한

---

13) Deleuze, Gilles, "Seven Series of Esoteric Words", *The Logic of Sense, op. cit.*, pp.44~45 참고.
14) Deleuze, Gilles, *The Logic of Sense, op. cit.*, pp.52~54.
15) 이정우, 「특이성」,『시뮬라크르의 시대』, 거름, 2000, pp.165~204 참고.

'특이성'이 사라지고 나누어지고 기능의 변화를 겪는 것을 볼 수 있다.

무의미의 어구와 같은 '역설적 요소(the paradoxical agent)'에 의하여 기표 계열과 기의 계열은 재분배되고 다른 것으로 변화된다. 하나의 시편에서 특이성을 이루는 역설적 요소인 무의미는 다양한 계열화의 중심점을 이룬다. 즉 '특이성'을 중심으로 하나의 텍스트는 다양한 양상으로 계열화될 수 있다.

무의미시에서 이 특이성 역할을 하는 것이 '무의미의 어구들'이다. 무의미시에서 특이성을 중심으로 한 무의미의 어구들이 생산하는 의미항들은 김춘수라는 시인의 내면적 지향과 깊은 관련성을 지닌다. 즉 특이점에 의하여 다양하게 계열화되고 의미 생산된 내용항들이 갖는 몇몇 주요한 의미망을 찾을 수 있을 것이다.

무의미가 주요하게 생산하는 이러한 의미망은 김춘수의 내적 무의식을 드러내기도 할 것이고 혹은 그의 의식적 지향점을 나타내기도 할 것이다. 단순한 예를 들자면 '범주적 이탈'의 무의미 양상은 일종의 '말실수'에 해당되는 경우이다. 그런데 이 경우 범주적 층위가 맞지 않는 '주어와 서술어' 내지 '목적어와 서술어'의 사용 등의 양상을 통하여 발화자의 무의식 내지 내적 욕망을 읽을 수 있는 것이 그한 예가 될 것이다.

무의미어구가 나타내는 의미생산의 내적 방향성은 김춘수의 무의미를 중심으로 한 시가 전반적으로 지니는 사상적 지향과도 관련되어 있다. 김춘수의 무의미시에서 '무의미의 어구들'이 지니고 있는 역설적 상황은 이미지의 차원에서 볼 때 '환상(fantasy)' 및 모순적 장면과 관련이 깊다.

이것은 플라톤(Platon)의 현실과 이데아에 관한 세 가지 항 중에서 '시뮬라크르(simulacre)'에 해당된다.[16] 플라톤은 현실의 모든 것은 '복사물(eidola)', 즉 그림자라 보는데 복사물이라도 '본질'을 많이 나누어 가지는 복사물을 'eikon', '형상'을 받아들이기를 거부하는 것을 'phantasma' 즉 '환각', '시뮬라크르'라 하였다. 그는 환각, 즉 시뮬라크르가 본질을 지니고 있지 않다고 하여 도외시하였다.

그런데 스토아학파(Stoics)는 이 시뮬라크르에 가치를 부여하여 물체가 만들어 내는 운동, 즉 '물체적인 것(corporeal entities)'의 표면 효과로서 관심의 대상을 삼았다. 즉 플라톤과 스토아학파의 견해는 세계를 바라보는 대조적인 두 방향을 제시한다고 할 수 있다. 이 중 김춘수의 무의미시에서 나타나는 무의미에 의한 역설적 장면은 스토아학파의 '시뮬라크르'와 관련이 깊다.

3. 무의미의 계열체로서의 무의미시

김춘수가 논의한 '무의미시'란 역사나 현실에 대한 허무의식의 표출로서 시에서 의미나 대상의 형상화 측면을 의도하지 않았다. 그러나 이러한 무의미시의 전략은 역설적으로 많은 의미들을 생산하는 지점을 만들어낸다. 즉 환상적인 현상 세계를 파편적인 이미지의 기

---

16) 플라톤의 논의에 대해서는 서동욱, 『들뢰즈의 철학』, 민음사, 2002, pp.108~111, 박종현, 『플라톤』, 서울대 출판부, 1987, pp.52~66 참고.

표들로 포착함으로써 고유의 기의로부터 미끄러진 기표의 무리를 보여준다. 그 언어적 기표들이 무의미의 양상을 이루면서 심리적인 다층적 의미망을 형성한다.

이러한 무의미의 의미 형성적 측면과 밀접한 관련을 지닌 것이 들뢰즈의 '사건(event)' 개념이다. 그는 현상적 세계의 비물체적인 것을 언표로 포착하는 방식으로서 '사건'을 논의한다. 그런데 사건은 그 자체로는 아무런 뜻을 지니지 않는 무의미이나 다른 사건들과 계열화(serialization)되는 양상에 따라 의미생산의 분기점이 되는 '의미의 논리(the Logic of Sense)'를 보여준다.[17]

'의미의 논리'란 의미와 사건 그리고 무의미의 연속적 논리를 지적하는 말이다. 즉 '사건'과 '무의미' 그리고 '의미'는 궁극적으로 등가의 뜻을 지닌다는 것이다. 들뢰즈는 이러한 사건의 시제로서 비인칭적 부정(不定)형을 취한다. 그리고 '-어지다(to become)'[18]의 서술어에 주목하였다. '-어지다'는 비물체적인 것, 명멸하는 것, 시뮬라크르의 포착에 적절한 서술어이면서 특정한 시간적 개념을 내포하지 않는다.[19]

---

17) '의미의 논리'란 들뢰즈의 저서인 *The Logic of Sense*의 표제이자 이 책 내용의 핵심에 해당된다.

18) 그는 '-어지다(to become)'의 다양한 형태, 예를 들어 '자라다(to grow)', '작아지다(to diminish)', '푸르러지다(to become green)' 등의 서술어에 주목했다. '-어지다'의 서술어는 언표 속에서만 존속하는 물체의 표면효과를 포착하기에 적절한 형태라고 할 수 있다. '-어지다'는 물체의 변화를 서술한 것이면서도 그 변화의 모습은 이미 말해지는 순간, 물체의 현상에서는 지시되지 못하고 말 속에만 들어 있는 것이다(Deleuze, Gilles, *The Logic of Sense*, *op. cit.*, pp.5~6 참조).

19) 김춘수의 무의미시에서 형상화되는 장면도 특정한 시공간을 기준으로 한 것이 아니다. 그리고 명멸하는 물체적인 것의 포착에 효과적인 서술어, 즉

벽이 걸어오고 있었다.
늙은 홰나무가 걸어오고 있었다.
한밤에 눈을 뜨고 보면
호주 선교사네 집
회랑의 벽에 걸린 청동 시계가
겨울도 다 갔는데
검고 긴 망토를 입고 걸어오고 있었다.
내 곁에는
바다가 잠을 자고 있었다.
잠자는 바다를 보면
바다는 또 제 품에
숭어 새끼를 한 마리 잠재우고 있었다.

다시 또 잠을 자기 위하여 나는
검고 긴
한밤의 망토 속으로 들어가곤 하였다.
바다를 품에 안고
한 마리 숭어 새끼와 함께 나는
다시 또 잠이 들곤 하였다.

호주 선교사네 집에는
호주에서 가지고 온 해와 바람이
따로 또 있었다.
탱자나무 울 사이로
겨울에 죽두화가 피어 있었다.
주님 생일날 밤에는
눈이 내리고
내 눈썹과 눈썹 사이 보이지 않는 하늘을

변화와 진행을 동시에 나타내는 '-고 있었다'란 서술어를 주로 사용하고
있다.

나비가 날고 있었다.
한 마리, 두 마리,

— 「처용단장」 1부 3 전문

위 시에서는 다양한 장면들이 만나서 겹쳐지는 현상을 볼 수 있
다. 이 시의 상황을 대략적으로 서술하면 다음과 같다. '벽'과 '늙은
홰나무'와 검고 긴 망토를 입은 '청동 시계'가 걸어오고 있다. '바다'
는 잠을 자고 '숭어 새끼'를 품고 있다. 나는 '바다'와 '숭어 새끼'를
품고 잠을 자고 있다.

'호주 선교사네 집'의 풍경과 '주님 생일날 밤'의 '눈' 내리는 풍경
이 표현되어 있다. 즉 위의 장면들은 시인의 환상 내지 꿈의 세계를
포착한 문장들로 구성되어 있다. 이러한 환상의 세계는 대략 세 개
의 장면으로 나타난다. 청동 시계가 걸어오는 방 안의 풍경과 바다
와 숭어 새끼를 품고 내가 자는 풍경 그리고 호주 선교사네 집의 풍
경이 그것이다.

이 세 장면은 역설적인 내용들을 내포하고 있다. 즉 청동시계가
망토를 입고 걸어온다든지, 바다와 숭어 새끼를 품고 잔다든지, 호주
에서 가지고 온 해와 바람이 호주 선교사네 집에 있다든지 하는 부
분이 그것이다.

그런데 이러한 무의미의 역설적 구절들은 전체적인 의미의 맥락
속에서 이질적으로 작용하기보다는 조화를 이루고 있다고 보여진다.
그것은 이 역설들의 내용항이 심리적 상황을 전달하는 의미의 맥락
을 잘 드러내주기 때문일 것이다. 즉 벽이 다가오는 것과 같은 밤중
의 공포스러운 순간이나 바다와 숭어 새끼를 품고 자는 듯한 평화로

운 잠의 순간, 그리고 호주 선교사네 집의 이국적인 풍경을 그대로 표현해주기 때문일 것이다.

그런데 주목할 것은 여기서 주요하게 사용된 '청동 시계', '바다', '숭어 새끼', '호주 선교사네 집' 등이 그것들의 고유한 기의에 미끄러져서 작용하고 있다는 점이다. 이러한 양상은 이 사물들에 어울리지 않는 서술어나 목적어를 취하는 무의미에 의하여 이루어지고 있다.

첫 번째 장면에 주목하여 이를 서술하면 다음과 같다. 사물들이 자신을 향해 다가오고 걸어오고 있는데 그 사물들이란 '벽'과 '늙은 홰나무'와 '회랑의 벽에 걸린 청동 시계'이다. 그런데 '벽'이 걸어서 다가온다 함은 화자의 불안하고 두려운 심리를 드러내는 한편 '청동 시계'의 '검고 긴 망토'란 '밤'이 다가와서 꿈에 들기 전의 상태를 드러낸다.

사물들이 자신을 향해 다가오는데 '벽', '늙은 홰나무', '회랑의 벽에 걸린 청동 시계'이다. 이들 기표의 무리는 이들에게 어울리지 않는 목적어나 서술어를 취함으로써 무의미의 양상을 취한다. 그럼으로써 이러한 사물들은 기표에 부착된 실제적 기의와의 연결관계가 느슨한 무의식상의 존재 형태를 띤다.

그리고 이러한 무의미의 기표들은 다시 무리를 지어서 계열화됨으로써 하나의 의미를 획득한다. 즉 '벽'과 '늙은 홰나무'와 '벽에 걸린 청동 시계'는 서로 계열화하여 '오래된', '퇴락한', '막힌' 등의 의미를 형성한다.

이 제재들의 서술어는 모두 '걸어오고 있었다'를 취하고 있다. 그런데 '걸어오다'란 표현은 사람을 주어로 취하는 동사이므로 이들 사물에게 이것을 사용한다는 것은 일상적으로는 어울리지 않는 무의미의 표현이다. 그리고 주체가 된 이러한 제재들은 '벽', '벽에 부착된 것', 혹은 '땅에 부착된 것'이라는 고정적 위치를 지닌 것들이다. 이들은 '걸어오다'란 기표가 취하는 주체의 기표로부터 미끄러져서 새로운 의미를 취한다.

즉 움직이지 않을 것이라 기대된 대상이 '걷는다'는 것과 그것도 걸어 '오고 있었다'라는 점에서 밀폐된 공간에서의 막연한 '압박감' 내지 '밀폐감'이란 의미를 생산한다. 이와 함께 주체들이 지닌 '퇴락한', '막힌' 등의 의미가 결부되어 시 전반부에서 그로테스크하면서 조금은 공포스런 분위기도 자아낸다.

그리고 사물들이 '걸어오고 있었다'에서 '-고 있었다'란 표현은 물체적인 것을 보고 있는 그 당시에는 존재하지만 언표로 포착한 순간 물체적인 것에서 이미 사라지고 언표상으로만 존속하는 비물체적인 것의 포착 즉 사건의 특성을 드러내는 시제라고 할 수 있다. 또한 과거형을 취하긴 하나 환상에서나 존재하지 실제 나타날 수 있는 장면이 아니란 점에서 비인칭적 시간에 속한다.

무의미 기표들의 연쇄는 무의식에 존재하는 의미들의 압축 양상을 보여주는 데 효과적이다. 이러한 특성으로 인하여 위의 장면은 어떤 측면에서 바라보느냐에 따라 그 압축된 의미들이 하나씩 풀려 나가면서 다양한 계열들을 보여준다. 의미들의 압축은 특정한 계열화 방식을 취함으로써 좀 더 구체적으로 드러난다.

예를 들면 위 시에 대하여 '잠들기 이전—잠이 듬—꿈꾸는 순간'으로 '잠'을 중심으로 계열화할 수 있다. 동시에 '밤의 공포와 불안의 순간-바다로 표상된 평화로움의 순간-눈이 내리는 신성스러운 순간'으로 '심리'를 중심으로 계열화할 수 있다. 또한 '청동 시계가 걸린 방-바다-호주 선교사네 집'이란 '공간'을 중심으로 계열화할 수 있다.

그리고 잠을 통하여 유년기의 추억을 연상하는 '시간'을 중심으로도 계열화할 수 있을 것이다. 즉 위의 시는 의미들의 연속적 국면을 보여주는 다른 시편들에 비하여 다양한 의미의 계열체들로 해석할 수 있는 의미의 다의성 내지 과잉을 내포하고 있다. 즉 무의미시는 일관되고 통일적 이미지를 드러낸 시편에 비해 다양한 의미생산의 국면을 보여준다.

4. 무의미의 의미생산

무매개적 직접성을 추구한 무의미시의 무의미어구들은 구체적이고 현실적인 상황을 제시하는 것에는 비효율적인 방식이다. 그러나 심리적인 양상이나 감정의 깊이를 보여주는 데에는 효과적으로 작용하고 있다. 김춘수의 무의미시에서 특별한 구체적인 내용항이 없이도 시편들이 절망의 깊이, 슬픔의 깊이, 혹은 내면의 깊이 등을 형상화하는 것에 탁월한 것도 이러한 무매개적 직접성을 구현한 무의미의 표현들이 나타내는 효과와 관련한 것이다.

이러한 정서적 측면의 제시는 김춘수의 무의미시에서 무의미가 나타내는 '의미'에 해당된다. 무의미의 어구들은 다양한 의미생산의 분지점 즉 특이점을 형성한다. '특이점'의 무의미로부터 생산된 '의미'는 이들을 중심으로 다른 어구들을 순환적으로 소급하게끔 한다. 무의미가 생산한 '의미'의 소급적 독해를 통하여 시적 의미 내지 내면의 정서가 좀 더 구체적이면서 풍부한 양상으로 생성되는 것이다.

이와 같이 특이점의 역할을 하는 무의미의 어구가 다른 어구를 '지시'하면서 그 자체의 '의미'를 생성하는 방식에 대하여 들뢰즈는 '소급적 종합'이라고 일컫는다. '소급적 종합(regressive synthesis)'은 들뢰즈가 '신조어(esoteric words)', 예를 들면 '스나크(Snark)'를 설명하면서 논의한 것이다.

즉 'it', 'thing' 등의 '빈 말(blank word)'이 '신조어'에 의해 지시될 때 빈 말 혹은 신조어의 기능은 두 이질적인 계열을 생성시킨다. 즉 신조어는 역설적인 요소로서 '말(word)'이자 동시에 '사물(thing)'인 것이다. '빈 말'은 '신조어'를 '지시(denote)'하고 '신조어'는 '빈 말'을 '지시(denote)'하면서 이들은 '사물'을 '표현(express)'하는 기능을 갖는다.

동시에 '사물'을 '지시'하면서 그것의 '의미'를 표현하는 것이다. 그는 의미를 부여받은 이름들의 정상적인 법칙이 그들의 의미가 오로지 다른 이름에 의해서만 지시되는 것(n1→ n2→ n3···)이라는 점에서 그 자신의 의미를 말하는 이름은 '무의미'라고 말한다.

들뢰즈는 신조어의 또 다른 예로서 '새로운 합성어(portmanteau words)'를 들고 있다. 이 '새로운 합성어'의 사례 또한 '스나크'의 경우와 마찬가지로 Lewis Carroll의 저작에 나오는 말에서 빌려와 설명한다. '새로운 합성어'는 두 개 단어의 결합 형태를 이룬 것에 해당되는데 그 자체가 그것이 이루는 두 단어의 선택 원리를 보여준다.

예를 들면 'frumious'란 단어는 'fuming+furious' 또는 'furious+fuming'의 결합 형태로 나타난 신조어이다. 들뢰즈는 '빈 말'을 '지시'하면서 '사물'을 '표현'하는 계열을 생산하는 신조어의 형태와 두 개념의 결합으로 이루어진 '새로운 합성어'가 생산하는 여러 계열들의 형태에 주목한다.

들뢰즈는 의미를 부여받은 이름들의 또 다른 원칙은 그들의 의미가 그들이 맺게 되는 대안관계를 결정할 수 없다는 점에서 '새로운 합성어'는 하나의 '무의미'라고 말한다. 그는 이 두 가지 무의미의 유형에 대하여 각각 '소급적 종합(regressive synthesis)'과 '선언적 종합(disjunctive synthesis)'이라고 지칭하고 있다.[20]

'소급적 종합'과 '선언적 종합'의 무의미가 지닌 공통점은 '사물'을 지칭하는 동시에 '의미'를 생산하는 계열을 형성한다는 점이다. 그리고 이 두 가지를 구분하는 기준이 되는 것은 사물을 지칭하는 기표 계열과 의미를 생산하는 기의 계열이 합쳐지거나 나누어지는 분지점과 관련이 깊다.[21]

즉 '소급적 종합'의 사례인 '스나크(Snark)'의 경우 이 단어는

---

20) Deleuze, Gilles, "Eleventh Series of Nonsense", *The Logic of Sense, op. cit.*, pp.66~68 참조.

21) 들뢰즈는 주로 Lewis Carroll의 『이상한 나라의 앨리스』에 나타난 신조어에 주목한다. 그 작품에서 무의미의 양상을 보여주는 몇 가지 단어들은 그가 '사건(event)'과 '의미(sense)'를 설명하는 핵심적인 사례로 작용하고 있다. 들뢰즈의 논의에서 뿐만 아니라 루이스 캐럴의 저작에 출현하는 신조어들과 무의미의 어구들에 관한 논의는 현대 무의미 문학에 관한 논의나 철학 사전에서 무의미에 관한 개념적 정의를 다루는 사례에서 주요하게 나타나는 경우에 해당된다.

'shark+snake'의 복합적인 말로서 한편으로는 '환상적인 동물'을 지칭하며 '스나크'의 내용은 그것을 이어받는 다른 문장들을 통하여 하나의 환상적 동물과 '비물체적인 의미'라는 두 가지의 계열을 만든다.

그리고 '선언적 종합'으로 설명될 수 있는 '제버워키'는 'jabber+wocer'의 복합적인 말이다. 여기서 'jabber'는 '수다스런 토론'을 의미하며 'wocer'는 '새싹, 과일'을 뜻한다. 즉 '제버워키'는 '식물적 계열'과 표현 가능한 의미에 관련되는 '언어적 계열'을 포함한다.[22]

이와 같이 들뢰즈는 무의미의 유형으로서 '신조어'와 관련하여 '소급적 종합'과 '선언적 종합'에 대하여 설명하고 있다. 그런데 이 두 가지 유형은 역설적 요소로서 하나의 무의미가 그것을 받는 다른 어구들과의 관계에서 포착된 것이다. 즉 하나의 무의미가 '사물'을 '지시'하고 '의미'를 '표현'하는 계열 축에 있어서 '의미'를 종합하거나 생성하는 측면에 초점을 맞춘 것이다.

즉 역설적 요소로서의 무의미는 이전 계열들의 의미를 종합하는 동시에 또 다른 계열들을 생산하는 측면을 지닌다. 이를 통하여 그 무의미는 기표 계열과 기의 계열을 변화시키거나 새로운 계열을 형성하거나 두 계열 축 속에서 이리저리 자리를 옮겨 다닌다.

> 나는 왜 그런 데에 가 있었을까,
> 목이 잘룩한
> 오디새같이 생긴 잉크병 속에
> 나는 들어가 있었다.
> 너무 너무 슬펐는데
> 사람들은 나를 웃고 있었다.

---

22) Deleuze, Gilles, *The Logic of Sense, op. cit.*, pp.44~45.

꿈에 신발 한 짝이 없어졌다.
없어진 신발 한 짝을 찾는 동안
기차는 떠났다.
잠을 깨고도 눈앞이 썰렁했다.
며칠 뒤에 내가 優美館에서 본 것은
분명 그런 줄거리의 신파극이다.
입이 쓸슬했다.
나는 한때 一錢짜리 우표였다.
가슴이 벅찼다.
어디로 갈까 어디로 갈까 하다가
해는 지고
나는 그만 거기 주저앉고 말았지만,
조카녀석은 二錢짜리 우표가 됐다. 단숨에
멀리 오르도스까지 가버렸다.

— 「거지주머니」 전문

위 시에서 '나'는 잉크병 속에 있는 존재이다. 그리고 '나'는 없어진 신발 한 짝을 찾고 있는 동안 기차를 떠나보낸다. 또한 '나'는 잠을 깨고 눈앞이 썰렁해진다. 그리고 '나'는 우미관에서 신파극을 본다. 또한 '나'는 일전짜리 우표이다. 나는 그만 거기 주저앉을 동안 조카 녀석은 이 전짜리 우표가 되어 오르도스로 날아가 버린다.

이 시에서 '나'는 다양한 양상으로 지칭되며 존재한다. '나'는 잉크병 속의 '소인'이 되었다가 몇 십 년 전 어린 시절의 '아이'가 된다. 그리고 다시 현재의 '어른'이 되었다가 '일 전짜리 우표'가 된다. '나'의 모습은 현실에서는 있을 수 없는 비현실적인 모습으로 이어지고 있다.

위 시에서 '오디새같이 생긴 잉크병 속에/나는 들어가 있었다', '없어진 신발 한 짝을 찾는 동안/기차는 떠났다', '며칠 뒤에 내가 優美館에서 본 것은/분명 그런 줄거리의 신파극이다', '나는 한때 一錢짜리 우표였다', '해는 지고/나는 그만 거기 주저앉고 말았지만' 등은 사물이나 현상을 나타내는 기표 계열을 형성한다.

사물이나 현상을 나타내는 기표 계열 각각의 어구 뒤에서 이어지는 어구들은 다음과 같다. 그것은 '너무 너무 슬펐는데', '잠을 깨고도 눈앞이 썰렁했다', '입이 씁슬했다', '가슴이 벅찼다', '주저앉고 말았지만' 등이다. 즉 이 어구들은 앞서 나왔던 '사물'이나 '현상'을 나타내는 어구들 각각의 '의미'를 나타내는 기의 계열에 해당된다.

즉 비현실적인 장면이나 사물을 보여주는 이질적인 '사물'을 지칭하는 계열의 축이 중심적으로 형성되면서 그 각각의 비물체적인 상황의 '의미'를 나타내는 '의미'의 계열축이 형성된다. '사물'의 계열축이 '기표'를 형성한다면 '의미'의 계열축은 '기의'를 형성하고 있다.

그런데 다양한 현상을 드러내는 '기표'들은 개별적인 '기의'를 형성하기보다는 '기표들'이 계열화하는 '차이'에 의하여 유사한 내용의 '기의'를 형성한다. 구체적으로 잉크병 속에 갇힌 존재로부터 신발한 짝을 잃고 기차를 떠나보내며 일전짜리 우표가 되어 주저앉는 다양한 '기표'의 양상들과 그 차이가 '슬프다', '썰렁하다', '주저앉다' 등의 유사한 '기의'를 형성하면서 강조한다. 이를 통해서 볼 때 기의 계열에 비하여 기표 계열이 과잉의 양상을 보인다고 할 수 있다.[23]

이와 같은 기표 계열과 기의 계열의 상호 관련성을 구체적으로 살

---

23) '두 계열(series) 중의 기표(signifier) 계열은 다른 계열(the other)에 비하여 과도함(excess)을 드러낸다'(Deleuze, Gilles, *The Logic of Sense, op. cit.*, p.40).

펴보기 위해서는 '나'의 변신의 양상과 관련한 '특이성'의 어구들에 관하여 주목할 필요가 있다. '소인', '아이', '어른', '우표'는 모두 '나'의 다양한 변신으로 나타난다. 그런데 이들은 각각 그 자체로 볼 때 전후의 관계 설정이 논리적 이치에 닿지 않는 무의미의 어구들이 다.

특히 '잉크병 속 소인'이 된 '나' 혹은 '일 전 짜리 우표'가 된 '나' 는 '역설적인' 측면이 두드러진 부분이다. 그런데 이 '잉크병 속 소 인'이 된 '나'는 다른 사람들에게 비웃음을 받고 있는 모습으로 나타 난다. 즉 '잉크병 속 존재'로서의 '나'는 하나의 '사물'이면서 동시에 '비웃음'이라는 '의미'를 나타낸다.

그리고 '일 전 짜리 우표'로서의 '나'는 '이 전 짜리 우표'가 되어 오르도스까지 날아가 버린 '조카 녀석'에 비하면 보잘것없이 주저앉 는 존재이다. 즉 '일 전 짜리 우표로서의 나'는 하나의 '사물'이면서 '가벼운 존재감'이란 '의미'를 드러낸다. 다시 말해 역설적 측면이 두 드러진 위의 두 구절은 각각의 '사물'을 표시하면서 동시에 '비웃음' 내지 '가벼운 존재감'이란 '의미'를 나타낸다.

그런데 위 시에서 '사람이 잉크병 속 소인이 된다'든지 '사람이 일 전짜리 우표가 된다'든지와 같이 현실적인 이치와 큰 거리를 지닌 무의미의 서술은 시에서 전체적인 '의미'생산의 중심축을 형성하는 측면이 있다. 즉 이 무의미어구들을 중심으로 하여 위 시에 나타난 다양한 '나의 변신'의 양상들을 다시 조망해볼 수 있다.

즉 이러한 역설적 어구들은, '없어진 신발 한 짝을 찾는 나', '잠을 깨고 눈앞이 썰렁해진 나', 그리고 '우울한 신파극을 보는 나' 등이 보여주는 '현상'과 '의미'의 계열 축 속에서 한편으로는 각각의 '의미'를 역설적으로 강조하면서 한편으로는 각각의 '의미'를 중첩적으로 통합하는 구실을 한다.

역설적 성향이 강한 위의 무의미어구들이 형성하는 '위축감', '존재의 가벼움' 등을 중심점으로 하여 '나의 변신 양상'이 보여주는 기표의 계열화는 '우울', '좌절', '슬픔' 등의 '의미'를 강조하면서 중첩적으로 하나의 우울한 내면을 드러내고 있다.

이와 같이 김춘수의 무의미시에서 무의미어구들은 기표 계열의 과잉에 비하여 기의 계열이 중첩 혹은 빈약한 측면을 보여준다. 그리고 기표 계열의 과잉은 '빈 기표'의 양상을 보여주기도 한다. 즉 빈 기표가 기의 계열을 끊임없이 떠도는 방식을 보여주는 것이다. '빈 기표'의 자리 옮김에 의하여 기의 계열 축의 변화가 일어나므로 이것은 일종의 '특이점'이다.

위 시에서는 '잠을 깨고도 눈앞이 썰렁했다./며칠 뒤에 내가 優美館에서 본 것은/분명 그런 줄거리의 신파극이다.'의 구절에 주목해볼 수 있다. 이 구절에서 '잠'은 신파극의 '그런' 줄거리로 이어져 지시된다. 그런데 '그런' 줄거리와 '잠'의 내용이 무엇을 뜻하는지는 애매한 측면이 많다.

즉 '잠'의 내용이 앞의 장면들 즉 '잉크병 속 소인으로서 비웃음을 당하는 나'와 '신발 한 짝을 찾다 기차를 놓친 나'를 둘 다 지칭하는지 아니면 후자만을 지칭하는지가 명확히 드러나지 않는다.

그리고 '잠'의 내용이 '그런' 줄거리의 신파극이라는데 그 신파극이 무엇인지 밝혀져 있지 않고 '그런'이란 애매한 표현을 쓰고 있다. 또한 '그런'이 앞에서 말한 '잠'의 내용을 말하는 것인지 아니면 신파극 속 '뻔한' 이야기라는 것에 초점이 맞추어져 있는지도 애매하다.

즉 '잠', '그런' 등과 같이 그 자체의 고유 의미를 지니지 못하는 지시적인 어구들은 이들이 가리키는 기의들의 표면에서 끊임없이 미끄러질 수 있다. 그리고 이러한 기의의 미끄러짐 가운데서 '의미'를 생성한다. '잠', '그런'과 같은 '빈 기표'에 의한 무의미 양상은 'n1, n2, n3 … 등'의 형식으로 지시어에 의해 계속적으로 이어지는 문장들이 있을 때 하나의 기표가 지닌 의미를 드러내 보이지 않으면서 'n1, n2, n3 …' 등에 속한 지칭어들을 이리저리 옮겨 다니는 존재와 같은 역할을 한다.

그 특이성의 어구는 그 자체로는 의미를 지니지 않으면서 계열체의 순환을 통하여 의미를 생산한다는 점에서 '무의미'의 한 양상에 속한다.[24] 이와 같이 기표 계열과 기의 계열의 분지점을 형성하는 '특이점'의 양상은 다양한 방식으로 나타날 수 있다.

위 시는 기표 계열과 기의 계열에서 역설적 요소의 역할과 관련한 '특이성' 양상뿐만 아니라 '나의 변신', '내가 겪은 사건', '시구의 서술어', '나와 타인의 모습 대비' 등 다양한 시각과 제재 등을 기준으로 하여 다양한 계열화 방식이 나타날 수 있다. 이러한 계열체들에

---

24) 이러한 무의미의 양상을 잘 드러내는 경우로서 '애드가 앨런 포우'의 「도둑맞은 편지」의 '편지'를 들 수 있다. '편지'를 '왕', '여왕', '대신', '뒤팽' 등의 인물들 중에서 누가 차지하느냐에 따라서 세력의 중심이 달라지며 동시에 이야기가 초점적으로 계열화되는 양상도 달라지는 것이다. 이것과 유사한 방식으로 위의 시에서는 '그런'이나 '잠' 등의 '빈 기표'에 의한 '기의의 미끄러짐' 양상을 보여준다. 그리고 이들은 여러 갈래의 의미를 생산하는 고정점을 이루고 있다.

관한 고찰은 무의미시에 나타난 주제의식이나 심리 현상 등의 복합적이면서 구체적인 갈래를 좀 더 세밀하게 들여다볼 수 있도록 한다.

구체적으로 위 시의 '서술어'를 중심으로 살펴보기로 하자. 즉 위 시는 '들어가 있다', '비웃음을 당하다', '없어지다', '나다', '썰렁하다', '쓸쓸하다', '벅차다', '주저앉다', '가버리다' 등의 서술어를 취한다. 이들 서술어의 어휘가 형성하는 의미는 '밀폐', '비웃음', '소멸', '상실', '쓸쓸함' 등과 관련한 '행위' 및 '감정'이며 특히 서술어의 양상, 즉 '당하다', '-어지다', '-버리다' 등의 피동적 표현은 이러한 정서를 더욱 강화하는 역할을 한다.

또한 서술어를 중심으로 한 계열화에 의하여 생산된 '의미'뿐만 아니라 위 시는 '자신'과 '타인'의 대비 및 '과거'와 '현재'의 대비를 통하여 이루어진 계열화에 의해서도 그 주제적 양상이 나타난다. 즉 자신은 일 전짜리 우표로서 주저앉았는데 자신보다 겨우 일 전 더 가치가 나갈 뿐인 조카 녀석이 오르도스로 날아가 버린 것에 주목할 수 있다. 또한 며칠 전 꿈속에서 신발 한 짝을 잃은 '나'와 며칠 뒤 우미관에서 쓸쓸한 내용의 신파극을 보는 '나'에 주목해볼 수 있다.

전자에서 심리적인 '상대적인 박탈감'을 볼 수 있다면 후자에서는 '상실감의 연속'이라는 점을 지적할 수 있을 것이다. 이처럼 '과거의 사건과 현재의 사건' 혹은 '자신의 모습과 타인의 모습' 등이 대비되는 기표의 계열화를 통하여 '박탈감'과 '상실감'의 '의미'가 구체화되는 양상을 고찰할 수 있다.

무의미시는 심리 묘사적, 추상적·환상적 이미지의 형성과 관련이 깊다. 심리 묘사적 이미지는 무의미의 어구에 의해서 형성된다. 김춘수의 무의미시에서 꿈의 세계와 같은 시편들은 주류를 이룬다. 이러한 시편들은 하나의 집중된 의미를 향해 구성되지 않고서 개별적으로 흩어져서 낱낱이 의미를 발산시키는 것이 특징이다.

이러한 심리적 장면의 묘사는 김춘수가 그의 시론에서 논의한 '무매개적 직접성'을 구현하려고 한 것과 관련이 있다. 들뢰즈는 신조어와 관련하여 무의미의 유형으로서 '소급적 종합'과 '선언적 종합'을 설명하였는데 이들의 주요한 특성은 기표 계열과 기의 계열의 분지점과 관련한 것이다. 무의미의 다양한 양상들이 바로 이러한 의미생산의 '특이점'을 형성한다.

5. 무의미의 의미생산과 시인의 트라우마

무의미시에서 기표 계열과 기의 계열의 변화 지점을 형성하는 것이 '특이점'이며 이것은 역설적 요소, 즉 무의미에 의하여 주로 나타난다. 무의미시의 이치에 닿지 않는 무의미의 어구들은 텍스트 의미를 다양한 방식으로 계열화한다. 이러한 무의미의 의미생산이 나타내는 것은 주로 우울한 분위기, 좌절감, 허무의식 등이다.

이러한 정조는 그의 무의미시 대부분의 주제에서 공통적으로 나타나는 것이다. 이러한 정조는 전반적으로 추상적인 언술이나 비유적인 표현의 형태를 빌어서 무의미한 발언의 반복을 통하여 나타난다.

돌려다오.
불이 앗아 간 것, 하늘이 앗아 간 것, 개미와 말똥이 앗아 간 것,

여자가 앗아 가고 남자가 앗아 간 것,
앗아 간 것을 돌려다오.
불을 돌려다오. 하늘을 돌려다오. 개미와 말똥을 돌려다오.
여자를 돌려주고 남자를 돌려다오.
쟁반 위에 별을 돌려다오.
돌려다오.

―「처용단장」 제2부 1 전문

위 시에서 구체적인 상황의 제시나 세부적인 내용을 기대하기는
어렵다. '무엇을 돌려다오'라는 메시지만 반복적으로 이루어질 뿐이
다. '돌려다오'란 서술어는 처음부터 끝까지 모든 문장의 끝에서 서
술될 뿐만 아니라 반복적으로 강조된다. 이것은 시인이 보여주는 강
한 '피해의식'의 표현이라고 할 수 있다. '돌려다오'란 것은 '빼앗김'
을 전제로 하는 것이기 때문이다.

그런데 이러한 '빼앗김'의식은 언뜻 보아서는 무의식적인 발언
속에서 나오는 것으로 보인다. 그러나 위 시에서 '돌려다오'라고 말
하는 대상 즉 빼앗은 주체들을 눈여겨볼 필요가 있다. 빼앗은 주체
들은, '불', '하늘', '개미와 말똥', '여자', '남자'이다. 그런데 화자가
돌려달라고 말하는 빼앗긴 대상들도 '불', '하늘', '개미와 말똥',
'여자', '남자'이다. 여기에다 '쟁반 위에 별'만 추가되어 있을 뿐이
다.

즉 빼앗은 주체가 곧 빼앗긴 대상과 거의 일치하는 것이다. 이것
은 그의 말처럼 무의식적 표현의 형태를 취하였으나 시인이 치밀한
계획과 의도를 계산한 뒤에 이 시를 썼다는 말이 된다. 다시 말해
무의미어구들 뒤에는 시인이 무언의 메시지를 전달하려는 계획적인

전략이 숨어 있는 것으로 이해된다.

그렇다면 왜 빼앗은 주체들과 빼앗긴 대상들이 일치하는 것일까. 먼저 그 대상들의 성격을 살펴볼 필요가 있다. 이들 제재들을 융의 원소론과 연관시켜 생각해보기로 한다. 구체적으로 '불'은 '불', '하늘'은 '공기', '개미와 말똥'은 '대지'의 상징에 속한다.

그리고 '여자'와 '남자'는 '사람'이다. '불', '공기', '대지'는 지구를 구성하는 주요한 원소이며 '사람'은 지구의 구성요소를 인식하는 주체이다. 이렇게 볼 때 위에 언급된 제재들은 '세상의 모든 것'이라는 말이 된다.

그러면 세상을 대표적으로 표상하는 모든 대상이 시적 화자에게서 무엇을 빼앗아갔다는 말일까. 그런데 역설적이게도 빼앗는 주체가 동시에 빼앗기는 대상들이라는 것에 주목해 보아야 한다. 이것 또한 사실에 어긋난 표현이면서 구문론적으로는 무리가 없으나 의미론적으로 말이 되지 않는 '상황의 무의미'와 '범주적 이탈'에 속하는 무의미의 양상이라고 할 수 있다.

빼앗는 주체들이자 빼앗기는 대상들은 '세상'을 표상하는 주요한 것들이면서 동시에 시인과 더불어 살아가는 '남자'와 '여자' 즉 사람들이다. 이것은 시인의 세상에 대한 양면적이면서 이중적인 의식을 드러내는 부분이라고 생각된다. 그리고 동시에 인간이 지닌 본성적인 특성과 관련이 있다. 세상의 사람들은 빼앗는 주체이자 빼앗기는 대상이 동시에 될 수 있다. 현대인은 소외된 실존적 존재이면서도 동시에 혼자서 지낼 수 없는 사회적 존재인 것이다.

시인은 이러한 역설이 보여주는 진리를 마지막 구절에서 '쟁반 위에 별'을 돌려달라는 것에서 드러내고 있다. '쟁반 위에 별'은 위의 제재들과 나란히 나오기는 했으나 빼앗긴 대상일 뿐 빼앗는 주체는 아닌 것이다. 시인이 추구하고 진정하게 돌려받고자 하는 것의 표상이 바로 '불'도 아니고 '하늘'도 아니고 '개미와 말똥'도 아니고 '남자'와 '여자'도 아닌, '쟁반 위에 별'임을 알 수 있다.

다른 시어들이 주체이자 대상으로서 시에서 동일한 순서로 반복적으로 나타나는 것에 비하여 '쟁반 위에 별'이란 어구는 '이질적인' 특성을 지닌다. 즉 이 어구는 시의 문맥에서 의외의 출현이라는 점에서 기대에 맞지 않는 '상황의 무의미'라고 할 수 있다. 어구들이 형성하는 맥락의 단순성을 벗어나려는 이러한 이질적 어구에 시인의 의도와 욕망이 가중되어 있다.

그렇다면 '쟁반 위에 별'이란 무엇을 상징할까. '쟁반'은 부엌에 있는 일상적인 사물이면서 동시에 빛을 비추어낼 수 있는 대상이다. 그리고 '쟁반 위에 별'이란 일상적인 대상인 '쟁반'에 비친 '빛'의 종류를 비유적으로 표현한 것이다. 다시 말해서 '쟁반 위에 별'이란 일상적인 생활 속의 빛, 내지 희망 등의 의미로 범주화할 수 있을 듯하다.

이와 같이 시인은 무의미의 어구들로 이루어진 무의미시를 통하여 자신의 시적 전략을 내비치는 동시에 무의식의 세계도 보여준다. 즉 그는 이 시를 통하여 '돌려다오'라는 무수한 반복을 통하여 시인의 '피해의식'을 보여준다. 그리고 빼앗김의 주체와 대상이 일치하는 모습을 통하여 현대인으로서 혹은 인간으로서 지닌 실존적인 양면적 특성을 보여주고 있다.

또한 화자가 진정으로 돌려받기를 바라는 '쟁반 위에 별'을 통하여 시인이 일상적인 삶 속에 내재한 희망 내지 삶의 윤기 등을 내재적으로 욕망하고 있음을 드러내고 있다. 무의미의 어구 속에 내재적으로 나타나는 '세상에 대한 양면적 태도' 그리고 '그가 소망하는 일상적 희망' 등은 '피해의식'이라는 그의 주요한 테마 속에서 세부적으로 나타나는 형국이다.

그의 무의미시에서는 이러한 '피해의식'과 함께 '은폐의식'이 주요하게 나타나고 있다. 이러한 의식 또한 전반적으로 볼 때는 추상적인 언술이나 비유적인 표현을 통하여 나타나는 경우가 많다.

> 모난 것으로 할까 둥근 것으로 할까
> 쭈뼛하니 귀가 선 서양 것으로 할까, 하고
> 내가 들어갈 괄호의 맵시를
> 생각했다. 그것이 곧
> 내 몫의 자유다.
> 괄호 안은 어두웠다.
> 불을 켜면
> 그 언저리만 훤하고 조금은
> 따뜻했다.
> 서기 1945년 5월,
> 나에게도 뿔이 있어
> 세워 보고 또 세워 보고 했지만
> 부러지지 않았다. 내 뿔에는
> 뼈가 없었다.
> 괄호 안에서 나서 괄호 안에서
> 자랐기 때문일까 달팽이처럼,
>
> ─「처용단장」 제2부 40 부분

'숨음 의식' 및 '피해의식'의 양상은 그의 현실에 대한 '허무의식'의 다른 표현이다. 그의 '숨음 의식'은 주로 '유폐의식'으로 나타나는데 '괄호 속 존재'라는 형태로 구체화된다. '괄호 속 존재'에 관한 언급은 그의 이러한 고립적 유폐감을 단적으로 드러낸다. 그는 자신이 숨는 방식, 즉 '괄호의 맵시'를 고르는 것이 '내 몫의 자유'일 뿐이라고 말한다. '모난 것', '둥근 것', '쭈뼛하니 귀가 선 서양 것' 등의 괄호의 맵시란 말 그대로 〈 〉, ( ), { } 등을 말한다.

그는 괄호 속과 같은 자신만의 영역 속에서 따뜻함과 평온함을 느낀다. 위 시 또한 사람이 괄호 속에 숨는다는 의미에서 하나의 무의미어구를 형성한다. 그런데 다른 무의미시편에 비하여 '괄호'에 관한 언급이 지속적이면서도 구체적인 측면이 있다.[25]

위 시에서 '괄호'로 표상된 자신의 보호막 내지 방어막이 사회적 격동기 속에서 얼마나 쉽게 벗겨지는 '달팽이 껍질'과 같은 것인지를 보여주고 있다. '괄호'는 그가 숨는 방식의 표상이자 그가 숨는 고립적 현재가 얼마나 부동(浮動)적인 것인지를 보여준다. 그는 자신이 안주하는 '괄호'의 깨어지기 쉬움에 대하여 이것을 '관념'과 연관 지어 설명하기도 한다.

> 내 입장에서 본다면 〈우리〉는 括弧 안의 〈우리〉일 뿐이다. 즉, 觀念이 만들어낸 어떤 抽象일 뿐이다. 觀念이 박살이 날 수밖에는 없는 어떤 절박한 사태를 앞에 했을 때도 〈우리〉를 말할 수 있는 사람에게만 括弧를 벗어난 우리가 있게 된다.[26]

---

25) '괄호', '뿔', '뼈' 등은 외부의 압력 때문에 깨어지기 쉬운 연약한 '내적 방벽'의 이미지로서 김춘수 시에서 주요하게 나타나고 있다.
26) 『김춘수전집2』, p.352.

여기서의 '괄호'란 '우리'라고 믿고 있는 '허상적 관념'을 말한다. 그는 앞의 시에서 그의 실존적 '괄호'가 깨지기 쉬운 것은 달팽이처럼 '뼈'가 없기 때문이라고 하였다. 마찬가지로 '우리'라는 것이 허상을 벗어날 수 있는 계기는 바로 관념이 박살날 수밖에 없는 어떤 절박한 사태를 극복한 경우에 한에서 '괄호'가 '허상적 관념'을 벗어날 수 있음을 보여주고 있다.

위 시에서 자신이 '괄호 속에서 나서 괄호 안에서 키워졌기' 때문에 자신에게는 '뿔'이나 '뼈'가 없다고 비유적으로 나타낸 것은 중요한 의미를 지닌다. 그는 이 시 마지막 부분에서 그의 '괄호 속 존재의식'의 근원에 대한 힌트를 보여주고 있다. 그것은 '서기 1945년 5월' 그가 괄호의 '뿔'을 세워보려 한 시기로 표상되어 있다.

1945년 5월의 사건이란 그가 겪었던 일제 때 감옥 체험의 고통과 관련한 것이다. '뿔'이나 '뼈'를 세워보지 못했다는 것은 그의 관념과 의지가 '고통' 앞에 여지없이 무너져 버렸던 실존적 고백에 해당된다고 할 수 있다.

> ㅋㅋㅅㅁ헌병대가지빛검붉은벽돌담을끼고달아나던 ㅋㅋㅅ헌
> 병대헌병軍曹某T에게나를넘겨주고달아나던포승줄로박살내게하고
> 木刀로박살내게하고욕조에서氣를絶하게하고달아나던 創氏한일본
> 姓을등에짊어지고숨이차서쉼표도못찍고띄어쓰기도까먹도달아나
> 던식민지반도출신고학생헌병補ヤスタ某의뒤통수에박힌 눈 개라
> 고부르는인간의두개의 눈 가엾어라어느쪽도동공이없는
>
> —「처용단장」제3부 5 전문

무의미시에서 띄어쓰기를 하지 않고 무의식적 언술에 가깝게 자동

기술적 글쓰기를 보여준 유일한 경우에 해당되는 시이다. 위 시는 일단 통상적인 구문론적 규칙에서 벗어난 '언어의 무의미'를 보여주는 경우에 해당된다. 이러한 무의식적 국면을 드러내는 무의미의 어구들은 시인의 무의식을 잘 드러내는 형태라고 할 수 있다. 혹은 그가 전략적으로 이러한 글쓰기를 취했다 하더라도 그 자신의 내면을 자유롭게 토로하고자 한 장치에 해당된다.

이 시는 그의 무의식에 내재한 그의 자전적 트라우마(trauma)를 들추어내고 있다. 프로이트에 의하면 트라우마란 '방어 방패를 꿰뚫을 정도로 강력한 외부의 자극'에 대해서 칭하는 말이다. 이때 '방어 방패'란 자극에 대해서 효과적으로 대처하는 장벽의 의미이다.[27) 내면의 '방어 방패'에 대하여 시인은 앞의 시에서는 '괄호' 내지 '뿔'이란 것으로서 상징적으로 나타내었다.

이 시는 그 '괄호'가 무너지게 된 계기에 관하여 서술하고 있다. 즉 일본 유학시절 시국에 대한 자신의 불평을 듣고 이를 헌병대에 밀고한 한국인 동료 고학생에 관한 묘사 부분이다. 시인은 그의 시에서 주로 나타나는 '고통 콤플렉스'만큼이나 이 고학생에 대한 분노를 강렬한 정서를 담아서 표현하고 있다.

이러한 미움은 그로테스크한 뒤틀기의 형상을 통하여 표현된다. 이러한 방식은 그의 시에서는 드문 양상이다. 대상의 비틀기식 표현은 현실의 이면에 내재한 공포스럽고 억압적인 부분을 드러내는 것에 효과적이다. '뒤통수에 눈'이 있고 또한 '어느 쪽도 동공이 없는' 것이란 매우 혐오스러운 모습이다.

---

27) 프로이트, 박찬부 역, 『쾌락 원칙을 넘어서』, 열린책들, 1997, p.41.

그러나 이러한 괴상한 외양 묘사와 함께 나타나는 자동기술적 표현 방식은 시인이 과거 겪었던 감옥의 고통 체험이 자전적인 트라우마로 작용하고 있음을 보여준다. 즉 자신 내부의 방어방벽을 깨뜨린 '외상'은 언술적으로는 통상적 글쓰기를 불가능하게 만든 측면이 있다.

또한 이렇게 자신의 내부 방어체계를 혼란시킨 장본인의 모습을 왜곡되고 기괴한 형상으로 나타내어서 자신의 정체성 혼란에 대한 정신적 보상을 받고자 한다. 그 고학생은 자신을 1년간 감옥에서 고통받게 했던 장본인이면서 '동공이 없는 인간'으로 나타난다.

김춘수의 트라우마 체험의 원인은 그가 과거 받았던 '포승줄', '목도', '욕조' 등으로 기절 당했던 끔찍한 고문과 관련된다. 그의 자전적 수필에서도 드러나듯이 그는 통영의 큰 부잣집에서 할머니와 어머니의 각별한 보호를 받으며 유년시절을 평온하게 자랐다.

그런 그가 일제치하에 일본 타국에서 이유 없이 당했던 1년간의 육체적, 정신적 고통은 그에게 평생 씻을 수 없는 치욕적인 상처로 작용하였다. 그 체험은 그에게 역사로 인한 '피해의식'의 대명사로 자리 잡는다. 구체적으로는 '괄호 속 존재'에 숨는 방식으로 나타난다. 이러한 의식은 김춘수가 무의미시에서 형상화한 무의미 언술들의 주조적 주제와 분위기 즉 허무의식, 피해의식, 슬픔, 우울 등과 관련되기도 한다.

개인이 역사로부터 받은 억울한 고통은 김춘수의 자전적 트라우마로 자리 잡고 있다. 그리고 그의 무의미시에서 그가 토로하고자 한 무언의 테마로 작용한다. 무의미시의 주요대상으로서 김춘수는 '처용', '이중섭', '도스토예프스키', '예수' 등을 취하였다. 그리고 이들에 관하여 '연작'의 형태로서 여러 편의 시를 발표하였다.

'연작'의 형태를 취했다는 것은 그 대상에 대한 일관되고도 끈질긴 관심을 보여준다는 뜻이 된다. 시에서 형상화된 이들의 삶 역시 부정적인 역사의 흐름이나 거대한 권력 또는 힘이 초래한 개인의 비극적 삶과 관련이 있다. 그리고 이러한 비극적 인물상들에 관하여 주요하게 형상화한 장면을 보면 그들이 육체적, 정신적 고통을 당하는 순간 내지 죽음을 맞이하는 순간의 문제를 다루고 있다.

그에게는 일제치하의 부정적 '역사', 6·25 전쟁을 초래한 폭력적 '이데올로기' 그리고 이후 정권 혼란기 속에서 그가 겪었던 부정적인 '권력' 등이 의식적으로 동일한 연속선상에 있다. 그리고 이러한 것들로부터 그가 받았던 자전적 상처의 토로는 무의미의 언술들 속에서 주요하게 형상화되고 있다.

6. 맺음말

'무의미(Nonsense)'는 시편에서 단순히 '의미 없음'이나 '어리석음'의 차원이 아니라 새로운 시적 의미를 생산하는 주요한 원천이다. 주요한 시적 장치인 '역설', '비유', '상징' 등을 살펴보면 '무의미' 양상과 밀접하게 결부된 것임을 알 수 있다. 그리고 무의미어구는 의미의 맥락을 차단, 재구성함으로써 추상적, 환상적 비전을 보여준다.

김춘수의 무의미시는 이와 같은 무의미의 어구들로서 구성되며 이들은 개별적으로 시적 의미를 생산하는 가운데 다양한 의미의 계열체를 이룬다. 무의미어구가 형성하는 '시뮬라크르(Simulacre)'의 세계는 김춘수의 초기시와 대비되는 의식적 기저를 드러낸다. 이러한 무의미의 의미 형성적 측면과 밀접한 관련을 지닌 것이 들뢰즈의 '사건(event)' 개념이다.

그는 현상적 세계의 비물체적인 것을 언표로 포착하는 방식으로서 '사건'을 논의한다. 그런데 사건은 그 자체는 아무런 뜻을 지니지 않는 '무의미'이나 다른 사건들과 연관되는 양상에 따라 의미생산의 분기점이 되는 것이다. 이러한 무의미의 작용에 의한 의미생산 국면은 '계열화'와 밀접한 관련성을 지닌다.

무의미시에서 무의미의 어구는 시적 의미를 생산하는 중심적인 역할을 하며 다양한 계열체를 형성하고 있다. 무의미의 양상들 중에서 특히 역설적 요소가 강한 어구들은 이러한 계열화의 중심점을 형성한다. 이 중심점은 기표 계열과 기의 계열이 나누어지는 분지점 혹은 기표 계열과 기의 계열 축의 중심 내용을 형성하는 '특이점'이다.

역설적 요소의 무의미어구는 전체적인 언술들이 이룬 사건과 의미의 계열체를 소급적으로 순환하도록 한다. 기표 계열과 기의 계열에서 김춘수의 무의미어구가 이루는 의미는 하나의 내면적인 방향을 갖는다. 그것은 '우울', '슬픔', '절망', '좌절' 등의 정서로 요약된다.

이러한 정서의 강조는 시인이 처한 구체적, 현실적 상황을 은폐하는 효과가 있으며 비현실적 환상 내지 상상의 세계를 나타낸다. 이 환상의 세계는 실제적이고 인칭적인 시간에 놓여 있지 않는 '아이온(Aion)'의 시간에 속한다. 여기서 무의미어구의 비중 및 빈도는 '비재

현성' 내지 '추상성'의 정도와 조응한다.

무의미시는 기표 계열의 과잉 경향과 기의 계열의 빈약 내지 중첩 양상을 보여준다. 즉 무의미어구는 기표와 기의의 다양한 계열 방식을 생산하는 가운데 '내면의 정서'를 중첩적으로 강조한다.

무의미의 어구가 계열화하는 주요한 의미는 김춘수의 '자전적 트라우마'와 관련된다. 이것은 '괄호 속 존재'라는 형태로 반복적으로 구체화된다. '괄호 속 의식'의 근원은 일제 때 그가 겪었던 '감옥 체험'과 깊은 관계가 있으며 이것은 그의 시에서 심리적인 '방어 방패를 꿰뚫을 정도로 강력한 외부의 자극' 즉 '외상'의 형태로 자리 잡고 있다. 그의 무의미시에서 무의미의 의미생산이 나타내는 것은 '우울한 분위기', '좌절감', '허무의식' 등이다.

그는 고통을 위로하고 고통으로부터 탈피하고자 하는 방식으로서 '무의미'의 언어를 선택한 것이다. '무의미' 중심의 시쓰기는 기존의 이성적 글쓰기의 반대편에 선 것으로서 이것이 구축한 세계는 현상적, 찰나적 장면으로 나타난다. 파편적 이미지 중심의 글쓰기는 무의미시가 지닌 반이성주의, 반플라톤주의의 세계관을 드러낸다.

즉 김춘수의 무의미시는 환상적 이미지를 중심으로 그가 겪은 고통의 심리를 강조한다. 그는 언어적 측면의 무의미 형식 이외에 시의 내용적 측면에서 자신의 것이 아닌 작중인물의 상황을 빌어서 나타낸다. 이것은 그의 무의미시가 시인 자신을 숨기는 가면의 전략과 관련된 것임을 보여준다.

제8장

서술커뮤니케이션 다이어그램 연구

1. 서론

동일한 사건도 어떤 입장을 취하느냐, 어떤 환경에 처해 있느냐 어떤 기질의 사람이냐 등에 따라서 다양하게 해석되며 이것은 또한 그 여과의 과정을 반영하면서 다른 사람들에게 전달된다. 그 경험자의 사건에 관한 이야기를 듣는 사람이 있다면 그는 또 다른 사람들에게는 주요매개가 되어서 그 사건에 대한 각색 버전을 낳도록 할 것이다. 이와 같이 문학작품의 복합적 전달과정에서 유효한 세력을 지니는 구성주체들을 중심으로 하는, 독자의 작품 이해과정에 관하여 우리는 주로 '서술전달의 모델'을 들어서 논의해왔다. 특히 채트먼(Chatman, Seymour)의 서술커뮤케이션 다이어그램(the Narrative Communication Diagram)은, 우리나라의 시론, 문학개론서, 혹은 비평서 등에서 저자와 독자에 관한 논의 혹은 개별 작품에

관한 논의에서 빈번하게 언급되고 활용되어왔으며, 이것은 우리
가 문학작품을 받아들이는 서술전달의 보편적 모델로서 이해되어
왔다.1)

---

1) 우리나라에서 채트먼에 관한 논의는 문학개론이나 문학비평서에서 그의
서술다이어그램 논의를 작품에 적용, 소개하는 방식으로 이루어져왔으며
이것은 문학을 전공하는 학생들이라면 익숙한 것으로서 알려져 왔다. 우
리나라에서 채트먼의 서술다이어그램과 관련한 논의는 다음과 같다. 김창
현은 채트먼의 서술다이어그램을 활용한 것은 아니지만 서술전달의 요소
로서 관계화한 제럴드 프린스의 내레이터와 수신자의 관계를 중심으로 이
것을 문학에 적용하였으며 이중행은 채트먼의 『이야기와 담론』의 내용을
소개하는 논문을 발표하였다. 무엇보다도, 한용환이 채트먼의 저서, 『이야
기와 담론』(푸른사상, 2003)과 『영화와 소설의 수사학』(동국대학교 출판부,
2001)를 완역함으로써 채트먼의 이론은 본격적으로 알려지게 되었다. 박진
은 채트먼이 시학적 관점을 통해 문학과 영화를 포괄하는 서사물의 '미적
특성'에 관심을 지니며 이런 점에서 서사물로서의 특성을 가치중립적으로
다룬 구조주의 서사학의 주된 경향과 구별된다고 논의하였다. 그리고 정
운채는 채트먼의 서사이론이 언어학적 전달이론에 입각한 특성과 문학치
료학의 서사이론이 서사접속이론을 중시하는 특성에 주목하여 그 둘의 차
이에 주목하였다. 이외에 '암시된 저자'를 고려하여 내레이터의 신뢰성을
판단하는 채트먼적 사유와 관련한 최근 논의로는, '내레이터'와 '암시된
저자'의 관계를 고려한 제임스 펠란(James Phelan)의 논의를 중심적으로 수
용하면서도 뉘닝(Nünning)이 주장한 '내레이터'와 '독자'의 관계 또한 포괄
적으로 수용하여, 두 입장의 중층적 소통에 의하여 내레이터의 신뢰성을
논의한 정진석의 논의를 들 수 있다. 그리고 최라영은 암시된 저자에 관
한 찬반논의와 이것의 유효성에 관하여 정리하고 이것을 우리문학작품에
적용하여 논의하였다. 또한 방민호와 최라영의 암시된 저자에 관한 최근
번역에서는 다이어그램의 포괄적 해석방식의 토대가 되는 암시된 저자의
'인격화'를 강조한 부스(Booth)의 논의를 소개하였다.

김창현, 「소설의 내레이터와 내레이티 연구」, 홍익대 대학원 박사논문,
1992.8.

박정아, 『극적 독백시 "The Last Duchess", "Fra Lippo Lippi"의 Narrator와
Narratee 연구』, 『중앙영어영문학』 제8집, 중앙대 영어영문학회, 2003,
pp.169~180.

박진, 「채트먼의 서사이론 : 서사시학의 새로운 영역」, 『현대소설연구』 19
호, 한국현대소설학회, 2003, pp.357 ~382.

방민호·최라영 역, 「암시된 저자의 부활; 왜 성가실까?」, 『문학의 오늘』,
은행나무출판사, 2013. 여름호, pp.377~392.

그의 서술커뮤케이션 다이어그램에 관하여 우리가 익숙한 버전은 다음과 같다.

실제저자 → 암시된 저자 → 내레이터 → 내레이티 → 암시된 독자 → 실제독자[2]

일반적으로 연구자들이 채트먼의 다이어그램을 인용하였을 경우, 암시된 저자와 암시된 독자의 앞과 뒤에 괄호가 없기도 하고 있기도 하며 내레이터와 내레이티 각각에도 괄호가 있기도 하고 없기도 하다.[3] 그리고 서술다이어그램을 구성하는 주체들을 중심으로 서술 전달과정의 논의나 개별 작품에 관한 적용적 논의에 있어서도 연구자들의 시각과 의도에 따라서 그 구성주체들의 의미가 좁은 의미로도 혹은 넓은 의미로, 그리고 구성주체들의 관계에 관한 논의도 다양하게 논의된다. 이러한 사실은 채트먼의 다이어그램이 그만큼 다양한

이중행, 「현대서사이론이 지침과 전망 ; S 채트먼의 『이야기와 담론』에 대하여」, 『동국어문학』 6집, 동국대 사범대학 국어교육과, 1994.12, pp.329~343.

정운채, 「토도로프와 채트먼의 서사이론과 문학치료학의 서사이론」, 『고전문학과 교육』 20집, 한국고전문학교육학회, 2010.7, pp.309~330.

정진석, 「소설 이해로서 내레이터의 신빙성 평가에 대한 연구」, 『국어교육학연구』 42권, 서울대 국어교육연구소, 2011.

최라영, 「'암시된 저자(The Implied Author)' 연구」, 『비교문학연구』 58집, 2012.11, pp.425~455.

2) 한용환의 채트먼의 번역에서는 '암시된 저자'를 '내포저자', '암시된 독자'를 '내포독자'로, 그리고 '내레이터'를 '화자'로, '내레이티'를 '수화자'로 역하였다. S. Chataman, 한용환 역, 『이야기와 담론』, 푸른사상, 2003, p.168.

3) 단적으로 주네뜨의 인용사례를 들면, "[Real auth. [Impl. auth. [Narrtor [Narrative] Narratee] Impl. rder.] Real rder.]", Genette, Gérard, translated by Jane E. Lewin, *Narrative Discourse Revisited*, Cornell Univ, 1988, p.139.

입장과 상황 그리고 다양한 의도에 적합할 수 있는 유연성을 지닌 것임을 알려주는 것이다.

　물론 논자들마다의 목적과 적용 방식 등에 서술다이어그램을 다양하게 활용하는 것도 우리가 문학작품의 전달과정을 이해하는 데에 중요한 영향을 끼치며 그 각각의 의미가 있다. 그런데 우리가 문학작품이 독자에게 전달되는 과정을 논의할 때면 빈번하게 언급되는 이 다이어그램에 관해서 그것의 창안자가 논의한 지점을 통하여 서술다이어그램의 특성을 점검해보는 일이 필요한 시점이라고 생각된다. 그리고 채트먼의 서술다이어그램에 대한 다른 서구의 연구자들이 논의한 상반된 시각들에 관하여 살펴보고 이 다이어그램의 유효성 및 적용의 방향에 관하여 살펴보는 일도 필요하다. 서술다이어그램이 만들어진 경위와 그것이 다양한 논자들에 의해 논의, 점검되는 경위를 살펴보는 일은, 우리가 서술다이어그램의 전달과정과 그 과정에서 유효성을 지닌 구성주체들의 의미에 관하여 입체적인 방식으로 살펴보는 것이 된다. 그리고 우리가 문학작품 속에서 내레이터의 진술과 작가의 의도를 받아들이는 과정에 관하여 이해하고 우리가 작가의 작품과 그것이 속한 사회현실 간의 복합적 조응관계를 이해하는 체계적 방식이 될 수 있다.

　채트먼의 다이어그램에 관한 논의들을 보면, 다이어그램을 구성하는 요소들이 텍스트에서 실체를 갖는 주체들인가에 관한 문제가 대두되었으며[4], 내레이터와 암시된 저자와 실제저자의 관계 그리고 내

---

4) Rimmon-Kenan, Shlomith, *Narrative Fiction: Contemporary Poetics*, Methuen Co, 1983, pp.86~89.

레이티와 암시된 독자와 실제독자의 관계에 있어서 논리적 대응관계가 문제시되었다.5) 이 과정에서 다이어그램의 구성주체 각각이 지닌 의미에 관하여 논자들의 다양한 시각들이 제기되었으며 구성주체의 범주와 관련한 시각의 차이가 드러났다. 특히 문제시된 것이 다이어그램의 행위주체들 가운데서 '암시된 저자(implied author)'와 '내레이티(narratee)'6)에 관한 것이다.

암시된 저자를 경유한 서술 전달과정의 설명방식은 쥬네뜨(Genette, Gérard)를 비롯한 논자들의 비판을 받으면서 다이어그램의 주요구성요소인 암시된 저자 개념의 모호성 문제가 쟁점적 논의대상이 되었다. 특히 암시된 저자에 관해서는 단적으로 뉘닝(Nünning, Ansgar F.)과 같은 인지주의자들의 적극적 비판의 대상이 되어왔다. 그러나 이러한 반응에도 불구하고 이에 못지않게 수사학자들과 서술론자들 그리고 인지주의적 입장과 서술론적 입장의 결합을 추구한 논자들의

---

5) 이것에 관해서는, Genette, Gérard, *ibid.*, pp.130~154 참고.
6) 'Naratee'는 Prince, Gerald에 의해 명명된 것으로서 내레이터의 수신자 즉 작품 내에서 내레이터의 말을 듣는 대상을 가리킨다(Prince, Gerald, "Notes towards a Categorization of Fictional 'Narratees'", *Genre 4*, 1971, pp.100~105). 이 글은, '내레이티(Narratee)'가 '내레이터(Narrator)'의 상대역으로서 지칭되는 고유성을 지니므로 '내레이티'로서 쓰기로 한다. 원어 그대로를 차용하여 그 짝말과 원어의 뜻을 살리려 한 것은, 김창현의 『소설의 내레이터와 내레이티 연구』(홍익대 대학원 박사논문, 1992.8)의 주요핵심어 사용에서도 나타난다. '내레이티'를 '수신자(Receiver)'라고 명명하는 경우, 암시된 독자와 실제독자 등을 포괄하여 지칭하게 된다. 그리고 '내레이티'를 '서술자'의 짝말이 되므로 '서술자적 청중'이라고 쓰는 것도 용이하지만 용어지칭에 있어서 경제성이 떨어진다. 또한 '내레이티'는 Rabinowitz가 명명한 '저자적 청중(Authorial audience)'과 혼동될 수 있는 개념이지만 '저자적 청중(Authorial audience)'은 '암시된 독자(Implied Author)'와 동일한 의미로 사용된다(Rabinowitz, Peter J., *Truth in Fiction: A Reexamination of Audience*, 1977, pp.122~126, Wayne C. Booth, Resurrection of the Implied Author: Why Bother?, *NARRATIVE*, Blackwell, 2008, p.83 참고).

옹호도 전개되었다.[7] 그런데 이 과정에서 암시된 저자의 맹점에 관한 부분이 명확히 드러나게 되었으며 부스는 최근에 암시된 저자가 비판받은 부분을 보완, 강화한 개념을 논의하였다. 결과적으로, 이것은 수사학적 관점과 인지주의적 관점을 결합한 논의를 모색하는 논자들에 의해 오히려 확고한 문학용어로 자리 잡았다. 단적으로, 내레이터의 신뢰성 문제로 인해 촉발된 암시된 저자에 대한 비판은 최근에는 독자와 내레이터의 관계뿐만 아니라 암시된 저자와 내레이터의 관계 또한 종합적으로 고려되어야 한다는 방향으로 전개되었다.[8] 또한 채트먼의 다이어그램의 주요 구성요소인 내레이티에 관해서도 다양하고도 상반된 시각을 보여주는 논의들이 일어났다. 즉 이것은 수사학자들에 의해서는 실제독자, 암시된 독자와 연속선상에서 존재하는 유효한 단계로서의 의미를 지닌다. 반면에 인지주의자들에 의해서, 이것은 텍스트에서 실체를 지니고 나타나는 존재로서 실제독자 및 암시된 독자와는 구별되는 다소 좁은 의미를 지닌다.[9]

이러한 수없이 쟁점이 되어온 논의들 가운데에서, 이 글은 암시된

7) '암시된 저자'에 관한 전면적 비판에 관해서는, Nünning, Ansgar F. "Giessen, Unreliable, compared what? Towards a Cognitive Theory of Unreliable Narration", *Transcending Boundaries Narratology in Context*, Verlog Tübingen: Gunter Narr, 1999 참고. Nünning의 비판에 대한 '암시된 저자'의 옹호에 관해서는, Olson, Greta. "Reconsidering Unreliability." *Narrative Vol 11*, Ohio State University, 2003 참고.

8) 암시된 저자의 필요성과 관련한 논의에 관해서는, Phelan, James, *Living to tell about it*, Cornell University Press, 2005, pp.46~49.

9) '내레이티'에 관하여 포괄적으로 개념화하는 논의는, Prince, Gerald, "Notes towards a Categorization of Fictional 'Narratees'", *op. cit.*, pp.100~105 참고. '내레이티'에 관하여 실증적으로 개념화하는 논의는, Genette, Gérard, translated by Jane E. Lewin, *Narrative Discourse Revisited, op. cit.*, pp.131~133 참고.

저자를 경유한 서술 전달과정을 조직화한 채트먼의 서술전달 다이어
그램에 관한 비판적 논의와 이것의 적극적 활용방안에 관한 것에 논
의를 한정하여 전개시켜나가고자 한다.[10] 구체적으로, 이 글은 채트
먼의 서술다이어그램에 관한 비판적 논의로는 쥬네뜨와 리몬케넌
(Shlomith Rimmon-Kenan)의 논의를 참고로 하고, 이것에 관한 수정적
보완 및 적극적 옹호의 논의로는 채트먼 자신의 이후 논의와 쇼
(Shaw, Herry E.)의 논의를 중심으로 살펴보기로 한다. 서술다이어그램
의 요소들, 곧 암시된 저자, 암시된 독자, 그리고 내레이티의 범주에
관하여 어떤 관점에서 바라보고 이해하느냐에 따라서 서술다이어그
램과 그 구성요소들의 관계는 다양한 방식으로 독해될 수 있다. 이
것은 모든 문학작품에 포괄적으로 적용되는 서술 전달과정이 되기도
하고 혹은 일부 특수서술, 신뢰할 수 없는 서술 혹은 서술자의 존재
가 희미하거나 모호한 서술 혹은 영화서술에 한정적으로 적용되는
서술 전달과정이 되기도 한다. 나아가 서술다이어그램에서 논란이
되는 구성요소들이 이루는 관계에 의한 독해의 과정에 관한 검토는,
우리가 복합적인 정서의 구성체로서의 문학작품을 이해하는 데에 있
어서 어떤 특정한 유효성을 지닐 수 있는가에 관한 문제를 부각시켜
보도록 하는 것이 될 것이다.

---

10) Chatman, Seymour, *Story and Discourse*, Cornell Univ, 1980, Chatman, Seymour, *Coming to terms*, Cornell Paper, 1990, Genette, Gérard, translated by Jane E. Lewin, *Narrative Discourse Revisited*, Cornell Univ, 1988, Rimmon-Kenan, Shlomith, *Narrative Fiction: Contemporary Poetics*, Methuen Co, 1983, Shaw, Herry E., "Why Won't Our Terms Stay Put?: The Narrative Communication Diagram Scrutinized and Historicized", *NARRATIVE*, Blackwell, 2008 참고.
　　'암시된 저자'의 개념 자체에 관한 상반된 논의들의 정리와 이것의 유효성에 관해서는, 최라영, 앞의 논문 참고.

따라서 이 글은 먼저, 문학작품의 서술 전달과정의 모델로서 우리에게 친숙한 채트먼의 서술다이어그램의 특성에 관하여 살펴보고 이것을 해석해내는 상반된 관점들을 살펴보기로 한다. 그리고 현대사회에서 복합적인 정서의 구성체를 만들어내는 현대의 우리 문학작품을 이해하는 과정에 있어서 서술다이어그램에 의한 독해 방식이 어떠한 유효성으로써 작품의 심층적 측면을 들여다볼 수 있게 하는가에 관하여 살펴보고자 한다.

2. 서술다이어그램의 특성

채트먼은 1978년에 『이야기와 담론(Story and Discourse)』에서 서술 커뮤케이션 다이어그램을 처음 논의하였다. 이것은 작가와 독자 사이의 서술의 전달에 관하여 유의성을 지니는 행위 주체를 중심으로 그것의 과정을 도식화한 것이다. 채트먼의 다이어그램은 대다수의 서술이론가들이 문학작품의 논의에 있어서 광범위하게 활용하였다. 일부 이론가들도 다른 형태의 서술다이어그램을 제시하였으나 이러한 대안들도 채트먼의 모델을 대체하지는 못하였다.

서술텍스트

실제저자   암시된 저자   (내레이터)   (내레이티)
암시된 독자   실제 독자
Real Author $\rightarrow$ Implied Author $\rightarrow$ (Narrator) $\rightarrow$ (Narratee) $\rightarrow$
Implied Reader $\rightarrow$ Real Reader[11]

    서술다이어그램의 구성요소들을 보면 실제적인 존재로서 구성된 개념이 있는데 그것은 실제저자와 내레이터와 실제독자이다. 이것들과 관련한 문학 이해의 과정 설명에는 이견이 있을 수 없다. 이러한 개념들을 제외하고 보면, '암시된 저자'와 '암시된 독자'와 '내레이티'가 있다. 이 개념들은 독자가 텍스트를 독해하는 과정 속에서 다양하게 발견되는 특성을 지닌다. 그렇기 때문에 이것들은 이들 각각에 관하여 명명한 고유의 사람을 지니고 있다. 즉 '암시된 저자'와 '암시된 독자'는 부스가 창안한 것이며 '내레이티'는 프린스가 창안한 것이다. 즉 채트먼은 부스와 프린스가 창안한 문학의 주요 행위 주체(agency)를 조직하여 하나의 서술전달 다이어그램으로 만든 것이다.

    채트먼이 이 다이어그램을 논의하는 장의 제목은 '내레이터의 존재가 희미하게 서술된 이야기(Nonnarrated Stories)'이다. 그는 내레이터에 의해 '말하기'와 '보여주기'가 이루어지는데, '보여주기'는 내레이터가 부재한 경우인 듯 하지만 커뮤니케이션에 대한 청중의 감각에 의해 내레이터가 감지된다고 말한다. 즉 채트먼은 서술에서 내레이터의 존재가 다양한 스펙트럼을 지니는데, 그중에서 내레이터의 존재가 뚜렷한 서술보다는 내레이터의 존재가 희미해서 청중이 감지만 할 수 있는 서술에 가까운 것을 '내레이터의 존재가 희미한 서술(Nonnnarrated)'로 규정하고 이와 같은 텍스트를 독자가 독해하는 과정을 살펴보고자 한 것이다. 채트먼은 이러한 서술의 경우에 저자와 내레이터와 내레이티와 독자 이외에 암시된 저자와 암시된 독자의 존재까지 염두에 두어야 내레이터의 존재 혹은 내레이터의 목소리에

11) Chatman, Seymour, *Story and Discourse, op. cit.*, p.151.

관한 논의가 체계적으로 이루어진다고 본 것이다.

채트먼은 저자가 내레이터인 것처럼 말하는 서술도 있으나 그것도 어디까지나 "저자인 것처럼 하는 내레이터(the "author"-narrator)"라고 본다. 이러한 존재에 관하여 채트먼은 부스의 '암시된 저자'로서 설명하는데, 그는 암시된 저자가 아무것도 우리에게 말하지는 않지만 전체적 구도를 통하여 그리고 모든 목소리들을 통하여 우리를 이끄는 존재라고 파악한다. 그는 암시된 저자의 개념에 관해서, 동일한 실제저자에 의해 씌여진 다양한 서술들의 다양한 암시된 저자들을 비교해봄으로써 이것을 명확히 이해할 수 있다고 본다. 즉 채트먼은 개별 텍스트마다 그 텍스트 고유의 작중저자가 존재하며 이것을 암시된 저자로서 간주한 것이다.

이와 같은 채트먼의 암시된 저자 개념은 이것에 관한 부스의 정의를 수용한 것이다. 부스가 '암시된 저자'를 만들어내게 된 것은 학생들이 문학작품을 읽을 때, 문학작품에서 형상화된 사건과 주제에 관하여 실제저자의 모습으로 오독하는 습관을 차단하기 위한 것이었다.[12] '암시된 저자'가 특히 필요한 경우는 작품에 나타난 주인공 내레이터의 말에 관하여 독자가 그 진술을 그대로 믿기 어려운 때이다. 부스는 이러한 내레이터에 대해서 '내레이터'와 '암시된 저자'의 거리가 '멀다'라고 하였으며 이때의 내레이터를 '신뢰할 수 없는 (unreliable)' 존재라고 진술하였다.[13] 그리고 독자가 작품 속 내레이터가 믿을 수 없다고 판단하게 될 때 독자는 그 내레이터 너머로 들려

---

12) Booth, Wayne C., "General Rules, II: All Authors Should Be Objective", *The Rhetoric of Fiction*, The University of Chicago Press, 1983, p.75.
13) *ibid.*, p.159.

오는 작중저자의 목소리를 고려하게 된다는 것이다. 내레이터의 신뢰성 확인의 과정에서 암시된 저자가 특히 요청된다는 부스의 논의는, 내레이터의 존재나 그의 목소리가 희미한 이야기에서 이것을 파악하기 위해 암시된 저자와 암시된 독자 개념이 유의성을 지닌다는 채트먼의 논의와 같은 맥락을 이룬다.

부스는『픽션의 수사학』에서 실제저자와는 거리를 두고 객관성을 지향한 그 작품 고유의 저자로서 '암시된 저자'를 논의하기 시작하였다. 그럼에도 그는 '암시된 저자'에 관해서, 작품의 의도 혹은 그 작품만의 고유한 저자 혹은 실제저자와 관련이 있는 인격체 등 폭넓은 범주로 사용하고 있다.14) 부스의 이 같은 포괄적 의미 적용은 채트먼이 논의한 그의 다이어그램에서도 반영된다. 그것은 동일저자가 쓴 개별 텍스트 각각의 작중저자를 실제저자의 암시된 저자로서 인식함으로써 실제저자의 분신으로서의 암시된 저자를 논의하였다는 점에서 알 수 있다. 채트먼은 다이어그램을 논의할 때 작가가 작품마다 취하는 다른 자아 혹은 작중저자, 텍스트의 중심의도 등, 포괄적으로 암시된 저자를 규정한 것이다.15)

---

14) 암시된 저자에 대한 부스의 초기 논의는 그의 후기의 논의와 다소 모순되는 측면이 있다. 학생들이 실제저자와 작중저자를 혼돈하지 않도록 하기 위한 것은 실제저자와 암시된 저자의 단절성을 강조한 것이다. 반면에 그가 암시된 저자에 대한 비판을 받은 이후의 글에서, 그는 실제저자와 암시된 저자의 연속성을 강조하고 있다. 그럼에도 일관된 부분은 암시된 저자가 실제저자의 연속선상에서 이해되는 존재라는 점이다.

15) 12년 이후에 채트먼이 다시 다이어그램을 논의하는 책에서 암시된 저자를 텍스트 전체의 의식적 '의도(intention)'를 포괄한 의식적, 무의식적 '의향(intent)'으로 규정한 것은 부스의 암시된 저자의 개념을 명확하게 하기 위해서 그가 그것의 의미를 좁힌 것이다. "W. K. Wimsatt와 Beardsley를 따라서, 나는 "의도(intention)"보다는 "의향(intent)"을 사용하는데, 이것은 함축

다음, 내레이티에 관해서 보면, 채트먼은 이것이 다이어그램의 구성요소를 이루고 있지만, 이 글이 실린 책의 다른 장에서 "담론: 숨겨진 내레이터들과 명백한 내레이터들(Covert versus Overt Narrtors)"이라는 제목 아래서 내레이티에 관하여 집중적으로 논의하였다. 이것은 채트먼이 그의 서술다이어그램을 논의할 때 서술에 있어서 내레이터와 내레이티가 선택적(optional)이라고 지적한 것과 관련을 지닌다. 이것은 그의 서술다이어그램에서 내레이터와 내레이티의 각각 앞과 뒤에 괄호가 있는 것에서 구체화된다. 명백한 것은 그가 문학작품이 독자에게 전달되는 과정에 있어서 암시된 저자와 암시된 독자를 경유하여 텍스트를 독해하는 과정을 일반적인 요소로서 파악하고 있으며 오히려 텍스트에서 당연한 존재로 간주하는 내레이터와 내레이티를 선택적인 요소로서 파악하고 있다는 것을 드러낸다는 것이다.16)

내레이티에 관하여 최초의 논의를 전개한 프린스의 진술을 살펴보면, 그는 인물수신자(character-receiver)이자 청자이며 사건에서 중요한 역할을 하는 내레이티가 있고, 대조적으로 어떤 역할이 없이 그가 읽고 듣는 것에 영향을 받을 수도 있고 그렇지 않을 수도 있는 내레이티가 있다고 논의하면서 내레이티가 사건에 참여하는 정도에 따라

(connotation), 연관 (implication), 말해지지 않은 메시지를 포함하여 작품의 "전체적(whole)" 의미 혹은 작품의 "종합적(overall)" 의미를 언급하기 위해서 이다"(Chatman, Seymour, "In Defense of the Implied Author", *Coming to terms*, Cornell Paper, 1990, p.74).

16) "…only the implied author and implied reader are immanent to a narrative, the narrartor and narratee are optional(parentheses)," Chatman, *Story and Discourse, op. cit.*, p.151.

다섯 범주로 분류하였다.[17] 그는 내레이티와 마찬가지로 내레이터 역시 텍스트에서 어떤 형태로든 존재하는 구성적 요소로 파악하였고 내레이터와 내레이티가 다양한 형태로 존재한다는 것을 염두에 두고 있다.[18]

그는 내레이터의 담론은 내레이티에게 어떤 명백한 진술을 취하지 않은 곳에서조차 내레이티가 존재한다는 증거를 드러내는 것으로 보았다. 그리고 그는 최소한의 긍정적 자질 즉 내레이터의 말을 알고 있으며 뛰어난 기억력으로써 내레이터의 말에 반영된 전제와 결과들을 추론할 수 있는 수신자인 '영도의 내레이티(zero degree narratee)' 개념을 제안하였다. 그는 독자의 유형에도 관심을 지녔는데 실제독자(Real reader), 저자가 글을 쓸 때 염두에 두는 가상독자(Virtual reader), 그리고 텍스트를 모든 점에서 완벽하게 이해하는 이상적 독자(Ideal reader)로 독자의 유형을 나누었다.[19] 그리고 그는 저자, 암시된 저자, 내레이터에 관한 논리를 독자, 암시된 독자, 내레이티를 구별 짓는 것에도 적용시켰는데, 이것은 채트먼의 서술전달 다이어그램의 모델을 기초하고 있는 것으로 보인다. 무엇보다도 그는 내레이티를 텍스트의 구조를 이해하는 것에 있어서 필수적 요소로서 인지하고 강조하였다.

---

17) Prince, Gerald, "Notes towards a Categorization of Fictional 'Narratees'", *Genre 4*, 1971, pp.100~105.
18) 채트먼은 내레이티로서의 인물(the narrator-character)은 암시된 저자가 실제 독자가 암시된 독자로서 수행하는 방식을 알려주는 단지 유일한 장치라고 논의한다. 그리고 명백한 내레이티가 없는 서술에서, 암시된 독자의 입장은 일상적인 문화적 관점과 도덕적 관점에서 다만 추론될 수 있다고 본다.
19) Prince, Gerald, "Introduction to the Study of the Narratee", *Reader Response Criticism*, The Johns Hopkins Univ, 1980.

채트먼이 논의한 내레이티는 프린스가 정의한 개념을 수용하였으면서도 프린스의 내레이티 개념의 포괄적 논의 가운데서 서술에서 실체성을 드러내는 내레이티를 초점화한 것이다. 이것은 채트먼이 서술다이어그램에서 내레이터와 내레이티 각각에 괄호를 친 사실에서 알 수 있다. 괄호란 모든 서술 텍스트에 적용되지는 않는다는 의미를 지닌다고 할 때, 프린스의 내레이티 개념이 서술에서 구성적인 것이라는 것과 대비된다.[20] 그는 암시된 독자가 프린스의 이상적 독자를 포괄한다고 함으로써 자신의 서술다이어그램의 구성요소인 '암시된 독자'로서 이상적 독자범주를 대신한다고 보았다.[21] 그리고 프린스가 상정한 '영도의 내레이티'는 서술의 지시적 의미만을 파악하고 함축적 의미를 이해하지 못하는 독자를 지칭하기 때문에, 이것은 가상적으로 존재하는 것이지 실제로는 존재하지 않는 것이므로 이 개념이 불필요하다고 주장하였다. 이와 같이 채트먼은 자신이 프린스의 독자 개념을 따른다고 표명하였으나, 실은 프린스의 내레이티 개념에서 실체를 지닌 것을 중심으로 논의한 것이다. 그것은, 채트먼이 프린스가 논의한 내레이티를 근간으로 내레이티의 유형을 제시한

---

20) 채트먼은 내레이터와 내레이티와 인물의 관계에 따라 다섯 가지 유형으로 나누어보았다. 첫째는 내레이터와 내레이티가 서로 가깝지만 인물과는 멀 경우, 둘째, 내레이터는 멀지만 내레이티와 인물은 서로 가까울 경우, 셋째 내레이터와 인물은 가까우나 이들이 내레이티와는 멀 경우, 넷째, 셋 모두가 가까울 경우, 다섯째, 셋 모두가 멀 경우이다. 채트먼의 텍스트의 다른 주체들과 관련한 내레이티 유형 구분 방식을 볼 때, 그가 부스의 내레이터와 암시된 저자의 거리의 종류에 의하여 내레이터의 신뢰성을 확인하는 방식을 확장, 적용한 것임을 알 수 있다. Chatman, *op. cit.*, pp.259~260.

21) "It seems to me that these qualities are already contained in the virtual or implied reader……", Chatman, Seymour, *Story and Discourse*, p.253.

것에서 드러난다. 즉 독자인 것처럼 하는 명백한 내레이티(overt "reader" narratee)(" "은 as if)와 숨겨진 내레이티(covert narratee)와 최소로 드러나는 내레이티(nonnarratee)이다.22) 채트먼의 논의에서 특징적인 것은, 암시된 저자를 중심으로 텍스트가 전달되는 과정을 설명하였으며 암시된 저자와 암시된 독자를 서술에 내재적인 것으로 파악한 점, 그리고 내레이터와 내레이티는 구성적인 것이 아니라 선택적인 것으로 간주한 점이다. 그리고 그는 실제저자와 실제독자는 서술상황의 바깥에 있으면서도 궁극적인 실제적 의미에서 서술상황에 필수불가결하다고 보았다.

무엇보다도, 주목할 것은 채트먼이 내레이터의 목소리의 부재(absence)를 비롯하여 내레이터의 목소리의 개념을 이해하기 위해서 세 가지 예비적 쟁점들을 고려해야 한다고 논의한 점이다. 그는 서술담론에서 서술하는 목소리의 분석을 위해서, 서술전달(narrative transaction)에 관한 구성요소들(parties)의 상호작용, 시점과 서술의 목소리에 대한 관계, 그리고 발화(speech)와 주제(thought)의 특성에 관한 논의가 필요하다고 보았다.23) 즉 서술전달 다이어그램은 그가 내레이터의 목소리에 관한 이해를 위한 주요한 첫 번째 방식으로서 논의된 것이다. 이렇게 본다면 그의 서술다이어그램은 단순히 구성요소들의 관계를 조직화한 도식에 그치는 것이 아니라 독자가 서술자의 존재나 목소리를 파악하기 위하여 일련의 구성요소들을 경유함으로써 텍스트를 심층적으로 이해하는 과정에 관하여 열려 있는 체계라

---

22) *ibid.*, pp.253~255.
23) *ibid.*, pp.150~151.

고 볼 수 있다.

3. 서술다이어그램에 대한 비판 및 서술다이어그램의 수정·보충

기존에 각각 독자적 방식으로 논의되었던 서술전달의 주체들을 명시적으로 조직화한 채트먼의 서술다이어그램은 연구자들이 구성주체들의 관계 문제를 본격적으로 재고하게끔 하는 계기가 되었다. 즉 다이어그램에서 왼편과 오른편의 구성요소들이 서로 대응을 이루며 상대적 짝을 이루고 있으므로 이것들이 이루는 대응이 논리적인가 하는 논의가 이루어졌다. 또한 서술다이어그램의 구성주체들 간의 경계에 관한 논의라는 구성주체의 범주논의가 조명되었다. 이 논의들은 채트먼의 다이어그램을 특수한 서술에 적용되는 것으로 볼 것인가 혹은 이것을 모든 서술에 적용 가능한 것으로 볼 것인가 하는 양 극 사이에 있다. 무엇보다도 서술다이어그램에 관한 비판적 논의는 이 다이어그램이 구성요소들을 전회하여 독해하는 독자의 텍스트 이해 방식이 지닌 역동적 특성을 간과하고, 사실상 주로, 서술다이어그램의 구성요소 각각의 개념에 관한 상반된 이해 방식과 구성요소들 각각의 논리적인 대응관계의 정합성 문제에 치우친 측면이 있다

채트먼의 서술다이어그램에 관하여 비판적 논의를 보여준 대표적인 이론가로는 주네뜨를 들 수 있다. 서술다이어그램에 관한 그의 비판은 주로 다이어그램의 행위 주체에 관한 것에 있었으며 그리고

다이어그램의 왼편과 오른편의 구성요소 간의 대응관계 및 연결에 있어서 논리적 타당성에 관한 것이었다. 먼저, 주네뜨는 채트먼의 다이어그램에 수용된 프린스의 내레이티 개념을 비판하고 이것을 수용한 채트먼의 다이어그램의 타당성을 비판하였다. 구체적으로, 그는 프린스의 내레이티 개념이 다소 혼란스러운 소개 글이라는 점을 지적하면서, 내부발화(introdiegetic) 내레이티와 외부발화(extradiegetic) 내레이티 간의 구별이 명확하지 않기 때문에, 내레이티와 독자 사이의 구분이 대략적으로 다루어지고 있다고 지적하였다. 주네뜨는 채트먼이 구별 지은 내레이티의 유형화 방식과는 다른 층위의 유형화 즉 외부발화 내레이티와 내부발화 내레이티의 관점에서 비판을 전개하였다.[24] '내부발화(introdiegetic)'와 '외부발화(extradiegetic)'는 주네뜨가 고안한 것으로서 내부발화 내레이티는 작중인물과 대화를 나누는 수신자에 상응하며 외부발화 내레이티는 내레이터가 작품 중간에 실제독자에 상응하는 누군가를 향하여 말할 때 유의성을 지니는 청중이다.[25]

그리고 그는 채트먼의 다이어그램에서 내레이티와 암시된 독자의 관계를 살펴보았는데, 내부발화 내레이티가 암시된 독자와 실제독자와 연속적으로 이어지는 것에 반하여 외부발화 내레이티는 암시된 저자와 연결점(relay point)을 지니지 않으며 실제독자와도 연결점을 지니지 않는다고 논의한다. 반면 내부발화 내레이티는 내레이터와 연결점을 지니며, 암시된 독자와도 합치된다고 논의한다. 또한 그는 외부발화 내레이터는 외부발화 내레이티와 대칭적 층위를 이루지 않

---

24) Genette, Gérard, translated by Jane E. Lewin, *Narrative Discourse Revisited*, op. cit., pp.131~133.
25) *ibid.*, p.128.

으며, 외부발화 내레이터는 암시된 저자가 될 수 없지만, 외부발화 내레이티는 암시된 독자와 합쳐지므로, 이 두 쌍은 대칭적인 구조를 갖지 못한다고 지적한다.

이와 같이, 주네뜨의 내레이티와 관련한 다이어그램 비판은 주로 자신이 창안한 외부발화 내레이티가 프린스의 내레이티의 개념 범주 속에서 어떤 관련성을 지니는가 그리고 외부발화 내레이티를 고려할 때 채트먼의 다이어그램의 좌우 주체들의 대칭구도가 논리성을 지니는가를 중심으로 논의하였다. 그는 외부발화 내레이티가 서술다이어그램의 과정에 적용되는지를 살펴보고 그 결과에 의해 서술전달모델의 구성주체 및 그것들이 이룬 관계의 논리성을 비판하였다. 즉 주네뜨는 정치한 세부적 논리에 의하여 서술다이어그램에서 내레이티 및 암시된 독자와 실제독자의 관계 구성에 비판적인 관점을 보여준다.

리몬케넌은 내레이티에 관해서 채트먼의 논의를 비판한다기보다는 이것을 하나씩 확인하는 방식을 취하는데, 그는 채트먼이 참고로 한 프린스의 내레이티 개념을 옹호하는 입장에 있다. 그는 채트먼과 주네뜨가 구별 지은 내레이티의 두 유형을 확인하고 있으며, 채트먼이 신뢰할 수 없는 서술에서 내레이터와 암시된 저자의 관계 확인이 필요한 것과 마찬가지로 내레이티도 신뢰할 수 있는지 그렇지 않은지의 여부에 따라서 암시된 저자와 암시된 독자에 의해 공유된 아이러니에 의해 해석된다고 논의한다. 또한 그는 외부발화 내레이티가 암시된 독자와 구별되는 지점을 확인하고 있다.[26] 리몬케넌은 채트먼

---

26) Rimmon-Kenan, Shlomith, *Narrative Fiction: Contemporary Poetics*, op. cit., pp.86~89.

의 다이어그램과 구성 주체들의 관계에 대체로 동의하면서 내레이티에 관해서만 의견을 달리한다. 그는 서술다이어그램에서 내레이터와 내레이티가 선택적(optional)이 아니라 구성적(constitutive)이라고 주장한다. 즉 그는 이야기의 어떤 서술도 그 발화자를 전제한다고 보며, 내레이티 역시 내레이터에 의해 이야기될 때 생성되는 행위 주체라고 본다. 이때 그가 의미하는 내레이터와 내레이티는 암시된 저자와 암시된 독자의 의미를 아우르는 경향이 있다.

무엇보다도, 채트먼의 다이어그램에서 비판의 과녁이 되었던 것은 '암시된 저자'에 관한 것이다. 주네트는 서술다이어그램의 구성요소들과 관련하여 암시된 저자에 관하여 정치하게 비판하였다.[27] 그에 의하면, 서술다이어그램은, 거짓된 대칭성이 있는데, 외부발화 내레이터의 층위는 외부발화 내레이티의 층위와 대칭을 이루지 않는다. 외부발화 내레이터는 암시된 저자와 합쳐지지 않으며, 외부발화 내레이티는 암시된 독자와 합쳐지므로 이 두 쌍은 대칭적 구조가 되지 않는다는 것이다. 그리고 그는 암시된 저자의 기능이 본질적으로 이데올로기적이라고 주장한다. 즉 암시된 저자는 서술의 기준(norms)을 가리키는데, 이것은 텍스트의 이데올로기를 설명하도록 하는 동시에, 저자를 비난하지 않고서 텍스트를 비난할 수 있는 것을 가능하게 하며 그 역도 가능하게 한다고 주장한다. 그는 텍스트에서 저자가 암시된 저자 즉 신뢰할 수 없는 저자 자신의 이미지를 만들어내는 환

---

27) 부스의 암시된 저자 개념에 관하여 적극적으로 비판한 연구로는 뉘닝 (Nünning)의 것을 들 수 있다(Nünning, Ansgar F., "Giessen, Unreliable, compared what? Towards a Cognitive Theory of Unreliable Narration", *Transcending Boundaries Narratology in Context*, Verlag Tübingen: Gunter Narr, 1999).

경을 두 가지로 들고 있다. 이 환경의 하나로서 무의식적 개성을 드러내는 정신분석적 발화가 있으며 다른 하나는 저자가 의도하지 않았는데 그가 지닌 정치적, 사회적 의견과 대조를 이루는 것들을 보여주는 것이다. 주네뜨는 이것들은 저자의 심층적 자아이자 결국 실제저자일 뿐이며 암시된 저자는 불필요한 행위 주체라고 주장한다.

이와 같이 주네뜨는 암시된 저자를 실제저자의 심층적 자아로서 파악하고 있으며 서술전달모델에서 불필요한 것이라고 주장하였다. 그리고 암시된 저자가 주요 구성요소를 이루는 채트먼의 서술다이어그램의 왼편과 오른편이 서로 논리적 대응관계가 성립되지 않는다고 비판하였다. 특기할 것은, 주네뜨의 논의에서는, 리몬케넌의 것과는 달리, 신뢰할 수 없는 서술에 있어서 내레이터의 신뢰성 문제를 검토하는 부분에서 암시된 저자와의 관련논의를 보여주지 않는다는 점이다.

주네뜨는 암시된 저자가 실제저자의 심층적 자아라고 한 점에서 암시된 저자를 저자의 이차적 자아(second self) 즉 분신 개념으로 파악하고 있다. 이에 비해 리몬케넌은 부스의 암시된 저자가 인격화된 의식(a personified consciousness) 혹은 이차적 자아임을 지적하면서도 채트먼이 암시된 저자가 텍스트의 모든 요소로부터 독자에 의해 추론된 구조물(a construct) 혹은 텍스트의 중심의도로서 논의한 부분에 초점을 맞추어서 암시된 저자의 개념을 두고 다이어그램을 해석하였다.[28] 그는, 채트먼의 암시된 저자의 논의에서 목소리(voice)가 없다고 한 채트먼의 진술에 주목하면서, 커뮤니케이션 상황에서 목소리가

---

28) Rimmon-Kenan, Shlomith, *Narrative Fiction: Contemporary Poetics, op. cit.*, p.87.

없는 암시된 저자는 참여자(participant)가 될 수 없으며 실제저자나 내레이터와는 구별된다고 지적한다. 즉 그는 암시된 저자는 단지 암시된 준거(norms)로서 고려될 수 있으며 실제저자와 실제독자와 내레이터와 내레이티만이 서술커뮤니케이션의 참여자라고 주장한다. 이 점에서 리몬케넌의 결론 자체는 주네뜨의 주장과 일치를 보여준다. 즉 주네뜨와 리몬케넌은 텍스트 외부와 텍스트 내부에서 뚜렷한 실체를 갖는 주체를 중심으로 논리적 대응을 보여주는 서술다이어그램을 논의해야 한다는 주장을 보여준다.

그럼에도 리몬케넌은, 신뢰할 수 없는 서술, 즉 신뢰할 수 없는 내레이터 혹은 신뢰할 수 없는 내레이티에 관한 논의에 있어서는, 암시된 저자 및 암시된 독자에 관한 고려가 필연적이라는 것에 동의한다.[29] 즉 그는 암시된 독자에 관해서도 신뢰할 수 없는 내레이터와 내레이티가 나오는 특정한 서술상황에서 필요한 개념이라고 파악하고 있다. 특기할 것은, 쇼가 지적하듯이, 주네뜨 역시 '독자의 머릿속에 있는' 텍스트의 저자 개념인 암시된 저자의 존재 그 자체를 부정하면서도 '저자의 머릿속에 있는' 텍스트의 독자 개념인 암시된 독자에 관해서는 명백히 인정하고 있다[30]는 점이다.

다이어그램에 관한 비판적 논의 이후에, 채트먼은, 1990년에 『픽션과 영화에 있어서의 서술의 수사학』에서 서술다이어그램을 다시 논의하였다. 이때 제시된 서술전달모델은 다음과 같다.

---

29) *ibid.*, pp.86~89.
30) Shaw, Herry E., "Why Won't Our Terms Stay Put?: The Narrative Communication Diagram Scrutinized and Historicized", *NARRATIVE*, Blackwell, 2008, p.301.

암시된 저자(Implied author) − 내레이터(Narrator) − 이야기(Story)
→ 내레이티(Narratee) → 암시된 독자(Implied reader)[31]

채트먼은 다이어그램을 논의한 이 책의 다른 장에서 암시된 저자에 관한 본격적 논의를 보여주고 있다.[32] 여기서 그는 암시된 저자에 관한 부스의 개념을 전면적으로 수용한 초기의 논의와는 달리, 독자중심의 해석적 입장에서 '암시된 저자'를 '추론된(inferred) 저자'로서 그 자신의 관점에서 재규정하고 있다. 이것은 그의 초기 서술 다이어그램에 대한 리몬케넌의 암시된 저자에 관한 지적과 관련이 있어 보인다. 구체적으로, 그는 '암시된 저자'를 의식적, 무의식적인 것을 아우른 '의향(intent)'으로서 규정한다. 그럼에도 한편으로 부스가 명명했던 '암시된 저자'의 모음인 이력저자(Carrer-Author)가 작가의 작품세계를 논의하는 데에 유효하다고 지적하고 있다.

채트먼이 90년도 그의 책에서 서술다이어그램을 논의한 것은 신뢰할 수 없는 내레이터(unreliable narrator)의 진술이 지닌 신뢰성을 확인하는 과정에서 암시된 저자와 그에 의한 암시된 독자의 필요성을 논의하는 맥락에서이다. 그는 다이어그램 논의에서 암시된 저자와 암시된 독자의 필요성이 요구되는 신뢰할 수 없는 서술을 초점화하였다. 그럼에도 그가 이 논의를 담은 이 책 전반이 기획하고 있는 서술범주로 인하여 이후 연구자들은 그의 서술다이어그램과 그 구성 주체들을 픽션과 영화에 확장적으로 적용하게 되었다. 한편으로는,

---

31) Chatman, Seymour, *Comimg To Terms: The Rhetoric of Narrative in Fiction and Film*, Cornell Univ, 1990, p.151.
32) 이것에 관해서는, Chatman, Seymour, "In Defense of the Implied Author", *Coming to terms*, Cornell Paper, 1990 참고.

신뢰할 수 없는 서술에만 한정하여 그의 다이어그램을 협의적으로 적용하게 되기도 하였다. 그럼에도 채트먼이 그의 초기 다이어그램에 대한 비판적 논의들에도 불구하고 이후 서술다이어그램에 관한 그의 논의에서 암시된 저자가 서술에 내재적인 것이라는 그의 초기의 관점은 달라지지 않은 것에 유의할 필요가 있다. 그의 논의는 암시된 저자를 경유한 다이어그램의 독해가 신뢰할 수 없는 서술에만 필요하다는 것을 주장한다기보다는, 암시된 저자와 암시된 독자가 실증적으로 요구되는 지점을 구체적으로 입증하기 위해 논의한 것으로도 볼 수 있는 지점이 있다.

채트먼은 신뢰할 수 없는 서술(unreliable)과 유사하지만 이것과 차별화되는, 오류가 있는(fallible) 서술에서는 내레이터와 내레이티만을 중심으로 하여 작중 인물의 진술이 지닌 오류를 판단하는 다이어그램을 보여준다. 그것은 "내레이티－사건들과 다른 인물들에 관한 매개(filtered) 인물의 견해를 포함한 이야기(story)－내레이티"이다. 즉 채트먼은, '신뢰할 수 없는 서술'에 관한 논의에서는 그의 기존 다이어그램을 그대로 사용하고, '오류가 있는 서술'에 관한 논의에서는 그의 다이어그램을 약식화한 방식으로 사용하고 있다. 이것으로 보아서 채트먼은 그의 초기 서술다이어그램을 구체적인 서술상황에 맞도록 그것을 그대로 사용하거나 혹은 그것을 약식화하여 활용하는 것으로도 볼 수 있다.

채트먼의 초기 다이어그램과 그의 90년도 모델을 비교할 때, 그는 다이어그램의 구성 주체들 그 자체를 전혀 수정하지 않았다. 그럼에도 90년도 서술다이어그램 논의에서 특징적인 것은, 채트먼이 암시된 저자가 실제저자의 분신이라는 그것의 '인격화' 개념을 없앤 점이다. 그는 암시된 저자에 관하여 부스 그 자신도 처음에는 지각적으로 지적하지 못했던 저자의 무의식적인 측면까지 포괄한 '의향(intent)' 혹은 텍스트의 중심의도로 재개념화하면서도, 암시된 저자의 '인격화' 의미를 없애버린 것이다. 암시된 저자에 관한 채트먼식 의미 한정은 리몬케넌과 주네뜨가 다이어그램의 요소들에 있어서 실체성을 비판한 것과 관련을 지닌다. 또한 이것은 그가 이 시기에 신뢰할 수 없는 서술을 확인하는 데에 초점을 맞추어 암시된 저자를 경유한 서술 전달과정을 논의한 것과도 관련이 있다.

90년도 다이어그램에 관한 그의 논의에서 내레이티에 관한 논의는 미흡한 편이지만 그의 다이어그램을 살펴보면, 채트먼의 초기 다이어그램과 확연히 다른 부분이 있다. 그것은 내레이터와 내레이티 각각의 앞뒤에 놓인 둥근 괄호를 없앤 것이다. 이 점은, 그가 특수한 서술에 초점을 맞추기 때문에 그렇게 한 것인지 아니면 모든 서술에 적용하여 그렇게 한 것인지가 애매한 지점은 있다. 그러나 일반적인 서술 전달과정에서 내레이터와 내레이티가 선택적인 것이 아니라 구성적인 것이라고 지적한, 그의 초기 다이어그램에 대한 리몬케넌의 지적33)을 채트먼이 반영한 것으로 볼 수 있다.

서술다이어그램에 관한 비판적 논의 이후에 채트먼이 논의한 글들을 살펴보면, 그는 암시된 저자의 존재를 서술에 내재적인 것으로서 지속적으로 인정하고 있으며 특수한 서술에서 특히 실증적으로 필요

---

33) "Unlike Chatman, I define the narrator minimally, as the agent which at the very least narrates or engages in some activity serving the needs of narration", Rimmon-Kenan, Shlomith, *op. cit.*, p.88.

한 개념으로 서술하고 있다. 그리고 그는 내레이터와 내레이티에 관한 개념은 이것들이 서술에서 선택적인 것이라는 그의 초기 관점을 수정하여 프린스와 리몬케넌이 논의한 이것들의 포괄적 의미범주를 반영하였다. 즉 채트먼이 90년도에 다이어그램에 관한 논의의 글 그 자체만을 고려한다면 그가 주네뜨와 리몬케넌의 비판에 의하여 암시된 저자의 의미범주를 실증적으로 필요한 때에 한정적으로 개념화한 것으로 보인다. 그러나 그는 암시된 저자와 관련한 그의 초기 다이어그램 논의를 수정하지 않았으며 오히려 이것이 구체적으로 필요한 경우를 사례로 보여주면서 기존 논의를 보강한 것으로도 볼 수 있는 지점이 있다. 또한 채트먼이 내레이티에 관하여 초기 다이어그램의 논의에서와 같은 설명을 보여주지 않았기 때문에 주네뜨가 상정한 협의의 내레이티의 두 유형을 인정하고 있는 것으로도 보인다. 그러나 그의 기존 다이어그램에 있던 '내레이터'와 '내레이티'에 놓였던 각각의 괄호를 없앰으로써 다이어그램의 구성 주체의 범주를 포괄적으로 사용하여 프린스의 포괄적 내레이티에 더 부합되는 것으로 만들고 있다. 또한 논의의 범주를 채트먼의 초기 다이어그램 논의를 비롯하여, 90년도에 출간한 그의 책에서 암시된 저자와 암시된 독자에 관한 논의와 다이어그램의 논의를 포괄하여 살펴본다면, 채트먼이 초기 서술다이어그램의 연장선상에서 다이어그램의 구성 주체들이 서술에 구성적인 것임을 전제하면서 실증적인 측면에서 요구되는 지점을 구체화한 것 혹은 그의 서술다이어그램을 모든 서술에 적용할 수 있는 가능성을 배제하지 않은 것으로도 볼 수 있다.[34] 그가

34) 프린스는 서술론 사전에서 내레이티에 관하여 정리하면서, 내레이터와 마

서술다이어그램을 다시 설명하는 자리에서 가장 핵심이 되는 부분은 그가 표면적으로는 '암시된 저자'의 개념으로부터 '인격화'의 특성을 없앤 점이다. 그럼에도 그는 이력저자를 통해 암시된 저자가 실제저자의 분신이라는 점을 논의하고 있다. 그가 표면적으로 암시된 저자의 인격화를 배제한 것은 양날의 칼이라고 할 수 있는데, 이것으로 그의 서술다이어그램의 구성 주체들의 관계와 범주가 논리적인 방식을 취하게 되었으나 독자가 텍스트를 이해하는 과정에서 다이어그램의 구성주체들이 역동적으로 조직화되는 주요한 가능성의 한 가지를 숨겨버린 것이기 때문이다.[35]

4. 우리 문학작품의 이해에 있어서 서술다이어그램의 유효성

채트먼이 자신의 서술다이어그램을 논리적이고 실증적인 관점에서

찬가지로 서술에서 내레이티가 어떤 형식으로든 존재한다는 것, 순수한 텍스트상의 구조물(a purely textual construct)로서의 내레이티가 실제독자와 구별되며 그것은 동일한 실제독자가 다양한 내레이티를 지니는 다양한 서술들을 독해할 수 있는 데에서 나타난다고 논의한다. 프린스는, 자신이 논의한 '영도의 내레이티'이 실체성을 지니지 않는다는 채트먼의 비판에도 불구하고 이것을 순수한 텍스트상의 구조물로서의 내레이티라고 재명명하면서 가능성으로 존재하는 내레이티를 여전히 상정하고 있다. Prince, Gerald, *Dictionary of Narratology*, Univ of Nebraska Press; Lincoln & Lodon, 2003. p.57.

35) 이후에 부스는 오히려 『소설의 수사학』에서는 그다지 강조되지 않았던 '암시된 저자'의 '인격화' 논의를 중점화하여 강조하였다. Booth, Wayne C., "Resurrection of the Implied Author: Why Bother?", *NARRATIVE*, Blackwell, 2005.

수정, 보충하였다면 그의 서술전달 다이어그램이 서술전달의 보편적 모델로서 필요하다고 적극적으로 주장한 이로는 쇼(Shaw)를 들 수 있다. 그는 다이어그램에 대한 비판론자들이 자신들의 기존 입장에 의하여 다이어그램을 한 가지 방식으로만 보려고 한다는 점을 강조한다.[36] 구체적으로, 주네뜨가 암시된 저자가 실제저자의 '머릿속에서 가능할 수 있는' 개념이라는 점에서 이것의 실체를 부정하였음에도 불구하고, 암시된 독자에 관해서는 실제저자의 머릿속에서 가능할 수 있는 독자라고 규정함으로써 이것을 인정하고 있다는 것을 지적한다. 주네뜨의 논의 그 자체로부터, 독자가 '머릿속에서 가능할 수 있는' 저자인 '암시된 저자'의 개념을 논의할 단초를 끌어온다.

그는 암시된 저자라는 명명 대신에, 주네뜨가 인정하는 서술구성 주체인 '내레이터'로부터 논의를 출발한다. 이것은, 독자가 그리는 '내레이터의 정신(mind)'이라는 말을 사용하면서 독자가 독해과정에서 작중인물들의 상황에 '참여하고 있다는 것' 그리고 독자가 내레이터의 의도와 정신에 관하여 생각하는 과정을 거친다는 것을 전제로 한 것이다. 그에 의하면, 실제로, 독자는 텍스트 외부적 측면 혹은 정보적 관점에서 단순히 내레이터와 수신자를 가리는 사람이라기보다는, 텍스트 내부적으로 함께 참여하면서 내레이터의 '의향(intent)'을 고려하고 있다는 것이다. 그는, 새커리(Thackery)의 『허영시장』에서 '내레이터의 정신' 속에 있는 무엇, 구체적으로는 서술어조의 복합성에 관한 논의를 그 사례로 들고 있다. 그는, 암시된 저자, 그의 표현

---

36) Shaw, Herry E., "Why Won't Our Terms Stay Put?: The Narrative Communication Diagram Scrutinized and Historicized", *NARRATIVE*, Blackwell, 2008.

으로는 '내레이터의 의도'에 실체성을 부여하게 되면, 텍스트의 서술
어조가 지닌 복합성에 대해서 모든 면에서 철저한 수준으로 의심해
서 규명할 수 있는 이점이 주어진다고 본다. 왜냐하면 서술어조의
복합성을 보여주는 암시된 저자는 다양한 아이러니의 원천이면서 곤
혹스러운 현실을 보여주는 내레이터의 의도이자 새커리의 대변자가
되기 때문이다.

중요한 것은, 그의 논의가 다이어그램 논의에서 쟁점이 된 부분,
즉 암시된 저자의 '인격화'에 의한 독자의 독해과정으로서의 서술다
이어그램이 갖는 역동적 국면을 들추어낸다는 점이다.37) 그는 암시
된 저자를 '내레이터의 정신'이라고 명명하면서 채트먼이 초기에 그
의 서술다이어그램을 논의했던 부스적인 관점보다 더욱 적극적인 입
장으로 독자의 독해과정에서 인격화된 암시된 저자를 경유한 텍스트
의 전달과정이 얼마나 유용한 것인가를 구체적으로 논의하고 있다.
그는 암시된 저자에 관한 두 가지 상반된 관점은 중세시대 스콜라

---

37) 부스 역시 암시된 저자에 관한 논의를 그가 초기에 주장한 작가의 객관
    화된 자아, 혹은 이차적 자아의 의미를 확장하여 작중저자의 의식상의 무
    의식상의 분신 개념으로서 인격화 특성을 강화하였다. 이와 같은 논의를
    채트먼의 서술다이어그램에 비추어본다면 부스는 채트먼의 초기 서술다이
    어그램에 있어서 암시된 저자의 포괄적 적용을 옹호한 것이다. 이와 같은
    부스의 암시된 저자의 의미범주는 부스가 『픽션의 수사학』에서 보여주었
    던 암시된 독자 개념의 의미마저 인격화시킨 것이라고 할 수 있다. 부스
    가 논의한 초기의 암시된 독자는 암시된 저자의 의도를 이해하고 수용하
    는 독자 정도의 의미를 지니고 있었다. 그런데 후기에 부스가 논의한 암
    시된 저자의 인격화된 의미범주가 확장되면서 마찬가지로, 부스가 논의한
    후기의 암시된 독자 역시 암시된 저자의 다양한 형상에 시시각각 다양하
    게 반응하는 독자의 의식적, 무의식적 자아를 포괄하게 된다(Booth, Wayne
    C, "Resurrection of the Implied Author: Why Bother?", *NARRATIVE*, Blackwell,
    2008).

철학자들 사이에서 실재론과 유명론의 논쟁과 유사하다고 지적한다. 즉 그는 특수한 것의 궁극적 실재를 믿는 유명론자의 입장을 취하고 있다.

게다가, 쇼는 내레이티 및 암시된 독자의 범주에 관해서도, 그것들 그 자체를 단정적으로 규정짓는 주네뜨의 논의와는 전혀 다른 방식을 취한다. 그가 제안한 것은 서술다이어그램의 왼편 주체들을 중심으로 오른편 주체들의 범주들을 상정하는 방식이다. 그는 예를 들기로, 정보중심적 관점에서, 『톰아저씨의 오두막집』이 '미국의 어머니들'이 집단적인 내레이티라면 비미국인의 어머니들은 암시된 독자에 상응할 것이라고 한다. 그런데 관점을 '텍스트의 의도'와 관련한 '내레이터의 정신'에서 보면 미국의 어머니들 혹은 비미국인의 어머니들과는 전혀 다른 견해를 지닌 독자들을 설득하려는 견지에서도 암시된 독자를 파악할 수 있다고 논의한다. 이것은, 주네뜨가 실제저자와 암시된 독자와 내레이티를 구별 짓고 각각의 독자적인 구체화된 규명에 초점을 맞추어서 논의한 방식과는 다른 방향의 것이다. 즉 그는, 실제저자와 암시된 저자(내레이터의 정신)와 내레이터와 같이 서술다이어그램에서 왼쪽의 명확한 행위주체들에 초점을 맞춤으로써 이들 각각의 상대 짝이 되는 오른편의 행위 주체들의 의미범주를 상정하는 것이 포괄적이며 적확한 접근이라고 본다. 이렇게 본다면, 내레이티와 암시된 독자와 실제독자가 명확히 구별되지 않는 것은 비논리적인 것이 아니며, 이것은 주네뜨가 내레이티를 외부발화 내레이티와 내부발화 내레이티로서 분류한 실증적 방식과 대비를 이룬다.

이와 같은 논의를 종합해보면, 채트먼의 다이어그램의 구성주체들은 독자의 실제적 독해과정과 마찬가지로 그 의미범주가 포괄적인 것이면서 서로 겹쳐지는 것이다. 그리고 다이어그램은 특수한 맥락에도 적용될 수 있을 뿐만 아니라 모든 서술에 유연하게 적용 가능한 기초모델로서 필요한 것으로서 간주된다. 서술다이어그램을 독해하는 방식은 작가중심적 입장을 취하느냐, 독자중심적 입장을 취하느냐, 혹은 내레이터가 신뢰할 수 있느냐 그렇지 않느냐 등, 초점을 두는 방식에 따라서 다양하게 나타날 수 있다. 즉 서술상황에서 정보의 전이나 흐름의 관점에 중점을 두는 '정보' 양식의 입장이 있으며, 서술상황에 독자가 참여함으로써 나타나는 기호들로써 내재성의 세계를 강조하는 '수사학' 양식의 입장이 있다. 혹은, 다이어그램의 비판론자와 옹호론자가 모두 일치를 보이는 공통된 지점 즉 신뢰할 수 없는 서술이나 영화서술에 국한시켜서 본다면, 다이어그램의 행위주체들에 관한 논의는 불협화음이 없이 전개될 수 있다. 그리고 내레이티 역시 뚜렷이 실체가 드러나는 내부 내레이티와 외부 내레이티에 국한시켜서 좁은 의미범주로서 논의하는 방식이 있다.

채트먼이 처음 서술다이어그램을 내어놓았을 때 그것은 내레이터의 존재와 목소리가 잘 드러나지 않는 서술에서 독자가 내레이터의 목소리를 파악하는 과정을 설명하기 위해서 상정된 것이었다. 그리고 그의 서술다이어그램에 관한 비판과 옹호의 논의 이후에 그가 서술다이어그램을 구체화하는 데 적용하였던 텍스트는 신뢰할 수 없는 서술(the unreliable)에 한정된 것이었다. 인지주의자들은 다이어그램의 한정된 적용에 동조하였으며 수사학자들은 다이어그램의 포괄적 적용을 논의하고 있다. 수사학자들과 인지주의자들 모두가 합의를 본 서술전달 다이어그램의 활용, 구체적으로는 암시된 저자를 포함한 다이어그램의 활용 텍스트로는 내레이터의 목소리나 존재가 분명하지 않은 서술이나 신뢰할 수 없는 서술에 관한 것이다.

서술다이어그램 그 자체는 서술 전달과정을 중심으로 작품을 이해하는 데에 다양한 방식으로 활용이 가능하다. 모든 텍스트에 서술다이어그램의 구성주체들이 전부 활용될 필요는 없는 것이다. 다양한 상황과 특수한 서술에서 어떤 한두 구성주체가 특히 조명되기도 하고 또 다른 어떤 구성주체는 선택적인 것이 되는 것이 오히려 다양한 작품들에 대한 독자의 실제적 이해과정과 부합될 것이다. 우리나라의 근대 문학사를 살펴보면 암시된 저자를 포함한 서술다이어그램의 적용범주가 서구의 경우보다 훨씬 광범위해 보인다. 암시된 저자는 작중저자와 실제저자의 결합적 형상이라고 볼 수 있는데, 그것은 실제적 현실과 작품상황과의 조응관계를 토대로 해서 도출된 작가의 형상과 관련이 깊기 때문이다.

예를 들면, 우리나라의 경우는 일제식민지하에서 많은 지식인들이 독립을 위한 작품 활동을 하였으며 이후에 많은 문학자들이 남북이데올로기와 관련한 힘든 현실 속에서 작품 활동을 하였다. 그리고 6·25 전쟁과 이후 정치적 격동기를 거치면서 많은 문학자들이 그들이 당면한 현실을 치열하게 경유하여 수많은 작품을 썼다. 현실 속의 작가와 작품을 쓰는 작가의 조응관계를 고려하여 그들의 작품을 독해하지 않는다면 오늘날의 독자로서 우리는 우리 근대 문학작품이 지닌 특성의 일부만을 이해하게 되는 것이다. 이것은 실제저자와 작중저자의 연결고리로서의 암시된 저자와 관련하여 실제 독자가 작품을 이해하는 서술전달 다이어그램의 유효성과도 관련을 지닌다.

그리고 서술자의 목소리나 그 존재가 희미해서 드러나지 않는 경우에 서술자의 정신 즉 암시된 저자의 인격화를 구성함으로써 텍스트를 이해하는 방식은 '허영시장'과 같은 일부 소설에서뿐만 아니라 오늘날의 우리 현대시에서 오히려 보편적인 양상으로 드러나고 있다. 예를 들면 다초점적인 방식으로 화자의 심경을 드러내기도 하고 비일관된 서정적 장면 구성을 형상화한 현대시편을 우리가 독해할 때 우리가 그것을 쓴 서술자 혹은 화자의 정신 즉 인격화된 어떤 존재를 상정하여 독해하는 과정을 거치지 않는다면 그 작품에 관한 독해는 심층적인 국면으로 나아가기 어려운 측면이 있다.

이 글은 이러한 시각에서 우리나라 격동기를 살았던 작가들의 문학작품에서 이와 같은 심층적인 독해의 과정을 요구하는 작품을 중심으로 서술다이어그램의 전달과정과 그 구성주체들의 의미를 살펴보고자 한다. 특히 서술자 혹은 화자의 목소리나 존재가 애매한 경우에, 서술다이어그램을 활용하여 독자가 작품을 이해하는 과정의 방식은 채트먼의 초기 부스적인 서술 전달과정 및 이것을 적극적으로 주장하는 쇼의 시각이 상당히 유용하다. 그것은 서술다이어그램에서 실체성이 뚜렷한 왼편의 주체들 즉 내레이터와 '내레이터의 정신'으로서의 암시된 저자와 실제저자를 중심으로 하여 오른 편의 주체들, 즉 내레이티와 암시된 독자와 실제독자의 문제를 살펴보는 것이다. 오른편의 주체들이란 왼편의 실체적 주체들로부터 파생된 조응적 개념들이기 때문이다.

구체적으로, 우리나라 6·25전쟁과 관련한 체험을 직접적으로 혹은

간접적으로 보여주는 허만하의 「지층(地層)」과 구상의 「초토의 시」를
들어보자.

　　　　저물어가는 始原의 斷崖에서
　　　　咆哮했던 끝없는 니힐,
　　　　어쩌면 生前의 내 頭蓋骨을 내려치던
　　　　異族의 무딘 돌도끼.
　　　　아니, 팔랑이는 나비,
　　　　코를 고는 莊子의 선잠에 떨어진
　　　　나비가 잊고 간 硫黃빛 날개조각
　　　　그것은 拒否할 수 없는 누구의 질긴 磁力이었다.
　　　　그 보이지 않는 손짓을 따라
　　　　짙푸른 레에테의 밤江을 건너
　　　　미역잎같이 너풀거리던怨死한여인들의머리숱
　　　　그 한없이 짙던 海藻林의記憶밖에 없다.
　　　　눈먼無意識의무게 아래서 내 살은
　　　　陰刻된粘板岩의 아득한年代記에 지나지 않았다.
　　　　　　　　　　　　　　　　　　　　　— 「地層」 부분

　　　　하꼬방 유리 딱지에 애새끼들
　　　　얼굴이 불타는 해바라기 마냥 걸려 있다.

　　　　내리 쪼이던 햇발이 눈부시어 돌아선다.
　　　　나도 돌아선다.

　　　　울상이 된 그림자 나의 뒤를 따른다.
　　　　어느 접어든 골목에서 걸음을 멈춰라.

　　　　잿더미가 소복한 울타리에
　　　　개나리가 망울졌다.

저기 언덕을 내려 달리는
소녀의 미소엔 앞니가 빠져
죄 하나도 없다.

나는 술 취한 듯 흥그러워진다.
그림자 웃으며 앞장을 선다.

— 「초토의 시 1」 전문

첫 번째 시는 크게 세 부분의 장면으로 나누어 볼 수 있다. 먼저 1행에서 8행까지 나는 원시의 절벽 위에서 두개골을 내려치던 이족의 돌도끼의 싸움에 동참하며 그 와중에 팔랑이는 유황빛 날개조각을 팔랑이는 나비를 바라본다. 다음 9행부터 10행은 '레에테의 밤강'을 건너는 것으로 표상된 장면의 몽환적 전환의 방식이 나타난다. 마지막으로 11행부터 마지막 행까지는 원사한 여인들의 머리숱과도 같은 해조림 속에서 내 살이 음각된 점판암의 아득한 연대기일 뿐이라는 의식과 무의식을 오가는 상념을 보여준다.

그렇다면 이 시에서 원시인의 돌도끼 싸움과 팔랑이는 나비 그리고 너풀거리는 해조림의 기억이란 무엇을 뜻하는가. 이것의 상관관계를 이해하기 위해서는 이 시가 실린 허만하의 『海藻』 시집에서 반복적으로 나타나는 '원시인' 모티브와 '해조' 모티브를 살펴볼 필요가 있다. 허만하는 6·25전쟁 때 학생 신분으로 종군했던 체험이 간접적으로 나타나는데, 그것은 "아 植民의 싱그런 氷塊에 걸터앉아/덜렁거리는 認識票를 목에 걸고/목쉰 소리로 외치고 있는/그 무리들 속에서 나는 외로운/아, 나는 한 마리 네안데르탈人"(「네안데르탈人」부분)이다. 여기서 덜렁거리는 군인의 인식표를 걸고서 쉰 목소리로 외치는 '나'는 원시인의 돌도끼 싸움의 참여자와 다를 바 없는 것이다.

'해조림'과 관련한 화자의 기억을 다룬 「海藻」에서는 '나'가 어느 바닷가의 바위 위에서 널브러져서는 '물을 달라'고 외치면서 바닷가 해초처럼 '목숨의 모근을 노출하고' 쓰려져 있는 장면이 나타난다 ("漂着한 곳은 다시 짙은 悔恨의 바닷가였다./언제였던가──/不意하게沈沒한 그烙印의자리/血痰처럼추한 水深아래서/얼마나 새벽이 두려웠던가./다시突出한 각박한바위/그 시커먼 잇발에 깨물린體壁/벌써, 나의눈은强力한 햇빛에보이지않는다./물을달라!/싱싱했던 나의팔은 지금 시들어가고있다./絶望의 더운 모래바닥 위에/나는 목숨의毛根을 露出하고 쓰러져 있다"(「海藻」)).

즉 실제시인 허만하가 6·25전쟁의 체험과 관련한 모티브를 주요하게 구사하는 방식으로 볼 때 '원시인의 돌도끼'와 '해조림의 기억'이란 그가 학생의 신분으로서 6·25전쟁 종군 체험 속에서 인상적이었던 장면, 특히 바닷가의 해조처럼 널브러져 바닷가 바위 위에 누워 있었던 기억을 토대로 하여 그가 그러한 개인적 기억을 인류의 원시시대 때 네안데르탈인들의 돌도끼 싸움이라는 태곳적 사실과 연관시킴으로써 시편이 구성되고 있음을 알 수 있다. 즉 실제시인의 경험을 통하여 유추적으로 구성되는 내레이터 혹은 화자의 정신 즉 암시된 저자를 고려한다면 위 시에서 자동기술적 방식으로 결합되는 강렬한 두 개의 장면이 좀 더 구체적인 방식으로 떠오르게 되는 것이다.[38]

---

38) 6·25 종군 체험과 관련한 허만하의 허무의식에 관한 논의는, 최라영, 「허만하론」, 『현대시동인연구』, 예옥, 2006 참고.

이와 같은 방식으로 실제저자의 체험을 공유한 내레이터의 정신 곧 암시된 저자를 구성해봄으로써 위 시는 다양한 독자의 층위를 거느리게 된다. 즉 6·25전쟁의 종군 체험자, 전쟁에 관한 직접적 체험을 지닌 자, 그리고 전쟁을 겪지 않았지만 그러한 억압적 시대의 체험을 공유한 자, 나아가 이 모든 체험으로부터 자유로운 세대까지도 포괄하게 될 것이다. 이것을 다이어그램의 구성주체로서 말하자면 암시된 독자층이 될 것이다. 이와 같이 실제저자와 내레이터의 중간에 위치한 암시된 저자의 상을 구체화하는 것은 작품의 의미를 통합적으로 이해하고 수용하는 것에 도움이 된다.

두 번째 시에서 '나'는 하꼬방 유리 딱지에 얼굴을 붙이고 바라보는 가난한 아이들을 살펴보고 잿더미가 소복한 울타리 속에서 개나리를 보고 또 언덕을 달리는 앞니 빠진 소녀의 미소를 바라보고 있다. 이 시의 시적 화자는 빈민가의 아이들의 모습 속에서 해맑은 미소와 희망을 보는 사람이다. 그런데 이 시가 구상의 작품이며 그가 6·25 전쟁 종군 작가단으로 참여하여 6·25전쟁으로 인한 폐허의 실상을 작품으로 만든 「초토의 시」 연작시들 가운데 한 편이라는 점을 고려해보자. 이렇게 볼 때 이 시에서 예사롭지 않게 다가오는 시어들이 있다. 그것은 '하꼬방 유리 딱지'와 '잿더미'라는 시구이다. 6·25전쟁으로 인해 가장 참혹한 결과를 받아들여야 했던 층은 그 시절의 아이들이라고 할 수 있다. 시인은 전란으로 폐허가 된 잿더미 속에서 핀 개나리와 아이들의 해맑은 미소 속에서 희망을 발견한다.

즉 이 시는 실제시인의 종군 작가단으로서 6·25전쟁 체험과 상응하여 구성되는 내레이터의 정신 즉 암시된 저자를 구성해봄으로써 가난

속에서의 희망이라는 단순한 메시지 이외의 더 풍부한 많은 것을 우리 독자에게 전달한다. 그것은 실제 6·25를 겪은 세대인 암시된 독자에게는 그 시절의 고통과 향수를 불러일으키는 것이기도 할 것이며 지금 우리나라의 암시된 독자에게는 '하꼬방' 즉 미군이 버린 보급품 박스를 잇대어 지은 판잣집이라는 의미를 찾게 할 수도 있을 것이며 혹은 보편적으로 인류의 갈등과 전쟁이 가져온 고통과 희생의 메시지를 전달할 수도 있을 것이다.[39]

이와 같은 독해의 방식은 실제로 암시된 저자 즉 내레이터의 정신이라는 '인격화'된 존재를 구성하지 않고서는 세부적으로 구체화되기가 어렵다. 즉 전후 현실 속에 놓였던 실제시인과 작품 속 현실 속의 내레이터가 서로 조응하는 하나의 상으로서의 서술자의 정신 곧 암시된 저자를 구성해봄으로써 그것이 파생시키는 다양한 의미층위와 그것을 받아들이는 다양한 독자의 층위들에 관하여 생각할 수 있게끔 하는 역할을 할 수 있는 것이다.

서구에서는 실제저자와 암시된 저자 그리고 내레이터를 근간으로 한 서술다이어그램의 전달과정에 관해서 내레이터의 존재나 목소리가 불확실하거나 내레이터가 신뢰할 수 없는 경우에 한정시키는 경향이 있다. 그런데 우리나라의 경우는 허구적 화자와 실제저자가 조응관계를 이룰 수밖에 없는 시대적 여건 속에 있었던 문학자들의 작품이 많기 때문에 실제저자와 텍스트의 저자를 근간으로 한 독해 방식이 유효한 경우가 특히 많다. 한편으로 이것을 소설이 아닌 시편

---

39) 구상 초기시에 나타난 희생양 모티브의 근원에 관해서는, 최라영, 「시대가 요구한 시빌의 운명 —구상론」, 『한국현대시인론』, 새미, 2006 참고.

에서 볼 때 시편의 화자의 경우는 풍자적 목소리를 취한 경우를 제외하고는 신뢰할 수 없는 서술의 목소리를 취한 경우가 드물다고 할 수 있다. 그러나 시라는 영역 자체가 산문에 비하여 내레이터의 존재나 목소리를 파악하는 요소들이 불충분하기 때문에 신뢰할 수 없는 서술은 아니라 하더라도 실제저자와의 유추적 조응관계에 의한 인격화된 하나의 상을 구성함으로써 독해해야 할 필요성을 절감할 때가 많다.

또한 현대사회의 시나 소설을 살펴볼 경우에 시적 화자나 내레이터가 단순히 신뢰할 수 없거나 정상적인 범주에서 벗어났다고 말하기가 어려운 내레이터이거나 특수한 상황과 경험을 지닌 화자일 경우가 빈번하다. 이것은 오늘날 암시된 저자와 내레이터의 관계성 논의 및 내레이티에 관한 논의가 조명되는 원인이기도 하다. 무엇보다도 이와 같은 요구들을 차치하고서라도, 서술에서 어떤 개념이나 행위주체들에 관하여 그것의 의미범주를 좁게 제한하는 방식보다는 그것의 의미항을 개방적으로 열어두고서 출현한 혹은 출현 가능한 텍스트의 특성을 중심으로 유연하게 접근하는 것이 더 다양해지고 복합적으로 변모하는 현대의 문학작품과 그것이 속한 사회현실을 깊이 있게 이해할 수 있는 한 가지 방식이 될 것이다. 문학 텍스트는 인간과 인간정신 및 인간사회의 반영체이므로 독자가 작품을 통하여 작가와 세계를 이해하는 다양한 방식들을 좀 더 수용적인 태도로 접근할 필요가 있다. 작품에 대한 보편적 독해과정에서 독자가 작품을 통해 내레이터와 실제저자를 이해하는 과정을 보여주는 서술다이어그램이 반드시 모든 면에서 정치한 논리적 대응관계를 지닐 필요는 없을 것이다. 서술다이어그램은 독자가 서술자의 목소리와 존재를 추정해내는 독해의 역동적 과정을 보여주는 것으로서 실제적으로 다양하게 발생하는 개별적 독해과정을 반영하는 특성을 지니고 있다.

5. 결론

이 글은 문학작품의 서술 전달과정의 보편적 모델로서 우리에게 친숙한 채트먼의 서술다이어그램의 특성 및 이것을 독해하는 상반된 관점에 관하여 살펴보았다. 그리고 우리나라에서 채트먼의 논의를 어떻게 수용하였는지 그리고 우리가 우리의 문학작품들을 이해하는 것에 있어서 그의 서술다이어그램이 어떠한 유효성을 지니는가에 관하여 살펴보았다.

채트먼의 다이어그램의 구성 주체들은 독자의 실제적 독해과정과 마찬가지로 그 의미범주가 포괄적인 것이면서 서로 겹쳐지는 것이다. 그리고 다이어그램은 특수한 맥락에도 적용될 수 있을 뿐만 아니라 모든 서술에 유연하게 적용 가능한 기초모델로서 필요한 것으로서 간주된다. 서술다이어그램을 독해하는 방식은 작가중심적 입장을 취하느냐, 독자중심적 입장을 취하느냐, 혹은 내레이터를 신뢰할 수 있느냐 그렇지 않느냐 등, 초점을 두는 방식에 따라서 다양하게 나타날 수 있다. 우리나라의 근대 문학사를 살펴보면 암시된 저자를 포함한 서술다이어그램의 적용범주가 서구의 경우보다 광범위해 보인다. 현실 속의 작가와 작품을 쓰는 작가의 조응관계를 고려하여 그들의 작품을 독해하지 않는다면 오늘날의 독자로서 우리는 격동기 시대 우리 작가의 문학작품의 특성의 일부만을 이해하게 되는 것이다. 그리고 서술자 혹은 화자의 목소리나 존재가 애매한 경우에, 서술다이어그램을 활용하여 독자가 작품을 이해하는 과정의 방식은 채트먼의 초기 부스적인 서술 전달과정 및 이것을 적극적으로 주장하는 쇼의 시각이 상당히 유용하다. 특히 우리가 다초점적인 방식으로 화자의 심경을 드러내기도 하고 비일관된 서정적 장면을 형상화한 현대시를 독해할 때, 우리가 그것을 쓴 서술자 혹은 화자의 정신(암시된 저자) 곧 인격화된 어떤 존재를 경유하여, 내레이티와 암시된 독자 및 실제 독자를 고려하는 과정은 그 작품과 그것을 쓴 작가에 관한 심층적 이해를 돕는다.

서술에서 어떤 개념이나 행위 주체에 관하여 그것의 의미범주를 좁게 제한하는 방식보다는 그것의 범주를 개방적으로 열어두고서 출현한 혹은 출현 가능한 텍스트를 포괄하도록 접근하는 것이 현대 사회의 우리가 다양해지고 복합적으로 변모하는 사회현실과 그에 따른 문학작품을 심도 있게 이해하는 방식이 될 것이다.

참고문헌

◆김춘수 기본자료

1. 시집

『구름과 장미』, 행문사, 1948.

『늪』, 문예사, 1950.

『旗』, 문예사, 1953.

『隣人』, 문예사, 1953.

『꽃의 소묘』, 백자사, 1959.

『부다페스트에서의 소녀의 죽음』, 춘조사, 1959.

『타령조・기타』, 문화출판사, 1969.

『南天』, 근역서재, 1977.

『비에 젖은 달』, 근역서재, 1980.

『라틴點描・기타』, 문학과 비평, 1988.

『처용단장』, 미학사, 1991.

『서서 잠자는 숲』, 민음사, 1993.

『壺』, 한밭, 1996.

『들림, 도스토예프스키』, 민음사, 1997.

『의자와 계단』, 문학세계, 1999.

『거울 속의 천사』, 민음사, 2001.

『쉰한편의 비가』, 현대문학, 2002.

『김춘수 전집1 시』, 문장사, 1984.

『김춘수 시전집』, 민음사, 1994.

2. 소설

『처용』, 현대문학, 1963. 6.
『꽃과 여우』, 민음사, 1997.

3. 수필

『김춘수 전집3 수』, 문장사, 1983.
『하나님의 아들, 사람의 아들』, 현대문학, 1985.
『예술가의 삶』, 혜화당, 1993.
『여자라고 하는 이름의 바다』, 제일미디어, 1993.
『사마천을 기다리며』, 월간에세이, 1995.

4. 시론

『김춘수 전집2 시론』, 문장사, 1982.
『시의 이해와 작법』, 고려원, 1989.
『시의 위상』, 둥지, 1991.
『김춘수 四色 사화집』, 현대문학, 2002.

〈국내저술〉

강계숙, 「1960년대 한국시에 나타난 윤리적 주체의 형상과 시적 이념－김수영·
    김춘수·신동엽의 시를 중심으로－」, 연세대 박사논문, 2008.
고경희, 「김춘수 시의 언어기호학적 해석」, 건국대 석사논문, 1993.
고정희, 「무의미시론고」, 김춘수연구간행위원회, 『김춘수연구』, 학문사, 1982.
곽명숙, 「해방기 한국시의 미학과 윤리」, 『한국시학연구』 33호, 2012.
구 상, 『구상시전집』, 서문당, 1986.
구모룡, 「완전주의적 시정신」, 김춘수연구간행위원회, 『김춘수연구』, 학문사, 1982.
_____, 『감성과 윤리』, 산지니, 2009.
권기호, 「절대적 이미지－김춘수의 무의미시를 중심으로」, 김춘수연구간행위원회,
    『김춘수연구』, 학문사, 1982.
권영민, 「인식으로서의 시와 시에 대한 인식」, 『세계의 문학』, 1982. 겨울.

권혁웅, 「김춘수 시연구 : 詩의식의 변모를 중심으로」, 고려대 석사논문, 1995.

_____, 『한국 현대시의 시작방법 연구』, 깊은샘, 2001.

_____, 「어둠 저 너머 세계의 분열과 화해, 무의미시와 그 이후-김춘수론」, 『문학사상』, 1997.2.

금동철, 『한국현대시의 수사학』, 국학자료원, 2001.

_____, 「'예수드라마'와 인간의 비극성」, 『구원의 시학』, 새미, 2000.

김경복, 「한국 현대시의 설화 수용 의미」, 『한국서술시의 시학』, 김준오 외, 태학사, 1998.

_____, 「이육사 시의 사회주의 의식 연구」, 『한국시학연구』 12, 한국시학회, 2005.4.

김두한, 『김춘수의 시세계』, 문창사, 1993.

김대행, 『문학이란 무엇인가』, 문학과지성사, 1992.

_____, 『운율』, 문학과지성사, 1984.

김명철, 「김춘수 후기시 연구-유형에 따른 화자의 태도변화를 중심으로-」, 고려대 석사논문, 2007.

김병권, 『고전문학 속의 문화 읽기』, 부산대 출판부, 2009.

김성희, 「김춘수 시의 멜랑콜리와 탈역사성 연구」, 서울대 박사논문, 2011.

김승희, 「김춘수 시 새로 읽기」, 『시학과 언어학』 제8호

김영미, 「무의미시와 독자 반응의 역동성」, 『국제어문』 제32권, 국제어문학회, 2004.

김옥성, 『한국현대시와 종교생태학』, 박문사, 2012.

김용직, 「아네모네와 실험의식」, 『김춘수 연구』, 학문사, 1982.

_____, 「항일저항시 해석문제」, 『한국근대문학의 현대적 해석: 이육사』, 서강대출판부, 1995.

김용직, 손병희 편저, 『이육사 전집』, 깊은샘, 2004.

김용태, 「김춘수시의 존재론과 Heidegger와의 거리(其一)」, 『어문학교육 12집』, 1990.7.

_____, 「무의미의 시와 시간성 -김춘수의 무의미시」, 『어문학교육 9집』, 1986.12.

김유중, 「김춘수의 실존과 양심」, 『한국시학연구』 제30호, 한국시학회, 2011.

김열규, 「'꽃'이 피운 서정」, 『심상』, 1977.9.

김영태, 「처용단장에 관한 노우트」, 『현대시학』, 1978.2.

김예리, 「김춘수 시에서의 '무한'의 의미 연구」, 서울대 석사논문, 2004.

김윤식, 김우종 외, 『한국현대문학사』, 현대문학, 1994.

김윤식·김현,『한국문학사』, 민음사, 1973.

김윤식, 「한국시에 미친 릴케의 영향」,『한국문학의 논리』, 일지사, 1974.

_____, 「내용 없는 아름다움을 위한 넙치눈이의 만남과 헤어짐의 한 장면」,『현대문학』, 2001.10.

김예리, 「김춘수 시에서의 '무한'의 의미 연구」, 서울대 석사논문, 2004.

김의수, 「김춘수 시에서의 상호텍스트성 연구」, 서울대 박사논문, 2003.

김인환, 「김춘수의 장르의식」,『한국현대시문학대계25 - 김춘수』, 지식산업사, 1987.

_____,『상상력과 원근법』, 문학과 지성사, 1993.

김종길, 「탐색을 멈추지 않는 시인 - 김춘수론」,『시와 시인들』, 민음사, 1997.

_____, 「이상화된 시간과 공간 - 「광야」」,『문학사상』, 1986.2.

김종태, 「김춘수의 '처용연작'에 나타난 처용의 현대적 변용」,『한국현대시와 전통성』, 하늘연못, 2001.

김주연, 「명상적 집중과 추억」,『처용』, 민음사, 1974.

_____, 「김춘수와 고은의 변모」,『변동사회와 작가』, 문학과지성사, 1979.

김준오, 「처용시학 - 김춘수의 무의미시론고」,『부산대논문집』29, 1980.6.

_____, 「變身과 匿名 - 김춘수의 시적 가면」,『가면의 해석학』, 이우출판사, 1985.

_____, 「김춘수의 의미시와 소외현상학」,『도시시와 해체시』, 문학과비평사, 1992.

김지선, 「한국 모더니즘 시의 서술기법과 주체인식 연구: 김춘수, 오규원, 이승훈 시를 중심으로」, 한양대 박사논문, 2009.

김창현, 「소설의 내레이터와 내레이티 연구」, 홍익대 대학원 박사논문, 1992.8.

김 현, 「김춘수의 유년시절의 시」,『문학과 유토피아』, 문학과지성, 1991.

_____, 「김춘수와 시적변용」,『상상력과 인간』, 문학과지성, 1991.

김현나, 「김춘수 시 연구」, 충남대 석사논문, 1991.

김현자, 「김춘수 시의 구조와 청자의 반응」,『한국시의 감각과 미적 거리』, 문학과지성사, 1997.

_____, 「한국현대시의 구조와 청자의 반응에 관한 연구」,『한국문화연구원논총』52집, 이화여대, 1987.

_____,『한국 현대시 읽기』, 민음사, 1999.

김희곤,『이육사 평전』, 푸른역사, 2010.

김혜순, 「김춘수와 김수영 시에 나타난 시간의식의 대비적 고찰」, 건국대 석사논문, 1982.

나희덕, 「김춘수의 무의미시와 환상」,『문학교육학』제30호, 한국문학교육학회, 2009.

남기혁, 「김춘수 전기시의 자아 인식과 미적 근대성 : '무의미시'로 이르는 길」,『한국현대시의 비판적 연구』, 월인, 2001.

_____, 「김춘수의 무의미시론 연구」, 『한국현대시의 비판적 연구』, 월인, 2001.

노지영, 「무의미의 주제화 형식과 독자의 의사소통」, 『현대문학의 연구』 제32호, 한국문학연구학회, 2007.

노 철, 「김춘수와 김수영의 창작방법 연구」, 고려대 박사논문, 1998.

_____, 『한국 현대시 창작방법 연구-김수영, 김춘수, 서정주』, 월인, 2001.

동시영, 「<처용단장>의 울음 계열체와 구조」, 『1950년대 한국문학연구』, 보고사, 1997.

류기봉, 「김춘수 추모특집 선생님은 하늘을 훨훨 날아서 가시다」, 『현대문학』, 2005.1.

류순태, 「1950년대 김춘수 시에서의 '눈/눈짓'의 의미 고찰」, 『관악어문연구』 24집.

_____, 「1960년대 김춘수 시의 창작 방법 연구」, 『한국시학연구』 3호.

류 신, 「김춘수와 천사, 그리고 릴케-변용의 힘」, 『현대시학』, 2000.10.

류철균, 『한국현대소설 창작론 연구』, 서울대 박사논문, 2001.

문광영, 「김춘수시의 현상학적 해석」, 『인천교대논문집』, 22집, 1988.6.

문덕수, 「김춘수론」, 김춘수연구간행위원회, 『김춘수연구』, 학문사, 1982.

문혜원, 「김춘수론-절대순수의 세계와 인간적인 울림의 조화」, 『문학사상』, 1990.8.

_____, 「김춘수의 시와 시론에 나타나는 이미지연구」, 『한국문학과 모더니즘』, 한양출판, 1994.

_____, 「하이데거의 영향을 중심으로 한 김춘수 시의 실존론적인 분석」, 『비교문학』 20호, 1995.

문흥술, 「처용과 도스토예프스키, 그리고 무의미 시론: 김춘수」, 『형식의 운명, 운명의 형식』, 역락, 2006.

민병욱, 『한국서사시와 서사시인 연구』, 태학사, 1998.

맹문재, 『만인보의 시학』, 푸른사상, 2011.

박선희, 「김춘수 시 연구」, 『숭실어문』 8집, 1991.7.

박성창, 『수사학과 현대 프랑스 문화이론』, 서울대 출판부, 2002.

박유미, 「김춘수 시 연구」, 고려대 석사논문, 1987.

박윤우, 「김춘수의 시론과 현대적 서정시학의 형성」, 『한국현대시론사』, 모음사, 1992.

박주택, 『현대시의 사유구조』, 민음사, 2012.

박정아, 「극적 독백시 "The Last Duchess", "Fra Lippo Lippi"의 Narrator와 Narratee 연구」, 『중앙영어영문학』 제8집, 중앙대학교 영어영문학회, 2003.

박 진, 「채트먼의 서사이론 : 서사시학의 새로운 영역」, 『현대소설연구』 19호, 한국현대소설학회.

박철석, 「김춘수론」, 『현대시학』, 1981.4.

박철희, 「김춘수 시의 문법」, 『서정과 인식』, 이우, 1982.

박찬국, 이수정, 『하이데거 − 그의 생애와 사상』, 서울대 출판부, 1999.

박찬부, 『현대정신분석비평』, 민음사, 1996.

박찬일, 『시의 위의 : 알레고리』, 토담, 2011.

박현수, 『시론』, 예옥, 2011.

_____, 「이육사 시의 텍스트주의적 연구 시론」, 『한국근대문학연구』 12, 한국근대문학회, 2005.10.

방민호, 『일제 말기 한국문학과 텍스트』, 예옥, 2011.

방민호 · 최라영 역, 「암시된 저자의 부활; 왜 성가실까?」, 『문학의 오늘』, 은행나무출판사, 2013년 여름호.

배대화, 「김춘수의 『들림, 도스토예프스키』에 대한 시론(試論)적 연구」, 『세계문학비교연구』 제24집, 세계문학비교학회, 2008.9.

서준섭, 「순수시의 향방 − 1960년대 이후의 김춘수의 시세계」, 『작가세계』, 1997. 여름.

서진영, 「김춘수 시에 나타난 나르시시즘연구」, 서울대 석사논문, 1998.

손자희, 「김춘수 시 연구 − 이미지를 중심으로」, 중앙대 석사논문, 1983.

송기한, 『현대시의 유형과 인식의 지평』, 지식과교양, 2013.

_____, 『한국 전후시의 근대성과 시간의식』, 태학사, 1994.

신규호, 「김춘수 시의 비애미 연구」, 『어문학』 68호, 한국어문학회, 1999.10

신범순, 「무화과나무의 언어」, 『한국현대시의 퇴폐와 작은 주체』, 신구문화사, 1998.

_____, 「처용신화와 성적 연금술의 상징」, 『Korean Studies』 VOL I, CAAKS, 2001.

신상철, 「김춘수의 시세계와 그 변모」, 『현대시 연구와 비평』, 경남대 출판부, 1996.

신정순, 「김춘수 시에 나타난 '빛', '물', '돌'의 이미지와 상상력의 질서」, 이화여대 석사논문, 1981.

양왕용, 「예수를 소재로 한 詩에서의 意味와 無意味」, 권기호 외, 『김춘수연구』, 학문사, 1982.

_____, 『현대시교육론』, 삼지원, 1997.

양진오, 『조선혼의 발견과 민족의 상상』, 역락, 2008.

유성호, 『한국시의 과잉과 결핍』, 역락, 2005.

유영희, 『이미지로 보는 시 창작교육론』, 역락, 2003.

엄국현, 「무의미시의 방법적 이해」, 『김춘수 연구』, 학문사, 1982.

엄정희, 「웃음의 시학」, 『한국문예창작』 제17호, 한국문예창작학회.

오규원, 「김춘수의 무의미시」, 『현대시학』, 1973.6.

_____, 『날이미지와 시』, 문학과 지성사, 2005.

오생근, 「자동기술과 초현실주의적 이미지의 의미와 특성」, 『인문논총』 27집, 1992.6.

오세영, 「김춘수의 <노래>」, 『문학예술』, 1991.6.

_____, 「김춘수의 <꽃>」, 『현대시』, 1997.7.

_____, 「어데 닭우는 소리 들렸으랴 ―이육사의「광야」」, 『20세기 한국시의 표정』, 새미 2000.

오형엽, 「김춘수 초기시론의 원리 연구―'진보와 회귀의 변증법'을 중심으로―」, 『語文學』 제109집, 한국어문학회, 2010.9.

원형갑, 「김춘수와 무의미의 기본구조」, 『현대시론총』, 형설출판사, 1982.

유종호, 「이데아의 음악과 이미지의 음악―김춘수의 시세계」, 『현대문학』, 2005.1.

윤석성, 「한국 현대시의 로만적 아이러니 연구―한용운, 윤동주, 김춘수의 시를 대상으로―」, 『한국어문학연구』 53권, 한국어문학연구학회, 2009.

윤재웅, 「머리 속의 여우, 그리고 꿈꾸는 숲」, 『현대시』, 1993.2.

윤정구, 「무의미시의 깊은 뜻, 혹은 반짝거림」, 『한국현대시인을 찾아서』, 국학자료원, 2001.

윤호병, 『문학과 그림의 비교―현대시에 반영된 그림의 영향과 수용』, 이종문화사, 2007.

이경민, 「김춘수 시의 공간연구」, 중앙대 석사논문, 2001.

이경식, 『아리스토텔레스의 시학과 신고전주의』, 서울대 출판부, 1997.

이경철, 「김춘수시의 변모양상」, 『동악어문논집』 23집, 1988.2.

이기철, 「김춘수 시의 독법」, 『현대시』, 1991.3.

이남호, 「김춘수의 『시의 위상』에 대하여」, 『세계의 문학』, 1991 여름.

이미순, 「김춘수의 <꽃>에 대한 해체론적 독서」, 『梧堂 趙恒瑾 화갑기념논총』, 보고사, 1997.

이상숙, 「이육사 시의 동양시학적 분석을 위한 시론」, 『한국시학연구』 12, 한국시학회, 2005.4.

이상호, 「김춘수의 무의미시에 함축된 진의 연구」, 『비평문학』 제42호, 한국비평문학회, 2011.

이수정, 「'믿을 수 없는' 일인칭 서술」, 김종구 外, 『현대소설 시점의 시학』, 새문사, 1996.

이봉채, 「김춘수의 꽃 그 존재론적 의미」, 『국어국문학논문집』, 경운출판사, 1990.8.

이동순, 「시의 존재와 무의미의 의미」, 김춘수연구간행위원회, 『김춘수연구』, 학문사, 1982.

이명희, 「한국현대시에 나타난 신화적 상상력 연구」, 건국대 박사논문, 2002.

이민호, 「현대시의 담화론적 연구−김수영·김춘수·김종삼의 시를 대상으로」, 서강대 박사논문, 2001.

이숭원, 『감성의 파문』, 문학수첩, 2006.

_____, 「생명의 속살, 죽음의 그늘」, 『현대시』, 1993.12.

_____, 「인간 존재의 보편적 욕망」, 『시와시학』, 1992 봄.

이승훈, 「존재의 해명−김춘수의 꽃」, 현대시학, 1974.5.

_____, 「김춘수, 시선과 응시의 매혹」, 『작가세계』, 1997 여름.

_____, 「전후 모더니즘 운동의 두 흐름」, 『문학사상』, 1999. 6.

_____, 「김춘수의 <처용단장>」, 『현대시학』, 2000.10.

_____, 『한국모더니즘시사』, 문예출판사, 2000.

이어령, 「우주론적 언술로서의 <처용가>」, 『시 다시 읽기』, 문학사상사, 1995.

이원영, 『김춘수 초기시의 낭만성 연구』, 숙명여대 석사논문, 1996.

이은실, 「김춘수 시에 나타난 유토피아 지향의식 연구」, 부경대 석사논문, 2003.

이은정, 「김춘수와 김수영 시학의 대비적 연구」, 이화여대 박사논문, 1993.

_____, 「처용과 역사, 그 불화의 시학−김춘수의 <처용단장>론」, 『구조와 분석』, 창, 1993.

_____, 「부재의 존재론, 그 역설의 시학」, 『한국문예창작』 제18호, 한국문예창작학회, 2010.

이인영, 「김춘수와 고은시의 허무의식연구」, 연세대 박사논문, 1999.

이정우, 『시뮬라크르의 시대』, 거름, 2002.

이중행, 「현대서사이론이 지침과 전망 ; S 채트먼의 「이야기와 담론」에 대하여」, 동국대 사범대학 국어교육과, 『동국어문학』 6집, 1994.12.

이진경, 『노마디즘』1·2, 휴머니스트, 2002.

이진흥, 「김춘수의 꽃에 대한 존재론적 조명」, 『김춘수 연구』, 학문사, 1982.

이창민, 『양식과 심상』, 월인, 2000.

_____, 「반낭만주의적 낭만주의−김춘수 시론의 낭만성」, 『시와 미와 삶』, 2009.

이태수, 「김춘수의 근작, 기타」, 『현대시학』, 1978.8.

이형기, 「존재의 조명−<꽃> 분석」, 권기호 외, 『김춘수연구』, 학문사, 1982.

임수만, 「김춘수 시의 기호학적 연구」, 서울대 석사논문, 1996.

임주탁, 『옛노래연구와 교육의 방법』, 부산대 출판부, 2009.

장광수, 「김춘수 시에 나타난 유년이미지의 변용」, 경북대 석사논문, 1988.

장명희, 「김춘수의 시세계」, 『효성여대 국어국문학연구』 3, 1970.

장발보, 「판단에 의한 자연과 자유의 연결-칸트 철학의 교육학적 해석」, 서울대 석사논문, 2003.

장윤익, 「비현실의 현실과 무한의 변증법-김춘수의 <이중섭>을 중심으로」, 『시문학』, 1977.4.

정유화, 「김춘수 시의 기호학적 구조연구」, 중앙대 석사논문, 1990.12.

정진석, 「소설 이해로서 서술자의 신빙성 평가에 대한 연구」, 『국어교육학연구』 42권, 서울대 국어교육연구소, 2011.

정한모, 「김춘수의 '의미와 무의미'」, 김춘수연구간행위원회, 『김춘수연구』, 학문사, 1982.

정끝별, 『패러디시학』, 문학세계사, 1997.

정선아, 「비가와 반서정-E. 오카르와 김춘수」, 『프랑스문화예술연구』 20집, 프랑스문화예술학회, 2007.5.

정운채, 「토도로프와 채트먼의 서사이론과 문학치료학의 서사이론」, 『고전문학과 교육』 20집, 한국고전문학교육학회, 2010.7

정진석, 「소설 이해로서 내레이터의 신빙성 평가에 대한 연구」, 『국어교육학연구』 42권, 서울대 국어교육연구소, 2011.

정효구, 「김춘수 시의 변모과정 연구」, 『개신어문연구』, 충북대, 1996.

전혁림, 「시인 김춘수 선생에게」, 『현대문학』, 2005.1

조강석, 「비화해적 가상으로서의 김수영과 김춘수 시학 연구」, 연세대 박사논문, 2008.

_____, 「김춘수의 시의 언어의식 전개과정 연구」, 『한국시학연구』 제31호, 한국시학회, 2011.

조남현, 「1960년대 시와 의식의 내면화 문제」, 『건국어문학』 11,12, 1987.4.

_____, 「김춘수의 <꽃>-사물과 존재론」, 김춘수연구간행위원회, 『김춘수연구』, 학문사, 1982.

_____, 「순수참여 논쟁」, 『한국근현대문학연구입문』, 한길사, 1990.

조달곤, 「춘수시의 변모와 실험정신」, 『부산산업대논문집』, 1983.3.

조영복, 「여우, 장미를 찾아가다-김춘수의 문학적 연대기」, 『작가세계』, 1997. 여름.

_____, 『한국 현대시와 언어의 풍경』, 태학사, 1999.

조용훈, 「관념, 무의미, 일상」, 『한국 전후 문제시인 연구 6』, 예림기획, 2007.

조명제, 「김춘수 시의 현상학적 연구」, 중앙대 석사논문, 1983.

＿＿＿, 「존재와 유토피아, 그 쓸쓸함의 거리 ―김춘수의 시세계」, 『시와 비평』, 1990. 봄.

조진기, 「靑馬와 未堂의 거리」, 『현대시론총』, 형설출판사, 1982.

조혜진, 「김춘수 시 연구―시간의식을 중심으로」, 성신여대 석사논문, 2001.

지주현, 「김춘수 시의 형태 형성과정 연구」, 연세대 석사논문, 2002.

진수미, 「김춘수 무의미시의 시작 방법 연구―회화적 방법론을 중심으로」, 서울시립대 박사논문, 2003.

＿＿＿, 「액션 페인팅의 문학적 전화(轉化)와 탈이미지의 시」, 『시와 회화의 현대적 만남』, 이른아침, 2011.

채규판, 「김춘수, 문덕수, 송욱의 실험정신」, 『한국현대비교시인론』, 탐구당, 1982.

최라영, 「김춘수의 무의미시 연구」, 서울대 박사논문, 2004.

＿＿＿, 「허만하론」, 『현대시동인연구』, 예옥, 2006.

＿＿＿, 「시대가 요구한 시빌의 운명―구상론」, 『한국현대시인론』, 새미, 2006.

최승호, 『서정시의 이데올로기와 수사학』, 국학자료원, 2002.

최원규, 「존재와 번뇌―김춘수의 <꽃>을 중심으로」, 김춘수연구간행위원회, 『김춘수연구』, 학문사, 1982.

최원식, 「김춘수시의 의미와 무의미」, 『한국현대시사연구』, 김용직 공저, 일지사, 1983.

최인자, 「소설 화자의 맥락적 이해와 윤리적 반응 형성을 위한 소설교육」, 『독서연구』 제25집, 한국독서학회, 2011.

최하림, 「원초경험의 변용」, 『김춘수 연구』, 학문사, 1982.

최혜실, 「문학에서 해석의 객관성 ―'처용가'의 해석」, 『한국근대문학의 몇 가지 주제』, 소명출판, 2002.

한계전, 「존재의 비밀과 유년기의 체험」, 『문학사상』, 2000.11.

＿＿＿, 『한국현대시론연구』, 일지사, 1990.

한귀은, 『연행을 통한 문학교육』, 박이정, 2001.

함종호, 「김춘수 무의미시의 발생과 구성원리」, 서울시립대 석사논문, 2002.

＿＿＿, 「김춘수 '무의미시'와 오규원 '날 이미지시' 비교연구: '발생 이미지'를 중심으로」, 서울시립대 박사논문, 2009.

황동규, 「감상의 제어와 방임」, 김춘수연구간행위원회, 『김춘수연구』, 학문사, 1982.

황유숙, 「김춘수 시의 의식현상 연구」, 성신여대 석사논문, 1998.

황현산, 「「광야」에서 닭은 울었는가」, 『현대시학』, 1999.5.

허만하, 『해조』, 삼애사, 1969.

허혜정, 「'처용'이라는 화두와 '벽사(辟邪)'의 언어」, 『현대문학의 연구』 제42호, 한국문학연구학회, 2010.

현승춘, 「김춘수의 시세계와 은유구조」, 제주대 석사논문, 1993.

홍경표, 「탈관념과 순수 <이미지>에의 지향」, 『김춘수 연구』, 학문사, 1982.

홍용희, 「거경궁리의 정신과 예언자적 지성」, 『한국문학연구』 38, 동국대 한국문학연구소, 2010. 6.

〈국외저술〉

Abdellatif Khayati, Representation, Race, and the "Language" of the ineffable in Toni Morrison's narrative, African American Review, Summer, 1999.

Adorno, Theodor W, 김유동 역, 『계몽의 변증법』, 문예출판사, 1995.

Albert Camus, 이가림 역, 『시지프의 신화』, 문예출판사, 1996.

Alison rieke, *The Senses of Nonsense*, Unversity of Iowa Press, 1992.

Ana Sánchez-Colberg, Narrating the Unnarratable: We Implicated and Complicated: towards a semiotic of touch?, Dance and Narrativity, oneday Conference, University of Patras, Greece 27th May 2009.

Anica Lemaire, 이미선 역, 『자크라캉』, 문예출판사, 1989.

Bataille, Georges, 조한경 역, 『에로티즘』, 민음사, 1989.

_____, 최윤정 역, 『문학과 악』, 민음사, 1998.

B. F. Skinner, *Verbal Behavior*, Appleton-Century-Crofts, 1957.

Benjamin, Walter, 반성완 역, 『발터벤야민의 문예이론』, 민음사, 1983.

Bloom, Harold, *A Map of Misreading*, Oxford Univ, 1975.

Booth, Wayne C. "General Rules, II: All Authors Should Be Objective." *The Rhetoric of Fiction*. The University of Chicago Press, 1983.

_____, *A Rhetoric of Irony*. The University of Chicago Press, 1975.

_____, "Resurrection of the Implied Author: Why Bother?." *NARRATIVE*. Blackwell, 2008.

Calinescu, M, 이영욱 외 역 『모더니티의 다섯 얼굴』, 시각과 언어, 1993.

Cassirer, Ernst, 최명관 역, 『인간이란 무엇인가』, 서광사, 1988.

Chatman, Seymour. 한용환 역, 『이야기와 담론』, 푸른사상, 2003, p.168.

_____, 한용환 역, 『영화와 소설의 수사학』, 동국대학교 출판부, 2001.

Chatman, Seymour. "In Defense of the Implied Author." *Coming to terms*. Cornell Paper, 1990.

_____, *Story and Discourse: Narrative Structure in Fiction and Film*. NY: Cornell University Press, 1978.

Claud Levi-Strauss, 임옥희 역, 『신화와 의미』, 2000.

Deleuze, Gilles, *Difference and Repetition*, London: Athlone Press, 1994.

_____, *The Logic of Sense*, Columbia Univ, 1990.

_____, *Logique du sens, Paris* : Minuit, 1999.

_____, 이정우 역, 『의미의 논리』, 한길사, 2002.

_____, 김재인 역, 『천개의 고원』, 새물결, 2001.

_____, 이정임·윤정임 역, 『철학이란 무엇인가』, 현대미학사, 1995.

_____, 서동욱 역, 『프루스트와 기호들』, 민음사, 1999.

_____, 조한경 역, 『소수집단의 문학을 위하여-카프카론』, 1992.

_____, 신범순, 조영복 역, 『니체 철학의 주사위 』, 인간사랑, 1994.

Deleuze, Gilles, Gattari Felix, 김재인 역, 『천개의 고원』, 새물결, 2001.

_____, 최명관 역, 『앙띠오이디푸스』, 민음사, 2000.

_____, 이정임, 윤정임 역, 『철학이란 무엇인가』, 현대미학사, 1995.

Derrida, J, 남수인 역, 『글쓰기와 차이』, 동문선, 2001.

_____, 김보현 역, 『해체』, 문예출판사, 1996.

Eco, Umberto, 서우석 역, 『기호학 이론』, 문학과 지성사, 1985.

_____, 조형준 역, 『열린 예술작품』, 새물결, 1995.

Elizabeth Wright, 박찬부 역, 『페미니즘과 정신분석학 사전』, 한신문화사, 1997.

F. 코플스톤, 임재진 역, 『칸트』, 중원문화 , 1986.

Ferdinand de Saussure, 최승언 역, 『일반언어학 강의』, 민음사, 1997.

F. Nietzsche, 김대경 역, 『비극의 탄생』, 청하, 1992.

_____, 김훈 역『선악을 넘어서』, 청하, 1992.

Foucault, Michel, 김부용 역, 『광기의 역사』, 인간사랑, 1991.

_____, 이광래 역, 『말과 사물』, 민음사, 1987.

_____, 이정우 역, 『지식의 고고학』, 민음사, 1992.

Freud, Sigmund, 박찬부 역, 『쾌락원칙을 넘어서』, 열린책들, 1997.

_____, 윤희기 역, 『무의식에 관하여』, 열린책들, 1997.

_____, 정장진 역, 『창조적인 작가와 몽상』, 열린책들, 1996.

_____, 임홍빈 역, 『정신분석강의』(하), 열린책들, 1997.

_____, 유완상 역, 『억압, 증후 그리고 불안』, 열린책들, 1997.

_____, 김미리혜 역, 『히스테리 연구』, 열린책들, 1997.

_____, 임인주 역, 『농담과 무의식의 관계』, 열린책들, 2002.

_____, 김재혁, 권세훈 역, 『꼬마 한스와 도라』, 열린책들, 2002.

_____, 강영계 역, 『문화에서의 불안』, 지만지, 2008.

_____, 정현조 역, 『토템과 금기』, 경진사, 1999.

Frye, N, 임철규 역, 『비평의 해부』, 한길사, 1985.

Fyodor Mikhailovich Dostoevskii, 이철 역, 『죄와 벌』(상)(하), 범우사, 1998.

_____, 김학수 역, 『카라마조프의 형제』, 범우사, 1997.

_____, 박형규 역, 『백치』(상)(중)(하), 범우사, 1997.

_____, 이철 역, 『악령』(상)(중)(하), 범우사, 1998.

Garatani Gogin, 송태욱 역, 『탐구』(1)(2), 새물결, 1998.

G. Bachelard, 정영란 역, 『공기와 꿈』, 민음사, 1994.

_____, 곽광수 역, 『공간의 시학』, 민음사, 1993.

_____, 『몽상의 시학』, 기린원, 1990.

Genette, Gérard, translated by Jane E. Lewin, Narrative Discourse Revisited, Cornell Univ, 1988.

George Pitcher, 박영식 역, 『비트겐슈타인의 철학』, 서광사, 1987.

Prince, Gerald, Notes towards a Categorization of Fictional 'Narratees' Genre, 4, 1971.

_____, "Introduction to the Study of the Narratee", Reader Response Criticism, The Johns Hopkins Univ, 1980.

_____, Dictionary of Narratology, Univ of Nebraska Press; Lincoln & Lodon, 2003.

_____,(1988). "The Disnarrated". Style22(1), pp.1-8.

Ghiselin, Brewster, 이상섭 역, 『예술창조의 과정』, 연세대출판부, 1980.

Guila Ballas, 한택수 역, 『현대미술과 색채』, 궁리, 2002.

Gustav Stern, Meaning and Change of Meaning, Goteborg, Sweden, 1932.

Harries, K, 오병남 외역, 『현대미술 -그 철학적 의미』, 서광사, 1988.

Henri Lefebvre, 박정자 역, 『현대세계의 일상성』, 주류일념, 1995.

Hutcheon, Linda, 김상구, 윤여복 역, 『패러디 이론』, 문예출판사, 1993.

I.A Richards, Poetics and Sciences, Norton Co, 1970.

I. Kant, 최재희 역, 『순수이성비판』, 박영사, 1999.

Jack C, Richards and Richard Schmidt, Longman Dictionary of Language Teaching & Applied linguistics, Fourth edition published in Great Britain, 2010, ⓒ Pearson Education.

Jakobson, Roman, 신문수 역, 『문학속의 언어학』, 문학과지성사, 1995.

Jean Baudrillard, 하태환 역, 『시뮬라시옹』, 민음사, 1993.

J. Fletcher, A. Benjamin, *Abjection, Melancholia and love*, Routledge, 1990.

J. Lacan, 권택영 역, 『욕망이론』, 문예, 1994.

Jerry A. Fordor and Jerrold J. Katz, eds, *The Structure of Language*, Englewood Cliffs, N.J., 1964.

Joseph Childers, Gary Hentzi, 황종연 역, 『현대문학·문화비평 용어사전』, 문학동네, 1999.

Julia Kristeva, *Desire Language,* Brackwell, 1980.

_____, *Powers of Horror,* Columbia Univ, 1982.

_____, *Revolution in Poetic Language,* Columbia Univ, 1984.

_____, *Tales of Love,* Columbia Univ, 1987.

_____, *Language The Unknown*, Columbia Univ, 1989.

Kelly Oliver, *Reading Kristeva,* Indiana Univ, 1993.

Lacan, Jacques, 권택영 역, 『욕망이론』, 1994.

Levinas, E., 강영안 역, 『시간과 타자』, 문예출판사, 1996.

_____, 박규현 역, 『모리스 블랑쇼에 대하여』, 동문선, 2003.

Longman Advanced American Dictionary, New Edition, ⓒPearson Education Limited, 2007, p.348.

Lotman, Juri, 유재천 역, 『예술텍스트의 구조』, 고려원, 1991.

Lewis Carroll, 봉현선 역, 『이상한 나라의 앨리스』, 혜원출판사, 2000.

_____, 손영미 역, 『거울 나라의 앨리스』, 시공사, 1993.

Ludwig Wittgenstein, *Philosophical Investigations*, Oxford : Basil Blackwell, 1953.

_____, *Tractatus Logico-Philosophicus,* London : Routledge & Kegan Paul, 1922.

L. Goldman, 정과리 외역, 『숨은 신−비극적 세계관의 변증법』, 연구사, 1986.

Lukcs, Georg, 차봉희 역, 『루카치의 변증−유물론적 문학이론』, 한마당, 1987.

Lyotard, Jean-Francois, 유정완 역, 『포스트모던의 조건』, 민음사, 1992.

Maurice Merleau-Ponty, 권혁면 역, 서 『의미와 무의미』, 서광사, 1984.

M. Eliade, 이동하 역, 『성과 속』, 학민사, 1990.

_____, 박규태 역, 『상징, 신성, 예술』, 서광사, 1991.

_____, 이재실 역,『이미지와 상징』, 까치, 1998.

M, Grant, 김진욱 역,『그리스 · 로마 신화사전』, 범우사, 2000.

Meyerhoff, H, 김준오 역,『문학과 시간 현상학』, 삼영사, 1987.

M.H. Abrams, *The Mirror and the Lamp,* Oxford Univ, 1971.

Moi, Toril,『성과 텍스트의 정치학』, 임옥희 역, 한신문화사, 1994.

Newton Garver 외, 이승종 역,『데리다와 비트겐슈타인』, 민음사, 1998.

Murray Kreiger, 윤호병 역,『비평의 이론』, 현대미학사, 2005.

Nietzsche, Friedrich, 김대경 역,『비극의 탄생』, 청하, 1982.

_____, 김태현 역,『도덕의 계보』, 청하, 1982.

Nünning, Ansgar F. "Reconceptualizing Unreliable Narration." *NARRATIVE.* Blackwell, 2008.

_____, "Giessen, Unreliable, compared what? Towards a Cognitive Theory of Unrelaiable Narration." *Transcending Boundaries Narratology in Context.* Verlog Tübingen: Gunter Narr, 1999.

Olson, Greta. "Reconsidering Unreliability." *Narrative Vol 11.* Ohio State University, 2003.

Oxford Advanced Learner's Dictionary, Oxford University Press, 2010

Oxford English Dictionary, Oxford University Press, 2008.

P. Ricoeur, 양명수 역,『악의 상징』, 문학과지성사, 1994.

Peter V Zima, 허창운 역,『문예미학』, 을유문화사, 1993.

Prince, Gerald. *A Dictionary of Narratology.* Lincoln: University of Nebraska Press, 1987.

Phelan, James and Martin, Mary Patricia. "The Lessons of 'Wemouth' Homodiegesis, Unreliability, Ethics, and The Remains of the Day." *Narratologies.* ed. David Herman, Ohio Univ, 1999.

Phelan, James, Living to tell about it, Cornell University Press, 2005.

Rabinowitz, Peter J. Truth in Fiction: A Reexamination of Audience, 1977.

R. Barthes, *Elements of Semiology,* Hill and Wang, 1994.

R. Bogue, 이정우 역,『들뢰즈와 가타리』, 새길, 2000.

Riffaterre, Michael, 유재천 역,『시의 기호학』, 민음사, 1989.

Robey, David, Ann Jefferson, 송창섭 외역,『현대문학이론』, 한신문화사, 1995.

Robyn R. Wahol, Neonarrative; or, How to Render the Unnarratable in Realist Fiction and Contemporary Film, Narrative Theory, edited by, James Phelan and Peter J. Rabinowitz, Blackwell, 2005.

_____, Narrating the unnarratable, Style/Spring, 1994.

Ronald Granofsky, *The Trauma Novel,* American university studies ; Ser 3, Comparative literature ; Vol 55, Peter lang Publishing, 1995.

Rimmon-Kenan, Shlomith, Narrative Fiction: Contemporary Poetics, Methuen Co, 1983.

Rosemary Jackson, 서강여성문학연구회 역, 『환상성』, 문학동네, 2001.

Scholes, Robert E, 위미숙 역, 『문학과 구조주의』, 새문사, 1992.

Shaw, Herry E. Why Won't Our Terms Stay Put?: The Narrative Communication Diagram Scrutinized and Historicized, NARRATIVE, Blackwell, 2008.

Sidonie Smith, Julia Watson, "The trouble in the autobiography", *Narrative Theory*, edited by, James Phelan and Peter J. Rabinowitz, Blackwell, 2005.

S. Zizek, 『이데올로기라는 숭고한 대상』, 김수련 역, 인간사랑, 2002.

The Encyclopedia of Philosophy, Paul Edwards, the Macmillan company, 1967.

The Encyclopedia of Poetry and Poetics, Princeton Univ Press, 1965.

The Oxford English Dictionary, Simpson, J. A., Clarendon Press, 1991

T. Todorov, 이기우 역, 『상징의 이론』, 한국문화사, 1995.

Walter Benjamin, 반성완 편역, 『발터벤야민의 문예이론』, 민음사, 1992.

찾아보기

●● 저자 소개

최라영(崔羅英)

1973년 부산에서 태어났다. 부산대학교 사범대학 국어교육과를 졸업하고 서울대학교 대학원 국어국문학과에서 석사학위와 박사학위를 받았다.

2002년 『서울신문』 신춘문예에서 평론으로 등단하였으며 부산대, 서울대, 서울시립대, 서울여대 등에서 강의를 했다. 현재 아주대학교에서 강의하고 있다.

저서로는 『김춘수 무의미시 연구』 『현대시 동인의 시세계』 등이 있으며, 김억, 한용운, 서정주, 김춘수, 구상 등에 관한 다수의 논문이 있다.

김춘수 시 연구

인쇄 2014년 4월 28일 | 발행 2014년 5월 8일

지은이 • 최 라 영
펴낸이 • 한 봉 숙
펴낸곳 • 푸른사상사
주 간 • 맹문재
편집/교정 • 지순이 · 김소영

등록 제2-2876호
서울시 중구 충무로 29(초동) 아시아미디어타워 502호
대표전화 02) 2268-8706(7) 팩시밀리 02) 2268-8708
메일 prun21c@hanmail.net / prunsasang@naver.com
홈페이지 www.prun21c.com

ⓒ 최라영, 2014

ISBN 979-11-308-0227-5 93810

값 25,000원